Sous l'identité d'une autre

Un rôle trop dangereux

AMY FRAZIER

Sous l'identité d'une autre

BLACK *ROSE*

éditions HARLEQUIN

Collection : BLACK ROSE

Titre original : SINGLE-DAD SHERIFF

Traduction française de LISA BELLONGUES

HARLEQUIN®
est une marque déposée par le Groupe Harlequin

BLACK ROSE®
est une marque déposée par Harlequin S.A.

Photos de couverture

Femme : © HARALD BRAUN BERLIN / PLAIN PICTURE
Paysage : © AURORA CREATIVE / GETTY IMAGES

Réalisation graphique couverture : L. SLAWIG (Harlequin SA)

83-85, boulevard Vincent-Auriol, 75646 PARIS CEDEX 13.

Service Lectrices — Tél. : 01 45 82 47 47
www.harlequin.fr

ISBN 978-2-2802-8068-6 — ISSN 1950-2753

1

Garrett prit appui sur la clôture neuve. C'était un grillage tendu sur des piquets de bois, correctement aligné sur le tracé établi par les géomètres. Puis, il contempla le pâturage qui provoquait le courroux de Tanner Harris.

En tant que shérif, il était de son devoir d'être à l'écoute des préoccupations de tous les citoyens du comté de Colum. Néanmoins, Tanner l'exaspérait au plus haut point : c'était un personnage sournois qui se plaignait en permanence et qui partait du principe que tout lui était dû. Cette fois, l'objet du scandale était la clôture que venait d'installer sa nouvelle voisine.

— Quand j'vous ai vu vous arrêter en haut d'chez elle, geignit Tanner, j'ai cru qu'vous alliez lui parler. Pourquoi qu'vous l'avez pas fait ?

Garrett prit le temps de réfléchir à ce qu'il allait dire. Officiellement, il répondait à la plainte de Tanner. Mieux valait ne pas signaler qu'en ce moment même, son fils passait un entretien d'embauche à Whistling Meadows, sans quoi, Tanner l'accuserait aussitôt de prendre parti pour Samantha Weston. Ce n'était pas le cas. Il ne l'avait même pas rencontrée ; il l'avait seulement aperçue à vélo dans les rues de la ville.

A moins qu'elle n'outrepasse la loi ou ne se comporte mal avec son fils, il n'avait pas de raison de s'intéresser à cette femme. Voilà comment il devait présenter la chose à Tanner.

— Je ne lui ai pas parlé, déclara-t-il, parce qu'elle n'a rien fait de mal. Rien, en tout cas, que j'aie pu constater.

— P'têt bien, reprit Tanner en jetant un regard mauvais à l'offensante clôture. N'empêche qu'elle a aucun respect pour les traditions ! Elle arrive de nulle part, s'pavane en ville, achète les terres d'ma famille. Elle m'coupe l'accès…

Garrett cessa de l'écouter. Voilà des semaines que lui et le reste des habitants d'Applegate entendaient la même diatribe, chez le coiffeur, au restaurant, et même aux assemblées municipales. Il ne voyait pas le rapport entre la tradition et cette affaire — même si, dans ce comté, les querelles concernant les limites de propriété tenaient presque du rituel. En fait, si Tanner était furieux, c'était uniquement parce que son vieil oncle Red lui avait fait l'affront de vendre ses trente hectares de terrain à une étrangère, plutôt que de les lui léguer, à lui. A aucun moment il n'avait douté qu'il en hériterait.

Et puis, Mlle Weston ne se pavanait pas en ville, c'était un mensonge. Elle était arrivée et avait installé son entreprise avec beaucoup de discrétion. Sans la nouvelle clôture et quelques panneaux signalant, ici et là dans le comté, l'existence d'une ferme proposant des randonnées à la journée avec des lamas, personne ne se serait aperçu de sa présence.

— … Sans compter qu'le vieux s'rend ridicule, poursuivait Tanner, plus remonté que jamais. Vivre avec une femme qu'a la moitié d'son âge !

— Je ne pense pas qu'on puisse dire qu'il « vit » avec elle. Vous oubliez qu'il lui a vendu sa propriété à condition de pouvoir rester dans l'ancienne baraque-dortoir, pour finir ses jours sur la terre qu'il aime. Il ne loge pas dans la ferme proprement dite. Les fermiers peuvent rarement prétendre à des retraites aussi confortables. Grâce à ce marché, votre oncle a assuré son avenir.

— C'est certain, il a pas pensé à celui d'son unique héritier… J'ai trois gosses à élever, moi !

— En effet, répliqua Garrett, frappé, une fois de plus, par l'égocentrisme forcené du bonhomme. Il ne l'a pas fait.

L'autre grommela un peu plus encore :

— Et puis, avec sa clôture, elle m'a bloqué l'accès au parc national ! Où est-ce que j'vais aller faire du quad avec les garçons, maintenant ?

— Procurez-vous une remorque pour transporter vos quads, et entraînez-vous sur les pistes autorisées, comme tout le monde.

Tanner jeta un regard mauvais en direction de la grange de Whistling Meadows, dont le toit dépassait des arbres.

— Alors, vous n'allez pas lui parler ?

Tout en se dirigeant vers son véhicule de patrouille, Garrett lança :

— Pour l'instant, je n'ai aucun reproche à lui adresser. Mais je vous suggère d'aller sonner à sa porte et de discuter entre voisins. Amicalement.

— Plutôt mourir !

Tanner fit un geste dédaigneux de la main et, traversant sa cour encombrée de détritus, regagna sa maison délabrée. Celle-ci était bâtie en bordure de terrain, en prévision, sans doute, du jour où les deux propriétés seraient réunies.

Garrett monta dans sa voiture et jeta un coup d'œil à sa montre. L'entretien de Rory avec Samantha Weston était certainement terminé, à présent. Pourvu que cela se soit bien passé ! pria-t-il en silence.

Son fils de douze ans, qui demeurait avec lui pendant les vacances d'été, avait trouvé l'offre d'emploi à temps partiel dans le journal, tout de suite après son arrivée à Applegate. Il avait appelé lui-même. La seule chose qu'il lui avait demandée, c'était de le conduire à son rendez-vous le matin même.

Garrett était plutôt fier de voir son fils prendre des initiatives, mais il aurait aimé avoir une idée un peu plus précise de ce qui se passait dans sa tête. Depuis sa dernière visite, Rory s'était fermé comme une huître.

Garrett ne le voyait déjà qu'aux vacances et craignait que son fils unique ne s'éloigne encore davantage. Cependant, s'il avait appris une chose en tant que père, c'était qu'on n'obtenait rien des enfants en les pressant de questions. La patience et l'observation étaient la clé du succès. Mais c'étaient des qualités qu'il mettait plus facilement en œuvre dans son travail que dans son rôle de père.

Percy sur ses talons, Samantha guida Rory McQuire vers les cinq autres lamas qui pataugeaient dans le ruisseau. Le garçon ne parlait pas beaucoup, mais il l'avait regardée bien en face tandis qu'elle lui expliquait en quoi consistait le travail. Et il avait laissé Percy venir à lui. Il semblait d'ailleurs plus à l'aise avec l'animal qu'avec elle.

— As-tu déjà côtoyé des lamas ? lui demanda-t-elle.

— Non, mais j'ai lu beaucoup de choses sur eux et sur d'autres animaux. Et j'adore regarder la chaîne Découverte à la télé. Je veux devenir vétérinaire.

— Quel âge as-tu ?

Il tapota sa poche.

— J'ai mon permis de travail.

S'il avait un permis de travail, c'est qu'il était très jeune, se dit-elle.

— D'ailleurs, est-ce que l'âge compte ? ajouta-t-il. Je suis fort !

— Je suppose que ce n'est pas important, non. Je me posais la question, c'est tout.

Elle était bien placée pour le comprendre : elle-même avait horreur qu'on se mêle de ses affaires. Elle orienta donc la conversation dans une autre direction.

— J'ai tout de même besoin de savoir combien de temps

je pourrai compter sur toi avant que tu t'en ailles à l'école vétérinaire.

Il eut soudain l'air mal à l'aise, et elle n'insista pas.

— Mon troupeau est encore petit parce que je viens de m'installer. De toute façon, seule, je ne peux pas m'occuper de plus de six lamas et d'une douzaine de clients par jour.

Et, pour le moment du moins, cette solitude lui était nécessaire.

— Pourquoi n'y a-t-il pas de promenades aujourd'hui ? demanda-t-il.

— Le lundi est notre jour de repos. Non pas que les lamas en aient besoin… Mais si je ne fais pas une pause, le travail s'accumule dans la maison et dans la propriété. D'ailleurs, c'est pour ça que j'ai besoin de quelqu'un.

— Vous n'avez pas pensé à faire de l'élevage ? Ça vous rapporterait plus que la randonnée.

Samantha haussa les épaules. Elle se souciait peu de l'argent. Et puis, d'après le docteur, s'occuper d'une petite affaire sans envergure était exactement ce qu'il lui fallait. Elle ne connaissait que trop les pièges d'une grande entreprise.

— A ton âge, il est plutôt inhabituel de s'intéresser à l'aspect financier des choses.

— Ma mère travaille dans une banque. Alors, à force…

— Pour répondre à ta question, reprit-elle, se sentant curieusement à l'aise en sa compagnie, je préfère m'en tenir à la randonnée. Ajouter des femelles à un groupe entraîne un certain nombre de difficultés supplémentaires. Ce ne sont pas des animaux particulièrement dociles. Ils peuvent avoir mauvais caractère.

Rory parut prendre note de sa remarque, puis demanda :

— Pourquoi avez-vous besoin d'aide dans la grange, alors que les lamas restent la plupart du temps dans le pré ?

— J'y entrepose le harnachement et le matériel de randonnée. Tu seras chargé de maintenir tout cela en ordre.

Manifestement curieux, les lamas avaient commencé à

s'approcher. Rory demeura immobile. A l'évidence, il n'avait pas peur ; il attendait, donnant une impression de calme et d'énergie qui le faisait paraître plus vieux que son âge.

Les trois autres garçons qu'elle avait reçus en entretien s'étaient montrés trop bavards, trop brusques ou encore trop démonstratifs avec les animaux. Les lamas, pas plus que les êtres humains, n'aimaient se sentir assaillis. Contrairement à ce que pouvait suggérer leur apparence de grosses peluches, ils n'appréciaient que modérément les câlins et les caresses. C'étaient eux, plutôt qu'elle, qui avaient décidé de ne pas retenir ces candidats.

Elle désigna les bêtes l'une après l'autre.

— Ça, c'est Percy. Tu as déjà fait sa connaissance. C'est ce qu'on appelle un « Paint ». Voici Mephisto, le bai, et Fred, le pie. M. Jinx est un Appaloosa. Le blanc se nomme Ace, et le brun et noir, Humvee.

— Ils sont faciles à reconnaître grâce à leurs robes.

— Tu verras, leurs personnalités aussi sont très différentes.

Percy choisit cet instant pour se pencher vers Rory et lui renifler le cou. Son museau, dégoulinant d'eau, devait être froid, mais le garçon ne bougea pas, se contentant de rire doucement.

— Que fait-il ?

— Il dit : « Tu es embauché ».

— C'est vrai ?

— Oui. Percy supervise tous les entretiens. Peux-tu commencer aujourd'hui ?

— Il faudra que je demande la permission à mon père quand il viendra me chercher.

— Bien sûr.

Elle n'avait pas prêté attention à la façon dont Rory était arrivé à la ferme. Il s'était simplement présenté dans la grange à l'heure convenue, alors qu'elle était occupée à nettoyer la sellerie.

— Il sera sans doute d'accord pour qu'ensuite vous me rameniez en voiture chez moi, ajouta le garçon.

Elle réprima un sursaut.

— Désolée. Je ne conduis pas.

Il lui jeta un regard incrédule.

Au même instant, deux petits coups d'avertisseur sonore retentirent, évitant à Samantha de se justifier. Une voiture de patrouille était arrêtée plus bas sur la colline, devant la grange. La portière côté conducteur s'ouvrit et le shérif mit pied à terre.

— C'est mon père, annonça Rory. Je vais lui dire que vous voulez que je commence tout de suite. Je rentrerai à pied, ce n'est pas grave… Il m'est déjà arrivé de faire des trajets plus longs. Et, les fois suivantes, je prendrai mon vélo !

Puis, il s'éloigna en direction de son père. Samantha n'avait que modérément envie de faire la connaissance du shérif — débuter sa nouvelle vie par un contact avec la police ne l'enchantait pas — mais, en tant qu'employeuse, elle se devait de saluer le père du garçon.

Redressant les épaules, elle commença à descendre la colline. Après un court échange avec son père, qu'elle ne put entendre, Rory revint vers elle, l'air abattu.

Les yeux fixés sur le sol, il lui confia :

— Je peux commencer aujourd'hui, mais… Je ne vous ai pas tout dit. Peut-être que je ne conviendrai pas pour le poste…

— Je t'écoute.

Il jeta un coup d'œil à son père, qui n'avait pas bougé.

— Je ne suis là que pour l'été. En septembre, je retournerai chez ma mère, à Charlotte. A moins que…

— A moins que ?

— Disons que je ne peux m'engager que pour deux mois. Dans l'annonce, il n'était pas précisé combien de temps cela devait durer.

Samantha ne put réprimer un léger sourire. Percy était à

l'aise avec le garçon. Et elle aussi. Et puis, pour quelqu'un qui apprenait à vivre au jour le jour, comme elle, deux mois paraissaient une éternité.

— Je suis d'accord pour deux mois.

— Vous êtes sérieuse ?

— Absolument. En échange, dans quelques années, j'aurai peut-être droit à un prix d'ami quand tu viendras soigner mes bêtes. Qui sait ?

Il la récompensa d'un sourire radieux.

— Allez, présente-moi donc à ton père, dit-elle.

Elle n'avait aucune raison de s'en faire. Sa licence d'exploitation était en règle ; elle ne s'était pas assise derrière un volant depuis qu'on lui avait retiré son permis ; et elle assistait régulièrement aux réunions des Alcooliques Anonymes, comme le tribunal le lui avait ordonné. Certes, son changement d'identité n'avait pas été validé par un juge, mais elle n'utilisait son nouveau nom qu'ici, dans le comté de Colum — et seulement dans sa vie personnelle. Les transactions commerciales, elle les effectuait sous le nom de sa société, enregistrée trois mois plus tôt. En cela, elle obéissait à un ancien réflexe — preuve, peut-être, qu'elle n'avait pas totalement renié sa vie d'avant.

— Garrett McQuire. Je suis le papa de Rory, lança le shérif en lui tendant la main.

Il était grand et vigoureux ; ses muscles saillaient sous son uniforme parfaitement repassé. Mais c'était à peu près tout ce que l'on voyait de lui. Il était coiffé d'un Stetson qui cachait son front, et ses yeux étaient dissimulés derrière des lunettes de soleil Aviator. Une apparence stéréotypée, certes, mais saisissante.

— Samantha Weston. Je dirige la ferme.

Elle s'efforça de ne pas laisser transparaître sa nervosité dans sa poignée de main.

— Samantha a dit que je pouvais travailler avec elle durant l'été, annonça Rory à son père.

Il continuait à sourire, mais sa voix légèrement tendue indiquait qu'il était sur la défensive.

Le shérif s'occupait-il de sa famille comme il dirigeait ses hommes, d'une main de fer ? se demanda-t-elle.

— Maman me laissera peut-être travailler aussi aux prochaines vacances, si elle sait que je gagne de l'argent, poursuivit Rory.

— Tu devras voir ça avec ta mère, mon garçon. Et avec Mlle Weston, bien entendu.

Samantha n'avait aucune envie d'être partie prenante dans une affaire compliquée de garde d'enfant.

— Commençons déjà par voir comment se déroulent les prochains jours, dit-elle. Il se peut que tu changes d'avis. Les tâches que je vais te confier ne sont pas particulièrement passionnantes.

— Mais les lamas sont cools, papa ! Il faut que tu les rencontres.

— Une autre fois, d'accord ? On m'attend au tribunal. Au fait, je rentrerai tard, ce soir. Geneva te préparera ton repas. Elle peut rester, si tu veux jouer aux cartes ou aux jeux vidéo.

— Je n'ai pas besoin d'une baby-sitter, marmonna Rory.

— Je sais bien. Mais tu pourrais avoir envie d'une compagnie.

Puis, il se tourna vers elle, très professionnel.

— Heureux d'avoir fait votre connaissance. Et bienvenue à Applegate.

Rory parut soulagé lorsqu'ils furent seuls de nouveau.

— Par quoi voulez-vous que je commence ? demanda-t-il.

— Allons faire la connaissance de M. Harris. C'est l'ancien propriétaire de cette ferme. Il vit maintenant dans la baraque qui servait de dortoir aux saisonniers, là-bas à flanc de coteau. Il ne travaille plus, mais il continue à garder un œil sur l'exploitation.

L'adolescent sourit.

— Je vois ce que vous voulez dire. Un peu comme Geneva. Elle ne me surveille pas. Elle garde un œil sur moi.

Installé dans un fauteuil à bascule sur le porche de sa baraque de bois, Red Harris était occupé à confectionner des leurres pour la pêche. Les voyant gravir la pente raide et rocailleuse, il lança :

— C'est la nouvelle recrue ?

— Rien ne vous échappe, répondit Samantha. Monsieur Harris, voici Rory McQuire.

L'adolescent tendit la main. Le vieil homme la prit et la garda serrée dans la sienne quelques instants.

— C'est l'occasion de remettre les pendules à l'heure, déclara-t-il en se tournant vers elle. Je ne suis pas « M. Harris ». Appelez-moi « Red ». Vous êtes assez jeune pour être ma petite-fille, et toi, gamin, tu pourrais être mon arrière-petit-fils. Alors tenons-nous-en à Sam, Rory et Red, d'accord ?

Légèrement décontenancée, Samantha hocha la tête, tandis que le vieillard secouait énergiquement la main du garçon.

— Tu sais fabriquer des leurres ?

— Monsieur Harris… Red, intervint-elle, j'ai embauché Rory pour m'aider à entretenir la propriété, effectuer quelques petites réparations le cas échéant, nettoyer l'équipement…

— Je plaisantais, la coupa Red en adressant un clin d'œil à Rory. Si quelqu'un fabriquait les leurres à ma place, je n'aurais plus de travail, et donc plus d'excuse pour rester assis sur le porche à regarder une citadine gérer le domaine !

Il pouffa de rire. Elle le regarda, étonnée. Comment savait-il qu'elle venait de la ville ? Elle ne le lui avait jamais précisé.

— Laisse-moi te dire une chose, gamin, poursuivit-il. Sam élève de drôles d'animaux, ça, c'est sûr. Mais elle se débrouille mille fois mieux que ne l'aurait fait mon neveu s'il avait réussi à mettre la main sur la propriété.

Piquée dans son amour-propre, elle était sur le point de lui faire remarquer qu'elle avait toujours été beaucoup plus à l'aise dans les écuries et les prés de son père que dans les réceptions mondaines de sa mère, mais son téléphone vibra. Le numéro du correspondant affiché sur l'écran était justement celui de sa mère.

— Il faut que je prenne cet appel, dit-elle à Rory. Tu peux commencer par ramasser les branches d'arbres éparpillées dans l'enclos.

Il y avait eu un violent orage la veille au soir, et le sol était jonché de débris.

— Je reviens dans une minute.

Alors qu'elle s'éloignait, elle entendit Red dire à Rory :

— Il faudra peut-être que je lui trouve un autre nom. En fin de compte, Sam ne lui va pas. Elle ressemble plutôt à une duchesse…

— Maman, dit-elle d'un ton calme.

— Ma chérie, comment vas-tu ?

L'inquiétude de sa mère était sincère, elle le savait.

— Merveilleusement bien.

C'était presque la vérité.

— Dans ce cas, ton père et moi pourrions venir…

— Je t'en prie, maman, nous étions tous d'accord avec le Dr Kumar. J'ai besoin de changer complètement de vie pendant un an.

— Et nous ? fit sa mère d'un ton blessé.

— Le changement doit être complet…

— Enfin, ma chérie, nous ne sommes pas tes ennemis !

— Je sais. Mais mes vieilles habitudes, si. Je dois en prendre de nouvelles, plus saines.

— Dans la clandestinité ?

— Pas dans la clandestinité. Dans la solitude.

— Pourquoi ?

— Parce que je suis vulnérable en ce moment. Et puis, tu connais papa. Un rouleau compresseur en smoking.

Elle sourit en songeant à l'homme à qui elle vouait une adoration de fille unique.

— Si je le voyais, il réussirait aussitôt à me persuader de retourner dans cette jungle.

— Je tiens tout de même à te rappeler que les hôtels Ashley sont une jungle cinq étoiles. A propos, puisqu'on en parle : comptes-tu assister à l'ouverture de l'Ashley Singapour ? Tu t'es donné tant de mal pour le monter et le lancer !

Que lui répondre ? se demanda Samantha. Son père et elle avaient travaillé côte à côte sur le projet, et elle savait qu'il verrait là l'occasion de présenter officiellement la future héritière de son empire hôtelier. Mais non, elle ne serait pas présente à l'inauguration de Singapour. Elle s'en sentait tout simplement incapable. Elle aurait vraiment voulu faire plaisir à ses parents. Mais qu'elle ait été immergée dans ce milieu depuis sa plus tendre enfance, ou que son père lui accorde toute sa confiance n'y changeait rien : elle n'était pas faite pour ce métier, pour ce monde. A force d'essayer d'être quelqu'un d'autre qu'elle-même, elle avait failli se détruire. C'était pour ça que, aujourd'hui, elle devait découvrir qui elle était vraiment et se trouver.

— J'ai fait en sorte, répondit-elle prudemment, que d'autres puissent prendre la relève, maman. Et ils le feront. A merveille. Avec toi et papa présents sur les lieux, ce sera un magnifique gala d'ouverture.

— J'en suis certaine, mais tu nous manqueras, ma chérie. Tu nous manques déjà. Nous souhaitons simplement ton bonheur.

— Merci. J'y travaille.

— Justin voudrait savoir s'il peut t'appeler.

— Non.

Sa réponse était sans appel. Justin Steele … L'homme avec qui elle avait failli se fiancer, mais qui n'était motivé que par l'appât du gain. Elle s'en était rendu compte juste à temps…

— Lorsqu'il m'a demandée en mariage, je lui ai clairement fait comprendre que nous n'avions pas d'avenir ensemble, dit-elle d'un ton ferme.

— Oh ! ma chérie, tu as dit cela sous le coup de l'émotion !

Non. Après avoir passé sa vie à contenter autrui, refuser l'offre de Justin avait été le premier acte sincère qu'elle ait accompli. Elle n'avait aucune intention de revenir sur le sujet.

Un silence pesant s'installa, puis sa mère tenta une autre approche.

— Peux-tu me donner un tout petit indice sur l'endroit où tu te trouves ?

— Maman !

Ses parents avaient beau lui manquer, elle avait besoin de temps. Seule. Loin de sa mère et de ses interventions bien intentionnées. Et, surtout, loin des paparazzis, qui ne lui avaient pas accordé une seconde de répit entre son arrestation et l'audience au tribunal.

— Je compte sur toi pour respecter la prescription du Dr Kumar et pour t'assurer que papa n'envoie pas Max sur mes traces. Je n'ai aucune envie de voir son fichu détective privé débarquer ici…

— Tu surestimes mes capacités, ma chérie ! Je n'ai aucun pouvoir sur ce que fait ton père. Comme tu l'as dit toi-même, c'est un rouleau compresseur en smoking.

— Je ne cherche pas à vous fuir, maman. Mais, chaque jour, je me sens plus forte et, avant de rentrer à la maison, je veux être certaine que je le suis assez pour ne plus reproduire les mêmes erreurs.

— Ce n'était qu'un malencontreux incident, Samantha. Inutile de remettre cela sur le tapis.

— Reconnaître sa responsabilité fait partie du processus de guérison.

— Chérie, tu avais bu un verre ou deux à l'occasion d'une réunion mondaine. Nous le faisons tous. Quoi qu'en dise le juge, tu n'es pas une ivrogne !

— Une alcoolique. En voie de rétablissement. Et je te rappelle que ce n'était pas seulement un verre ou deux. J'avais tellement bu à ce déjeuner que je ne me souviens même pas avoir vu le panneau « Ecole »…

— Je t'en prie ! coupa sa mère d'une voix stridente. Tu as payé ta dette. Faut-il vraiment revenir là-dessus ?

— Tu as raison, soupira-t-elle. Il vaut mieux se concentrer sur le présent. En ce moment, le ciel est bleu, le soleil brille et je respire un air délicieusement pur !

— L'air de la mer ? Les Hamptons, peut-être ? Ce joli spa au bout de…

— Maman, tu es incorrigible !

— Le Dr Kumar t'a prescrit une année de repos, c'est vrai. Mais tu ne vas pas te cacher durant tout ce temps, n'est-ce pas ?

— Non. Mais je veux prendre le temps de m'installer.

Trois mois s'étaient écoulés depuis sa sortie de cure — une sortie qui s'était faite dans le secret, afin de tenir à distance la meute des journalistes. Au début, elle n'avait pas voulu donner sa nouvelle adresse à ses parents, de peur qu'ils ne la persuadent de revenir à son ancienne vie. Puis elle était tombée amoureuse de la beauté simple d'Applegate, jolie petite ville nichée dans les Blue Ridge Mountains, en Caroline du Nord. Et, à présent, elle craignait, s'ils venaient ici, qu'ils ne tombent aussi sous le charme de l'endroit et que son père ne décide d'acheter un bien pour en faire un complexe hôtelier cinq étoiles.

Plus tard ce soir-là, Garrett rentra chez lui avec l'agréable sensation du devoir accompli. La journée avait été plutôt tranquille. En général, c'était loin d'être le cas. Lorsqu'il était devenu shérif cinq ans plus tôt, il avait hérité d'un sacré chantier. Le comté de Colum était en pleine mutation. Des promoteurs achetaient des parcelles de montagne et transformaient ces terres jadis quasi-communales en centres de villégiature fermés ou en banlieues résidentielles de luxe, chassant les habitants de longue date et faisant grimper vertigineusement les impôts locaux. Et c'était encore un moindre mal comparé à l'apparition massive de problèmes propres aux grandes villes. Celui de la drogue en particulier. Les stupéfiants à usage récréatif avaient remplacé l'alcool de contrebande. Si le comté était toujours un paradis bucolique en apparence, de vraies difficultés couvaient sous la surface.

Le shérif Easley, son prédécesseur, avait exercé sa fonction comme son père et son grand-père avant lui : sans tenir compte du changement. L'équipement était rudimentaire, les hommes mal entraînés et parfois même corrompus. Elu grâce à son programme de réforme, Garrett était déterminé à redresser la barre et à prendre les problèmes de front. Voilà pourquoi il appréciait le calme d'une journée de routine comme celle qui s'achevait.

Il trouva Geneva, sa femme de charge, dans la cuisine, en train de gratter une casserole carbonisée. Une odeur de pop-corn brûlé flottait dans l'air.

— Ça va ? s'enquit-il.

— Ça va, grommela-t-elle en soulevant l'ustensile et en faisant le geste de le jeter par la fenêtre. Ce garçon a utilisé ma meilleure casserole pour faire son pop-corn. Il a versé l'huile, puis est parti jouer aux jeux vidéo ! J'ai senti une odeur bizarre, et quand je suis arrivée, des flammes sortaient de la casserole. Ma meilleure casserole, répéta-t-elle d'un ton bougon. Quasiment fichue !

— Je vais lui parler.

Comme il pivotait en direction de la chambre de Rory, elle le saisit par le bras. Toute sévérité l'avait quittée ; son visage n'exprimait plus qu'une sollicitude inquiète.

— Ne le grondez pas, dit-elle. Visiblement, quelque chose le tracasse. Il est resté presque toute la soirée au téléphone avec sa mère. Il n'a pas voulu me dire ce qui le chiffonnait.

Elle se remit à gratter et conclut :

— Alors ne lui parlez pas de cette stupide casserole.

— D'accord.

Depuis que Garrett et Noelle, son ex-femme, avaient divorcé trois ans plus tôt, Rory passait les vacances chez son père, conformément à ce qui avait été entendu.

Garrett était toujours impatient de voir arriver son fils, et Rory semblait apprécier ses séjours à la montagne ; cependant, au début, la transition était toujours un peu difficile. Particulièrement cette fois-ci. A bientôt treize ans, Rory avait un pied dans l'enfance et un autre dans l'âge adulte, et il avait cessé de communiquer avec son père. Garrett commençait à craindre que son fils ne lui annonce qu'il était désormais trop âgé pour passer toutes ses vacances dans une petite ville, et qu'il voulait vivre à Charlotte à plein temps.

Décidant d'avoir une conversation avec lui, il alla frapper à sa porte. Assis devant son ordinateur, Rory était en train de jouer à un jeu vidéo qui n'était manifestement pas adapté à un garçon de douze ans. Garrett verrait cela avec lui une autre fois. Pour l'instant, la priorité était de découvrir ce qui le tourmentait.

— Comment s'est passée ta première journée de travail ? lui demanda-t-il.

A Whistling Meadows, son fils avait semblé presque heureux.

— Bien, répondit Rory sans cesser de jouer.

Garrett s'assit au bord du lit, face à lui.

— J'aimerais qu'on discute.

Avec réticence, Rory mit sa partie sur « pause » et continua à fixer obstinément l'écran, muet.

— Geneva pense que quelque chose te tracasse.

Garrett dévisagea son fils. Il semblait sur le point de pleurer, luttant contre les larmes, comme s'il tâchait de laisser derrière lui le petit garçon qu'il avait été.

— Rory, je peux t'aider…

— Non, tu ne peux pas ! cria-t-il en lui tournant le dos. Maman a déjà pris sa décision.

— A quel propos ? s'enquit Garrett, en proie à une brusque inquiétude.

Jusqu'ici, ses rapports avec Noelle avaient été cordiaux mais distants : elle lui parlait peu de sa vie à Charlotte avec Rory. Sa réussite professionnelle, par contre, était un sujet qu'elle ne se lassait jamais d'aborder — une façon, sans doute, de lui rappeler qu'elle avait eu raison de vouloir quitter une ville à l'horizon aussi limité qu'Applegate.

Que se passait-il ? Envisageait-elle de se remarier ? s'interrogea-t-il.

Puis une idée affreuse lui vint à l'esprit. Noelle était lasse de devoir caser dans son emploi du temps de plus en plus chargé les séjours de Rory chez son père et elle avait décidé de demander la garde exclusive de leur fils ! Du fait de sa position élevée dans le secteur bancaire elle ne manquait ni de contacts ni de moyens financiers.

— Alors ? insista-t-il.

Pivotant sur sa chaise d'ordinateur, Rory lui fit face. En cet instant, il avait l'air d'avoir à peine plus de cinq ans.

— Maman veut m'envoyer en pension l'année prochaine.

Voilà qui était totalement inattendu. Son fils était un élève doué et consciencieux. Un peu trop sage, même, parfois. Si Garrett avait un reproche à adresser à Noelle, c'était de vouloir transformer leur fils en un petit banquier tiré à quatre épingles.

— Pourquoi ? Ton école actuelle est très bien, non ?

— D'après maman, j'aurai plus de chances d'être admis à l'Ivy League College en passant par la prépa Harpswell. Mais moi, je veux être vétérinaire ! Et je sais qu'il existe de bonnes écoles vétérinaires où on peut entrer sans passer par un lycée prétentieux.

Garrett sentit la colère le gagner. Non à cause de la

prépa, mais parce que Noelle avait omis de le consulter à propos d'une décision importante concernant la vie de leur fils. Et quelle décision ! Elle devait bien se douter que cela le mettrait hors de lui. Il n'avait pas passé son enfance en famille d'accueil pour que son propre fils, qui avait deux parents aimants, se retrouve enfermé dans un pensionnat !

— Je vais parler à ta mère, déclara-t-il en se levant.

— Tu ne réussiras pas à la joindre. Elle est dans l'avion pour Londres. D'ailleurs, il nous faut un plan. Et j'ai déjà un plan.

Surpris, il se tourna vers son fils. Rory avait changé d'expression.

— Quel plan ?

— Je veux vivre avec toi. Je ne veux pas retourner à Charlotte. Maman passe son temps à voyager, de toute façon. On pourrait inverser le calendrier : j'irais la voir aux vacances.

— Lui en as-tu parlé ?

Son fils secoua la tête.

Garrett vit tout de suite où cela allait les mener : Noelle croirait que c'était son idée, elle le soupçonnerait de se servir de Rory pour remettre en cause ses qualités de mère et, du même coup, la décision du juge. Elle emploierait tout son argent et son influence pour le lui faire regretter ; mais, au bout du compte, ce serait Rory qui pâtirait le plus de la situation.

Et ça, c'était hors de question.

2

— Vous avez une mine épouvantable, lança Geneva à Garrett quand il entra dans la cuisine le lendemain matin.

Il s'assit sans répondre en prenant l'assiette d'œufs et de lard fumé que lui tendait sa femme de charge.

— Si je pensais qu'il y avait une chance pour que vous soyez sorti vous amuser un peu, je ne m'inquiéterais pas autant, ajouta-t-elle en soupirant.

Mais elle le connaissait trop bien pour savoir que cela ne risquait pas d'arriver.

La veille au soir, après avoir laissé un message sur le répondeur de Noelle, il était resté étendu pendant des heures sur son lit, à se demander ce que les projets de son ex-femme d'une part, et ceux de leur fils d'autre part, auraient comme conséquences sur leurs vies.

Il en avait l'estomac noué et se sentait incapable d'avaler quoi que ce soit. Noelle ne l'avait pas rappelé. Aussi décida-t-il de contacter son assistante à Charlotte. Noelle était à Londres, en réunion à huis clos, lui apprit-elle. Il devait comprendre qu'il y avait cinq heures de décalage entre la Caroline du Nord et l'Angleterre. S'agissait-il d'une urgence ? Dans le cas contraire, pouvait-il rappeler Noelle vers 11 heures, heure de la côte Est ? Elle aurait quelques instants à lui accorder avant de partir pour une autre réunion.

Il raccrocha, un brin agacé.

Puis, il casa le vieux vélo de Rory dans le coffre de la voiture, et tous deux partirent pour Whistling Meadows.

— Papa, regarde ça ! s'exclama son fils avec dégoût alors qu'ils approchaient de la ferme. Quelqu'un a jeté des ordures dans le pré ! Il va falloir que je m'occupe de ça en priorité. Sinon, Percy et les autres risquent de s'empoisonner en mangeant quelque chose de mauvais.

Il s'impliquait déjà dans son nouveau travail, constata Garrett avec fierté.

Alors qu'ils s'engageaient sur la route de la ferme, il vit six lamas attachés à la barrière de l'enclos. L'un d'eux portait une sacoche sur chaque flanc, et Samantha était en train de harnacher une seconde bête. Quatre autres besaces gisaient sur le sol. Les lamas étaient calmes et sereins, mais la jeune femme, elle, semblait à bout de nerfs.

Rory bondit à terre avant même que la voiture ne soit complètement arrêtée.

— Vous avez besoin d'aide ?

— Oui, s'il te plaît !

Elle fit le tour de l'animal brun et noir, tâchant apparemment d'équilibrer la charge.

— Ce matin, j'attends douze enfants du camp Rockbrook et leur moniteur. Ils viennent d'appeler pour confirmer leur arrivée, mais ils seront là une heure plus tôt que prévu. Ils sont déjà en chemin, et je ne suis pas prête.

De toute évidence, c'était une femme organisée qui aimait être aux commandes, se dit Garrett en les rejoignant.

Il se baissa pour ramasser l'une des sacoches.

— La courroie a l'air assez facile à attacher. Y a-t-il quelque chose de particulier à faire ?

— Le maniement est simple, dit-elle en repoussant d'un geste vif des mèches de cheveux blond pâle qui lui tombaient sur le visage. Il faut simplement veiller à ce que la charge soit identique des deux côtés, et vous n'aurez pas de problème.

— De problème ?

— Les lamas expriment leur mécontentement en crachant, mais ils le font surtout entre eux.

A moitié rassuré, il se tourna vers son fils.

— Je me charge de mettre les sacoches en place, et toi, de les attacher, OK ?

Il s'approcha prudemment d'un lama à la robe pie.

— Papa, je te présente Fred.

Fred émit un son étrange, à la grande joie de Rory, qui semblait parfaitement à son aise parmi ces drôles de créatures. De ce point de vue, son fils ne lui ressemblait pas : enfant, Garrett n'avait jamais eu l'autorisation d'avoir un animal domestique.

— Comment faites-vous pour qu'ils restent propres ? questionna Rory.

— Les lamas se nettoient en se roulant dans la poussière et, de mon côté, je les brosse soigneusement. Et puis, il y a la tonte au printemps, expliqua Samantha.

Pour la première fois, sa manière de parler, l'inflexion cultivée de sa voix frappèrent Garrett. Il nota le jean haute couture immaculé, les bottes coûteuses et le chemisier soigneusement repassé — une étoffe soyeuse dans les gris-vert : rien de tout cela n'avait été acheté dans un magasin bon marché. C'était plutôt le genre de vêtements qu'aurait choisis Noelle. Mlle Weston avait beau avoir l'air de s'y connaître en lamas, elle n'avait certainement pas l'apparence d'une fermière.

— Est-ce que j'aurai le droit de les brosser ? demanda Rory.

— Je t'apprendrai, si tu veux, mais c'est une tâche assez délicate. Les lamas sont particulièrement sensibles au contact, et leurs poils se chargent facilement en électricité statique. Et, par-dessus tout, il faut d'abord gagner leur confiance.

Le naturel avec lequel son fils discutait avec cette inconnue surprit Garrett. Rory avait prononcé plus de mots en l'espace de cinq minutes qu'il n'en avait dits en une semaine avec lui. Désireux de se mêler à la conversation, il posa la question usuelle :

— Alors, Samantha, d'où venez-vous ?

Elle le dévisagea comme s'il lui avait demandé ses numéros de sécurité sociale et de compte bancaire. Son instinct de shérif et de père fut aussitôt en alerte. Contrôler les antécédents de l'employeur de son fils ne serait sans doute pas une mauvaise idée.

S'efforçant de garder un visage neutre, Samantha servit au shérif une réponse toute prête.

— J'ai vécu dans tellement d'endroits différents que je ne pourrais même pas les compter.

Elle ne mentait pas : si sa famille possédait bien une demeure en Virginie, non loin de Washington, elle n'avait cessé de multiplier les voyages d'affaires.

— Vous êtes fille de militaire ?

Vérifiant une fois de plus l'ajustement de la sangle, elle fit semblant de ne pas avoir entendu sa question.

— Comment en êtes-vous venue à monter un centre de randonnée avec des lamas ? insista-t-il.

Elle n'avait nullement l'intention de lui parler de la cure de désintoxication qu'elle avait suivie près d'Asheville, ni de la petite arche de Noé de l'établissement, constituée d'animaux dont les résidents devaient prendre soin. Elle était tombée amoureuse de Pogo, le lama. Ou, plus exactement, elle s'était mise à aimer la femme calme et résolue qu'elle devenait en présence de l'animal.

Elle s'assura que Rory avait bien attaché la courroie.

— Bon travail, le félicita-t-elle avant de se tourner vers le shérif. Quelle personne, si elle en avait la possibilité, ne rêverait pas de faire ce travail ?

Tout en ramassant la dernière sacoche, il lui lança un regard entendu. Il avait compris qu'elle se montrait délibérément évasive. Pourtant, il ne poussa pas plus loin l'interrogatoire.

Elle lui prit la besace des mains et se dirigea vers Percy. Au même instant, le vrombissement d'un bus leur parvint de la route, annonçant l'arrivée de la colonie de vacances. Tant mieux. Elle commençait à en avoir assez des questions du shérif McQuire et de ses regards inquisiteurs. Cet homme était un vrai détecteur de mensonges ambulant. Mieux valait ne pas être dans sa ligne de mire.

— Vous semblez avoir la situation bien en main, déclara-t-il d'un ton brusque. Fiston, on se voit au dîner.

— OK !

Rory regarda sans enthousiasme la troupe de filles qui descendaient du bus dans un concert de gloussements.

— Je vais enlever les ordures qui ont été jetées dans le pré, annonça-t-il.

Et, avant que les filles n'aient pu arriver jusqu'à eux, il déguerpit.

Samantha ne vit même pas le shérif partir. Elle avait trop à faire avec les enfants. Tout en leur donnant les instructions de base qui leur permettraient de profiter au mieux de leur randonnée, et en répondant à leurs questions parmi les doux hennissements des lamas, elle se détendit progressivement.

Ses parents ou les paparazzis risquaient à tout moment d'envahir son sanctuaire ; le père de Rory pouvait découvrir qu'elle usait d'une fausse identité ; mais rien ne l'empêcherait de profiter de sa nouvelle vie.

Peu importait à ces enfants qu'elle soit une riche héritière. Peu importait à cette terre qu'elle soit une ancienne alcoolique, ou à ses lamas qu'elle débute dans le métier. Ce qui comptait, pour eux, c'était qui elle était à présent. Ce qu'elle avait à offrir. Un mot gentil. Un toucher délicat. De l'amour. C'était le début d'une vie authentique, et elle ne laisserait pas les autres la lui gâcher.

*
* *

Tout en songeant à Noelle, à Rory et à l'intrigante jeune femme qui l'employait, Garrett, au volant de sa voiture, progressait sur la piste défoncée qui traversait la propriété des Whittaker — l'un des nombreux anciens chemins d'exploitation forestière qui quadrillaient la zone. Lily Whittaker l'avait appelé, alarmée, pour lui signaler que Mack, son fils, était parti de la maison sans dire un mot, muni d'une bouteille de Jack Daniel's et d'un fusil. Et ce n'était pas encore la saison de la chasse.

Garrett aussi s'inquiétait.

Autrefois, Mack Whittaker avait été son meilleur homme, et son ami le plus proche. Ayant suivi une formation militaire, il avait cumulé avec succès son emploi au bureau du shérif et son engagement auprès des forces armées en tant que réserviste. Puis il avait été appelé en Irak. Garrett lui avait promis qu'il retrouverait son poste à son retour. Hélas ! depuis qu'il était revenu à la vie civile, Mack ne semblait plus vouloir de ce travail. Ni de l'amitié de Garrett. Ni de sa vie d'avant. Il avait rompu avec sa petite amie de longue date. D'après sa mère, il était devenu difficile à vivre — un vrai ours. Quant à son père, il disait que son regard était celui d'un homme mort.

Après une vilaine bagarre en ville, il s'était mis à éviter complètement ses anciens amis et connaissances. Plusieurs personnes l'avaient vu circuler au bord de la route, marcher dans les champs, et parfois même couché, immobile et une bouteille à la main, près du Grand Rocher. Il conduisait rarement, et ne parlait plus.

Garrett s'approcha avec précaution du refuge secret de leur enfance. Il savait ce que Lily redoutait. Cependant, si Mack avait emporté une pleine bouteille de whisky, il était peu probable qu'il attente à ses jours avant de l'avoir vidée. En revanche, s'il était soûl, il risquait de tirer sur un éventuel intrus.

Garrett n'avait pas le sentiment d'être un intrus dans cet endroit. Enfants, Mack et lui considéraient la vaste grotte comme leur forteresse personnelle. Pour Garrett, c'était un refuge. Sa famille d'accueil avait été correcte avec lui, parfois même gentille, mais il ne s'était jamais senti nulle part à sa place jusqu'à son entrée en CE2, jour où Mack l'avait défendu dans la cour de récréation. A l'âge de huit ans, ce dernier avait déjà un sens aigu de la justice et de la loyauté. A partir de cet instant, les deux garçons étaient devenus comme frères.

Pourtant, l'homme qui se tenait, titubant, devant la grotte, n'avait l'air ni fraternel ni amical. Mal rasé, hirsute, débraillé, il avait tout du vagabond mûr pour un séjour en cellule de dégrisement.

— Va-t'en d'ici ! cria-t-il en voyant Garrett descendre de voiture. Je me passerai de tes sermons ! Ou de ta pitié !

— Ai-je l'habitude de te donner des leçons de morale ?

Garrett aperçut la bouteille d'alcool à moitié vide et le fusil couché sur les galets. Hors de question de repartir sans l'arme, ou sans son ami.

— Cela fait un mois que tu es revenu, maintenant. Ne crois-tu pas qu'il serait temps de dire à quelqu'un ce qui te mine ?

Mack se laissa tomber sur le talus mousseux qui bordait l'entrée de la grotte.

— Même si je t'en parlais, tu ne comprendrais pas.

— Essaie toujours !

Garrett suspectait que le désespoir de son ami était en partie dû au fait qu'il était revenu de la guerre, alors que d'autres n'avaient pas eu cette chance — Nate Donahue, par exemple, membre de son unité et ancien camarade de lycée.

— Shérif, articula Mack avec une note de mépris inhabituelle dans la voix, tu vis dans ton petit monde parfait, et tu crois que tu peux différencier le bien du mal. Tu ne t'aperçois même pas que tu es complètement à côté de la plaque !

— Qui fait la morale à l'autre, en ce moment ?

Mack resta coi.

— Rory est à Applegate, reprit Garrett, dans une tentative désespérée pour atteindre son ami. Il te réclame.

Mack s'était toujours comporté comme un oncle pour le garçon.

— Et tu lui as dit quoi ?

— Je ne sais pas quoi lui répondre. Veux-tu le voir ?

— Non.

— OK. Je te comprends. Tu as vraiment une mine de déterré. Pourquoi ne viendrais-tu pas au poste avec moi ? Tu pourrais prendre une douche et te raser. C'est au tour de McMillan de faire la cuisine. Il nous a préparé un chili con carne. Tout le monde serait heureux de te voir.

Garrett continuait à parler, même s'il était évident que Mack ne l'écoutait plus. Il était déterminé à ne pas abandonner son ami dans cet état.

— Allez, viens !

Mack secoua la tête.

— Bon, comme tu veux. Je te laisse la bouteille, mais ton père a besoin du fusil. Un rongeur fait des dégâts dans le potager de ta mère.

Mack darda sur lui un regard méfiant.

— Il n'a pas assez de fusils de chasse dans son râtelier ?

— Apparemment, non, dit Garrett en ramassant l'arme.

Son ami n'essaya pas de l'en empêcher. Il ferma les paupières et appuya sa tête contre le talus. Lorsqu'il reprit la parole, sa voix était basse et menaçante.

— Il y a mille et une façons de détruire une vie, et aucune ne nécessite de se servir d'un fusil.

Glacé, Garrett demanda :

— Un bon chili te ferait du bien. Tu es sûr de ne pas vouloir venir ?

— Ce qui me ferait du bien, mon ami, tu ne peux pas me le donner.

— Je reviendrai quand même.

— Ne te donne pas cette peine.

— Tu sais bien que je ne te laisserai pas tomber.

— Je ne sais plus rien.

Cette déclaration, venant de quelqu'un qui avait toujours su qui il était et quelle était sa place dans le monde, fit à Garrett l'effet d'un coup de massue. Il était inutile de discuter pour le moment, mais il se battrait pour son ami jusqu'à ce que celui-ci soit redevenu l'homme qu'il était autrefois.

Le cœur lourd, il remonta en voiture. Dieu merci, il avait, quant à lui, une idée précise de son rôle. Il était shérif et père. Et, en tant que père, il y avait encore certaines choses sur lesquelles il avait son mot à dire. Il fallait qu'il rappelle Noelle. Peut-être n'avait-elle pas encore pris de décision concernant la scolarité de Rory. Les enfants prêtaient parfois une importance excessive à ce qui n'était que des propos en l'air. Son ex-femme était carriériste, certes, mais c'était aussi une mère extrêmement dévouée, souvent même trop protectrice envers son fils.

Elle voudrait d'ailleurs certainement savoir comment se déroulaient les vacances de Rory, si son travail ne présentait pas de risques et si son employeuse était fiable. Elle voudrait certainement connaître les antécédents de Mlle Weston. Il voulait être en mesure de la rassurer.

Tout en retournant au poste, il composa le numéro de son ex-femme. A sa surprise, elle décrocha immédiatement.

— Bonjour, Garrett. J'attendais ton appel. Rory va bien ?

Il choisit ses mots avec soin :

— Oui. Enfin, à peu près. Il a l'air de penser que ta décision est déjà prise concernant son envoi en pension et, apparemment, ce choix ne le ravit pas. Je ne prétendrai pas que cela m'enchante non plus. Tu aurais pu me consulter.

— J'ai suggéré Harpswell, entre autres, pour inciter Rory à voir plus grand pour son avenir.

— Plus grand que quoi ?

Noelle jugeait la vie à Applegate trop étriquée, il le savait. Elle avait commencé à ronger son frein dès les débuts de leur mariage.

— Il va entrer en quatrième, argua-t-il. Le fait qu'il ait de bons résultats, des amis et qu'il soit curieux du monde qui l'entoure — en l'occurrence des animaux — ne te suffit donc pas ? Jusqu'à quel point sa vie doit-elle être « plus grande » ?

Il l'entendit soupirer de l'autre côté de l'Atlantique.

— Elle ne doit pas se limiter à la Caroline du Nord, en tout cas.

— Tu déménages ?

— Je voulais éviter d'aborder le sujet avec toi ou Rory tant qu'il n'y avait rien de concret. Mais oui, c'est une possibilité que j'envisage. Je suis en train de passer des entretiens en vue d'obtenir un poste ici, à notre siège social de Londres.

Il dut arrêter la voiture au bord de la route. En proie à une brusque colère, il s'écria :

— Tu veux mettre notre fils en pension pour pouvoir aller travailler de l'autre côté de l'Atlantique ? Qu'est-ce qui te dérange dans l'idée de le laisser vivre avec moi ?

— Je n'ai pas éliminé cette possibilité. Mais je comptais sur toi pour essayer de le convaincre que vivre à Londres serait pour lui une expérience merveilleuse.

— Tu veux l'emmener avec toi ?

— Bien sûr. Mais j'aimerais qu'il ait envie de m'accompagner.

— Et qu'il s'éloigne encore davantage de moi.

— Il continuerait à venir te voir aux vacances d'été. Ça, ça ne changerait pas.

Mais Rory, lui, risquait de beaucoup changer en l'espace d'une année, songea Garrett. Il n'avait pas envie qu'ils deviennent des étrangers l'un pour l'autre.

— D'ailleurs, vous pourriez toujours correspondre par e-mail et par téléphone, insista Noelle. Et tu lui rendrais visite en Angleterre.

Présenté ainsi, cela paraissait si simple ! Et c'était lui qui passait pour un provincial borné parce qu'il voyait des complications là où il n'y en avait pas.

— Il faut que nous discutions de cela ensemble, déclara-t-il. Tous les trois.

— Absolument. Mais ne brûlons pas les étapes : on ne m'a pas encore offert le poste.

Talentueuse et volontaire comme elle l'était, elle l'obtiendrait, il n'en doutait pas.

— Je dois filer, dit-elle, la voix frémissante d'excitation. Souhaite-moi bonne chance.

— Bonne chance, prononça-t-il sans enthousiasme.

Vouloir entretenir une relation solide et saine avec son fils, chez lui, à Applegate, revenait-il à limiter les chances d'avenir de Rory ? se demanda-t-il avec amertume en raccrochant.

Il n'avait même pas eu le temps de dire à Noelle à quel point leur fils était heureux de travailler à Whistling Meadows.

Samantha poussa un léger soupir de satisfaction quand le bus du camp de vacances Rockbrook quitta la ferme. Au même moment, le pick-up de Red pénétra dans la cour. L'arrière du véhicule était chargé de sacs poubelles pleins à craquer. Tandis que Rory descendait de voiture, Red se pencha à la fenêtre.

— J'emporte tout cela à la décharge, dit-il.

Désignant l'adolescent d'un petit mouvement de la tête, il ajouta :

— Ce gamin ne rechigne pas à l'ouvrage.

— En effet, répondit-elle, étonnée de constater que Rory avait réussi à sortir le retraité de son désœuvrement.

— Quelqu'un a jeté ces ordures dans le pré, près de la route, fit le garçon en plissant le nez de dégoût. Qui peut faire une chose pareille ?

Red sourit.

— Comme je te l'ai expliqué, il y a quelques gosses ici qui trouvent amusant de déverser des ordures chez les autres, de casser les boîtes aux lettres ou d'envelopper les arbres de Main Street dans du papier toilette. C'est l'idée qu'ils se font des vacances.

— Et il y a autre chose, reprit Rory. En longeant la clôture, nous nous sommes aperçus que la terre avait été creusée par endroits.

Le sourire de Red s'effaça.

— Selon toute probabilité, il s'agit des chiens de Tanner.

Cela inquiéta immédiatement Samantha. Si des chiens pénétraient dans le pré, ils risquaient de semer la pagaille parmi les lamas.

— Ne sont-ils pas censés être attachés ?

— Il faut poser la question au shérif, répondit Red. S'il y a une loi spécifiant que les chiens doivent être tenus en laisse, personne ici ne la respecte. En rentrant, je ferai un saut chez Tanner pour lui demander de surveiller sa meute.

— Non, fit-elle vivement. Je lui parlerai moi-même.

Son expérience dans l'hôtellerie lui avait appris qu'il était important de se montrer franc envers les voisins qui étaient dans le quartier depuis plus longtemps que vous.

— Je ne suis pas sûr que ce soit une bonne idée, rétorqua le vieil homme. Mon neveu n'est pas ce qu'on pourrait appeler une personne ouverte à la discussion.

— Tout ira bien, Red. Ne vous inquiétez pas…

A l'hôtel Ashley de Singapour, elle avait eu affaire à toutes sortes de personnes, depuis les architectes jusqu'aux entrepreneurs, en passant par les avocats, les élus locaux et les fournisseurs. Tanner Harris ne pouvait pas être plus intraitable que ces gens-là.

— Je vais y aller à vélo tout de suite.

— Je vous accompagne, proposa Rory. Je n'ai jamais vu le neveu de Red, mais je m'y connais en chiens.

Red les considéra tous les deux.

— D'accord, mais méfiez-vous de Tanner.

Samantha s'assura que la barrière du pré était bien fermée. Les lamas, enfin libérés de leur chargement et de leurs longes, se défoulaient en s'élançant les uns contre les autres ou se roulant dans la poussière.

Elle sortit sa bicyclette de la grange.

— La randonnée s'est bien passée ? s'enquit Rory en la rejoignant.

— C'était un petit tour pour débutants. Nous sommes allés jusqu'au Grand Rocher, où nous avons fait un pique-nique de fruits secs et de boissons énergétiques. Les filles se sont bien amusées.

— Elles avaient l'air plutôt bruyantes !

— Elles se sont bien tenues durant la promenade. Je crois que leur petit numéro du début t'était en grande partie destiné.

Il rougit et, accélérant l'allure, partit devant.

Navrée de l'avoir embarrassé sans le vouloir, Samantha contourna l'angle de la clôture et pénétra à sa suite dans une cour à l'aspect désolé. Là, trois adolescents à la carrure de colosses s'employaient à construire une sorte de remorque à l'aide de planches et de pièces auto de récupération. Un quad et deux motos de cross étaient garés à proximité. Un peu plus loin, quatre énormes chiens étaient attachés à un arbre. Rory s'immobilisa et contempla la scène d'un œil prudent.

— Bonjour ! cria-t-elle. Votre père est-il là ?

— Nan, grommela l'un des garçons.

Aussitôt, les chiens bondirent sur leurs pattes et se mirent à aboyer furieusement.

Ne sachant de quelle longueur était la chaîne qui retenait les molosses, Samantha demeura immobile, tandis que Rory se rapprochait d'elle, comme s'il voulait la protéger.

— Taisez-vous ! cria l'un des garçons en brandissant sa clé anglaise en direction des chiens.

D'un même mouvement, les bêtes reculèrent.

— Je suis Samantha Weston, votre nouvelle voisine. Puis-je vous dire un mot ?

Le plus grand du trio se redressa lentement.

Samantha coucha sa bicyclette sur le bas-côté de la route et tira une carte de visite de la poche arrière de son pantalon.

— Pouvez-vous dire à votre père de m'appeler, s'il vous plaît ? Mon numéro est sur la carte.

Le garçon prit le bristol et le fourra dans sa poche sans même y jeter un coup d'œil.

— Personne ici a envie d'aller s'balader avec des lamas, dit-il d'un ton méprisant.

— Je ne suis pas venue faire du démarchage. Il est important que les chiens n'entrent pas dans le pré.

— Z'avez une clôture.

— Nous avons trouvé des trous au pied du grillage.

— Y'a beaucoup d'animaux, par ici. Les nôtres sont attachés, fit-il en désignant les chiens d'un mouvement de la tête.

— J'apprécie, déclara-t-elle d'un ton égal. Je suis pour les relations de bon voisinage, moi aussi. S'il vous plaît, dites à votre père de m'appeler.

Alors qu'elle se tournait pour partir, il marmonna entre ses dents :

— Si vous êtes pour les relations d'bon voisinage, pourquoi vous nous avez coupé l'accès à la forêt ?

— L'accès à la forêt ?

— Z'avez bien dû voir nos pistes !

Elle les avait vues : de vilaines ravines qui trahissaient un manque absolu de respect pour la terre et sa végétation.

S'efforçant de rester calme, elle répondit :

— D'après ce que j'ai compris, le comté a mis à disposition des usagers un réseau de pistes neuves pour les quads.

— On avait les nôtres chez oncle Red, intervint agressivement un deuxième garçon en se plaçant à côté de son frère. Jusqu'à ce que vous arriviez.

— Maintenant que vous en avez de meilleures, vous n'avez plus besoin de traverser ma propriété. Mais, si cela vous intéresse, je vous invite à venir voir les lamas. Cela vous donnera une idée de ce que peut être la vie sans moteurs.

Avec des ricanements, les trois adolescents lui tournèrent le dos et se replongèrent dans leur bricolage.

Elle rejoignit Rory près des vélos.

— Je t'accompagne en ville. Je dois voir Abel, le gérant du magasin d'alimentation : il me faut des compléments alimentaires pour les lamas.

— Vous n'êtes pas inquiète à propos des voisins ?

— A mon avis, ils sont inoffensifs. En colère, certes, mais inoffensifs. J'ai entendu dire que les nouvelles pistes de quad étaient très bien. Ils s'habitueront à ne plus passer chez moi.

Rory n'était visiblement pas convaincu.

— Heureusement, Red et moi sommes là pour vous défendre. Et puis, si les choses tournent mal, vous pourrez toujours demander de l'aide à mon père.

Sa sollicitude la toucha, mais elle n'avait pas besoin du shérif dans sa nouvelle vie.

— Les choses ne tourneront pas mal, le rassura-t-elle.

Elle avait des sujets de préoccupation plus urgents que les Harris et leur passion pour la mécanique. Elle devait se rendre au magasin d'alimentation animale pour les lamas mais, surtout, pour voir Abel. Il avait laissé sur sa boîte vocale un bref message l'informant qu'un homme avait posé des questions à son sujet. S'agissait-il d'un paparazzi ? Ou du détective de son père, Max ?

Aucune de ces deux éventualités ne lui plaisait.

3

Nichée au creux d'une vallée, loin des grands axes fréquentés et à mi-chemin entre Brevard et Asheville, Applegate ressemblait peu à ses voisines : la première était une ville étudiante, la seconde une destination touristique. Bien que la gentrification gagnât peu à peu du terrain, la boutique d'Abel Nash ne semblait pas du tout concernée par le phénomène.

Debout parmi les piles de sacs en toile de jute et les casiers de bois écornés emplis de céréales et de graines, Samantha attendait de pouvoir lui parler, tout en s'efforçant de maîtriser une forte envie d'éternuer causée par la fine poussière qui flottait dans l'air.

Surtout, elle regardait vers la vitrine. Pourquoi le shérif montait-il la garde devant ? se demanda-t-elle. Que faisait-il là ? Il semblait attendre quelqu'un.

— Samantha, que puis-je faire pour vous ?

Abel avait enfin fini par lui accorder son attention.

Elle tira de sa poche une liste de ce dont elle avait besoin.

— Pourriez-vous me fournir ce mélange lors de ma prochaine livraison ?

Il jeta un coup d'œil à ses notes.

— Pas de problème. Autre chose ?

— A propos du message que vous m'avez laissé…

— Oui, l'homme qui est venu fureter, répondit Abel en fronçant les sourcils.

— A-t-il donné son nom ?

— Non, il s'est montré assez évasif. D'instinct, je me suis méfié de lui.

— Pourquoi donc ?

— Il prétendait essayer de retrouver sa nièce. Il m'a montré la photo d'une femme d'affaires. Ashley quelque chose. Maintenant que j'y pense, elle n'était pas sans vous ressembler. Elle aurait pu être votre cousine, dans le genre pimbêche. Mais sa nièce ? Certainement pas ! Personne n'aurait pu croire qu'ils étaient de la même famille. Il avait l'allure d'un gangster des années quarante.

Samantha réprima un sourire. Il ne s'agissait pas d'un journaliste… mais de Max. C'était un personnage assez mal dégrossi, il est vrai, mais il avait un cœur d'or. Pour autant, elle n'avait pas envie que son « oncle » fasse intrusion dans sa nouvelle vie. Pas à ce stade délicat de sa reconversion.

Mais, comme elle n'était encore que nouvelle venue à Applegate, Abel n'éprouvait pas forcément de sentiment de loyauté à son égard.

— Que lui avez-vous dit ? s'enquit-elle avec appréhension.

— Je lui ai demandé si j'avais l'air de quelqu'un qui fréquente son milieu. Puis je lui ai dit que s'il n'avait pas besoin de semence ou de grain, d'autres clients attendaient d'être servis. Vous savez, ici, on n'aime pas trop les curieux. Vous vous apercevrez rapidement que, dans cette ville, chacun vit comme il l'entend.

C'était le moins que l'on puisse dire : depuis la guerre d'Indépendance, cette région montagneuse et reculée servait de refuge aux individualistes convaincus, aux rebelles et à ceux qui avaient quelque chose à cacher.

— Je vous remercie d'avoir protégé ma vie privée, conclut-elle.

Abel n'avait rien dit, mais Max ne s'était certainement pas adressé qu'à lui. Les autres s'étaient-ils montrés aussi circonspects ?

Elle jeta un coup d'œil au shérif, qui attendait toujours

sur le trottoir. Dieu merci, Max, par souci de discrétion, ne collaborait jamais avec les forces de l'ordre. Il disposait d'autres moyens. Malheureusement, il se montrait bien plus obstiné et méthodique que ses homologues en uniforme. Elle préférait presque affronter Garrett McQuire.

Presque.

Abel s'éclaircit la gorge.

— Vous êtes une femme, et vous vivez seule. Si vous n'avez pas de fusil, vous devriez envisager de vous en procurer un.

Voyant son expression horrifiée, il ajouta avec gentillesse :

— La plupart des gens d'ici en ont un, pour se protéger contre les serpents et les coyotes, ou contre un éventuel intrus. Pensez-y.

Posséder une arme était une responsabilité qu'elle n'avait jamais eu à prendre. Dans le monde de l'hôtellerie, la sécurité était assurée par des professionnels discrets et prêts à intervenir en toute occasion. Jusqu'à cet instant, elle n'avait pas réellement mesuré à quel point les autres avaient pris en charge ses moindres besoins. Et dire qu'elle s'était considérée comme une femme indépendante !

Déconcertée, elle tourna les talons pour partir. Mais elle allait être obligée de passer devant le shérif, qui se tenait toujours devant la porte. Une perspective encore plus terrible que celle de posséder un fusil.

Pour quelle raison se sentait-elle si nerveuse en sa présence, alors qu'elle n'avait rien — ou presque — à cacher ?

Elle redressa les épaules, décidée à lui lancer un rapide « Bonjour » sans s'arrêter. Malheureusement, en quittant le magasin plongé dans la pénombre, elle fut éblouie par l'éclatant soleil de juin et dut marquer une pause le temps que ses yeux s'ajustent à la lumière.

— Puis-je vous dire un mot ?

Il lui suffit d'entendre la voix profonde du shérif, pourtant parfaitement courtoise, pour se sentir aussitôt déstabilisée.

— J'aimerais vous parler de Rory, précisa-t-il.

— Il a fini sa journée de travail. Nous sommes descendus à vélo ensemble. Il a dit qu'il allait nager avec des amis.

— Je le sais. Il est passé à mon bureau. Avez-vous déjeuné ?

Elle n'avait aucune envie de déjeuner avec cet homme. Hélas ! elle n'avait rien avalé depuis l'aube, et c'est l'instant que choisit son estomac pour le lui rappeler bruyamment.

— Je prends cela comme un non, déclara-t-il.

Elle n'eut pas le temps de protester qu'il la prit par le coude et l'entraîna de l'autre côté de la rue. A sa grande surprise, ils se dirigeaient non vers la cafétéria tenue par Rachel, mais à côté, vers les bureaux de la police.

— J'espère que vous aimez le chili con carne, dit-il en la poussant à l'intérieur. McMillan en a fait assez pour nourrir une armée entière.

Elle le regarda, songeuse. Jusqu'où devrait-elle pousser les confidences durant ce « déjeuner » ?

Garrett était déterminé à obtenir des réponses de Samantha Weston — si tel était vraiment son nom — et, pour cela, il devait être sur son propre terrain. C'était la seule façon de savoir qui était vraiment l'employeuse de son fils sans aller à l'encontre de son droit à la vie privée. L'invitation à déjeuner était censée rendre l'opération — un interrogatoire qui demandait un doigté qu'il n'était pas certain de posséder — moins menaçante. Il était shérif, mais il avait été élevé dans les valeurs du Sud. On ne terrorisait pas un nouveau venu simplement parce qu'on ignorait ce que son père, son grand-père et son arrière-grand-père avaient fait dans la vie.

— Par ici, dit-il en la guidant vers un escalier menant au premier étage.

Très calme, elle semblait protégée par une armure tandis

qu'elle gravissait les marches devant lui. Manifestement, elle était sur ses gardes. Il se demanda pourquoi. Arrivée en haut, elle s'arrêta, semblant hésiter.

D'une légère poussée dans le dos, il la fit entrer dans la cuisine, sans la présenter aux agents qui mangeaient autour de la longue table centrale à tréteaux. Ils dévisagèrent la jeune femme avec intérêt, puis se tournèrent vers lui, l'air étonné. C'était inhabituel de sa part de faire monter à l'étage une personne extérieure au service. D'ordinaire, il menait ses interrogatoires en bas, selon les règles. Il ne mêlait jamais vie privée et travail. Ce n'était peut-être pas une bonne idée de l'avoir amenée ici, après tout.

En silence, il plaça assiettes, couverts et serviettes sur des plateaux, et montra du doigt le plat de chili, la salade, le pain et la carafe de thé glacé. D'un signe de tête majestueux, elle lui signifia qu'elle prendrait de tout. Il ne s'était pas senti aussi mal à l'aise depuis sa première danse avec une fille, au collège. Derrière eux, un silence assourdissant régnait.

Il lui tendit un plateau et lui fit signe de le suivre vers l'escalier. Elle parut surprise qu'ils ne s'installent pas à table avec les autres.

— Nous mangerons dans mon bureau, dit-il à voix basse.

Pas assez basse cependant car, du coin de l'œil, il surprit un sourire sur le visage de l'agent Sooner.

Une fois dans son bureau, à l'abri des oreilles indiscrètes, il posa son plateau sur une pile de papiers, fit un peu de place et indiqua une chaise à son invitée. Elle s'assit avec précaution, les yeux fixés sur un énorme piège que Ziggy Newsome avait laissé là.

Du bout du pied, il le poussa dans un coin.

— Désolé pour le désordre.

— Vous vouliez me parler de votre fils, lui rappela-t-elle, imperturbable.

Elle ne se laissait pas facilement démonter, se dit-il.

— J'ignore ce qu'il vous a raconté sur sa situation, commença-t-il, tâchant de faire preuve du même sang-froid.

— Il m'a appris qu'il passait les vacances scolaires et les congés d'été chez vous, et qu'il habitait à Charlotte avec sa mère le reste de l'année. Hormis cela, nous n'avons parlé que des animaux et de la ferme. Dans ce domaine, il m'a paru très mûr pour son âge.

— Avez-vous l'habitude des enfants ?

— Non.

— Dans ce cas, raison de plus pour discuter.

Tout en dépliant sa serviette sur ses genoux, elle lui lança un regard qui signifiait : « Si vous le dites ! »

— En tant que parents divorcés, nous sommes deux fois plus vigilants, poursuivit-il.

— Sans compter, dit-elle en grignotant délicatement une feuille de salade, que vous êtes le shérif de cette ville et que vous tenez à savoir qui pénètre sur votre territoire. Vous vous demandez ce que je fais ici.

— Vous avez deviné juste. Mais quatre-vingt-dix pour cent de la population d'Applegate se posent les mêmes questions que moi. Vous deviez vous douter que votre activité allait susciter la curiosité. C'est quelque chose d'assez inhabituel.

— Et Abel qui me disait à l'instant que, ici, on n'aimait pas les curieux, que chacun vivait comme il l'entendait !

Elle lui adressa un sourire glacial et reprit :

— Les randonnées avec des lamas sont-elles une activité suspecte à vos yeux, shérif ? J'ai fourni un descriptif lorsque j'ai demandé ma licence. N'importe qui peut le lire.

— Je l'ai lu.

La fourchette de la jeune femme s'immobilisa à mi-hauteur.

— Oh ! Vraiment ? Et aviez-vous lu celui de Rachel lorsqu'elle a acheté le restaurant ? Ou celui d'Abel lorsqu'il a hérité de son magasin d'alimentation animale ?

De façon assez inattendue, il se sentit désarçonné par

ce contre-interrogatoire et par le regard pénétrant de la jeune femme.

— Vous… Vous devez comprendre que je vous parle en tant que père. Mon attitude serait la même si mon fils allait passer une nuit chez un copain ou prenait un travail à temps partiel à…

— Donc, vous voulez savoir quel genre d'employeur je suis. Vous êtes-vous adressé à Red Harris ? Il m'observe depuis assez longtemps : il sait que je suis quelqu'un de fiable. Et à Abel ? Il pourrait vous dire que je paye toujours mes factures dans les délais, énonça-t-elle d'un ton léger.

Pourtant, elle était clairement sur la défensive. Et son attitude corporelle indiquait qu'elle n'était nullement intimidée.

— Les avez-vous interrogés ? insista-t-elle.

Qui diable conduisait cet entretien ? songea-t-il, sentant la moutarde lui monter au nez.

— Non. Mais puisque vous abordez la question des références, comment se fait-il que je n'aie pas trouvé de Samantha Weston dans les fichiers d'identité ? Il n'y a même pas de permis de conduire à ce nom.

— Vous avez donc enquêté sur mon compte !

Elle semblait presque soulagée.

— Pour votre information, reprit-elle, il n'existe pas de permis de conduire à mon nom parce que je ne conduis pas. Votre repas va être froid.

— Oui.

Décidément, cette femme ne se laissait pas facilement impressionner, quelles que soient les circonstances.

— Et pouvez-vous me faire part de vos découvertes ? s'enquit-elle avec politesse, comme s'ils étaient en train de parler du temps qu'il faisait.

Tant pis pour le doigté.

— Tout, depuis vos factures de téléphone jusqu'aux titres de propriété de Whistling Meadows, nous ramène à une société anonyme du nom d'Ashley Dreams.

— Oui, se contenta-t-elle de répondre sans offrir d'explication. Y a-t-il quelque chose de mal à cela ?

— Pas que je sache, non.

— Eh bien, j'imagine que je ne peux pas vous en vouloir de faire votre travail, dit-elle sur un ton qui suggérait l'inverse.

— Par simple curiosité : quel lien avez-vous avec Ashley Dreams ?

— Me posez-vous la question en tant que shérif ou en tant que père ?

Elle avait des yeux marron pailletés d'or, remarqua-t-il. Et ils s'assombrissaient lorsqu'elle devenait sérieuse.

— Ni l'un ni l'autre. C'est une simple question.

— Vous voulez savoir si je suis le P.-D.G. ou une simple employée, c'est ça ?

S'il était sûr d'une chose, c'est que cette femme ne pouvait être une simple employée.

— Officiellement, Whistling Meadows est la propriété d'Ashley Dreams mais, en réalité, personne ne possède ce pâturage et ce pan de montagne. Vous devriez savoir cela, shérif. Votre fils m'a dit que vous aviez grandi ici. Cette terre est si ancienne qu'aucun humain ne peut en revendiquer la propriété. Les lamas, eux, sentent d'instinct ce que les hommes ne parviennent pas à comprendre. Les animaux se contentent de vivre à la surface du globe, au jour le jour. Etre en vie au milieu de toute cette splendeur leur suffit. Que quelqu'un — individu ou société — s'imagine être maître d'une parcelle de terrain est ridicule. Personnellement, je me considère comme un simple élément du paysage. J'essaie de vivre ici sans laisser de marque trop profonde.

— Une philosophe, fit-il.

Mais le fait qu'elle ait largement éludé sa question ne lui avait pas échappé.

— C'est la chose la plus gentille qu'on m'ait dite depuis longtemps.

Elle se leva et conclut :

— Sur cette note positive, je vais vous laisser. Je dois retourner à la ferme. Merci pour le déjeuner.

Elle lui sourit, puis quitta son bureau, le laissant seul avec son repas froid, l'infime trace d'un délicat parfum flottant dans l'air, et la ferme conviction que, philosophe ou non, Samantha Weston — si elle s'appelait réellement ainsi — était une femme extrêmement indépendante.

Dehors, Samantha frissonna, glacée. Elle était furieuse.

Apparemment, ce maudit shérif se croyait autorisé à se montrer brutal et inquisiteur sans en subir les conséquences.

Pour évacuer sa colère, elle pédala comme une furie tout le long du trajet jusqu'à la ferme, malgré le chaud soleil de juin.

Elle résolut d'appliquer au shérif le traitement qu'elle réservait aux gens désagréables : l'indifférence. Le problème, c'est que tant que Rory travaillerait pour elle, le risque de tomber sur lui était grand. Elle pouvait toujours licencier le garçon, mais son père la traînerait alors en justice pour obtenir des indemnités. Lorsqu'il découvrirait sa véritable identité, il se réjouirait certainement d'être tombé sur la poule aux œufs d'or.

Non, il fallait qu'elle fasse profil bas. Avec le shérif et Max sur ses talons, c'était plus sage.

Max… Il lui était complètement sorti de l'esprit, celui-là ! Mais lui ne l'aurait pas oubliée, elle pouvait en être sûre. Qu'elle ne l'ait pas vu en ville ne pouvait signifier qu'une chose : il avait découvert ce qu'il cherchait et était retourné auprès de son père faire son rapport.

Celui-ci prendrait son temps avant de décider de la marche à suivre. On ne bâtissait pas un empire hôtelier en agissant dans la précipitation. Avec un peu de chance, l'inauguration du nouvel hôtel à Singapour l'occuperait encore pendant une semaine ou deux. Il ne dirait rien de ce qu'il savait à sa mère, puis, au dernier moment, lui annoncerait : « Fais ta valise. Nous partons en escapade. » Puis ils s'envoleraient vers le sud et, à la façon d'un ouragan, dévasteraient les fragiles fondations de sa nouvelle existence. Sa mère aurait tôt fait de refaire entièrement la décoration de sa ferme. Quant à son père… Difficile de l'imaginer sous le porche de la baraque, en train de siroter des martinis avec Red !

Malgré ses demandes, ses parents viendraient, c'était une certitude. Il était hors de son pouvoir de les en empêcher. Elle espérait seulement que la presse ne suivrait pas.

Au moins, cela donnerait du grain à moudre au shérif, songea-t-elle avec cynisme.

Lorsqu'elle tourna dans l'allée de Whistling Meadows, elle était en nage. Sa mère l'aurait vue ainsi, elle lui aurait sans doute reproché son manque d'élégance. Eh bien, il faudrait qu'elle s'y fasse. Désormais, sa fille vivait à la campagne.

De son côté, elle devait apprendre à cesser de s'inquiéter du lendemain.

Reste dans l'instant présent, s'exhorta-t-elle. *Pour le moment, ni la presse ni tes parents ne sont là. Et il n'y a pas de raison que tu croises de nouveau le shérif…*

A ce moment précis, elle vit le corps étendu sous le porche de sa maison.

Un homme.

Il ne bougeait pas.

Elle jeta un regard en direction de la baraque. Le pick-up de Red n'y était pas. Son premier réflexe fut de prévenir la sécurité de l'hôtel, avant de se rappeler que, là où elle se trouvait, il n'y avait pas de service de sécurité.

La priorité était d'appeler les secours.

Ensuite, il ne lui resterait plus qu'à prier pour que le shérif ne se mette pas également à la soupçonner de meurtre.

4

— Il est mort ?

— Ivre mort, plutôt, répondit Garrett, les yeux fixés sur Mack qui gisait, immobile, sous le porche de Samantha.

Imbibé de whisky comme il l'était, comment Mack avait-il réussi à faire à pied la route depuis chez ses parents ? s'interrogea-t-il.

— Savez-vous qui c'est ? s'enquit la jeune femme.

Elle faisait preuve encore une fois d'un extraordinaire sang-froid, songea-t-il. Dans une telle situation, nombre de femmes de sa connaissance auraient paniqué.

— Je le connais. Il s'appelle Mack Whittaker.

Par souci de confidentialité, il n'en dit pas plus.

Il tenta d'évaluer les efforts qu'il devrait déployer pour transporter son ami jusqu'à la voiture. Ils faisaient à peu près la même taille et le même poids — un mètre quatre-vingt-quinze pour quatre-vingt-dix kilos bien pesés — mais Mack était inconscient, et un poids mort était toujours plus lourd à porter.

— A-t-il des proches ?

Elle s'agenouilla près de la forme immobile sans esquisser la plus légère moue de dégoût — bien que Mack ne sentît pas précisément la rose à cet instant. Garrett se surprit à contempler les boucles blondes qui voletaient autour du visage de la jeune femme, à admirer son teint de porcelaine — si rare par ici. Le coup de soleil qui commençait à poindre sur son nez et ses joues lui causa une vague inquiétude, mais il reprit bien vite ses esprits.

Elle leva les yeux vers lui. Ils n'étaient pas marron, comme il l'avait cru au début, mais d'une douce teinte noisette. Son regard, en revanche, était pénétrant. Elle insista :

— Une épouse, peut-être ?

— N… Non. Pas d'épouse. Des parents.

Il s'obligea à retrouver une attitude professionnelle.

— Mais je ne veux pas que Lily voie son fils ainsi, décréta-t-il. Elle se fait assez de souci comme cela. Je vais appeler du renfort. Laissons-le cuver son vin en cellule. Il prendra une douche à son réveil.

— Est-il dangereux ?

— Non.

Seulement pour lui-même, ajouta-t-il en silence. Il ne voulait pas reconnaître à voix haute à quel point son vieil ami était tombé bas, combien difficile semblait le chemin de la guérison et sa propre impuissance. Il n'était pas encore prêt à jeter l'éponge.

— Dans ce cas, qu'il reste ici, dit-elle en se relevant.

Comme si c'était elle qui était aux commandes. En fait, sa façon de parler, de se tenir dénotait la personne habituée à donner des ordres. Et à être obéie.

— Vous ne le connaissez même pas.

— Mais je sais ce que c'est que d'être…

Leur conversation fut interrompue par l'arrivée de Red Harris. Dommage, songea Garrett. De toute façon, il voyait mal ce que la jeune femme pouvait avoir de commun avec le malheureux qui gisait sous son porche. Deux personnes n'auraient pu être plus différentes.

Red sauta à bas de son pick-up.

— Ziggy Newsome m'a dit qu'il avait vu Mack se diriger par ici, et qu'il ne marchait pas tellement droit.

L'air inquiet, il scruta le visage de Samantha.

— Il ne vous a pas trop effrayée, Duchesse ?

— Au début, j'ai cru qu'il était mort. Mais ça va, maintenant.

Le vieil homme se tourna vers Garrett.

— Il est en piteux état ! Vous voulez que je vous aide à l'installer dans la voiture ?

— Oui, merci.

Elle les arrêta d'un geste de la main.

— Attendez ! Je continue à penser qu'il devrait rester ici jusqu'à ce qu'il soit de nouveau sobre.

— Sans vouloir vous manquer de respect, c'est une idée complètement ridicule ! répliqua Garrett en s'accroupissant près de Mack pour l'attraper par les aisselles. C'est dans une cellule de dégrisement qu'il sera le mieux.

— Pas si ridicule que cela, si on y réfléchit, objecta Red en saisissant Mack sous les genoux. Ce serait humiliant pour lui s'il devait se réveiller devant tous ses collègues. Il vous en voudrait. Portons-le jusque chez moi. Je veillerai sur lui.

Garrett continuait à être sceptique.

— Vous n'êtes pas obligé de faire ça, Red.

— Je le sais. Mais Mack a toujours été serviable avec tout le monde. C'est un type bien. Il traverse une mauvaise passe, voilà tout.

Samantha semblait boire chacune de ses paroles, remarqua Garrett, intrigué. Autant il comprenait que Red se sente concerné par le sort de Mack, autant il voyait mal en quoi tout cela pouvait la toucher, elle.

— Duchesse, allez donc ouvrir la porte de la baraque, ordonna le vieux fermier. Garrett et moi allons essayer de porter Mack jusque-là-bas.

Même à deux, l'opération ne se fit pas sans mal.

— Pas sur mon lit ! dit Red lorsqu'ils furent à l'intérieur. Je viens juste de changer les draps. Je suis peut-être un bon samaritain, mais je ne suis pas un saint ! Mettons-le plutôt sur une couchette dans le dortoir des ouvriers.

— J'aimerais que vous m'avertissiez quand il se réveillera,

lui dit Samantha une fois Mack installé sur son lit de fortune. Je veux lui parler.

— D'accord.

Elle se tourna ensuite vers Garrett. Que pouvait-elle bien avoir à raconter à son ami ? se demandait-il.

— Je vous raccompagne à votre voiture.

— Inutile.

Sans tenir compte de son refus, elle le suivit dehors.

— Si j'ai bien compris, cet homme travaille au bureau du shérif ?

— Il est en congé pour le moment.

Cela ne la regardait pas et, d'ailleurs, il n'aimait pas qu'on le questionne. Particulièrement sur des sujets qu'il ne maîtrisait pas.

— C'est surtout un très vieil ami à moi, ajouta-t-il. Mais vous… Qu'est-ce qui vous pousse donc à l'aider ?

Elle leva vers lui un regard empli de sérénité. Il devinait une grande force et beaucoup de volonté sous son apparence sophistiquée. Il suffisait de passer quelques minutes en sa compagnie pour le percevoir. Ce qui lui échappait — pour le moment —, c'était ses motivations. Déjà, pourquoi avait-elle choisi de s'installer à Applegate ? Et pour quelle raison, après être restée discrètement dans son coin jusqu'ici, choisissait-elle de s'impliquer auprès de quelqu'un, et justement auprès de Mack ?

— Souhaitez-vous qu'on vous prévienne lorsque… Mack, avez-vous dit ? … ira mieux ?

— Je repasserai dans un moment. Si vous attendez qu'il se sente assez bien pour se lever, il risque de vous brûler la politesse !

— C'est possible.

Elle semblait si sûre d'elle qu'il aurait pu croire qu'elle en savait plus long que lui-même sur son ami.

— Je repasse tout à l'heure, insista-t-il.

— Inutile. Red et moi nous nous en sortirons très bien tout seuls.

Mécontent, il monta dans sa voiture. Le matin même, il s'était fixé deux objectifs : aider Mack et en apprendre davantage sur le compte de l'employeuse de son fils. Et qu'avait-il accompli à la fin de la journée ? Pour ainsi dire rien.

Samantha regarda le shérif s'en aller. Jusqu'à présent, elle avait délibérément recherché la solitude, dans l'intention de réunir les morceaux épars de sa vie. Pourquoi s'exposait-elle maintenant ?

Peu désireuse de découvrir trop tôt la réponse à cette question, elle se rendit dans la grange afin de préparer l'équipement pour le lendemain. Au programme, une randonnée suivie d'un déjeuner arrosé de vin pour un groupe de retraités venant d'Atlanta. Elle voulait que tout soit prêt lorsqu'elle rentrerait de sa réunion AA du matin.

Elle avait commencé depuis à peine cinq minutes quand Percy passa la tête par l'ouverture de la porte qui donnait sur le pré. Depuis qu'elle l'avait soigné pour un ongle infecté, deux semaines plus tôt, l'animal avait décidé qu'il préférait sa compagnie à celle de ses congénères. Il montrait en outre une troublante propension à se comporter davantage comme un être humain que comme un lama, ainsi qu'une extrême curiosité. Aujourd'hui, il semblait décidé à lui tourner autour pour découvrir ce qui la troublait.

Qu'était-ce donc, au juste ?

Pourquoi était-elle sortie de l'ombre pour aider Mack Whittaker ? Un ami du shérif, rien moins que cela !

Elle ne se cachait pas, se justifia-t-elle en silence sous le regard scrutateur de Percy. Samantha Weston n'était pas un faux nom. Samantha était le prénom de sa grand-mère paternelle, et Weston, le nom de jeune fille de sa grand-mère maternelle, deux femmes qui avaient mené des existences riches et fécondes. Elle espérait leur rendre ainsi hommage, et suivre leur exemple.

Or, lorsqu'on était une femme de valeur, on ne laissait pas une autre personne se détruire, ainsi que Mack semblait disposé à le faire. Elle savait ce qu'il traversait. Le moment était peut-être venu d'aller chercher des forces tout au fond d'elle-même et de découvrir ce qu'elle avait à offrir. Un défi de taille.

— Occupe-toi donc de tes affaires, dit-elle à Percy, qui continuait à la dévisager de ses grands yeux perspicaces. Retourne jouer avec les autres.

Il n'en fit rien, et elle termina son ouvrage sous son regard pensif.

Fidèle à sa promesse, Garrett repassa plus tard ce soir-là, mais il se rendit directement à la baraque sans même la saluer. C'était tout aussi bien, se dit-elle.

Elle se disait beaucoup de choses, ces temps-ci. A croire qu'elle avait besoin de se justifier à ses propres yeux.

Tôt le lendemain matin, Garrett conduisit Rory en voiture à Whistling Meadows. Red vint aussitôt à leur rencontre.

— Il faut que nous allions réparer la clôture avant le retour de la duchesse, dit-il à Rory en sortant le vélo du coffre. Elle a été défoncée par un tracteur, ou peut-être un quad. J'ai ma petite idée sur l'identité des coupables, mais je m'occuperai d'eux au moment voulu. Les outils sont dans mon pick-up. Allons-y.

— Je vais voir Mack, annonça Garrett.

— Il n'est pas ici, répondit Red en appuyant le vélo contre le mur. La duchesse l'a emmené à sa réunion des Alcooliques Anomymes.

— Sa réunion des Alcooliques Anonymes ?

— Elle s'y rend tous les jours après les corvées du matin.

Cette révélation fit à Garrett l'effet d'une petite bombe. Les Alcooliques Anonymes ? Samantha ? Mais un détail lui revint aussitôt à l'esprit.

— Pourtant, elle ne conduit pas, et Mack…

— Sa marraine vient la chercher.

Imité par Rory, Red monta dans son pick-up et conclut :

— Ne vous inquiétez pas pour Mack. Il est entre de bonnes mains. La duchesse a peut-être l'apparence d'une poupée en porcelaine, mais c'est une dure à cuire !

Regardant le pick-up s'éloigner dans un nuage de poussière, Garrett se demanda ce qui l'étonnait le plus : que l'élégante et impassible Samantha assiste aux réunions des Alcooliques Anonymes, ou qu'elle ait réussi à convaincre Mack d'accepter de l'aide — entreprise où il avait lui-même échoué.

Il avait l'impression d'être quelque peu laissé pour compte, ces temps-ci. Non seulement son meilleur ami s'en était remis entièrement à une inconnue, mais son fils, après avoir décroché seul son premier emploi, venait de partir sans même un regard en arrière. Quant à son ex-femme, elle se préparait à emmener Rory vivre de l'autre côté de l'océan. Et personne ne songeait à l'inclure dans les événements. C'était vexant, à la fin.

Non qu'il éprouvât le besoin de diriger. Mais il aurait tout de même bien aimé qu'on lui demandât son avis sur ces questions. Ce qui n'avait pas été le cas.

Au cours de la semaine qui suivit, ce sentiment qu'éprouvait Garrett ne disparut pas, bien au contraire.

Sur le parking du supermarché, il croisa un après-midi la mère de Mack. Il l'aida à charger ses courses dans son coffre de voiture, et elle lui apprit que son fils l'avait appelée pour lui dire de ne pas s'inquiéter : il se reposait à Whistling Meadows et allait régulièrement aux réunions des

Alcooliques Anonymes. C'était un miracle, soupira-t-elle, les larmes aux yeux.

Manifestement, le métier de parent ne devenait pas plus facile quand les enfants grandissaient, songea Garrett avec un pincement au cœur. Quoi qu'il en soit, il n'avait pas de raison de se mêler de la vie de Mack : Red et Samantha s'occupaient déjà de lui. Et, de toute façon, son ami ne l'avait pas appelé.

Quant à Rory, il partait au travail de plus en plus tôt et rentrait toujours plus tard le soir. Il ne le voyait presque plus. Un jour, il l'avait croisé en ville, occupé avec Red à installer de nouveaux panneaux publicitaires pour la ferme. Les anciens avaient été arrachés, l'informèrent-ils. Tous deux semblaient prendre cet acte de vandalisme comme un affront personnel. A la maison, l'adolescent passait son temps dans sa chambre, le nez plongé dans des livres sur l'élevage empruntés à la bibliothèque municipale.

Garrett avait eu une nouvelle discussion avec Noelle. Son entretien professionnel s'était bien passé, mais elle ignorait encore si elle obtiendrait le poste. Elle n'était pas inquiète. Après être restée quelques jours à Londres, le temps de serrer des mains et de se faire bien voir, elle était de retour à Charlotte. Elle comptait toujours sur lui pour lui fournir des renseignements complets sur Mlle Weston.

L'ennui, c'est qu'il ne voyait plus tellement la nécessité d'enquêter sur Samantha. Celle-ci avait l'approbation pleine et entière de Red — et Red n'était pas un imbécile. Elle était membre des Alcooliques Anonymes, d'accord… Et alors ? Cela la regardait. Elle ne possédait même pas de voiture : de ce côté, Rory ne risquait rien. Toutes ses licences étaient en ordre. Que ce soit en tant que shérif ou père, avait-il besoin d'en savoir plus ?

Toutefois, en tant qu'homme…

— Etes-vous sûr que cet article est à vous, shérif ?

La voix de Kate Mulroney, l'une des caissières du supermarché, le tira de sa rêverie.

Baissant les yeux, il vit une boîte de tampons hygiéniques au milieu du lait, du pain et du café posés sur le tapis roulant.

Une main fine s'avança pour s'en emparer.

— C'est à moi.

Il pivota et se retrouva face à Samantha, ensorcelé malgré lui par la calme et si mystérieuse assurance de la jeune femme.

Kate se chargea de le rappeler à la réalité.

— Alors, c'est ce soir que le conseil municipal délibère sur le projet saugrenu de mon cousin ! dit-elle en scannant les articles. Si l'idée est adoptée, vous aurez du pain sur la planche ! Un tournoi de boules dans la rue… Qui a jamais entendu une chose pareille ?

Pouffant de rire, elle secoua la tête.

— Moi, intervint Samantha. Je crois que c'est un jeu irlandais.

— C'est ce que dit mon cousin Pat, repartit Kate, tout heureuse d'engager une conversation à trois.

Garrett, lui, ne désirait qu'une chose : prendre son ticket et s'échapper. Il devait rentrer chez lui pour dîner en vitesse avant de faire une apparition au conseil municipal.

— Il y a quelques semaines, Pat est allé à une réunion de famille en Virginie, poursuivit la caissière, nullement troublée par son impatience manifeste. Là-bas, il a joué à ce jeu. Il est revenu plus irlandais qu'irlandais. Il veut qu'on l'appelle Padraig, c'est pour vous dire !

— Kate ! la rappela à l'ordre Garrett tout en fourrant ses articles dans un sac. Mon ticket.

— Bien sûr !

Jetant un coup d'œil au ticket de caisse, elle s'exclama :

— Oh ! zut ! J'ai compté les tampons avec le reste. Je vais devoir tout annuler et recommencer.

Il s'empara du ticket.

— Laissez tomber. J'offre à Mlle Weston ses… affaires.

— Ne soyez pas ridicule. Nous allons régler cela dehors, protesta Samantha en le poussant doucement vers la sortie.

Quelle plaie ! fulmina-t-il en silence. Tout ce qu'il voulait, c'était s'éloigner d'elle au plus vite.

Dehors, elle lui prit le ticket de caisse puis plongea la main dans la poche de son jean pour en retirer de la monnaie. Une douce brise faisait danser ses boucles blondes, qui brillaient sous le soleil.

— Pour revenir à cette histoire de tournoi… De quoi s'agit-il, exactement ? s'enquit-elle.

Il contre-attaqua:

— Comment va Mack ?

— Bien.

Le regardant bien en face, elle lui tendit l'appoint.

— Et ce tournoi ?

Il n'avait aucune envie de parler de ça. C'était le genre de manifestation farfelue qui ne se rencontre que dans les petites villes, chez les « péquenauds », comme aurait dit Noelle. Il aurait préféré discuter de Mack, mais elle ne souhaitait visiblement pas aborder ce sujet.

Il empocha l'argent.

— Pour l'instant, ce n'est qu'une idée fantaisiste de Pat. Reposez-moi la question demain, lorsque le conseil aura voté.

Sur ces mots, il s'éloigna sans un regard en arrière.

Samantha le regarda s'éloigner d'un pas raide. Elle l'avait mis en colère en refusant de lui donner des nouvelles de son ami, elle l'avait bien vu. Pourtant, elle n'avait fait qu'obéir aux directives de Mack. Investie comme elle l'était désormais dans le processus de guérison de ce dernier, elle ne pouvait prendre le risque de perdre sa confiance.

Tout en pédalant en direction de Whistling Meadows,

elle songea aux deux hommes. Ils étaient aussi proches que des frères : la situation était assez inconfortable pour elle.

Lorsqu'elle parvint enfin devant sa maison, elle aperçut Mack, Red et Rory assis en rond sous le porche de la baraque, un peu plus haut sur la colline. A en juger par leur expression sérieuse, ils n'étaient pas en train de jouer aux cartes. Mais que faisait encore Rory ici à cette heure ? C'était presque l'heure du dîner. Certes, ils s'étaient mis d'accord sur une certaine flexibilité des horaires mais, depuis quelque temps, le garçon habitait quasiment sur place. Non que cela la gêne : depuis le début, il semblait avoir endossé le rôle de protecteur vis-à-vis des lamas et de la terre. Quant à Red, bien qu'elle ne lui verse pas de salaire, il paraissait désormais plus résolu à l'aider à faire tourner Whistling Meadows qu'à profiter de sa retraite en pêchant. Pour quelqu'un qui comptait rester discret, elle était maintenant entourée d'une troupe singulière.

Elle n'avait pas encore faim — les repas qu'elle confectionnait elle-même ne la mettaient guère en appétit —, aussi prit-elle le chemin de la baraque, longeant le petit pré où les lamas étaient en train de se rouler dans la poussière. A son approche, les poules de Red s'égaillèrent en caquetant.

— Coucou ! lança-t-elle en s'avançant vers le porche.

Les trois compères se turent aussitôt, comme s'ils étaient en train de parler d'elle.

— Que se passe-t-il ?

— Rien, répondit Red un peu trop vite. Quoi de neuf en ville ?

— J'ai entendu parler d'un tournoi de boules. De quoi s'agit-il ?

Il était important pour elle de le savoir : tout ce qui amenait du monde dans la région était bon pour les affaires. Même si gagner de l'argent n'était plus sa priorité, les vieux réflexes avaient la vie dure.

Mack se leva et, sans même un salut, rentra dans la baraque.

— Ce doit être une idée de Pat Mulroney, répondit Red. Si elle est adoptée au conseil, je monterai peut-être une équipe.

Il regarda Rory.

— Tu en serais ?

— Une équipe ? interrogea l'adolescent, l'air intéressé.

— Si l'on peut dire.

Red s'adossa plus confortablement à son siège, tandis que Samantha s'asseyait sur la dernière marche du perron.

— Il faut être deux, reprit Red. Voici les règles : les joueurs lancent tour à tour une boule en métal, qui doit peser autour de huit cents grammes, sur une « piste » qu'on délimite au préalable. Le jeu se déroule toujours en plein air, sur la route. L'équipe qui atteint le point d'arrivée avec le moins de lancers remporte la victoire.

— C'est tout ? s'étonna Rory.

— Oui. Mais l'alcool circule en quantité et, d'après Pat, en Virginie, on n'interrompt pas la circulation pendant les tournois. Ton père a du souci à se faire. Surtout que, d'après les rumeurs, les boules des vieux canons exposés devant le tribunal pèsent exactement huit cents grammes.

Rory semblait peu intéressé par les questions de sécurité.

— Je pense que Whistling Meadows devrait avoir son équipe, déclara-t-il.

— Ne me regardez pas, prévint Samantha. Je ne sais même pas lancer un Frisbee ! Mais je peux me charger des boissons. Je distribuerai de la limonade.

— Mack pourrait tenir le stand avec vous, suggéra Red. Vous seriez l'équipe des Abstinents.

Mack et elle formeraient une paire assez improbable, songea-t-elle. L'ancien soldat constituait une énigme à ses yeux. Une fois convaincu d'assister aux réunions AA, il avait attaqué sa cure avec une volonté farouche. Il ne communiquait pas pour autant avec elle, sinon pour lui enjoindre de ne parler de lui à personne — à Garrett en particulier. En fait, quelque chose chez lui semblait éteint.

Elle en était presque inquiète : malgré la thérapie, Mack avait-il réellement affronté la vraie raison de son désespoir ? Serait-il capable un jour de réintégrer l'équipe du shérif ? A plus forte raison de participer à un divertissement aussi bruyant qu'un tournoi de boules ? Pour l'instant, elle ne l'avait pas encore vu sourire.

— Il faut que je me sauve, déclara Rory. Papa dîne à la maison, ce soir. Geneva a préparé du bœuf braisé, son plat préféré.

Du bœuf braisé, mmm… Et, cerise sur le gâteau, préparé par quelqu'un d'autre ! Samantha en avait l'eau à la bouche.

L'adolescent s'éloigna à toute allure sur son vélo, comme s'il tentait de décrocher le maillot jaune.

— C'est étrange, dit-elle. Je n'ai aucune expérience avec les enfants, et pourtant, son énergie me manque lorsqu'il n'est plus là.

Red la dévisagea avec attention.

— Les enfants sont une bénédiction.

Son regard se perdit dans le vague.

— Moi, je n'en ai pas eus. La vie en a décidé ainsi. Mais vous, par contre…

— Pour le moment, je suis célibataire. Or, pour avoir des enfants, encore faut-il avoir rencontré la bonne personne.

— Vous l'avez juste sous vos yeux.

— Seriez-vous en train de flirter avec moi, monsieur Harris ?

— Dans mes rêves ! plaisanta Red avec un petit sourire en coin. Je ne parle pas de moi. Ne me dites pas que vous ne l'avez pas remarqué !

— Vous pensez à Mack ?

— Non.

Tant mieux. Car bien que Mack et elle aient passé ensemble des moments forts au cours de la semaine qui venait de s'écouler, il n'y avait entre eux aucune alchimie, pas une once de la tension sexuelle qu'elle ressentait en présence de…

— Vous ne faites tout de même pas allusion au shérif !

— Si ! s'exclama-t-il, son visage ridé par le soleil respirant le contentement de soi. Toute la ville a remarqué les étincelles qui fusent entre vous quand vous vous croisez dans la rue !

— Mais je ne cherche personne !

— Lui non plus. Seulement, la nature ne se soucie pas de ce genre de détails.

Il se leva et conclut :

— Je ferais bien d'aller voir ce que Mack veut manger ce soir. Je crois que ce sera une boîte de bœuf haché. A plus tard, Duchesse.

Samantha resta assise sur les marches du perron, abasourdie. Il n'y avait aucune attirance entre elle et le shérif.

Menteuse !

— Comment cela s'est-il passé ? demanda Geneva à Garrett à son retour du conseil municipal.

Elle enfila son sweat-shirt et rassembla ses affaires pour partir.

— Tout le monde est d'avis que le tournoi serait une superbe publicité pour Applegate, répondit-il. Comme si notre ville était une attraction de fête foraine !

— Oh ! ce sera amusant ! J'ai entendu dire que Ziggy Newsome avait proposé d'utiliser la route de terre battue qui traverse sa propriété. Mais, même sans le problème de la circulation, vous allez être débordé de travail.

Garrett en avait bien conscience, hélas !

— Comment va Rory ?

— Il est allé se coucher tôt. Tout ce travail manuel et cet air pur l'ont épuisé.

Garrett jeta un coup d'œil à sa montre. Couché dès 9 heures ? s'étonna-t-il en silence.

— Tout cela est bon pour lui.

— Il a l'air heureux, confirma Geneva.

Garrett ne voyait pas son fils assez souvent pour le dire avec autant de certitude.

— Merci, Geneva. A demain matin.

— Bonne nuit.

Il se mit à faire les cent pas dans le salon, très agité. Ce n'était pas seulement à cause du tournoi de boules à venir et des ennuis logistiques que ce dernier occasionnerait. Il venait de passer la soirée debout au fond de la salle de réunion de la mairie et, au lieu de réfléchir à la façon dont il allait s'y prendre pour maîtriser la circulation, la foule ou la consommation d'alcool, il n'avait songé qu'au manque de sang-froid dont il faisait preuve en présence de cette femme, Samantha Weston… Seigneur, qu'elle était attirante !

Et aussi, très certainement, hors de sa portée.

Alors, comment faire pour qu'elle cesse de s'immiscer jour et nuit dans ses pensées ? S'il avait un peu de cran, il lui proposerait de sortir avec lui. Après quelques heures passées en sa compagnie, il aurait la preuve qu'ils n'étaient pas faits l'un pour l'autre, et cela mettrait fin à cette attirance insensée. Oui, c'était une idée saugrenue, mais qui pouvait marcher.

En montant à l'étage, il voulut vérifier que Rory allait bien. Il ouvrit la porte de sa chambre : son fils dormait désormais sans veilleuse et… la fenêtre ouverte ! Le petit allait se faire dévorer par les moustiques.

Il entra dans la chambre pour baisser la moustiquaire et s'approcha du lit pour contempler son fils endormi — chose que Rory ne lui aurait jamais permise en état de veille.

Les contours qui se dessinaient sous les couvertures avaient une forme étrange, songea Garrett. Et si…

Il repoussa brusquement les couvertures. Dessous, il trouva des oreillers disposés de façon à donner l'impression d'une silhouette humaine.

Où diable était Rory ?

5

Debout au milieu de la chambre de Rory, Garrett s'exhortait à penser en policier, et non en père. Lorsque des parents l'appelaient pour lui demander de lancer un avis de recherche parce que leur enfant avait fait le mur un soir d'été, il leur disait de conserver leur calme et de commencer par contacter les amis de l'enfant.

La différence, là, c'est qu'il s'agissait de son fils.

Et puis, Rory ne séjournait à Applegate que le temps des vacances, il n'y avait pas d'amis. Les seuls garçons de son âge qu'il fréquentait étaient les deux petits-fils de Geneva. Lorsqu'ils venaient en visite chez leur grand-mère, celle-ci les emmenait avec elle à son travail pour tenir compagnie à Rory. Mais Garrett ne les avait pas vus depuis deux semaines. Toutefois, par acquit de conscience, il composa sur son portable le numéro de téléphone de sa femme de charge.

— Tout va bien ? demanda-t-elle à la seconde où elle décrocha.

— Non. Rory est parti !

Il alluma la lumière et inspecta la chambre en quête d'un mot ou de tout autre signe pouvant indiquer que cette disparition était davantage qu'une innocente escapade.

— Vous a-t-il paru contrarié, excité ? lui demanda-t-il.

Son fils avait pu aller retrouver quelqu'un. Une fille, peut-être ? C'était de son âge, après tout.

— Il semblait simplement joyeux et n'a pas arrêté de me parler de la ferme, des drôles d'animaux qu'il y a là-bas, de Mlle Weston. Il a dit qu'il voulait faire une bonne nuit de sommeil pour arriver plus tôt au travail demain matin.

Dans ce cas, pourquoi était-il sorti ? s'interrogea Garrett en silence.

— Je suis au supermarché, continua Geneva. Avant de rentrer, je ferai un tour du côté des pistes de bowling, et s'il n'y est pas, j'irai voir sur le parking de l'église. Les gamins y sont tout le temps, pour faire du skateboard.

— Merci, Geneva, mais je préfère que vous rentriez directement chez vous vous reposer. Je vais appeler le poste et demander aux agents de patrouille d'ouvrir l'œil.

— Oh ! je serai incapable de me détendre tant que vous n'aurez pas appelé pour m'annoncer que vous l'avez retrouvé sain et sau !

Regrettant de l'avoir inquiétée inutilement, Garrett raccrocha et contacta le service de police. L'opératrice qui lui répondit lui assura qu'elle transmettrait l'information. Il était inutile de s'alarmer, lui dit-elle. A cet âge, les jeunes connaissaient tous une montée de sève. Cette observation, censée le rassurer, ne fit qu'accroître son angoisse.

Il se livra à une inspection plus poussée de la chambre de son fils : son sac à dos avait disparu. En revanche, sa casquette préférée, son baladeur numérique et sa collection de jeux vidéo étaient toujours là. Or, Rory ne se déplaçait jamais sans eux. Il avait donc l'intention de revenir. Mais quand ? Et où était-il, à présent ?

Soudain, Garrett réalisa qu'au début des vacances, son fils était arrivé à Applegate avec un téléphone portable haut de gamme ultra plat, doté de toutes les options possibles et imaginables, acheté par Noelle. Sur le moment, il avait trouvé cette débauche de luxe inappropriée pour un enfant de douze ans. A présent, il était heureux de disposer d'un moyen de le joindre. Il chercha son numéro dans sa liste de contacts, puis se mit à marcher de long en large tandis que la sonnerie retentissait une fois, deux fois, trois fois… Personne ne répondit, et il fut basculé sur la boîte vocale.

Il raccrocha sans laisser de message, puis regagna le rez-de-chaussée. Un tour sur la terrasse à l'arrière de la maison lui confirma ce qu'il suspectait déjà : le vélo de Rory avait aussi disparu.

Il ne restait rien d'autre à faire que de prendre la voiture et de rouler, dans l'espoir de le retrouver. Même par une aussi douce soirée d'été, tout était fermé dans Main Street à 22 heures. Seuls, le bureau du shérif, le supermarché, le Dairy Queen et la piste de bowling en plein air étaient encore ouverts.

Il passa lentement devant cette dernière, scrutant les petits groupes de joueurs. Hélas ! Rory n'était pas parmi eux.

Brusquement, il se souvint d'une chose que Geneva avait dite : Rory n'avait cessé de parler de Whistling Meadows. Se pouvait-il qu'il soit allé là-bas ? Et si oui, pour quelle raison ? Se faisait-il du souci pour l'une des bêtes ? Un été, il avait supplié Garrett et Mack de le laisser dormir dans l'étable des Whittaker pour assister à la naissance d'un veau.

Garrett fit brutalement demi-tour et prit la direction de Whistling Meadows. En se garant dans l'allée de la ferme, il fut soulagé de voir qu'il y avait encore de la lumière au rez-de-chaussée. Il était déjà assez ennuyeux de mêler Samantha Weston à un problème personnel sans avoir, en plus, à la tirer du lit.

Il traversa la cour et monta les marches de l'entrée : le vélo de Rory n'était nulle part en vue.

— Inutile de frapper, je suis là, fit la voix de Samantha depuis l'extrémité de la terrasse. Quelque chose ne va pas, shérif ?

Enfouie dans un ample gilet, elle était pelotonnée sur la balancelle et serrait une tasse de thé entre ses mains. En la regardant, il prit subitement conscience que la température s'était rafraîchie.

— Avez-vous vu Rory ?

— Pas depuis l'heure du dîner.

Elle se leva et, sortant de l'ombre, vint à lui, le visage inquiet.

— Que se passe-t-il ?

— Il est sorti en cachette de la maison. J'ai pensé qu'il y avait peut-être un problème avec les lamas. L'un d'eux est-il malade ? Ou sur le point de mettre bas ?

— Ils sont tous en bonne santé. Et ce sont des mâles.

Les sourcils froncés, elle parut réfléchir.

— Mack et Red ont peut-être une idée de ce qui se passe. Cet après-midi, j'ai eu l'impression que je les interrompais en pleine discussion.

— A quel propos ?

— Aucune idée. Allons poser la question à Red. Mack est sorti.

Garrett sourcilla à son tour. Il se faisait déjà assez de souci comme cela pour son fils sans avoir en plus à s'inquiéter pour son ami.

Samantha sembla deviner ses pensées.

— Ça va. Il est à une réunion des Alcooliques Anonymes. Il lui arrive d'y aller deux fois par jour.

Elle descendit les marches. Il lui emboîta le pas.

— Inutile de m'accompagner, lança-t-il.

— Ne soyez pas ridicule. Vous savez ce qu'on dit : on est plus fort à deux ! Allons jeter un coup d'œil dans la grange en passant. Rory s'est-il déjà enfui par le passé ?

— Non.

Mais il avait grandi depuis, ajouta-t-il in petto.

— C'est pourtant un enfant qui semble avoir la tête sur les épaules, fit-elle remarquer.

Elle pénétra dans le bâtiment et appuya sur l'interrupteur, illuminant les harnachements de cuir luisants de propreté et les réserves d'aliments stockées dans des containers parfaitement alignés.

— Regardez cet endroit : il n'a jamais été aussi bien rangé ! C'est grâce à Rory. Sa conduite de ce soir ne lui ressemble pas.

Malgré son inquiétude, Garrett ne put s'empêcher de se sentir fier de son fils, de son application.

— Rory ? appela-t-il. Tu es là ?

Ils inspectèrent les lieux. En vain. Mais alors qu'ils sortaient de la grange, ils virent Red descendre la colline au pas de course.

— Que se passe-t-il, shérif ? lança-t-il en venant à leur rencontre.

— Rory a disparu. Vous ne sauriez pas où il a pu aller, par hasard ?

— Bon sang !

Parvenu à leur hauteur, il s'arrêta et jeta un coup d'œil penaud à la jeune femme.

— Nous ne voulions pas vous mêler à tout ça, Duchesse. Mais je ne me doutais pas que le petit chercherait à régler ça tout seul !

— De quoi parlez-vous ? interrogea-t-elle, visiblement aussi perplexe que Garrett.

— Mack, Rory et moi pensons que quelqu'un cherche à vous nuire.

— A me nuire ? Comment cela ?

— Ça a commencé avec les ordures dans le pré. Puis il y a eu la clôture abîmée, et enfin les panneaux publicitaires arrachés. Des bêtises de gosses, mais embêtantes tout de même.

Samantha serra ses bras autour d'elle comme pour réprimer un frisson.

— Qui me voudrait du mal ? Vous croyez vraiment qu'il s'agit de quelque chose de plus grave que de simples actes de malveillance ?

— Je ne suis sûr de rien, répondit Red, la mine sombre.

Mais je crois savoir qui est derrière tout ça, même si je n'en ai pas la preuve.

Garrett aussi avait une idée de l'identité du coupable. Tanner. Le bonhomme tourmentait sa voisine pour la simple raison qu'à cause d'elle, il ne pouvait plus accéder en quad aux pistes forestières.

— Mais qu'a à voir Rory là-dedans ? demanda-t-elle, visiblement inquiète.

— Chaque fois, les déprédations ont eu lieu après la tombée de la nuit. Rory a donc suggéré qu'on espionne Tanner et ses fils à ce moment-là. C'était une bonne idée, mais Mack et moi lui avons bien précisé que c'était à nous de nous en charger.

— S'il a entrepris de faire le guet, je sais où il est, affirma Samantha. Dans le vieux verger qui jouxte la maison de Tanner.

— Bingo ! s'exclama Red en se dirigeant vers son pick-up. Vous deux, passez par le pré. Mais évitez de vous faire remarquer en appelant ou en vous servant de lampes. Il ne faut pas que Tanner et ses fils découvrent Rory. Ils lui rendraient la vie impossible tout le reste de son séjour.

— Où allez-vous ? s'enquit Garrett.

— Je me charge de détourner leur attention. Je vais aller frapper chez eux et leur demander s'ils ne m'auraient pas emprunté certains outils que je ne retrouve plus.

— Mais il est 22 heures passées !

— Aucune importance ! Ils me croient sénile, de toute façon. Cela ne les surprendra pas, répliqua le vieil homme en démarrant.

Il avait l'air presque joyeux, comme s'il participait à un film d'action.

Garrett réprima une moue d'inquiétude : était-ce bien sage de laisser Rory passer ses journées en compagnie de ces trois-là ?

— Allons-y. Partons chercher votre fils, l'encouragea Samantha, semblant deviner ses réticences.

— Vous n'êtes pas obligée de venir, d'autant qu'il s'agit de Tanner.

— Bien sûr que si ! C'est ma propriété. Et mon employé. Je me sens responsable.

Samantha lui emboîta le pas. Ils firent le tour de la grange pour gagner le grand pré. La lune ne s'était pas encore levée, et ils ne voyaient pas où ils posaient les pieds.

— Nous n'allons pas tomber sur l'un de vos animaux, n'est-ce pas ? l'interrogea Garrett alors qu'elle ouvrait la barrière.

— Non. Ils sont dans le petit pré. Et, de toute façon, ils ne sont pas agressifs.

— Si vous le dites.

— J'ai l'impression que vous n'approuvez pas ce plan. Peut-être devrions-nous choisir une autre approche ? Après tout, c'est vous le policier.

— Je suis ici en tant que père, pas en tant que shérif.

Ah ! voilà donc ce qui vous chiffonne ! songea-t-elle. *Vous ne voulez pas que je me mêle de votre vie privée.*

Mais son irritation se dissipa très vite à la pensée qu'à sa place, elle éprouverait la même chose.

— Je comprends…

— Arrêtons de parler. Red a raison : il ne faut pas que Tanner se doute que Rory l'espionne depuis le verger. Si c'est réellement là qu'il se trouve.

En ce qui la concernait, elle se passait très bien de faire la conversation. De toute façon, elle devait se concentrer sur sa marche. L'herbe haute et les monticules rocheux rendaient difficile l'ascension vers la pommeraie. Les étoiles qui brillaient dans le ciel sans lune semblaient très proches, mais ne fournissaient aucune lumière. Une chouette hulula tout près de là. L'air embaumait le chèvrefeuille.

Deux fois, elle trébucha. Bien qu'il ne soit qu'à quelques pas d'elle, Garrett ne leva pas le petit doigt pour l'aider. Il était en colère, elle le sentait, mais elle n'arrivait pas à déterminer si c'était à cause du mauvais tour que lui jouait son fils, ou si son hostilité lui était destinée en particulier. Elle ne parvenait pas à comprendre. A le comprendre, lui.

Ils approchaient du sommet — elle le devina grâce à la brise qui soufflait maintenant sur sa peau. La vieille pommeraie se trouvait sur l'autre versant de la colline, dans un creux abrité.

Soudain, quelque chose passa au-dessus de sa tête avec un sifflement aigu, si près qu'elle sentit des ailes la frôler. Par crainte d'être griffée par les serres puissantes d'une chouette, elle se laissa tomber à genoux en étouffant un cri de frayeur.

Quelques secondes plus tard, elle fut hissée sur ses pieds sans ménagement.

— Bon sang, à cause de vous, nous allons finir par nous faire tirer dessus ! gronda Garrett.

Lui agrippant le poignet, il l'entraîna rapidement de l'autre côté de la colline, dans l'ombre protectrice de l'odorant vallon. Lorsque, pareils à des silhouettes fantomatiques, les premiers arbres apparurent — il y en avait deux douzaines, plantées par le grand-père de Red — Garrett s'immobilisa si brusquement qu'elle se cogna contre lui.

Il la saisit par les épaules et se pencha vers elle. Pendant un instant, elle se sentit désorientée. Désorientée par son imposante carrure, par le contact tiède de sa joue, par son odeur d'homme. Du coup, elle n'entendit qu'une partie des ordres qu'il lui chuchota à l'oreille. Elle crut comprendre les mots : « restez près de moi. » Comme il reculait, elle tendit la main vers lui. Il lui encercla de nouveau le poignet et l'entraîna à sa suite comme si elle était un de ses détenus.

Il n'y avait que trois rangées d'arbres — le vallon était étroit. Garrett marcha vers celle qui était la plus proche de la clôture entre les deux propriétés. Elle distingua l'arrière de la maison de son voisin, dont les contours délabrés se découpaient sur un faible halo lumineux qui devait provenir d'une lampe à l'avant de la bâtisse.

Le pick-up de Red était invisible, mais des voix d'hommes leur parvenaient faiblement dans l'air de la nuit.

Garrett se dirigea vers l'arbre qui offrait la meilleure vue sur la cour. Lorsque les chiens se mirent à aboyer, elle le sentit se raidir. Pourtant, il poursuivit sa progression à travers le taillis — alors qu'ils ignoraient si les bêtes étaient attachées ou non. Pour un homme de sa stature, il se déplaçait avec une aisance surprenante, presque sans bruit.

Les vieux arbres étaient bas et tordus ; certaines branches touchaient le sol. Il était facile pour un enfant d'y grimper.

Garrett s'arrêta pour écouter. La lune commençait à monter au-dessus de la colline, ce qui était un mauvais point pour eux : s'il faisait plus clair, ils risquaient d'être plus facilement repérés. Soudain, il l'attira contre lui et lui plaqua une main sur la bouche. De l'autre, il tira sur ce qui ressemblait à une branche morte.

La « branche » se révéla être une jambe, une jambe attachée à Rory, qui dégringola par terre avec un bruit sourd. En l'espace d'une seconde, Garrett la lâcha et fondit sur le garçon pour le bâillonner à son tour. Bien que personne n'ait parlé, les chiens — qui n'étaient pas attachés et couraient librement derrière la clôture à moins de six mètres de là — sentirent leur présence et se remirent à aboyer.

Des silhouettes se profilèrent à l'angle de la maison.

— Qu'est-ce que vous avez flairé, les gars ? lança Tanner d'un ton aussi menaçant que réjoui. Un puma ? J'vais lui faire la peau, moi !

— Laisse-le ! Avec les chiens, il ne viendra pas plus près.

C'était la voix de Red.

Une détonation déchira la nuit.

— Baissez-vous ! gronda Garrett en s'accroupissant et en faisant signe à Rory et Samantha de le suivre. Et courez !

Au lieu de retourner vers le sommet de la colline, où ils se découperaient sur la clarté de la lune, il leur fraya un chemin à travers les arbres, vers la dépression qui bordait le terrain de Tanner. Ils avaient beau se cacher, les chiens savaient où ils étaient et les poursuivaient le long du grillage, complètement enragés, tandis que le rire rauque de leur maître résonnait derrière eux. Samantha avait l'impression que son cœur allait exploser dans sa poitrine.

Au bout d'un moment, le vallon s'élargit et ils débouchèrent dans le pré. Hélas ! la ferme était encore loin. Garrett les poussa vers la clôture qui longeait la route. Des phares se rapprochaient à toute allure en tressautant.

— C'est sûrement Red.

— Comment le savez-vous ?

— Chut !

— Papa, ralentis !

C'étaient les premiers mots que Rory prononçait depuis qu'ils l'avaient retrouvé.

— Pas avant d'être de l'autre côté.

Son père le lança pratiquement par-dessus la clôture. Samantha vit alors de lourdes jumelles autour du cou de Rory et un sac sur son dos.

Garrett se tourna ensuite vers elle, mais elle n'avait aucune intention de se laisser manipuler comme un vulgaire sac de pommes de terre. Elle se hissa de l'autre côté du grillage au moment où Red arrêtait son pick-up sur le bas-côté.

Tous trois sautèrent en hâte sur la plate-forme, à l'arrière du véhicule. Red démarra sans attendre qu'ils se soient installés, et Samantha glissa sur toute la longueur du plateau semé de gravillons. Garrett amortit le choc final. Malgré son robuste pantalon de treillis, elle aurait sans doute de belles écorchures.

— Croyez-vous que vous et vos lamas méritiez tous ces tracas ? lâcha-t-il d'un ton sec alors qu'elle tentait de s'écarter de lui.

Elle était trop secouée et trop endolorie pour lui répondre. De toute façon, il aurait été inutile d'essayer de lui rappeler qu'elle n'était pour rien dans tout cela. A l'évidence, il n'était pas d'humeur à écouter.

Elle rampa vers Rory. Il était avachi contre une botte de foin.

— Ça va ? s'enquit-elle.

Il hocha la tête, mais garda les yeux fixés sur son père. Tous deux s'affrontaient du regard.

— Je ne sais ce que vous en dites, mais moi, j'ai besoin d'un bon verre ! déclara Red lorsqu'ils furent arrivés devant la ferme. Navré, Duchesse, mais c'est la vérité.

— Une autre fois, répondit Garrett.

Il posa une main rude sur l'épaule de son fils et le conduisit *manu militari* vers sa voiture.

— Il va passer un mauvais quart d'heure, n'est-ce pas ? demanda-t-elle à Red en regardant la voiture s'éloigner.

Soudain, elle eut, elle aussi, envie d'un remontant ; elle devrait appeler sa marraine et lui en parler, aussitôt Red parti.

— Un mauvais quart d'heure ? Et comment ! répondit celui-ci. Mais rien de physique, rassurez-vous. Garrett n'est pas ce genre de père.

— Pouvez-vous m'expliquer ce qui se passe ? Pourquoi Rory nous a-t-il joué un tour pareil ?

— Il a simplement voulu jouer les preux chevaliers !

Voyant qu'elle ne comprenait pas, il ajouta :

— Vous n'avez donc rien remarqué ? Le gamin adore les lamas, mais il est aussi fou amoureux de vous !

Elle poussa un profond soupir. Ce n'était pas précisément la petite vie tranquille et sans histoire qu'elle avait imaginée en s'installant ici.

*
* *

Garrett n'attendait pas d'arriver à la maison pour entamer la discussion.

— Je t'en prie, explique-moi ce que tu faisais sur cet arbre, dans le noir, devant chez Tanner.

Les mains crispées sur le volant, il jeta un coup d'œil sur la poitrine de son fils et ajouta :

— Avec mes jumelles de vision nocturne.

Rory ne répondit pas.

— Red m'a expliqué que toi, lui et Mack soupçonniez Tanner Harris de vandaliser Whistling Meadows. Pourquoi ne m'en as-tu pas parlé ?

— Parce que nous n'avions pas de preuves, marmonna Rory.

— Et donc, tu as décidé de l'espionner ?

— Oui, pour trouver des preuves. J'aurais pris des photos avec mon téléphone portable et je les aurais envoyées par e-mail à ton bureau.

— Pas une seule seconde tu n'as pensé à qui tu t'attaquais ? Tanner Harris ! Il ne se contente pas d'avoir une arme comme tout le monde : il possède un arsenal entier ! Comme tu as pu toi-même le constater ce soir, il tire sans se poser de questions. Tu aurais pu te faire tuer.

A cette seule pensée, Garrett se sentit empli d'effroi. Rory n'était pas un banal délinquant qu'il tentait de remettre dans le droit chemin. C'était son fils, et ils n'étaient pas passés loin d'un drame.

— Qu'est-ce qui t'a pris de te lancer seul là-dedans ? poursuivit-il en s'efforçant de retrouver son empire sur lui-même. Samantha Weston est une adulte. Elle m'a l'air capable de prendre ses propres affaires en main.

En fait, elle semblait toujours vouloir être au cœur de l'action, comme la semaine précédente, avec Mack. Etait-elle de ces femmes qui ont besoin de voir les hommes tomber comme des mouches autour d'elles ?

— Red dit que les apparences sont parfois trompeuses. Il dit que nous devons veiller sur elle.

— Rory, tu touches le salaire minimum pour t'occuper des lamas. Tu n'es pas le garde du corps de Samantha Weston.

— Mais là, j'aidais les lamas, papa. Red dit que Tanner ne traite pas ses chiens comme des créatures vivantes, mais comme des objets qui lui appartiennent. Pour l'instant, il s'est contenté de vandaliser la propriété. Tu ne vois pas que la prochaine fois, c'est aux lamas qu'il risque de s'attaquer ?

— Dans ce cas, il faut qu'elle vienne porter plainte au poste, tonna Garrett en s'engageant dans l'allée de leur maison. Et tu vas te trouver un autre travail. Je ne veux pas que tu sois mêlé à une guerre de voisinage.

Jusqu'ici, Rory n'était qu'un gamin effrayé rencogné contre la portière ; soudain, il se métamorphosa en boxeur poids plume prêt à en découdre.

— Tu n'es pas sérieux ! s'écria-t-il.

— Si. Tout ce qu'il y a de plus sérieux.

Il se croyait peut-être assez mûr pour défier son père, mais ce n'était pas encore lui qui commandait. Agrippant le volant, Garrett regarda son fils bien en face.

— J'irai demain à Whistling Meadows expliquer à Mlle Weston pour quelle raison tu n'y retourneras pas.

Rory fut le premier à détourner les yeux.

— Tu dis toujours qu'il ne faut pas abandonner, protesta-t-il d'une voix enrouée.

— Mais là, c'est différent, mon bonhomme. Les choses pourraient mal tourner. Ce pourrait être dangereux.

Et tu es mon fils unique.

— A cause de toi, ma vie est fichue ! cria l'adolescent en se ruant hors de la voiture.

Il courut se réfugier dans la maison.

A cet instant, le téléphone de Garrett sonna. C'était Noelle.

— Où est Rory ?

— Nous venons de rentrer. Il est… sous la douche.

— Pourquoi n'a-t-il pas répondu à mes messages ?

— Noelle, tu sais comment c'est, ici. Nous ne sommes pas constamment pendus au téléphone.

— Je m'inquiétais.

— Ne t'en fais pas. Il va bien.

Ce n'était pas entièrement vrai, mais ça le serait quand il aurait trouvé à son fils un nouveau travail.

Loin de Whistling Meadows.

6

Le lendemain matin, Garrett conduisit Rory à Whistling Meadows. Son fils avait insisté pour l'accompagner, arguant qu'il ne pouvait démissionner sans préavis — et Garrett, son sang-froid recouvré, avait dû convenir qu'il avait raison.

Mais ils n'avaient trouvé personne à la ferme. Samantha était partie assister à sa réunion AA. Avec Mack. D'après le planning, elle avait une randonnée et un pique-nique de prévus, avait annoncé Rory, après être allé examiner l'emploi du temps affiché sur l'un des murs de la grange. En attendant le retour de sa patronne, il était parti débroussailler le petit pré avec Red. Le regard qu'il avait jeté à son père signifiait qu'il était inutile de discuter. Comme s'il était un adulte libre d'agir comme il l'entendait.

Le regardant s'éloigner, Garrett avait dû se rappeler que malgré ses fanfaronnades, ce n'était encore qu'un garçon de douze ans — même s'il en aurait bientôt treize.

Dire qu'il aurait pu recevoir une balle dans le corps la veille au soir ! Et ce, pour une femme à qui ils n'étaient liés en aucune manière.

Quelle emprise exerçait-elle donc sur Rory, sur Red et sur Mack ?

Il avait composé le numéro de Whistling Meadows et laissé un message disant qu'il reviendrait à 4 heures de l'après-midi, et qu'il serait reconnaissant à Samantha de bien vouloir lui accorder quinze minutes pour discuter d'un sujet d'importance.

A presque 16 heures, il remonta au volant de sa voiture l'allée accidentée du domaine et aperçut la jeune femme. Appuyée à la clôture du pré, elle offrait une carotte à l'un des lamas. Un peu plus haut sur la colline, Rory, Red et Mack étaient assis côte à côte sous le porche de la baraque et le regardaient approcher, les coudes sur les genoux, la mine hostile. Ils avaient l'air de trois anges exterminateurs.

Alors qu'il claquait sa portière, Samantha vint à sa rencontre en essuyant ses mains sur son jean. Vêtue d'un T-shirt et d'une chemise ordinaire en flanelle, elle paraissait ce jour-là moins sophistiquée, plus campagnarde. Comme si, peu à peu, elle s'ancrait dans le paysage.

— Rory m'a dit que vous ne vouliez plus qu'il travaille pour moi, attaqua-t-elle sans préambule. C'est un peu rude, vous ne trouvez pas ?

— Vous étiez là. Vous n'avez pas entendu le coup de feu ?

— Red et moi avons déjà parlé à Rory, riposta-t-elle. Il se rend compte qu'il a agi imprudemment et que ce qu'il a fait dépassait de loin le cadre de ses fonctions. Il a promis qu'à l'avenir, il me ferait part de toutes ses inquiétudes concernant Whistling Meadows. Red s'y est engagé aussi.

Le ton impérieux sur lequel elle s'adressait à lui le hérissa. Elle avait beau avoir endossé une tenue de travail, son comportement était très éloigné de celui d'une naïve fille de ferme.

— Vous affirmez donc que vous n'étiez pas au courant de cette combine ? lâcha-t-il, incapable de dissimuler son incrédulité.

— Oui, je l'affirme. Et je ne savais rien non plus des déprédations commises chez moi, sauf en ce qui concerne les ordures. Pour une raison ou pour une autre, Red et Rory ont cru faire preuve de galanterie en me tenant dans l'ignorance.

— Donc, vous admettez qu'il y a un souci avec Tanner Harris.

— Il est possible qu'il y en ait un. Mais rien ne prouve que ces incidents soient liés. Il s'agit peut-être simplement de bêtises de gosses qui n'ont rien trouvé de mieux à faire pour s'occuper.

— Mais si cela devait se reproduire, j'espère que vous me contacterez au lieu d'envoyer au front votre garde rapprochée.

— Je vous le répète : je ne leur ai pas donné l'ordre d'assumer mes problèmes à ma place.

Puisqu'elle le prenait sur ce ton-là, très bien. Il ne serait pas en reste.

— *Je vous le répète.* Si cela se reproduit à l'avenir, vous devrez me prévenir, moi ou toute autre personne du service de police.

Visiblement, le coup porta : elle se redressa de toute sa hauteur, rejeta ses cheveux en arrière et leva le menton, lui donnant l'impression qu'elle le regardait de haut alors qu'elle faisait une tête de moins que lui.

— Je peux très bien me débrouiller seule avec M. Harris, affirma-t-elle d'un ton de défi.

— C'est une mauvaise idée. Vous n'êtes pas d'ici, vous ne comprenez pas les mécanismes subtils qui régissent les rapports entre voisins. Les questions de limites de propriété peuvent engendrer des rancœurs tenaces.

— Mais je n'ai rien fait de mal ! J'ai acheté le domaine en toute légalité. Les Harris devront se faire à l'idée que ce n'est plus leur terrain de jeu privé.

— Dans certains cas, il est plus sage de laisser les autorités intervenir.

Elle ouvrit la bouche pour répliquer vertement, puis parut se raviser.

— Ecoutez, je n'ai rien contre le fait que vous gardiez le contrôle des opérations, enchaîna-t-il, mais j'ai grandi avec Tanner Harris, et je peux vous dire que c'est un véritable serpent. S'il vous attaque, vous ne le verrez pas venir. Je me dois de protéger vos intérêts en tant que shérif, et j'ai également à cœur la sécurité de mon fils. Je ne veux pas que Rory se retrouve pris dans une vendetta.

— Donc, pour vous, le simple fait de travailler pour moi le met en danger ?

— Je ne peux prendre aucun risque.

— Je pense qu'il est en sécurité ici. Trois adultes vivent sur le domaine, après tout.

Voilà un sujet qu'ils auraient également pu aborder, songea-t-il.

— D'ailleurs, j'ai besoin de Rory, insista-t-elle. Si vous l'obligez à démissionner, je vais me retrouver à court de bras au moment où mon affaire décolle.

— Vous vous en êtes sortie seule pendant trois mois. Vous arriverez bien à vous débrouiller sans lui le temps de lui trouver un remplaçant. Ce qui ne devrait pas poser de difficulté. Au cas où vous ne l'auriez pas remarqué, les jobs d'été pour adolescents sont une denrée rare par ici.

— Je le sais. J'ai fait passer plusieurs entretiens. Et de tous les candidats, c'est Rory que j'ai choisi.

Son ton possessif irrita Garrett. Il serra les mâchoires.

— Vous êtes décidé à ne pas céder, n'est-ce pas ? poursuivit-elle. C'est absurde ! Votre fils n'est plus un bébé. Et, de toute façon, il y a du danger partout. Si vous l'envoyiez en camp de vacances, il pourrait faire une chute de cheval, se blesser pendant un atelier de travail sur bois, se retourner sur son bateau lors d'une descente en rafting…

— J'ai compris.

Voyant qu'elle n'était pas réceptive à ses arguments, il essaya une autre approche.

— Vous êtes une femme. Vous devez donc certainement pouvoir vous mettre à la place de sa mère. Elle me l'a confié pour les vacances d'été et s'attend — assez raisonnablement — à le récupérer en un seul morceau.

— Inutile de vous montrer condescendant !

— J'essayais simplement de me montrer honnête. Cette conversation est terminée.

Il se retourna pour regarder en direction de la baraque, où les trois anges exterminateurs étaient toujours perchés, le regard fixé sur lui.

— Rory, viens ! cria-t-il. Nous partons.

— Red me ramènera en voiture ! répondit son fils sans bouger.

Garrett n'avait pas de temps pour un nouvel affrontement. Rory pouvait bien rentrer avec Red s'il le souhaitait ; l'important était qu'il ne revienne plus travailler pour Samantha.

Il monta dans sa voiture et regagna la route.

Ce fut à ce moment que l'incroyable se produisit. Jetant un coup d'œil dans le rétroviseur, il vit une espèce de folle furieuse qui le poursuivait à vélo, pédalant comme si elle espérait l'emboutir.

A chaque coup de pédale, la fureur de Samantha décuplait. Elle avait été toute disposée à discuter de l'incident de la veille, à envisager avec Garrett un moyen de convaincre Rory de ne pas recommencer ses bêtises. Mais elle ne s'était pas préparée à être rappelée à l'ordre ainsi, à être traitée comme une criminelle, une employeuse irresponsable, une manipulatrice. Ou, plus insultant encore, comme une femmelette stupide, incapable de gérer son affaire ou sa vie sans l'aide de Monsieur le Commandant en chef.

Comme si ses airs autoritaires l'impressionnaient le moins du monde !

Ecumant de rage, elle faillit percuter l'arrière de la voiture, maintenant à l'arrêt. Le shérif se pencha par la fenêtre.

— Y a-t-il une raison pour que vous me serriez d'aussi près ?

De petits plis au coin de ses yeux bleus trahissaient son

envie de rire. Eh bien, personnellement, elle ne trouvait pas cela drôle du tout !

Elle s'immobilisa près du véhicule.

— Nous n'en avons pas terminé, je crois.

L'odieux personnage eut l'incroyable culot de soupirer. Puis il mit pied à terre, non sans avoir pris soin d'actionner son gyrophare. Les sourcils froncés, elle considéra les lumières clignotantes.

— Est-ce vraiment nécessaire ?

— Oui, se contenta-t-il de répondre sans fournir d'explication.

Ah ! C'était donc cela…, songea-t-elle. Il ne voulait pas que les automobilistes qui passeraient par là puissent croire qu'il lui parlait pour des raisons autres que professionnelles. Cette attitude n'était probablement pas sans rapport avec sa décision d'obliger Rory à démissionner. Pour une raison quelconque, il voulait être perçu comme irréprochable, toujours dans le vrai, et maître de toutes les situations auxquelles il était confronté.

— Je pense que la mère de Rory n'est qu'un prétexte, déclara-t-elle.

— De quoi diable parlez-vous ?

— Vous vous en servez comme d'un écran de fumée, pour masquer vos peurs.

— Mes peurs ?

— Oui. Je le vois dans vos yeux. Vous avez peur de perdre Rory. Que ce soit à cause d'un accident, de votre ex-femme ou parce qu'il grandit. Vous avez les mêmes craintes que tous les parents. Mais vous ne voulez pas le reconnaître.

Ce fut comme si elle lui avait donné un coup de poing dans le plexus : il devint livide.

— Et enfin, vous refusez de laisser d'autres personnes vous aider à accompagner les transitions par lesquelles votre fils va nécessairement passer au cours de son existence. Comme Red ou moi, par exemple.

— Alors comme ça, vous n'êtes pas seulement experte en lamas ? Vous êtes aussi psychologue ? Pardonnez-moi, mais je ne suis guère impressionné ! lâcha-t-il.

Un coin de sa lèvre supérieure tremblait, démentant ses propos.

Une voiture passa. Le conducteur donna un coup d'avertisseur et lui fit signe de la main. Les traits du shérif se durcirent.

— Je ne cherche pas à vous impressionner, répliqua-t-elle. Je vous demande juste de lui lâcher un peu la bride et de lui permettre de continuer à travailler au domaine. Red et moi veillerons sur lui, je vous le promets. Sans parler de Mack…

— J'aimerais savoir ce que vous mettez dans leur verre pour qu'ils tombent tous comme des mouches à vos pieds !

— Je leur montre que je perçois leurs peurs et que je ne les juge pas. Je suis passée par là, moi aussi. Mais je m'en suis sortie, et aujourd'hui, je vais mieux.

Garrett esquissa un pas en arrière. Comme s'il se trouvait face à une sorcière…

— Il n'y a pas une once de peur chez Red Harris… marmonna-t-il.

— Il avait peur de perdre ses terres, de vieillir seul. Votre fils a peur de vous décevoir. Quant à M…

Elle s'interrompit brusquement. Elle en avait trop dit.

— Qu'alliez-vous dire à propos de Mack ? questionna-t-il.

— Il m'a fait promettre de ne pas parler de lui.

— Je suis son meilleur ami !

Elle le dévisagea. Il était blessé et craignait de perdre son amitié avec Mack.

— Je le sais, dit-elle. J'aimerais vous satisfaire, mais une promesse est une promesse.

Elle vit sa mâchoire se durcir. Elle venait de commettre un faux pas. Si elle restait sur ses positions à propos de Mack, il ne céderait pas non plus pour Rory.

— Mes décisions ne sont pas motivées par la peur,

déclara-t-il en la fixant droit dans les yeux. Si j'agis ainsi, c'est pour le bien de mon fils. Je suis responsable de lui. Aujourd'hui est son dernier jour à Whistling Meadows.

Sur ce, il tourna les talons, remonta dans sa voiture et s'éloigna, son gyrophare toujours allumé.

Pourquoi se montrait-il aussi inflexible ? se demanda-t-elle. Et qu'est-ce qui, chez lui, l'horripilait à ce point ?

D'après Red, Garrett avait grandi dans une famille d'accueil. Et, toujours d'après le vieil homme, sa femme l'avait quitté pour chercher ailleurs des opportunités que, selon elle, une petite ville ne pouvait offrir. Cela expliquait-il pour autant la mauvaise humeur du shérif ?

Et en quoi cela la regardait ou l'intéressait ?

En fait, il lui faisait un peu penser à son père, le rouleau compresseur en smoking. De ce point de vue, ils étaient exactement pareils, sauf que chez Garrett, le smoking avait fait place à un uniforme amidonné, un Stetson et une paire d'Aviator extrêmement sexy…

Oups ! Depuis quand usait-elle du mot « sexy » pour décrire Garrett McQuire ? se morigéna-t-elle. Le soleil lui avait-il tapé sur la tête ?

— Z'avez eu un p'tit accrochage avec le shérif ?

Faisant volte-face, elle se retrouva nez à nez avec Tanner Harris. Accoudé à sa boîte aux lettres, il l'observait d'un air malveillant.

Les avait-il espionnés en cachette ? Avait-il attendu que le shérif s'en aille pour venir l'aborder ? A cette idée, elle frissonna.

— Pas du tout, mentit-elle en se frictionnant les bras. Il voulait seulement savoir si les lamas participeraient au défilé du 4 juillet.

Tanner la considéra, les yeux plissés, se demandant manifestement s'il devait la croire ou non. Elle voyait pratiquement tourner les rouages de son cerveau.

— A propos de lamas, reprit-elle, profitant de l'occasion

pour le déstabiliser en sautant du coq à l'âne, j'ai eu quelques ennuis dernièrement et j'aimerais connaître votre avis sur la question. Les voisins devraient toujours s'entraider, ne trouvez-vous pas ?

— Quel genre d'ennuis ?

— Quelques petits incidents sans gravité. Je ne suis même pas sûre qu'ils soient liés entre eux. Cela a commencé avec les ordures qui ont été déversées dans mon pré, près de la route.

Tout en énumérant d'un ton détaché les actes de vandalisme dont elle avait été victime, elle observa son visage. Les yeux détournés, il se mit à se tortiller, visiblement mal à l'aise. C'était le comportement typique de ce genre de brute : courageux tant qu'il n'avait pas à affronter les gens en face.

Avec une innocence feinte, elle conclut :

— Je me demandais simplement si vous aviez eu vent de rumeurs à ce sujet.

— Non.

— Eh bien, si c'était le cas, appelez-moi, je vous en prie, recommanda-t-elle en lui tendant une carte de visite. Et vous pouvez faire savoir à tout le monde en ville que je compte bien rester ici.

Fronçant les sourcils, il baissa les yeux sur le bristol.

— Z'avez un fusil ?

— Pourquoi cette question ?

— La nuit dernière, j'ai dû tirer sur d'la vermine, du côté du verger. Un coyote, p'têt bien, ou un ours. Ou un puma. J'ai pas bien vu. Il pourrait arriver queq' chose à vos lamas.

Etait-ce une menace ? se demanda-t-elle. En tout cas, c'était la deuxième fois qu'on lui conseillait de se procurer un fusil pour assurer la sécurité de ses bêtes. Il fallait qu'elle se renseigne d'urgence sur les moyens de protéger son petit troupeau sans recourir à une arme. Des moyens plus efficaces qu'une clôture solide ou qu'une simple surveillance.

— Je vous remercie de votre attention, dit-elle en enfourchant son vélo.

— Eh ben, r'gardez-moi ça ! s'écria-t-il.

Il fixait l'abrupte route en lacets qui descendait vers la ville. Une limousine noire gravissait lentement la colline, sa calandre étincelant au soleil.

— Y'en a qui s'embêtent pas ! commenta-t-il. Qui c'est, à votre avis ?

Samantha connaissait la réponse, hélas !

Elle eut soudain besoin d'un verre bien tassé.

7

Alors qu'elle pédalait, accablée par un profond sentiment de fatalité et d'impuissance, en direction de Whistling Meadows, Samantha fut dépassée par la limousine. Celle-ci ne s'arrêta pas. Rien de plus normal : même s'ils avaient découvert où elle habitait, ses parents étaient loin d'imaginer qu'elle se déplaçait à vélo. Ils pensaient sans doute que, son permis confisqué, elle avait fait appel aux services d'un chauffeur.

La limousine tourna dans le chemin qui menait à la ferme. Là, elle ralentit considérablement : très basse, elle n'était pas conçue pour rouler sur une chaussée caillouteuse et pleine d'ornières. Le temps que ses visiteurs parviennent devant la ferme, Samantha les avait quasiment rattrapés. Ruggiero sortit de la voiture. Il regarda d'un air dégoûté la carrosserie de son « bébé », maintenant recouverte d'une pellicule de poussière, puis ouvrit la portière arrière et offrit sa main à Helena Lawrence.

Celle-ci descendit de voiture avec grâce. Comme au ralenti, elle pressa ses mains sur sa poitrine et tourna sur elle-même pour examiner les environs. Un sourire fendit son visage lorsqu'elle aperçut Samantha qui approchait sur son vélo.

— Ma chérie !

Elle ouvrit grands les bras et attendit que sa fille unique la rejoigne.

Samantha abandonna sa bicyclette au milieu du chemin et marcha vers sa mère.

— Maman, il vaut peut-être mieux que je ne t'embrasse pas.

Elle regarda son pantalon en lin immaculé et son haut en pure soie abricot, puis ses propres vêtements de travail, sales et humides de sueur.

Sa mère se pencha légèrement en avant et lui déposa un baiser aérien sur chaque joue.

— Alors, que manigances-tu, vilaine fille ?

La tête de Cameron Lawrence, avec sa crinière blanche, surgit de l'autre côté de la limousine.

— Ashley, qu'est-ce que c'est que cette blague ?

— Papa, quelle surprise ! s'exclama Samantha.

Tu parles…

Son père fit le tour de la voiture et l'écrasa entre ses bras, pendant que Ruggiero commençait à essuyer la carrosserie avec une peau de chamois.

Lorsqu'elle parvint enfin à reprendre son souffle, Samantha jeta un coup d'œil vers la route par-dessus son épaule.

— Avez-vous été suivis ?

Sa pire crainte était que ses parents aient amené avec eux une ribambelle de journalistes.

Le rire sonore de son père résonna dans la cour.

— Mais non ! Ta mère devrait être écrivain : elle a un goût prononcé pour l'intrigue. Raconte, Helena, c'est ton histoire.

— Oh ! la la ! Nous nous sommes bien amusés ! s'exclama Helena avec un geste délicat de la main. Nous savions que les journalistes continuaient à s'intéresser à… à ta situation, alors j'ai monté un petit scénario pour déjouer leurs plans.

Samantha poussa un soupir. Les « petits scénarios » étaient la spécialité de sa mère.

— Ne t'inquiète pas, roucoula cette dernière. Mon stratagème était génial. Mais je ne vais pas te raconter cela en plein soleil. Je suis assoiffée.

Samantha jeta un coup d'œil à sa montre. 17 heures.

L'heure du thé dans les hôtels Ashley. Elle réussirait bien à dégoter deux ou trois sachets d'Earl Grey et quelques biscuits dans le garde-manger de la ferme.

— Allons à l'intérieur, proposa-t-elle sans enthousiasme. Je vais voir ce que je peux trouver comme rafraîchissements.

Ses parents échangèrent un regard.

— Et vous me raconterez, ajouta-t-elle en leur indiquant le porche. S'il vous plaît.

Comme ses parents montaient les marches avec précaution, elle remarqua, consternée, que la troisième marche avait besoin d'être reclouée. Elle nota également — avec soulagement — que le pick-up de Red avait disparu. Il était sans doute parti reconduire Rory. Tant mieux : elle avait besoin d'un peu de temps pour se faire à la présence de ses parents avant que tout le monde ne soit au courant de leur arrivée.

Tout en leur tenant la porte, elle vit pour la première fois son intérieur à travers le regard de quelqu'un d'autre.

Le salon était vide. Lorsqu'elle rentrait le soir, elle était si épuisée qu'elle allait tout droit au lit et qu'elle s'endormait instantanément. Si elle s'asseyait, c'était sur la balancelle du porche, pour écouter les bruits de la nuit. Red avait emporté la table de la cuisine ; il restait celle de la salle à manger, assez grande pour douze personnes. C'était là tout le mobilier du rez-de-chaussée. Sa vraie vie était à l'extérieur.

Son père ne dit rien, mais sa mère, après un instant de silence interloqué, déclara :

— Vouloir repartir de zéro est certainement une bonne idée…

Samantha les poussa vers la table.

— Asseyez-vous.

Sa mère balaya la pièce du regard d'un air dubitatif.

— Il n'y a même pas de moustiquaires, fit-elle remarquer.

— Je n'ai pas encore eu le temps de les installer. Mais

le géranium odorant qui garnit le rebord des fenêtres a un effet répulsif sur les insectes. Détends-toi. Profite de la vue.

Tandis que son père tirait une chaise pour sa mère, Samantha se souvint des framboises qu'elle avait cueillies sur les vieux buissons qui bordaient le jardin de la cuisine. Elle pourrait les servir, ainsi que les sandwichs au fromage pimenté, les biscuits au muesli et le délicieux thé glacé à la pêche que Rachel lui avait envoyés gratuitement pour lui donner un aperçu de ce que le restaurant pourrait lui fournir comme pique-nique de randonnée.

Un vrai festin ! Le cœur léger, elle se dirigea vers la cuisine. Elle n'avait pas à s'excuser de sa façon de cuisiner ou de l'apparence de sa maison. Ou encore de sa décision de rester à Applegate.

— Raconte-moi donc comment tu as réussi à semer les paparazzis, dit-elle, penchée devant le réfrigérateur ouvert. Je t'entends.

— Tu te souviens de Bitsy Cross ? fit la voix flutée de sa mère depuis la salle à manger. Les gens avaient l'habitude de dire que nous nous ressemblions comme des sœurs. J'ai proclamé un peu partout que je me rendais sur la côte Ouest pour me faire faire un lifting et que Bitsy viendrait avec moi pour me soutenir moralement. De son côté, papa a annoncé qu'il partait rencontrer des fournisseurs en Roumanie…

Samantha fouillait en vain ses placards en quête de vaisselle appropriée pour l'occasion. Puis elle s'interrompit : elle n'était pas en représentation. Les tasses en grès bleu qu'elle utilisait tous les jours feraient très bien l'affaire.

— Eh bien, Bitsy et moi sommes allées en Californie, poursuivit Helena. Bitsy a mis une grande écharpe et des lunettes noires, et est entrée à la clinique du Dr Wheaton. En se faisant passer pour moi. Enfin, pour moi sous un nom d'emprunt. Elle va réellement subir une abdominoplastie, car…

— Maman ! Peux-tu t'en tenir à l'essentiel, s'il te plaît ? protesta Samantha en disposant les mets sur des assiettes.

— Mais cela fait partie du plan, ma chérie ! Dès que Bitsy a été installée, j'ai pris l'avion pour me rendre chez les Ipswich à West Palm, où Ruggiero m'attendait. Il s'y est rendu en bus, je crois. Ton père est arrivé quelques jours plus tard. Nous avons emprunté la limousine des Ipswich — je suis d'ailleurs surprise que tu ne te sois pas rendu compte que ce n'était pas l'une des nôtres — puis nous avons quitté la Floride pour rouler jusqu'ici. Et nous voici ! Sans que la presse à scandale n'ait eu le moindre soupçon !

Ces simples mots ravivèrent l'inquiétude de Samantha.

— Ça n'a pas l'air de te faire plaisir, remarqua son père en s'encadrant sur le seuil de la cuisine.

— Oh ! Papa… Crois-tu que tu pourrais convaincre maman de ne pas répéter cette histoire ?

— Pourquoi ? C'est amusant !

Peut-être, songea-t-elle. N'empêche que ce scénario compliqué et ces dépenses inutiles, en opposition complète avec la vie simple que les gens menaient ici, risquaient d'être mal perçus. En particulier par Garrett. Tout le monde regarderait les Lawrence comme des créatures venues d'une autre planète. Helena et Cameron, eux, s'en iraient — le plus tôt serait le mieux, d'ailleurs. Mais, en ce qui la concernait, elle avait l'intention de rester. Et elle n'avait pas envie de passer pour une extraterrestre.

— Aaaaaaah !

Un cri suraigu transperça l'air.

Samantha et son père se précipitèrent en courant dans la salle à manger. Helena était aplatie contre le mur, terrorisée. La tête et le long cou de Percy, encadrés par deux pots de géraniums, étaient inclinés au-dessus de la chaise qu'elle venait de quitter.

*
* *

A 22 heures ce soir-là, sur le parking des bureaux de police, Garrett remplissait à la lueur des réverbères les sacs de sable destinés à former un barrage en cas de crue du Sampson's Creek. La rivière, qui coulait derrière les bâtiments de Main Street, était réputée pour être capricieuse lors des fortes pluies, au point que, de ce côté-ci de la rue, les commerçants gardaient toujours à portée de main pelles, sacs en toile de jute et tas de sable. Non qu'il ait plu récemment ou que la météo ait annoncé des précipitations dans les prochains jours : Garrett avait simplement besoin de s'absorber dans une tâche physique qui ne lui demande aucune réflexion et qui lui fasse oublier ses soucis.

En l'occurrence, Rory.

Ce dernier refusait de lui adresser la parole, parce qu'il l'avait obligé à démissionner.

— Besoin d'aide ?

La voix familière le fit sursauter.

Pivotant sur ses talons, il se retrouva face à Mack qui, pour une fois, était propre et, apparemment, sobre. La lueur sardonique qui hantait son regard quelques jours plus tôt avait disparu, laissant place… au vide.

— Je ne refuse jamais une main secourable, dit Garrett en lui tendant une pelle.

— Ce n'est pas ce que je me suis laissé dire.

Aïe ! Mack était-il venu pour le sermonner ?

— Ah ! Et que dit-on ?

Les deux hommes se mirent au travail. C'était une bonne excuse pour éviter tout contact visuel.

— Mon filleul est très contrarié que tu l'aies obligé à quitter son emploi, répondit Mack au bout d'un instant. Et Red est déçu que tu ne laisses pas Samantha et lui t'aider à t'occuper du petit. En le traitant comme un authentique employé et comme un jeune adulte, par exemple, plutôt que comme une pauvre petite fleur fragile qu'il faut garder sous cloche.

— Tu trouves que je le surprotège ?

— Pour tout te dire, oui. Tu ne te rappelles pas les bêtises que nous faisions au même âge ?

Si Garrett s'en souvenait ! Il se surprit à sourire au souvenir de la fois où ils avaient « emprunté » la vieille camionnette de Jeb Whittaker — celle qui n'était même pas immatriculée — pour se rendre au cinéma et s'asseoir derrière Liz Humphreys et Caitlin Ford. Ils avaient treize ans, à l'époque. L'âge de Rory.

— Tu penses à cette vieille camionnette, n'est-ce pas ? interrogea Mack.

— Oui.

Ce n'était pas la seule fois où ils s'en étaient servis. En songeant aux virages en épingle à cheveux des routes du coin, il fut parcouru d'un frisson.

— Bon sang, nous aurions pu nous tuer, remarqua-t-il.

— Mais ça n'a pas été le cas.

Il se tourna vers son ami.

— Comment se fait-il qu'à l'époque, tout cela me paraissait presque normal et qu'aujourd'hui, je tremble quand je songe à ce qui pourrait arriver à mon fils ?

Une ombre passa sur les traits de Mack. Il planta brutalement sa pelle dans le sable.

— Je ne sais pas. Il faut que j'y aille, de toute façon. Mais j'aimerais que tu donnes une deuxième chance à Rory.

— Ce n'est pas seulement le fait qu'il travaille à Whistling Meadows qui me gêne ; quelque chose, chez cette femme, me met mal à l'aise.

— Samantha ? fit Mack d'un air ébahi. C'est le sel de la terre ! La droiture incarnée ! Tu n'as pas de souci à te faire en ce qui la concerne. Elle s'occupera bien de Rory.

Se retournant pour partir, il ajouta :

— Ne sois pas si prompt à condamner. Oublie un peu le point de vue du policier et concentre-toi sur ce que tu éprouves en tant qu'homme.

— Veux-tu que je te ramène chez Red ? demanda Garrett, pour changer de sujet.

— Non, merci. Mon parrain va passer me chercher. L'idée de conduire me rend nerveux. Et les nuits sont difficiles.

— Penses-tu réintégrer ton poste d'adjoint au shérif ?

— Désolé, mais je suis incapable de faire des projets à si long terme. J'ai déjà assez de mal à anticiper les quinze prochaines minutes.

Sans un regard en arrière, Mack disparut à l'angle du bâtiment, le laissant seul avec son tas de sable et la plainte lugubre d'un engoulevent.

Mieux valait rentrer, même s'il n'avait pas encore décidé s'il allait céder aux instances des uns et des autres et autoriser Rory à retourner travailler à la ferme. S'il acceptait, il ne lui resterait plus qu'à surveiller de plus près les activités de Tanner.

Son portable sonna.

— Allô ?

— C'est Noelle. J'ai oublié de te demander si tu as une idée de ce que Rory souhaiterait pour son anniversaire.

Mince ! Il avait complètement oublié que Rory allait avoir treize ans le lundi suivant.

— Je vais essayer de m'échapper pour venir fêter ça avec vous, poursuivit Noelle d'une même haleine, mais comme j'ai réussi mon premier entretien, je devrai peut-être retourner à Londres la semaine prochaine. Je risque de ne pas pouvoir être là, alors il faut que son cadeau soit exceptionnel.

— Je vais essayer de le sonder et je te rappellerai.

— L'argent n'est pas un souci, précisa-t-elle d'un ton suffisant.

— Je m'en occupe, répliqua-t-il, s'efforçant de garder à l'esprit que cet anniversaire était un passage dans la vie de leur fils, et non une compétition.

Les bienfaits thérapeutiques de l'heure qu'il venait de

passer à déplacer du sable s'étaient évaporés en l'espace d'une brève conversation.

Il avait besoin d'une douche chaude et d'une bonne nuit de sommeil, décida-t-il en enfonçant sa pelle dans le sable à côté de celle de Mack.

Alors qu'il tournait au coin du bâtiment pour rejoindre Main Street, il inspecta machinalement les environs du regard. La laverie automatique était encore ouverte — deux hommes jouaient aux dames sur un banc pendant que leurs vêtements tournaient dans le sèche-linge —, tout comme la boutique d'alcools. Jusque-là, rien d'anormal... Sauf qu'une énorme limousine noire était garée devant la boutique. Une *vraie* limousine, avec un chauffeur en livrée qui attendait debout près de la portière. Au bout d'une minute, une jeune femme sortit du magasin, une bouteille de vin à la main. Elle parut hésiter. Le chauffeur, qui était face à la rue, ne remarqua pas tout de suite sa présence.

Garrett, en revanche, ne la quittait pas du regard.

A l'évidence, cette femme était la passagère de la limousine. Elégante et sexy à la fois, elle portait une robe bustier noire qui mettait en valeur sa beauté sophistiquée. Ses cheveux blonds relevés en chignon sur le sommet de son crâne découvraient un cou pâle et des épaules à l'éclat satiné qui luisaient doucement sous la lumière des réverbères.

Le souffle coupé, il ne parvenait pas à détacher ses yeux de l'apparition. Elle paraissait si déplacée, si irréelle dans ce décor ! A croire qu'elle était tombée du ciel...

Puis elle tourna la tête vers lui.

— Samantha ? fit-il.

Ne rêvait-il pas ?

Une vive surprise se peignit aussitôt sur les traits de la jeune femme, qui cacha prestement la bouteille derrière son dos.

Se mêler de tout cela était sans doute de la folie, songea

Garrett. D'un autre côté, trop de gens faisaient confiance à cette femme.

— Samantha, attendez ! cria-t-il en traversant la rue.

Par souci de discrétion, le chauffeur s'éloigna de quelques pas.

— Garrett…

Soudain, elle avait moins l'apparence d'une femme du monde que celle d'une petite fille surprise les doigts dans le pot de confiture.

Tendant le bras, il s'empara de la bouteille.

— Ce n'est pas dans votre intérêt de faire ça.

Les épaules de la jeune femme s'affaissèrent.

— Oh ! si ! Si, si, si…, gémit-elle.

Lorsqu'il l'avait quittée à 4 heures, tout semblait normal, se dit-il, perplexe. Que lui était-il donc arrivé entre-temps ?

Samantha fixait Garrett en s'efforçant de ne pas pleurer. C'était vraiment la dernière personne sur qui elle aurait voulu tomber dans un moment pareil…

Le pire était évidemment le vin, mais le reste était également embarrassant : la limousine de son père, la robe de sa mère, le retour de l'ancienne Samantha qui, dans un souci de diplomatie, avait accepté de se métamorphoser en fille dévouée — et malheureuse — le temps d'une soirée.

— Qu'est-ce qui ne va pas ? Où allez-vous ? s'enquit-il d'une voix basse et empreinte de sollicitude.

Rien à voir avec son attitude hautaine de l'après-midi.

— D'où je viens, vous voulez dire…

Sans considération pour les sandales à talons hauts empruntées à sa mère, elle donna un coup de pied dans un bac à géraniums.

— J'arrive tout droit de l'enfer ! Ou, plus exactement, du restaurant du Grove Park Inn.

— Qui est ce type ? s'enquit-il en montrant Ruggiero d'un signe de tête. Va-t-il se transformer en souris à minuit ?

Elle se força à sourire.

— C'est le chauffeur de mes parents. Ils dorment à l'auberge. Ruggiero me ramène chez moi.

— Aviez-vous l'intention de boire ceci ? questionna-t-il en lui montrant la bouteille.

— Tout à fait.

— Pourquoi n'avez-vous pas appelé votre marraine ?

— Si c'était aussi facile que cela !

Garrett ne pouvait imaginer à quel point elle avait besoin de ce vin.

— Dans ce cas, je reste avec vous, décréta-t-il. Trouvons un endroit pour parler.

Comme il regardait autour de lui, la dernière devanture encore illuminée de la rue s'éteignit.

Ruggiero, le dos tourné, s'éclaircit la gorge.

— Parlons dans la voiture, dit-elle. Ruggiero me reconduira en premier, et vous ensuite.

Elle s'efforça de ranimer la juste colère qu'elle avait éprouvée contre lui l'après-midi. En vain. Entre-temps, son passé avait brutalement fait irruption dans sa vie, et elle ne ressentait plus qu'un intense sentiment de vulnérabilité.

— J'avoue qu'un peu de compagnie me ferait du bien.

Ruggiero lui ouvrit la portière et l'aida à s'installer sur la banquette arrière, puis s'effaça pour laisser passer Garrett. Elle s'assura que la vitre de séparation était bien remontée. Elle ne voulait pas que l'employé de ses parents aille répéter les confidences qui risquaient de lui échapper.

Tandis que la voiture démarrait en douceur dans un ronronnement de moteur, elle envoya valser ses inconfortables talons aiguilles. L'odeur entêtante du cuir et des fleurs fraîchement coupées disposées dans de petits vases fixés aux cloisons près des vitres la replongeait dans un univers qui lui était désormais étranger. Elle se sentait en proie à une curieuse impression d'irréalité. Même la présence de l'homme à ses côtés, dans cet habitacle sombre, lui semblait insolite.

Assis près d'elle, son genou touchant le sien, il ne disait rien et semblait assez mal à l'aise. Pourtant, il emplissait tout l'espace par sa présence.

— Puis-je vous offrir quelque chose à boire ? proposa-t-elle, retrouvant aussitôt ses réflexes d'hôtesse. Ma mère a pris soin d'enlever toutes les boissons alcoolisées, mais je peux vous proposer un soda ou un jus de fruits.

— Non, merci. Racontez-moi plutôt ce qui vous a bouleversée à ce point, dit-il en plantant son regard dans le sien.

— Mes parents.

Se rappelant alors que Garrett avait grandi en famille d'accueil, elle se botta mentalement le derrière.

— Je sais que cela paraît affreusement ingrat de dire ça. Je les aime tous les deux tendrement, mais je n'arrive plus à jouer le rôle qu'ils me demandent d'assumer.

— Je parie qu'ils n'approuvent pas votre idée de centre de randonnée avec des lamas au fin fond de la Caroline du Nord.

La mine fataliste, elle désigna la limousine.

— A votre avis ?

— Je ne sais pas, dit-il. Ce pourrait être une voiture de location !

Ses yeux souriaient.

— Oui, eh bien, ce n'en est pas une.

Etant donné que les Lawrence en possédaient une douzaine, voire davantage, le fait que celle-ci ait été empruntée à des amis ne comptait pas. Elle appuya sa tête au dossier molletonné et gémit :

— Comment vais-je réussir à survivre à leur présence ?

— Dites-vous que ce n'est qu'une visite. Combien de temps comptent-ils rester ?

— Oh ! Le temps qu'il leur faudra pour mettre leurs projets à exécution.

— Leurs projets ?

— Ma mère est fermement décidée à décorer la ferme. Quant à papa, il est toujours en quête de nouveaux terrains pour…

Elle le vit hausser les sourcils : elle en avait trop dit.

— Je n'ai pas envie de parler de mes parents, déclara-t-elle avec emphase.

Elle leur avait fait promettre de ne pas compromettre son anonymat par des indiscrétions, allant même jusqu'à leur rappeler que le Dr Kumar lui avait prédit une rechute si sa paisible retraite à Applegate était menacée. Elle les avait si bien effrayés qu'avant la fin de la soirée, ils l'appelaient « Samantha ».

— Dans ce cas, parlons de la bouteille de vin que vous avez achetée, reprit Garrett. N'étiez-vous pas, par hasard, en train d'essayer de fuir vos problèmes ?

— Si. A toutes jambes !

— Avez-vous toujours envie de boire ?

— Oui, s'il vous plaît.

— Samantha…

Il ramassa la bouteille couchée à leurs pieds et la posa plus loin, hors de sa vue.

— Que vous conseillerait votre marraine ?

Il ne lui rendrait pas le vin, comprit-elle. Aussi, elle poussa un soupir résigné.

— Elle me recommanderait de chercher un moyen de me distraire.

Elle se tourna vers Garrett, qui la fixait avec une intensité troublante.

— Vous n'auriez pas de la laine et des aiguilles à tricoter sur vous, par hasard ?

— Non… Je suppose que nous allons devoir avoir recours

à un autre type de distraction, dit-il, une petite lueur dansant au fond des yeux.

Etait-il en train de flirter avec elle ?

Détournant le regard, elle caressa du pouce le pétale d'une fleur.

— Pourquoi ne pas essayer l'arrangement floral ? suggéra-t-elle.

Pitoyable, Samantha, vraiment pitoyable.

Elle sentit les doigts de Garrett se poser sur son menton. D'une légère pression, il l'obligea à tourner la tête vers lui. Le désir se lisait dans son regard. Il allait l'embrasser…

Il approcha lentement son visage du sien. Elle aurait eu amplement le temps de se dérober si elle l'avait voulu. Mais c'était la dernière chose qu'elle souhaitait faire en cet instant. Et tant pis si c'était de la folie.

Lorsque la bouche de Garrett trouva la sienne, sa respiration s'accéléra. Ses lèvres étaient si chaudes… Comment avait-elle pu imaginer que c'était quelqu'un de froid ?

Il l'attira contre lui et elle noua les bras autour de son cou, s'abandonnant à ce baiser. Un baiser brûlant, sans réserve ni hésitation. Un baiser comme elle n'en avait jamais connu du temps où elle était encore Ashley Lawrence.

Un horrible doute l'envahit brusquement. Qui Garrett désirait-il vraiment ? La Samantha Weston en jean et T-shirt, ou la femme élégante en robe bustier, reflet illusoire de sa vie passée ?

Comme la limousine s'arrêtait devant la ferme, elle se dégagea et descendit sans attendre que le chauffeur lui ouvre la portière.

— Ramenez le shérif chez lui, ordonna-t-elle à Ruggiero. Ce n'était pas une distraction, ajouta-t-elle à l'adresse de Garrett. C'était un moment d'égarement.

Furieuse contre elle-même d'avoir cédé à ses impulsions pour la seconde fois de la soirée, elle claqua la portière avant qu'il n'ait eu le temps de répliquer.

Sa guérison était décidément loin d'être assurée, songea-t-elle. Elle marchait sur la corde raide. Acheter cette bouteille ne démontrait-il pas la précarité de son équilibre ? Comment, dans ces conditions, pouvait-elle envisager de se lancer dans une aventure — même éphémère ? Le Dr Kumar avait insisté sur le fait qu'elle devait d'abord apprendre à s'aimer elle-même avant d'être capable de partager cet amour.

Tristement, elle regarda la limousine s'éloigner. Plus que jamais, elle avait besoin d'un verre. Pieds nus — elle avait oublié ses sandales dans la voiture —, elle traversa avec précaution la cour semée de cailloux et monta les marches du porche.

Il fallait qu'elle appelle sa marraine.

8

Debout sur les marches de sa maison, Garrett regarda les feux arrière de la limousine disparaître dans la nuit. Que s'était-il dit, quelques jours plus tôt seulement ? Qu'il devrait inviter Samantha à sortir avec lui, afin de se prouver qu'ils n'étaient pas faits l'un pour l'autre. Pour l'oublier.

La demi-heure qu'il venait de passer avec elle n'était pas un rendez-vous à proprement parler, mais elle avait été concluante. Et si la grosse voiture avec chauffeur n'avait pas suffi à l'en convaincre, la façon dont Samantha lui avait claqué la portière au nez avait achevé de le persuader qu'elle n'était pas celle qu'il lui fallait. Restait maintenant à accomplir le plus dur : l'oublier.

Ce qui ne risquait pas d'arriver.

Mack lui avait suggéré de mettre de côté le point de vue du policier et de se concentrer sur ce qu'il éprouvait en tant qu'homme. Eh bien, la réaction qu'il avait eue à la vue de Samantha en tenue de soirée était on ne peut plus éloignée de celle qu'on pouvait attendre d'un shérif. Ce baiser lui avait été dicté par son instinct. Alors, à quoi lui avait servi d'écouter le conseil de Mack ?

Il était seul sur les marches de sa maison. Obnubilé par une femme qu'il ne pouvait avoir. Electrisé par ce premier baiser, qui lui donnait envie de plus.

En plein désarroi, il se passa la main dans les cheveux, se secoua et entra. Rory regardait la télévision dans le séjour.

— Coucou ! lui lança-t-il depuis le hall.

Son fils l'ignora.

Décidément, ses rapports avec les autres ne s'amélioraient pas, ces temps-ci, se dit Garrett. Déterminé à sauvegarder ce qu'il avait de plus cher — sa relation avec son fils —, il s'assit à l'autre bout du canapé.

— Tu ne vas tout de même pas rester fâché contre moi éternellement… Il faut que nous parlions. Commençons par quelque chose de positif. Que souhaites-tu pour ton anniversaire ?

Rory leva les yeux vers lui.

— Je veux garder mon travail à la ferme, et je veux *aussi* que tu prennes ton lundi. Entier.

— Ta mère aimerait que tu aies un paquet à ouvrir, je crois.

Haussant les épaules, son fils reporta son attention sur l'écran de la télévision.

— C'est ça que je veux.

Que son fils cherche à négocier son retour à Whistling Meadows, Garrett s'y attendait ; ce qui le surprenait, en revanche, c'était qu'il lui demande de prendre une journée de congé. Il était shérif et pouvait organiser ses heures de travail à peu près comme il l'entendait. Cependant, dès l'instant où il était entré en poste, il avait tenu à honorer la confiance que ses électeurs avaient placée en lui. Il considérait son métier moins comme un travail que comme une mission et, pour cette raison, n'aurait jamais eu l'idée de s'absenter. Il ne se passait jamais une journée sans qu'il endosse son uniforme.

— Pourquoi as-tu besoin que je m'absente lundi ? interrogea-t-il. Qu'as-tu prévu de faire ?

— Je voudrais partir en excursion avec les lamas.

— Et si ta mère arrivait à se libérer de son travail ? Je sais qu'elle aimerait fêter ton anniversaire avec toi.

Il imaginait mal Noelle faire de la randonnée — à plus forte raison avec ces créatures à l'apparence bizarre.

— Elle n'aura qu'à nous accompagner. C'est mon anniversaire, après tout ! Elle peut me faire plaisir.

Au fond, Noelle n'était qu'un prétexte, admit-il en son for intérieur. La vérité, c'est qu'il n'avait aucune envie de passer une journée en compagnie des lamas. Ou de Samantha.

D'un autre côté, il voulait contenter son fils. Il ne le voyait qu'aux vacances : il n'était pas question qu'il gaspille ce temps précieux à se quereller avec lui. Et puis, pour être vraiment honnête, la demande de Rory n'avait rien de déraisonnable.

— D'accord, dit-il enfin.

— D'accord pour le travail ? Pour la randonnée ? Ou pour les deux ?

— Pour les deux.

Rory brandit le poing en signe de triomphe.

— Super !

Le sourire qui illuminait son visage récompensa Garrett d'avoir fait cette concession.

— On fait une partie d'échecs ?

— Volontiers. Mais, d'abord, appelle ta mère pour lui dire ce que tu as choisi comme cadeau d'anniversaire.

Noelle et lui pourraient se partager le coût de la randonnée.

Le lendemain, en fin d'après-midi, Samantha tâchait de passer des coups de fil professionnels tout en suivant sa mère dans l'unique magasin d'antiquités d'Applegate. Elles étaient en quête d'accessoires pour la ferme.

Lorsque Helena lui avait proposé de redécorer entièrement son intérieur, Samantha s'était montrée catégorique : elle avait une entreprise à faire tourner et n'avait pas de temps à consacrer à cela. Helena avait accepté en soupirant d'occuper seule ses matinées et ses après-midi pendant que sa fille emmenait ses clients en randonnée ; elle avait toutefois obtenu de Samantha qu'elle lui accorde ses fins d'après-midi et ses soirées.

Quant à Cameron, il n'avait pas besoin qu'on s'occupe de lui. Lorsqu'il ne jouait pas au golf, il disparaissait des heures durant au bureau du cadastre du comté, probablement en vue de repérer et d'acquérir des terrains à bon prix.

Surveiller d'un œil inquiet les activités de ses parents valait toujours mieux que de songer à boire. Ou que de penser au baiser magique qu'elle avait échangé avec Garrett la veille au soir…

— Allô ? fit une voix teintée d'impatience à l'autre bout du fil.

— Désolée, s'excusa-t-elle. La réception est mauvaise. Permettez que je change d'endroit.

Après avoir averti sa mère qu'elle devait prendre sans faute cet appel, elle sortit de la brocante, tout heureuse d'avoir trouvé une excuse pour s'échapper. Acheter des objets anciens pour remplacer ceux que Red venait à peine d'enlever de sa maison de famille ne l'enthousiasmait pas outre mesure.

— Vous êtes toujours là ? demanda-t-elle à sa correspondante.

Elle n'avait pu saisir le nom de la femme — si celle-ci s'était effectivement présentée.

— Vous souhaitiez réserver pour un trek ?

— Oui. Pour l'anniversaire de mon fils.

— Combien y aura-t-il de participants ?

— Deux, seulement. Mon fils et son père. Je dois me rendre à Londres demain pour affaires. Comme je ne peux pas être là, je tiens à ce que ce soit une journée exceptionnelle. Organisez-vous des expéditions de deux jours, avec nuit sous la tente ?

— Euh… D'ordinaire, non.

Elle vit Ruggiero sortir de la boutique d'antiquités, un petit banc rustique sous le bras. Il le posa dans le coffre de la limousine, à côté des échantillons de tissu qu'Helena s'était fait expédier en colis urgent par sa décoratrice d'intérieur basée en Virginie. Sa mère et ses projets de décoration… Rien que d'y songer, Samantha en avait la migraine.

— Mais c'est une possibilité tout à fait envisageable, s'entendit-elle répondre. Quand aura lieu l'anniversaire de votre fils ?

— Lundi prochain. Justement son jour de congé.

Lundi. Normalement, c'était aussi son jour de repos. Mais si elle refusait cette réservation, elle serait condamnée à suivre sa mère partout où elle déciderait d'aller. Or, Helena avait déjà demandé où se trouvait l'aéroport le plus proche : elle comptait faire venir leur jet privé pour élargir sa zone de recherche de l'objet parfait pour la ferme.

Il n'était pas question de l'accompagner.

— Nous pourrions partir dimanche après-midi, proposa-t-elle, et revenir lundi dans la journée. Ainsi, je n'aurai pas besoin de modifier mon emploi du temps.

Et cela lui offrirait vingt-quatre heures de liberté.

— Merveilleux ! Rory sera ravi !

— Rory ?

— Oh ! je pensais que vous aviez fait le lien ! Mais il est vrai que McQuire est un nom assez répandu dans la région.

— Vous êtes… ?

— Noelle McQuire. La mère de Rory. Il travaille bien pour vous, n'est-ce pas ?

— O… Oui.

Elle avait été surprise et enchantée de le voir arriver le matin même à la ferme et reprendre son poste.

— C'est un employé formidable. Un garçon remarquable, sincèrement.

— Merci, répondit Noelle d'une voix où transparaissait la fierté. Alors, nous sommes d'accord ? Ils sont inscrits pour dimanche et lundi ?

— « Ils » ? répéta Samantha, tandis que l'évidence se faisait jour dans son esprit.

— Rory et Garrett. Son père. Mon ex-mari. Je suppose que vous connaissez le shérif.

Le fait de l'avoir embrassé comptait-il ? se demanda-t-elle.

— Bien sûr. Nous sommes d'accord.

— Garrett se chargera de vous régler. A ce sujet, vos employés ont-ils droit à une remise ?

— Je suis certaine que nous trouverons un arrangement.

L'argent était le moindre de ses soucis. Elle avait seulement vu là l'occasion d'échapper à la frénésie d'achats de sa mère, et voilà qu'elle se retrouvait face à la perspective de passer vingt-quatre heures avec Garrett McQuire. Elle s'était jetée tout droit dans la gueule du loup.

Soudain, la voix de sa mère la fit sursauter.

— Ma chérie ? Veux-tu voir ce que j'ai choisi ?

Samantha fixa le téléphone dans sa main. A quel moment avait-elle raccroché ? Avait-elle au moins pris congé poliment ?

— Que... Qu'as-tu choisi ? questionna-t-elle en rangeant le portable dans sa poche et en se tournant vers sa mère.

— Regarde cette vaisselle en faïence... N'est-elle pas magnifique ? Et cette courtepointe !

Samantha fixa les articles avec inquiétude : n'étaient-ce pas ceux que Red avait mis en vente ?

— ... A présent, allons boire quelque chose de frais, poursuivit sa mère. Il y a une cafétéria, là-bas. Ils y servent certainement un thé glacé acceptable.

— En effet, soupira Samantha.

Plusieurs passants se montrèrent ouvertement intéressés par la limousine. Un homme — elle crut se rappeler qu'il s'agissait de Ziggy Newsome — s'arrêta même pour demander combien la voiture consommait de litres aux cent. Un brin agacée, elle entraîna rapidement sa mère de l'autre côté de la rue pour gagner le *Rachel's Diner.* A cet instant précis, Garrett sortit du poste de police.

Peut-être ne les remarquerait-il pas, pria-t-elle en silence.

Hélas ! il vint droit vers elles.

— Bonjour.

Il toucha le bord de son chapeau, comme un vrai cow-boy. Pour une fois, il ne portait pas ses lunettes de soleil, qui dépassaient de sa poche de poitrine, et elle put librement admirer ses yeux d'un bleu éclatant, frangés de cils sombres incroyablement épais, et emplis d'interrogations muettes. Il les considéra l'une après l'autre.

— Maman, voici le shérif, Garrett McQuire. Son fils, Rory, travaille pour moi. Shérif, je vous présente ma mère, Helena Lawrence.

Il battit légèrement des paupières en entendant ce nom, mais recouvra presque aussitôt son impassibilité et serra la main de sa mère.

— Enchanté de faire votre connaissance.

— Moi de même. Vous avez une ville charmante. Je comprends qu'Ash… que Samantha l'ait choisie pour son… son congé sabbatique.

A en juger par son expression, il n'avait aucune idée de ce dont Helena parlait.

— Madame Lawrence, j'aimerais dire un mot à Samantha.

Elle l'étudia avec attention, puis se tourna vers sa fille.

— Je vais nous trouver une table. Je t'attends à l'intérieur.

Dès que sa mère fut partie, Samantha prit l'offensive.

— Vous souhaitez me parler du cadeau de Rory, je me trompe ?

— Je voulais vous en toucher un mot, en effet. Mais, apparemment, Rory m'a devancé.

— Nous n'avons pas eu l'occasion de discuter. Il est arrivé au moment où je partais en randonnée avec un groupe. En fait, c'est sa mère qui m'a appelée pour faire la réservation.

— Noelle ?

— Oui. Comme elle ne pourra pas être présente le jour de son anniversaire, elle tenait à prévoir quelque chose de spécial.

Il poussa un soupir.

— Quand mon ex-femme achète quelque chose, son choix se porte toujours sur la version de luxe. Mais je doute qu'il existe des randonnées de première classe. Mon fils est trop jeune pour boire du champagne, et il n'aime pas le caviar.

— Il existe la randonnée de deux jours.

Elle avait parlé de façon délibérément abrupte, afin d'observer sa réaction. Pour savoir s'il avait contribué à lancer cette idée, s'il considérait le baiser de la veille comme le début de quelque chose.

— Vous avez perdu la tête ? lâcha-t-il.

Apparemment, il n'était pour rien dans tout cela.

Du coin de l'œil, elle aperçut sa mère qui les observait, assise à une table.

— Vous n'étiez pas au courant ?

D'une certaine façon, elle était déçue qu'il n'ait pas cherché à trouver un moyen de passer plus de temps avec elle.

Garrett avait du mal à en croire ses oreilles. Rory avait réclamé une balade d'une journée, pas une nuit sous la tente ! Non que la compagnie de Samantha, un sac de couchage et un ciel étoilé ne soient pas tentants. C'était même *extrêmement* tentant. Mais Samantha n'avait pas l'air enthousiasmée par cette perspective. Quant à sa mère, qui le détaillait avec une expression hautaine à travers la vitrine, elle ne paraissait absolument pas favorable à l'idée que sa fille partage un sac de couchage avec un homme aussi en dessous de sa condition.

— Alors, étiez-vous au courant, oui ou non ? répéta Samantha.

— Non. Rory voulait une randonnée avec les lamas pour son anniversaire. Il m'a demandé de prendre ma journée. Je lui ai laissé le soin de s'occuper des détails avec sa mère.

Il marqua une pause, et reprit :

— Cela changerait-il quelque chose si l'idée de camper était venue de moi ?

Peut-être à cause du regard maternel posé sur eux, la jeune femme paraissait moins sûre d'elle, plus nerveuse que de coutume.

— J'imagine que non, répondit-elle. Ce qui importe, c'est que Rory soit content, n'est-ce pas ? A ce propos, je suis heureuse que vous l'ayez autorisé à revenir.

Il jugea soudain important de mettre les choses au clair. Il ne voulait pas qu'elle pense qu'il était le genre d'homme à se laisser mener par le bout du nez.

— Mack est venu me voir pour plaider la cause de son filleul. Ma décision n'a rien à voir avec ce qui s'est passé hier soir.

— Evidemment. Vous avez simplement voulu me distraire pour m'aider à passer un mauvais cap. J'ai appelé ma marraine, à propos.

— Tant mieux. Je suis content que nous ayons réussi à surmonter cette épreuve.

— Moi aussi.

— Alors, quel jour a été fixé pour le trek, finalement ?

— J'ai pensé que nous pourrions partir dimanche après-midi, longer la crête du Russert jusqu'au sommet, camper près du lac, puis redescendre le lendemain.

Il éprouva brusquement le besoin de prolonger cette conversation.

— Avez-vous déjà organisé des expéditions avec nuit sous la tente ?

Elle sourit, et il eut l'impression de voir réapparaître l'ancienne Samantha. A moins qu'il ne s'agisse de la nouvelle ?

— Non, mais ce sera une bonne occasion de me rendre compte si, à terme, il serait intéressant ou non que j'élargisse mon éventail d'activités.

De façon plutôt impérieuse, Helena Lawrence toqua à la vitre.

— Je ferais mieux d'y aller, dit Samantha.

— A dimanche alors.

Pourquoi, d'un coup, regrettait-il de ne pas la revoir plus tôt ?

A cet instant, Francis Beecham passa la tête par la porte de la cafétéria.

— Shérif ! Est-ce que vous pourriez venir ?

Francis Beecham, Douglas Atwell et Owen Kent étaient les trois papis grincheux d'Applegate. Pendant la journée, on les trouvait soit sur un banc devant le tribunal du comté, soit au comptoir de la cafétéria. Leurs chamailleries, que Garrett était souvent appelé à arbitrer, étaient la plupart du temps bruyantes et ridicules. Les trois bonhommes étaient un parfait symbole de cette Amérique profonde que Noelle détestait. Et il devait bien s'avouer que régler ce nouveau différend aujourd'hui, devant Samantha et la Reine mère, ne le réjouissait qu'à moitié.

Néanmoins, il tint la porte à la jeune femme et la suivit à l'intérieur.

— C'est à propos du tournoi de boules ! clama bien fort Francis en l'entraînant vers le bar.

Oh ! non…

Avec une certaine anxiété, Samantha se glissa sur la banquette face à sa mère. Deux grands verres de thé glacé couverts de buée, ainsi qu'une assiette de macarons faits maison attendaient déjà sur la table.

— De quoi discutent-ils ? voulut savoir Helena, les yeux rivés sur les hommes groupés devant le comptoir.

— Oh ! de rien de très important ! C'est à propos d'un tournoi qui aura lieu bientôt.

— Un tournoi avec de vraies boules de canon ? s'enquit sa mère, les yeux écarquillés. Décidément, cette ville est très, très pittoresque !

— Comment trouves-tu le thé glacé ?

— Excellent. Très rafraîchissant. Ton shérif devrait en commander un verre.

— Pourquoi ?

Samantha se mordit la lèvre. Sans le vouloir, elle venait de poser la seule question qu'il ne fallait pas.

Sa mère leva vers elle ses yeux verts semblables à ceux d'un chat.

— Je pense qu'il… Quelle est cette expression un peu vulgaire, déjà ? Qu'il craque complètement pour toi !

— Maman !

Tout le monde, dans la salle, s'arrêta de parler pour les regarder. Le sourcil levé, Helena les toisa d'un air souverain jusqu'à ce que les têtes se détournent et que les conversations reprennent. Puis elle sourit à sa fille.

— Ma chérie, il est attiré par toi, c'est évident ! Et je dois admettre qu'il dégage une sorte de sensualité brute…

Samantha faillit s'étouffer avec un glaçon.

— Mais, comparé à Justin, il ne fait pas le poids, poursuivit sa mère.

— Justin, c'est du passé.

— C'est ce que tu ne cesses de répéter. Mais je ne peux pas m'empêcher de continuer à penser que vous formeriez le couple parfait.

— Non, maman. Ce que Justin cherchait à réaliser, c'était une fusion. Pas un mariage.

— Bon, alors, oublie-le.

Baissant la voix, elle ajouta :

— Mais ne me fais pas croire que le shérif est un choix très approprié.

— Le shérif McQuire est le père du garçon qui travaille pour moi. Point final, répliqua Samantha sur le même ton.

Il fallait mettre un terme à cette discussion absurde.

— J'ai pourtant l'impression qu'il aimerait être davantage que cela.

— Si vraiment il était intéressé, et que je l'étais aussi, pour quelle raison ne pourrais-je pas sortir avec lui, dis-moi ?

— Je pensais que c'était évident ! s'exclama sa mère, haussant le ton au fur et à mesure que montait son exaspération. Applegate n'est qu'une transition. Tu n'y resteras pas !

Tous — y compris Garrett — se retournèrent de nouveau pour les dévisager mais, cette fois, le regard impérieux d'Helena ne leur fit pas baisser les yeux.

9

Le dimanche après-midi, Garrett fit un saut au poste de police avant de partir pour Whistling Meadows, où Rory et Samantha l'attendaient. Quelques agents feignirent la surprise à la vue de sa tenue de ville.

« Pourvu que le service ne s'autodétruise pas au cours des prochaines vingt-quatre heures ! » plaisanta l'un d'eux.

Très drôle.

Plus tôt, ce matin-là, Rory lui avait énoncé la liste très précise des effets qu'il devait emporter pour le trek. Les lamas pouvaient porter chacun une charge de vingt à trente kilos, avait-il expliqué avec enthousiasme, et, étant donné qu'ils auraient déjà la nourriture et le matériel de camping sur le dos, il était autorisé à emmener le contenu d'une sacoche, pas davantage. La balade se ferait avec Percy, Humvee et M. Jinx. Et, par pitié, pouvait-il se dépêcher ? Ensuite, il avait enfourché son vélo et était parti à la ferme.

Resté seul, Garrett avait fait son bagage, se demandant s'il devait prendre ou non son revolver. Finalement, il l'avait glissé dans la poche la plus accessible de son sac, après s'être assuré que la sécurité était bien en place. Il avait beau être en civil, il n'en restait pas moins le shérif. Et il n'était jamais de repos.

Lorsqu'il se gara dans la cour de Whistling Meadows, Rory était en train de vérifier que le chargement des trois lamas attachés à la clôture était bien en place, et Samantha discutait avec Red. De toute évidence, c'était lui qui allait veiller sur les trois animaux restants pendant leur absence. Le vieux fermier n'avait pas encore dit son dernier mot.

— Salut ! lança Garrett en s'approchant de son fils, mais en se tenant à distance respectueuse des étranges créatures poilues aux yeux pensifs. Besoin d'un coup de main ?

— Non, merci.

Avec une intense concentration, Rory acheva de serrer une courroie, puis se tourna vers lui, examinant d'un regard critique sa casquette de base-ball, son T-shirt, son jean et ses chaussures de marche déjà usagées. Apparemment, l'inspection s'avéra satisfaisante.

— Tu as mis de l'écran solaire et de la lotion anti-moustiques ?

Garrett lui ébouriffa les cheveux.

— Oui, maman ! Je m'en suis enduit des pieds à la tête.

Rory baissa la tête pour éviter le contact mais, joueur, fit mine de lui décocher un coup de poing dans le bras.

Garrett lui tendit sa besace.

— Où faut-il la mettre ?

— C'est le lama que tu conduiras qui la portera.

— Que *je* conduirai ? Personne ne m'a averti que je devrais prendre en charge une de ces bestioles !

— Cela fait partie du jeu, dit Samantha en les rejoignant.

Elle portait des chaussures de marche, un large pantalon de treillis kaki et une chemise blanche toute simple qui épousait ses formes. Il s'efforça de ne pas la détailler avec trop d'insistance. Elle avait abandonné son apparence sophistiquée et semblait avoir recouvré l'assurance qui lui faisait défaut en présence de sa mère.

— Passer du temps avec les lamas vous aidera à être plus détendu, c'est certain ! affirma-t-elle.

Alors qu'il réfléchissait à une repartie bien sentie, une ombre se profila dans son dos et sa casquette s'éleva dans les airs. Pivotant sur ses talons, il découvrit un lama à robe brune tachetée de blanc, qui tenait, triomphal, la visière de la casquette entre ses dents. La tête de l'animal arrivait exactement à la hauteur de la sienne.

Rory pouffa de rire.

— Voici Percy. C'est un lama pie, et ce sera ton guide pendant la randonnée.

— Il a fallu que je tombe sur le petit comique de la troupe !

— Nous avons pensé que vous vous entendriez bien, parce qu'il a une personnalité dominante, fit Samantha d'un ton innocent en piochant une petite poignée de graines dans la poche de son pantalon.

Sans se faire prier, Percy lâcha la casquette pour déguster la friandise.

— Tenez, dit-elle en passant autour du cou de Garrett une sorte de sacoche indienne à lanière tressée. Il faut que vous ayez de quoi le nourrir, vous aussi. C'est un excellent stimulant.

Génial ! songea-t-il sombrement. A quand le sac banane autour de la taille ?

Samantha le considéra avec effronterie.

— Je vous aurais bien dit de mettre les graines dans votre poche. Le problème, c'est que votre jean est… plutôt moulant.

Elle sourit, et ajouta :

— Croyez-moi, la sacoche, c'est mieux.

Allait-elle lui décocher des piques durant toute la randonnée ?

— Bon, papa, intervint Rory, en lui prenant sa besace pour la fixer d'une main experte au reste du chargement, tu as fait la connaissance de Percy. Et tes affaires sont là, à portée de main. Moi, je conduirai Humvee, et Samantha marchera devant avec M. Jinx, l'appaloosa.

Il détacha Percy et lui tendit la longe.

Garrett posa un regard méfiant sur Percy, qui avait l'air de rire sous cape.

— Attention, pas de blagues, le mit-il en garde.

— Ce serait préférable, en effet, renchérit Samantha. Si Percy déguerpit, nous perdons les tentes.

Pour la première fois, il regarda vraiment l'équipement accroché au dos du lama. Du matériel ultraléger, instantané, high-tech et flambant neuf.

— Avez-vous acheté cela pour l'occasion ? interrogea-t-il.

— Oui.

Samantha, suivie de M. Jinx, commença à se diriger vers le point de départ de la randonnée.

— Maman était un tantinet déçue de devoir mettre en suspens ses projets de décoration pour parcourir les rayons d'un hypermarché mais, pour elle, le shopping reste le shopping. Tout est dans le maniement de la carte bleue. Je dois même reconnaître, à son crédit, qu'elle s'est bien adaptée.

Il ignora le jeu de mots.

— Ainsi, vous allez élargir vos activités et proposer des treks de plusieurs jours ?

— Je ne sais pas. Peut-être.

Elle adressa un signe d'adieu à Red, assis dans un fauteuil à bascule sous le porche de la baraque.

Ce devait être bien agréable, songea Garrett en serrant involontairement les mâchoires, de sortir faire des courses au pied levé et d'acheter tout ce qui se faisait de mieux sans se soucier de son budget. C'était là l'objectif principal de son ex-femme, qui s'était donné les moyens de réaliser ce rêve. Les gens comme Noelle ne s'attardaient pas longtemps à Applegate. Qu'avait dit — très distinctement — Helena Lawrence à sa fille, à la cafétéria ? « Applegate n'est qu'une transition. Tu ne resteras pas. »

Mener une vie simple n'était peut-être en effet pour elle qu'un caprice de riche, songea-t-il soudain, déconcerté.

— Papa ? lança Rory, l'arrachant à sa rêverie. Tu es prêt ? Tu n'as qu'à marcher derrière Samantha. Percy te suivra.

En vérité, ce fut Garrett qui dut emboîter le pas au lama.

Rory, escorté par Humvee, vint marcher à leurs côtés.

— Tu as remarqué comme ils sont silencieux ? Pas comme les chevaux. C'est parce qu'ils ont des coussinets sous les pattes au lieu de sabots. Comme ça, ils n'ont pas d'impact négatif sur l'environnement. C'est cool, non ?

— C'est vrai. A quoi servent les clochettes sur leur licol ?

Garrett était heureux de converser avec son fils, même s'il ne maîtrisait pas le sujet.

— A prévenir les animaux qu'on croisera sur notre route qu'on pénètre sur leur territoire.

Le coin abondait en chevreuils, pumas, loups et ours.

— Ne faudrait-il pas plutôt se demander comment *nous* saurons si des animaux envahissent *notre* territoire ?

— Oh ! les lamas se chargeront de nous avertir, surtout Percy !

Rory frissonna.

— J'ai entendu un lama crier, un jour où un renard traversait le pré. Ces animaux sont de vraies sirènes ambulantes ! Est-ce que tu sais qu'on s'en sert parfois comme gardiens de troupeaux ?

— Tu es une vraie mine d'informations, fiston ! fit Garrett, empli de fierté. Il faut dire que tu as de qui tenir !

Respire, se dit-il. *Oublie Samantha, et concentre-toi sur Rory.*

C'était l'anniversaire de son fils, après tout. Et puis, Samantha avait sa propre vie, et lui la sienne.

Pourtant, il avait du mal à la chasser de ses pensées. Elle marchait juste devant lui, sur le chemin qui traversait le pré et montait vers la forêt.

Trente hectares constituaient un joli terrain de jeu personnel. Bien que Red ne lui ait pas confié quelle somme il avait tiré de la vente de sa propriété, Garrett connaissait le tarif en vigueur dans la région. Il était très élevé.

Mais il devait cesser de songer à Samantha et à sa situation.

— Tu as une idée du repas qu'elle va nous préparer là-haut ? demanda-t-il à Rory.

— Aucune. Mais il y a de quoi faire. Humvee porte les glacières. Si nous n'aimons pas ce qu'elle a emporté, nous pourrons toujours pêcher !

Tournant la tête, il vit les bacs hermétiques qui contenaient la nourriture, ainsi que trois cannes à pêche neuves. A l'évidence, Samantha n'avait pas regardé à la dépense.

Il s'efforçait de garder un œil neutre, mais il devait néanmoins admettre qu'il se sentirait plus à l'aise vis-à-vis de la jeune femme s'il savait que son entreprise était le résultat d'un projet mûrement réfléchi, d'un dur labeur et de longues années d'économies, plutôt qu'un jouet offert par papa et maman, et destiné à être tout aussi vite abandonné.

Samantha sentait sur elle le regard de Garrett mais, pour une fois, cela la laissait de marbre. L'air pur, l'espace, la vue des montagnes, la présence apaisante des animaux neutralisaient la mauvaise humeur de son hôte. Garrett semblait crispé et soucieux — c'était le moins que l'on puisse dire. Mais, lorsqu'elle se promenait, rien ne pouvait altérer sa joie. La nature lui donnait le sentiment d'exister pleinement.

En comparaison, les projets de décoration de sa mère, le fait qu'elle ait failli rechuter cette semaine ou que le shérif n'apprécie pas la promenade autant qu'elle et Rory l'avaient espéré, n'avaient que peu de réalité.

Franchissant la barrière qui séparait le pré de la forêt, ils foulèrent un épais et odorant tapis d'aiguilles de pin. Des cardinaux volaient au-dessus de leurs têtes, éclairs rouges vifs sur la voûte pailletée et mouvante formée par les frondaisons des arbres.

Soudain, la voix de Garrett brisa le silence.

— Hé ! Mais que fait-il ? Il va se rendre malade ! Je vous préviens, je n'ai pas souscrit d'assurance pour lui ! Et je ne gagne pas assez d'argent pour le remplacer !

Se retournant, elle vit Percy à l'arrêt, broutant les aiguilles de pin tombées au sol.

— Tout va bien. Pour les lamas, cela revient à croquer des chips ! dit-elle en revenant sur ses pas.

Garrett parut sceptique.

— Dans ce cas, pourquoi les autres n'en mangent-ils pas, eux ?

— Je pense que Percy s'amuse à vous tester un petit peu. Voulez-vous échanger pour M. Jinx ? Il est très docile.

Il soutint son regard, comme s'il voyait là un défi à relever.

— Pas la peine.

— De toute façon, nous ne sommes pas pressés, papa, intervint Rory. Si nous n'avons pas atteint le lac avant la tombée de la nuit, nous installerons les tentes n'importe où ailleurs.

Comme M. Jinx reniflait le sol près de l'endroit où se tenait Percy, celui-ci leva la tête et lui souffla à la tête les aiguilles qu'il avait dans la bouche. En riant, Samantha fit reculer le jeune lama.

— Pourquoi a-t-il fait cela ? s'enquit Garrett.

— Pour défendre son territoire, répondit-elle, se demandant si l'irascibilité du shérif n'était pas due au fait qu'elle lui avait volé un peu de l'attention de son fils.

— C'est le fameux crachat du lama ?

— Non, répondit Rory en souriant. Là, ce n'était qu'un avertissement. Si M. Jinx n'en avait pas tenu compte, Percy l'aurait arrosé de salive.

— C'est dégoûtant !

— Peut-être, mais il y a encore plus dégoûtant. Si M. Jinx avait été assez stupide pour ignorer ce deuxième avertissement, Percy lui aurait appliqué un traitement plus sévère : le gros crachat vert. Le contenu de son estomac.

— Je préfère ne pas entendre…

— Attends, attends, ce n'est pas fini ! s'écria Rory, ravi.

Les lamas peuvent atteindre leur cible à quatre mètres de distance !

Il était rassurant de le voir se comporter comme un garçon de treize ans, pour une fois, se dit-elle. Garrett aussi souriait, constata-t-elle avec plaisir.

— Est-ce vous qui lui avez appris cela ? demanda-t-il en la regardant.

— Non, monsieur. Votre fils sait regarder, c'est tout.

Rory ne se contentait pas d'observer les lamas, d'ailleurs. Il avait remarqué que son père travaillait trop et ne s'amusait pas assez. Samantha le savait : il lui avait fait part de son inquiétude.

— Il ne va pas s'attaquer à moi, tout de même ?

— Il y a peu de risques.

Plongeant la main dans sa poche, elle en tira quelques raisins secs.

— Ce sont les friandises qu'ils préfèrent. Donnez-en à Percy, et il vous suivra au bout du monde.

Elle en versa plusieurs dans la paume de Garrett, puis l'épia tandis que le lama cueillait délicatement les fruits un par un entre ses lèvres. Elle connaissait cette sensation : c'était doux, hérissé de poils et sensuel.

Une expression de surprise se peignit sur les traits rudes du shérif.

— Ce gars-là est habile de ses lèvres, pas de doute !

Dans son dos, Rory leva le pouce en signe de victoire.

— Je propose que vous passiez devant, suggéra-t-elle. Percy sera très content.

Accompagnés du doux tintement des clochettes, ils repartirent, Samantha fermant la marche. Avec un peu de chance, le shérif aurait laissé sa mauvaise humeur sur le bord du chemin. Elle savait ce que cela signifiait d'être esclave de son travail et d'être privé de toute relation humaine, de tout choix, de toute chance de bonheur. Pour elle, la cure de désintoxication n'avait pas été seulement une solution à son problème d'alcool : elle lui avait permis de commencer à découvrir qui elle était vraiment, où se situaient ses vraies priorités.

Elle s'arrêta un instant pour admirer le paysage. C'était un merveilleux après-midi. Le soleil brillait dans un ciel pur traversé de quelques nuages blancs. Au loin, elle apercevait la silhouette bleutée, tirant sur le mauve, des Blue Ridge Mountains. Au fur et à mesure qu'ils montaient, l'air fraîchissait. Elle tira un sweat-shirt de sa besace et l'enfila, savourant l'odeur fraîche du linge propre séché au soleil. Il fallait qu'elle attire l'attention de sa mère sur les joies simples de la vie à la campagne. Helena continuait en effet à penser que cette existence « à la dure » n'était pour sa fille qu'un divertissement provisoire.

Soudain, à quelque distance de là, Percy poussa un cri d'alarme. Quelques secondes après, un coup de feu retentit.

Les lamas ! Rory ! Garrett ! songea-t-elle, affolée. Dieu du ciel, que se passait-il ?

Le cœur battant à se rompre, elle entraîna M. Jinx au pas de course en direction du bruit. Comme elle contournait un rocher dressé au milieu du chemin, elle vit Rory qui courait derrière Percy, tout en tenant fermement Humvee par la bride.

Garrett, immobile, avait un revolver à la main.

Après avoir attaché rapidement M. Jinx à une branche basse, elle courut vers lui.

C'est là qu'elle aperçut le serpent — un crotale des bois. Ou plutôt, ce qu'il en restait. Avant que Garrett ne l'abatte, il avait dû mesurer un mètre cinquante de long et se dorait probablement au soleil sur le talus bordant le sentier. Son magnifique corps jaune à motifs géométriques bruns gisait maintenant, brisé et sanglant, sur le granit.

— Qu'avez-vous fait ? cria-t-elle, incapable de contenir sa fureur.

— Il était sur le point d'attaquer. Percy a décelé le danger avant moi.

Muette de colère, elle le fusilla du regard.

Dans les premiers temps de son installation, elle avait suivi des cours sur la gestion du territoire en auditeur libre à l'université. Elle croyait en l'écologie, à la protection de la diversité biologique, et ne supportait pas qu'on mette à mort certains animaux sous prétexte qu'il s'agissait de vermine. Elle s'était juré que ce genre de massacre ne se produirait jamais sur sa propriété.

Ses mains tremblaient si fort qu'elle dut les mettre dans ses poches.

— Vous… avez… emporté… *un pistolet…* ici ? bégaya-t-elle.

— C'est mon arme de service. Et je pourrais à mon tour vous demander pourquoi vous n'êtes pas armée, rétorqua-t-il. Vous auriez pu perdre votre lama.

Garrett soutint sans ciller le regard de Samantha. Elle avait peut-être le cœur tendre et de bonnes intentions, mais elle n'avait pas toujours conscience des risques encourus.

— Au lieu de jouer les cow-boys, vous auriez pu contourner l'obstacle ! Vous êtes un vrai danger public !

Là, elle allait trop loin, se dit-il.

— Les serpents à sonnette sont imprévisibles. Ma priorité est de garantir la sécurité d'autrui.

— Où avez-vous eu ce… cette chose ? dit-elle d'un air dégoûté en pointant du doigt son revolver.

— Dans mon sac.

— Sur *mon* lama ?

— J'avais mis le cran de sûreté, rassurez-vous ! Et j'ai une autorisation de port d'arme.

Alors qu'ils s'affrontaient du regard, Rory revint avec Humvee et Percy.

— Papa, comment as-tu pu emporter ton revolver ? s'écria-t-il après avoir attaché les deux animaux à côté de M. Jinx.

Venant se planter aux côtés de Samantha, il le considéra avec indignation. Garrett sentit sa bouche s'assécher sous leurs regards accusateurs.

— Vous avez l'air d'oublier, tous les deux, que je suis le shérif du comté. Je porte un pistolet, c'est ainsi.

— Mais aujourd'hui, c'est mon anniversaire, et tu es censé être en congé ! Je me fiche du shérif. Moi, ce que je veux, c'est mon père.

Malgré sa maturité évidente, son fils n'était encore qu'un enfant. Avec des besoins d'enfant.

— Rory, je suis ton père avant tout.

Comment lui expliquer que, pour lui, son fils unique, il était prêt à affronter des ennemis bien plus dangereux qu'un crotale ? Il se battrait contre la terre entière, s'il le fallait.

— Je suis désolé d'avoir tué ce serpent, poursuivit-il. Je pensais agir au mieux. Et je suis navré si je t'ai donné l'impression de ne pas être complètement présent pour toi aujourd'hui. Je le suis.

Rory gratta le sol du bout de sa chaussure.

— D'accord.

Il jeta un regard de biais à la jeune femme.

— Ça va ?

Fixant Garrett avec des yeux étrécis, elle ne semblait pas aussi prompte à lui pardonner.

— Que comptez-vous faire de votre arme pendant le reste de la randonnée ?

— Ce qui est sûr, c'est que je ne peux pas l'abandonner sur le bord du chemin. Regardez, dit-il, prenant soin d'enclencher le cran de sûreté sous leurs yeux, je la remets dans mon sac.

Elle paraissait ne pas vouloir fléchir, mais Rory renchérit :

— Tout ira bien si c'est Percy qui la porte. Papa sait ce qu'il fait.

La confiance de son fils toucha Garrett. Samantha, en revanche, continuait à le considérer avec méfiance.

A cause de ce qu'il avait fait, l'ambiance était gâchée et le reste de l'ascension se fit dans un silence pesant.

Il en vint même à apprécier la compagnie de Percy.

10

Lorsque le petit groupe atteignit les abords du lac en fin d'après-midi, les ombres s'étaient considérablement allongées.

Samantha n'était toujours pas remise du choc que lui avait causé la démonstration de force de Garrett. Certes, c'était le shérif et, à l'évidence, son travail faisait partie de son identité. Son propre père, Cameron, était exactement pareil. Mais était-ce une raison pour emmener une arme le jour de l'anniversaire de son fils ? En rentrant à la ferme, elle reverrait la conception de ses prospectus pour y inclure certaines règles et interdictions à respecter lors des treks.

— Oh non ! Qui a pu faire une chose pareille ?

Devant elle, Rory et Humvee avaient émergé dans la clairière qui entourait le lac, où ils avaient prévu de camper.

Elle entendit ensuite Garrett pousser un juron sonore.

Lorsqu'elle parvint à leur hauteur, elle découvrit l'horrible spectacle. Une fête géante avait été organisée sur le site. On voyait encore l'énorme foyer, à présent noirci, creusé près du lac. Des canettes de bière vides et des papiers d'emballage gras traînaient un peu partout. Une chaise en aluminium, un vieux pneu et une glacière étaient visibles sous la surface de l'eau, à quelques mètres du rivage. En proie à la nausée, elle se couvrit la bouche d'une main.

Pivotant sur ses talons, elle s'aperçut alors que des mots grossiers avaient été tracés à la bombe sur les rochers.

Garrett et Rory l'entourèrent.

— Ne vous en faites pas, dit ce dernier, nous allons

nettoyer. Mais d'abord, je vais attacher nos trois lamas quelque part où ils ne risquent pas de manger des déchets.

Tandis qu'il retournait avec les lamas sur le chemin, Garrett lança à Samantha :

— Avant de toucher à quoi que ce soit, il faut que j'examine les lieux pour voir si je ne trouve pas un indice qui pourrait nous apprendre qui a fait ça. Mais je serais prêt à parier que ce sont les fils Harris et leurs amis…

Il lui indiqua un amas rocheux près de l'eau.

— Allez vous asseoir. Je ne serai pas long.

— Je veux commencer à nettoyer.

Cela l'aiderait peut-être à oublier la douleur lancinante qui lui tenaillait l'estomac, songea-t-elle.

— Nous allons tous nous retrousser les manches, assura-t-il. Je vais faire un petit tour d'inspection. Reste avec Samantha, ajouta-t-il à l'adresse de son fils qui revenait.

— Bien sûr.

Rory s'assit près d'elle sur un rocher.

— Ça va aller, la consola-t-il. Demain, Red et moi, on reviendra s'occuper des graffiti. Dans mon école, à Charlotte, le personnel chargé de l'entretien se sert d'un produit spécial pour enlever la peinture. Si on n'en trouve pas au magasin de bricolage, ma mère trouvera un moyen de s'en procurer et me l'expédiera.

Son optimisme naïf, son attitude chevaleresque firent sourire Samantha malgré elle.

— Merci, bégaya-t-elle avant de fondre en larmes.

— Ne pleurez pas, dit-il en lui tapotant le dos avec maladresse. Je n'aime pas quand les filles pleurent.

— C'est un cadeau d'anniversaire complètement raté !

— Oui. Je tiens à être remboursé ! dit-il en souriant. Non, je plaisante…

Garrett revint, la mine sombre.

— Où sont les panneaux « Défense d'entrer — Propriété privée » que Red avait installés ?

— Je… Je les ai enlevés. Je les trouvais trop autoritaires.

— Ils avaient pourtant une utilité.

Il parut sur le point de lui faire la morale, puis se ravisa.

— Occupons-nous de mettre de l'ordre. Avez-vous amené des sacs-poubelle ?

— Oui.

Elle prit la main qu'il lui tendait, et il l'aida à se hisser sur ses pieds. Ils échangèrent un regard : lui aussi était attristé par la profanation du lieu.

— Mack et moi, nous campions souvent quand nous étions gosses, dit-il. La notion de propriété privée nous était étrangère, mais nous respections la nature. Ces gosses-là ne ressentent rien. J'ignore comment combattre cela.

Juste au moment où elle était décidée à ne pas lui pardonner l'incident du serpent, voilà qu'il dévoilait une autre facette de sa personnalité, et lui prouvait qu'il possédait une vraie sensibilité.

Elle partit chercher les sacs-poubelle. Les trois lamas mâchonnaient tranquillement les feuilles d'un arbre.

— Ils ont besoin de soins, je suppose. Mon fils et moi allons commencer le nettoyage sans vous.

Sursautant, elle fit volte-face. Garrett l'avait suivie, et se tenait tout près d'elle.

— Est-ce que ça va ? s'enquit-il.

— Oui. Mais je suis chagrinée de voir un si joli endroit défiguré ainsi.

— Je suis content que vous ne vous soyez pas trouvée seule dans un moment pareil.

Il fronçait les sourcils, mais son regard était empreint de sollicitude.

— Moi aussi, admit-elle.

Comme elle lui tendait le rouleau de sacs-poubelle, elle se rendit compte de l'immense pas en avant que représentait cet aveu. Lors de la construction de l'Ashley Singapour, elle avait affronté des difficultés bien plus importantes que quelques graffitis et une poignée de détritus. Bien entendu, elle avait fait appel à des professionnels pour les travaux proprement dits, mais c'était elle qui avait géré seule les complications et les imprévus. Sans consulter son père. Elle avait tenu à se prouver qu'elle était capable de tenir les rênes d'un projet. Ses efforts lui avaient valu les honneurs ; ils avaient aussi causé sa perte.

Elle contempla Garrett qui s'éloignait. Il était si fort, lui-même… La considérait-il comme quelqu'un de faible ? Ou était-il capable de voir en elle — comme elle l'avait fait pour Mack — une semblable, un être humain qui souffrait et méritait le respect ?

Dès qu'elle concentra son attention sur les lamas, elle se sentit immédiatement plus apaisée. Leur patience, leur doux hennissement, leur expression qui semblait dire : « Vous, les humains, vous vous compliquez beaucoup trop la vie », l'aidèrent à retrouver son équilibre intérieur.

Elle déchargea tentes, glacières et besaces, les plaçant hors d'atteinte des lamas, mais toutefois pas trop près de la zone du lac pour ne pas gêner Rory et Garrett. Une fois délestées de leur chargement, les bêtes se couchèrent sur le sol pour profiter d'un repos bien mérité.

Bien que la cime des arbres soit encore baignée d'or, un crépuscule précoce était tombé sur la dépression formée par le lac. Enfilant une paire de gants de travail, Samantha retourna sur le campement, où Garrett et Rory, enfoncés dans l'eau jusqu'à la taille, se débattaient avec un pneu plein d'eau. Ils avaient déjà constitué une pile de déchets en bordure de la clairière. Trempés, couverts de boue des pieds à la tête, ils avaient l'air de follement s'amuser.

— Nous avons commencé par enlever le plus encombrant ! lança Garrett, incapable de dissimuler sa fierté et sa joie, en apercevant Samantha.

Rory gérait la situation comme un homme. Garrett découvrait le bonheur de travailler à ses côtés, d'égal à égal.

— C'est bien que vous portiez des gants, fit-il remarquer à la jeune femme, qui secouait un sac plastique d'un air déterminé. Certaines de ces ordures peuvent être dangereuses pour la santé.

— Une raison supplémentaire d'étrangler ceux qui ont fait ça, affirma-t-elle avec une surprenante férocité.

Bien qu'il lui en coûtât de l'admettre, l'arrivée de Samantha l'avait quelque peu déconcentré. Il se surprit à l'observer tandis qu'elle s'activait avec énergie. Malgré son attitude combative, il la sentait atteinte, fragilisée par cette violation de propriété, qui devait certainement lui rappeler son statut d'étrangère dans la région.

— Je pense que nous en avons terminé avec le lac, déclara Rory, le rappelant brutalement à la réalité.

— Tu as fait du bon boulot, fiston ! le félicita-t-il.

Il se tourna ensuite vers Samantha.

— Etant donné que nous sommes déjà sales, nous allons ramasser les détritus autour du foyer pendant que vous installerez le campement.

Elle parut brusquement embarrassée.

— Quelque chose ne va pas ?

— Si. Tout va bien.

Sans un mot de plus, elle retourna vers le chemin, où attendaient les lamas et l'équipement.

Pendant qu'il mettait les ordures dans un sac et que Rory balayait et égalisait le sol à l'aide d'une branche de résineux, elle apporta le matériel.

— Je vais chercher du bois pour le feu, annonça Rory. Puis j'irai prendre un bain pour me rafraîchir.

— Besoin d'aide ? demanda Garrett à Samantha, qui semblait hésiter.

Elle ne répondit pas.

— Que se passe-t-il ?

Elle contemplait fixement, avec une expression perdue de petite fille, les tentes qui gisaient, encore pliées, sur le sol..

Après s'être rincé les mains dans le lac, il la rejoignit.

— Avez-vous déjà campé ?

La femme compétente et sûre d'elle qu'il connaissait réapparut aussitôt.

— Bien sûr ! répliqua-t-elle.

— Où ?

— Au Kenya. C'était un safari.

En effet, se dit-il. Ce n'était plus la même histoire.

— Aviez-vous monté vos tentes vous-mêmes ?

Il devina la réponse avant que celle-ci n'arrive.

— Non. Nous avions des… assistants, avoua-t-elle en soupirant. Mais ce ne doit pas être bien sorcier ! Celles-ci sont censées être très faciles à installer !

S'agenouillant pour examiner les tentes, il vit qu'il s'agissait de matériel haut de gamme. Rien à voir avec les cabanes de fortune que Mack et lui construisaient dans leur enfance — lorsqu'ils prenaient la peine de se fabriquer un abri. Il tira sur une languette, et la première tente se gonfla soudain comme un grain de pop-corn géant.

— Voilà, maintenant, j'ai l'air d'une idiote ! s'exclama Samantha.

Il eut envie de lui demander si elle était de ces gens qui ont besoin de toujours tout contrôler, si cette recherche de perfection était ce qui l'avait poussée à boire. Au lieu de quoi, il se pencha sur la deuxième tente.

— A vous l'honneur, dit-il quand il eut repéré la languette.

Elle tira dessus et rit quand l'abri de toile se déploya.

— C'est aussi drôle que d'éclater du papier à bulles !

— Dans ce cas, je vous laisse vous occuper de la dernière.

Elle le fascinait. Elle était à la fois forte et vulnérable, triste et gaie, naïve et réaliste. Comment parvenait-elle à être tout cela en même temps ?

S'il l'avait rencontrée en d'autres circonstances, il aurait pu tomber sous le charme.

Pff… Qui cherchait-il à abuser ? Charmé, il l'était déjà.

Le problème, c'est qu'elle risquait fort de quitter Applegate avant que les feuilles ne commencent à jaunir. En ne laissant rien d'autre derrière elle qu'un panneau « A vendre » à l'entrée du chemin de Whistling Meadows.

Esquissant une grimace, il disposa les tentes à distance raisonnable du foyer.

— Il était temps que j'arrive, on dirait ! s'exclama Rory, revenant les bras chargés de bois. Il commence à faire nuit.

— Tu pourrais t'occuper d'allumer le feu, dit Samantha en sortant d'une des glacières des paquets emballés dans du papier aluminium. Pendant ce temps, je prépare le repas.

— Qu'est-ce qu'on mange ?

— La « surprise » de Red, comme il l'appelle. C'est du poulet épicé accompagné de légumes. J'ai suivi la recette qu'il m'a donnée.

Tout en plaçant les duvets et les sacs dans les tentes, Garrett écouta son fils et cette quasi-inconnue converser tranquillement comme deux vieux amis. Elle venait seulement d'arriver en ville, et avait pourtant déjà conquis presque tout le monde. Tandis que Noelle, qui avait grandi ici, n'avait jamais paru à sa place parmi eux. Après leur mariage et la naissance de Rory, elle avait toujours refusé de partir camper en famille. Pour elle, dormir à la dure signifiait passer la nuit dans la suite d'un hôtel de luxe.

En tout cas, contre toute attente, célébrer l'anniversaire de son fils par un trek avec des lamas emplissait Garrett de félicité. Il fallait qu'il se concentre là-dessus s'il ne voulait pas se laisser ensorceler par Samantha.

— Hé…, fit-elle doucement, tout près de lui.

Il tressaillit. Il ne l'avait pas entendue approcher.

— Vous avez oublié les matelas gonflables.

— Ce n'est plus du camping, c'est le Ritz !

Il crut la voir pâlir.

— Disons simplement que c'est une randonnée « test ». Je compte d'ailleurs sur vous pour me donner vos impressions. Si j'organise des treks de deux jours, je tiens à ce que mes hôtes disposent d'un minimum de confort. Il faut qu'ils soient satisfaits de l'expérience.

Evidemment, songea-t-il. Il avait oublié que, pour elle, ces promenades étaient source de revenus. La ferme, les lamas, tout cela n'était qu'une affaire de rentabilité. Et peu importait si cela ne marchait pas : ses parents seraient toujours là pour payer.

Lui qui avait prévu de nager avec Rory tout à l'heure, il n'était plus aussi sûr d'en avoir envie après cette douche froide.

Samantha dévisagea Garrett. Pourquoi la considérait-il tout à coup avec tant de froideur ?

— Vous ne voulez pas de matelas gonflable ?

— Si, vous pouvez en mettre un sous mon duvet. Puisque cela fait partie du forfait, pourquoi pas ?

Se tournant vers Rory, qui attachait les lamas plus près du campement, il demanda :

— Alors, prêt à piquer une tête dans le lac ?

— Le dernier arrivé est une poule mouillée !

Elle n'eut même pas le temps de leur dire qu'elle avait oublié d'emporter des serviettes : ils avaient déjà ôté leurs chaussures et descendaient la berge en courant. Ils se jetèrent tout habillés dans le lac. Leurs cris résonnèrent joyeusement, réverbérés par les montagnes.

Elle les contempla, hypnotisée par la beauté primitive de leurs jeux. Enfant unique, elle avait toujours été tenue de se comporter comme « une dame ». Il fallait être *convenable*. Les hôtels des Lawrence reflétaient le même souci des apparences. Elle voyait mal l'un des clients de l'Ashley

Singapour, par exemple, se jeter dans l'eau glacée d'un lac de montagne. Aujourd'hui, elle serait incapable de retourner, ne serait-ce qu'une fois, dans l'un des hôtels de son père.

Lorsqu'elle eut fini de gonfler les matelas, elle retourna près du feu pour surveiller la cuisson du repas. Soudain, elle se figea, frappée par le spectacle qui s'offrait à elle.

Garrett venait d'émerger de l'eau. Tout en marchant sur la berge, il ôta son T-shirt, révélant un torse dur comme de la pierre et des muscles saillants qui brillaient à la lueur du feu.

Sans la moindre gêne, il suspendit son T-shirt dégoulinant à une branche basse, et commença à déboutonner son jean.

Elle émit un hoquet de stupeur. Il s'immobilisa, interdit. Au même moment, Rory, s'ébrouant comme un jeune chien, le heurta par-derrière.

— Je… Je n'ai pas amené de serviettes, dit-elle.

— Pas besoin, répondit Garrett avec un petit sourire en coin. Nous avons amené des vêtements de rechange. Ceux-ci seront à peu près secs demain matin.

Son fils inspecta chacune des tentes à la recherche de leurs sacs.

— Samantha, tournez-vous, s'il vous plaît ! implora-t-il lorsqu'il les eut trouvés.

Elle ne savait plus où poser les yeux. Si elle se détournait de Rory, c'est Garrett qui se trouvait alors dans son champ de vision. Celui-ci n'avait pas bougé, et la considérait, une lueur d'amusement, à laquelle se mêlait une émotion plus ambiguë, dans le regard.

— Je suppose que vous n'avez pas de frères.

— En effet.

Se saisissant de pinces, elle s'agenouilla devant le feu pour retourner l'une des papillotes dans les braises. Les aliments enveloppés dans le papier aluminium grésillèrent et émirent un délicieux arôme de viande et de légumes en train de cuire. Red lui avait assuré que c'était le menu parfait pour les estomacs affamés, rapide et facile à réaliser.

— Le dîner est presque prêt.

Elle perçut un bruit de tissu froissé derrière elle — indice que Garrett, lui aussi, était en train de se changer. Aussitôt, son imagination s'emballa, à sa grande confusion.

Une chauve-souris passa au-dessus de sa tête. Là-haut, dans le ciel, les étoiles commençaient à briller. Oubliant son trouble, elle sentit une paix profonde l'envahir. Ici, sur cette montagne, elle n'avait pas à être quelqu'un d'autre qu'elle-même. Elle était Samantha Weston, une femme qui possédait des lamas et savait cuisiner un bon repas au feu de bois. Elle ne savait pas encore très précisément qui elle était, mais c'était déjà un bon début.

Garrett se matérialisa tout à coup à ses côtés.

— Ça sent bon !

Elle se leva et le fixa dans les yeux — un moyen, peut-être, de conjurer la tentation.

— Etes-vous obligé de vous approcher des gens aussi furtivement ?

— J'ai beaucoup de défauts, répliqua-t-il avec un sourire narquois, mais pas celui-là.

Il lui prit les pinces des mains.

— Allez faire un plongeon, si vous voulez. Je surveille le repas.

— Je… Je ne pensais pas me baigner, dit-elle, sentant, pour une raison mystérieuse, son pouls s'accélérer. Ici, c'est moi qui suis chargée de la cuisine et de la vaisselle. Vous, vous êtes les invités.

— Je pense que nous n'en sommes plus là.

D'un geste, il désigna les sacs-poubelle pleins entassés à la lisière de la forêt, et ajouta :

— A moins que vous ne considériez que le ramassage d'ordures fasse partie du programme récréatif.

— Non. Et d'ailleurs, je vous remercie pour votre aide.

— Suis-je pardonné pour le serpent ?

Ce n'étaient probablement pas des excuses qu'il attendait ;

mais il semblait s'inquiéter sincèrement de ce qu'elle pouvait ressentir.

Alors qu'elle ouvrait la bouche pour répondre, Rory s'approcha du feu, faisant rouler un morceau de tronc devant lui.

— Je meurs de faim !

— Je vois que tu as trouvé un banc, observa-t-elle en versant le contenu des papillotes dans des gamelles en fer-blanc.

Une fois servis, ils dégustèrent le poulet épicé accompagné de poivrons, d'oignons, de tomates et de maïs.

— Red ne pourra plus dire que vous êtes une mauvaise cuisinière, fit Rory, la bouche pleine, tandis qu'elle prenait place à côté de lui sur le tronc.

Elle rit.

— Il a dit ça, vraiment ? Eh bien, c'était vrai, certainement. Mais ça ne l'est plus.

Ces quelques mots résumaient parfaitement sa nouvelle philosophie.

— Poussez-vous un peu, dit Garrett.

Son assiette à la main, il se dirigea vers eux, mais au lieu de s'installer sur la place libre près de son fils, il se planta devant l'extrémité du tronc où elle était assise, alors qu'il n'y avait clairement pas assez d'espace pour lui. Elle ouvrit la bouche pour le lui faire remarquer, mais Rory se décala obligeamment, et elle se retrouva coincée entre eux deux.

— J'aimerais savoir si vous êtes toujours fâchée pour le serpent, dit Garrett.

Toute colère l'avait désertée dès l'instant où il s'était proposé pour nettoyer le site. Et même si elle ne lui avait pas encore tout à fait pardonné son geste, il aurait été difficile de continuer à lui en vouloir alors que sa cuisse touchait la sienne. Ce contact avait quelque chose de très simple et de très attrayant…

— Non, répondit-elle. Je ne suis pas fâchée contre vous. Pourquoi me posez-vous la question ?

Tournant la tête, il plongea son regard dans le sien.

— Peut-être parce qu'il m'importe que vous ayez une bonne opinion de moi.

C'était sans doute le plus joli compliment que quelqu'un lui ait jamais fait. Client ou pas, il profitait manifestement de la situation.

11

Dès l'aube, Samantha sortit de son sac de couchage pour nourrir les lamas. Remontant la fermeture Eclair de sa tente, elle vit quatre silhouettes qui se découpaient, absolument immobiles, sur le ciel traversé par un vol d'hirondelles. Garrett pêchait. Les trois lamas l'entouraient, telle une assemblée de conseillers.

Elle se mit debout et s'étira puis, pour ne pas déranger ce fascinant tableau, descendit pieds nus sur la berge. Arrivée au bord de l'eau, elle resta un instant immobile : Garrett avait déjà pris plusieurs truites, qui n'attendaient plus que d'être jetées dans la poêle pour être servies au petit déjeuner.

Percy fut le premier à s'apercevoir de sa présence. Il s'approcha en pataugeant et renifla sa poche — sa façon à lui de réclamer une friandise.

— J'ai mieux, chuchota-t-elle. Un bol de pâtée.

Garrett se retourna, le sourire aux lèvres.

— Bonjour, dit-il doucement.

Comment pouvait-on être aussi beau dès le réveil ? s'étonna-t-elle en silence. Gênée, elle ramena en arrière ses cheveux ébouriffés par une nuit de sommeil.

— J'ai pensé que les p'tits gars auraient envie d'un peu de liberté, expliqua-t-il. Je dois dire qu'ils sont plutôt de bonne compagnie. Plus silencieux que la plupart des gens, et beaucoup plus calmes que les chiens.

Il était donc tombé sous le charme des lamas, songea-t-elle avec plaisir.

Retroussant le bas de son treillis, elle entra dans l'eau froide et se mit à côté de lui, pour prolonger cet agréable moment. Percy la suivit.

— Où est Rory ? demanda-t-elle.

— Il dort encore. Vous n'auriez pas amené des bougies d'anniversaire, par hasard ?

— Si. Et aussi un gâteau, pour le retour.

— Puis-je me servir d'une des bougies ? Je voudrais la piquer sur sa truite. Ce n'est pas tous les jours qu'un garçon fête ses treize ans !

A cet instant précis, elle le sut irrémédiablement : elle était en train de tomber amoureuse de lui.

Durant son enfance, les goûters d'anniversaire donnés en son honneur, toujours très élaborés et préparés par un traiteur, lui donnaient envie de fuir et de se cacher. Elle aurait adoré avoir ses parents pour elle seule durant toute une journée. Et elle aurait échangé tous les gâteaux fantaisie du monde contre une truite au petit déjeuner.

— Vous êtes un père formidable, murmura-t-elle.

— Merci, dit-il, visiblement décontenancé par le compliment.

— Je le pense sincèrement. Rory en est la preuve.

Il ne répondit pas, se contentant de manipuler sa canne à pêche.

Les lamas étaient aussi immobiles que des statues. Des hirondelles frôlaient l'eau pour attraper des insectes. Le ciel était d'un bleu lumineux, mais les rayons du soleil n'avaient pas encore passé la barrière des hauts conifères qui encerclaient la clairière. De fines volutes de vapeur s'élevaient de la surface du lac, encore enveloppé d'une brume opalescente.

— Ne bougez pas, ordonna Garrett à voix basse. Vous avez une libellule sur la tête.

Malgré son injonction, elle se pencha pour regarder son reflet dans l'eau. Là, posé sur ses cheveux, elle vit l'insecte aux grandes ailes, pareil à une barrette fantastique. Il semblait si irréel qu'elle ne put s'empêcher de lever la main pour le toucher. Aussitôt, il s'envola.

Lorsqu'elle releva la tête, Garrett la contemplait avec tant d'intensité qu'elle frissonna.

— Parfois, on a juste envie de toucher la beauté, dit-il.

Posant sa main libre sur sa nuque, il l'attira vers lui et captura ses lèvres.

Sans même lever les bras, elle s'appuya contre lui et se laissa aller aux délicieuses sensations que ce baiser éveillait en elle. La chaleur de la bouche de Garrett et la fraîcheur de l'eau sur ses chevilles se rencontraient en tourbillonnant au centre de son corps, créant en elle un délicieux vertige.

Au bout d'un instant, ils s'écartèrent l'un de l'autre, et s'entre-regardèrent. Elle décela au fond de ses prunelles le désir d'aller plus loin, beaucoup plus loin. Ce devait être la magie de l'endroit…

Percy choisit ce moment pour glisser sa tête entre eux deux, comme pour dire : « Tout cela est très beau, mais qu'en est-il de cette pâtée que l'on m'a promise ? »

Garrett pouffa de rire.

— D'abord Ruggiero, et maintenant, Percy ! Je serais curieux de voir comment les choses évolueraient sans tous ces chaperons qui veillent sur vous !

Oh ! elle savait exactement comment elles évolueraient ! Mais il serait déraisonnable, à une période de sa vie où elle était si vulnérable sur le plan émotionnel, de céder à ce genre de tentation.

Se dégageant, elle déclara :

— Je vais nourrir les lamas. Voulez-vous vous charger de préparer le petit déjeuner ?

— Oui. Au menu, ce sera truite, puis truite et encore truite !

— Si cela vous intéresse, il y a des pommes de terre dans la glacière. Elles sont déjà cuites, il suffit de les faire frire.

— Oh ! je suis tout à fait intéressé, oui !

Elle ramassa les longes et guida les bêtes vers la berge. S'agissait-il d'un intérêt uniquement culinaire ?

Soudain, Garrett se sentit positivement affamé. Il rembobina le fil de sa canne à pêche, puis vida et écailla rapidement le poisson. Peu après son réveil, il avait relancé le feu. Celui-ci avait entre-temps beaucoup baissé, mais les braises étaient chaudes, idéales pour la cuisson.

Les poêles que Samantha avait emportées étaient, bien évidemment, ce qui se faisait de mieux en la matière. Une fois que les truites et les pommes de terre furent en train de rissoler dans l'huile, et le café, en train de passer dans la cafetière italienne, il s'autorisa à la regarder s'occuper des lamas.

Elle était en train de devenir son fantasme secret, son péché mignon.

Vêtue d'un treillis kaki et d'une chemise à carreaux comme n'importe quel randonneur, elle était tout sauf ordinaire. Sous sa délicate apparence, elle cachait une force véritable. Sa beauté était empreinte de mystère. Ses baisers exprimaient une certaine réserve, mais contenaient des promesses d'abandon…

Pourtant, une relation avec elle, dans la vraie vie, avait peu de chances de voir le jour, il en avait conscience. Il aurait voulu que cette randonnée dure toujours…

— Mmm… Ça sent bon !

Les traits gonflés de sommeil, Rory émergea de sa tente en bâillant.

— Bon anniversaire, fiston !

Garrett alluma une bougie, et la piqua dans l'une des truites dorées à point.

— Ne me demande pas de chanter.

— Merci, papa !

Avec un sourire en coin, Rory prit l'assiette qu'on lui tendait et s'assit sur le tronc d'arbre.

— C'est plus bel anniversaire de toute ma vie !

Samantha revint avec un petit paquet, qu'elle posa à côté de lui.

— Bon anniversaire ! Ce n'est qu'une petite chose, et cela attendra la fin du repas.

Tout en lui tendant une assiette pleine et une tasse de café, Garrett ne put s'empêcher de rêver. Que ressentirait-il s'il prenait tous les matins le petit déjeuner avec cette femme ?

Fourchette en l'air, elle le contemplait par-dessus le feu, les yeux écarquillés.

— C'est divin ! s'exclama-t-elle. Etes-vous toujours aussi fin cordon-bleu ?

— Seulement quand je prépare de la truite !

— Est-ce qu'il y en a encore ? fit Rory en tendant son assiette.

— Tu as un appétit d'ogre, ma parole !

Garrett partagea en deux le reste de poisson et de pommes de terre, bien qu'il n'ait pas encore été servi. Cela n'avait aucune importance. Que son fils souhaite toujours passer du temps avec lui, et apprécie encore ce qu'il avait à offrir valait bien quelques petites crampes d'estomac pendant la descente.

Samantha observait leur échange, il le sentait.

— J'aimerais ne jamais avoir à rentrer, déclara-t-elle, faisant écho à ses propres pensées.

Malheureusement, le moment était venu de lever le camp. Ensemble, ils plièrent les tentes et rassemblèrent les affaires, laissant le site parfaitement propre — à l'exception des graffiti sur les rochers. Garrett se promit en silence de revenir plus tard avec Red et Rory pour nettoyer.

Sur le chemin du retour, ils n'échangèrent pas une parole. Mais c'était un silence heureux. Lorsqu'ils dépassèrent le rocher de granit où Garrett avait abattu le crotale, Samantha n'y jeta même pas un coup d'œil. Il put s'en rendre compte, car il était juste derrière elle dans la file — la place idéale pour l'observer sans que cela paraisse suspect.

Quand le pré de Whistling Meadows fut en vue, Rory vint marcher à ses côtés.

— Qu'est-ce que Samantha t'a offert, tout à l'heure ? demanda-t-il à son fils.

Celui-ci tira de sa poche un magnifique couteau suisse qui devait valoir une fortune.

— Génial, non ? fit-il en souriant. Mais tu sais ce qui m'a fait presque autant plaisir que le canif et le trek ? Que tu aies laissé ton téléphone éteint pendant toute la promenade.

— Tu as prouvé que tu pouvais te passer de ton portable, de tes jeux vidéo et de ton baladeur. Je devais me montrer à la hauteur.

— Maman sera sûrement contrariée de ne pas avoir pu nous joindre.

Il avait hélas ! raison, songea sombrement Garrett. Sa boîte vocale serait inondée de messages.

En arrêt devant la barrière, Samantha contemplait, effarée, la ferme dans le lointain.

— Que se passe-t-il ? s'exclama-t-elle.

Garrett et Rory la rejoignirent en courant.

La cour grouillait d'activité. La limousine de ses parents était là, ainsi que plusieurs camionnettes et un gros camion de livraison. Des gens allaient et venaient entre les véhicules et la ferme. Celle-ci avait été entièrement repeinte dans un jaune qu'Helena qualifiait certainement de « pittoresque ». Pour Samantha, ce n'était rien d'autre qu'une invasion de son espace personnel.

— Oh ! Maman, tu n'as tout de même pas osé !

Elle ouvrit le portail à la volée et s'élança dans le pré, M. Jinx sur les talons.

— Rory, referme la barrière ! cria-t-elle par-dessus son épaule.

Comme elle approchait de l'enclos, Mephisto, Ace et Fred entamèrent une sorte de danse de joie qui lui aurait paru comique si elle n'avait pas été aussi en colère.

Comme elle contournait la grange, elle tomba sur Red. Il tendit la main pour prendre la longe de M. Jinx.

— J'ai essayé de l'en empêcher, dit-il, visiblement aussi bouleversé qu'elle. Evidemment, c'est votre maison, maintenant, et ce que vous y faites ne me regarde pas. Mais quand elle m'a annoncé qu'elle vous préparait une surprise, j'ai eu comme un mauvais pressentiment.

— Vous n'auriez pas pu l'arrêter, Red. Moi, si, par contre.

— Je crains qu'il ne soit déjà trop tard… Mais je vous garde Jinxy, si vous voulez. Allez-y.

Elle ne se le fit pas dire deux fois. Elle traversa la cour, se frayant un chemin au milieu des peintres, des menuisiers, des électriciens et des livreurs qui portaient meubles et compositions florales. Des compositions florales, dans une ferme ! Helena confondait-elle sa maison avec un hôtel ?

Montant deux à deux les marches du porche, elle était de plus en plus sidérée. Les abords de la bâtisse avaient subi une complète métamorphose : une pelouse vert émeraude avait remplacé le sol de terre battue, et un lit de fleurs ornait le pied de la façade. Des meubles en osier qui auraient été davantage à leur place sur la terrasse d'une villa à la mer étaient installés sous le porche repeint à neuf.

— Non, non ! Tu n'as pas le droit d'entrer ! s'écria sa mère, hors d'haleine, en sortant de la maison et en lui barrant l'accès à la porte. Nous ne t'attendions pas si tôt !

— Qu'as-tu fait de ma ferme ?

A l'intérieur, Cameron tonnait des ordres de sa voix de stentor.

— Ton père et moi avons pensé que, puisque tu insistais

pour achever ta convalescence ici, tu aurais besoin d'un minimum de confort.

— Il ne s'agit pas de ma convalescence, protesta Samantha, mais de ma vie !

— Raison de plus pour que tu sois à ton aise.

— Que se passe-t-il ? fit la voix de Garrett derrière elle.

Jamais elle n'avait été aussi heureuse d'entendre quelqu'un. Mais, pivotant pour le regarder, elle fut frappée par la sévérité de son expression.

— Shérif, peut-être pourriez-vous faire entendre raison à Samantha, dit Helena. Tout sera prêt d'ici une heure. Si elle entre maintenant, l'effet de surprise sera gâché. Vous seriez un amour si vous l'emmeniez se promener.

— Madame, avec tout le respect que je vous dois, nous arrivons déjà de promenade. Je crois que votre fille a le droit de rentrer chez elle, de prendre une douche chaude et de se reposer.

— Mais…

Garrett passa derrière elle et ouvrit la porte. Lui souriant avec gratitude, Samantha entra. Mais son sourire se figea sur ses lèvres lorsqu'elle passa le seuil. L'intérieur de la ferme était méconnaissable.

Chaque surface avait été repeinte, chaque lampe, remplacée. Au lieu du vide qu'elle appréciait tant, il y avait maintenant des meubles luxueux, des tableaux, des rideaux, et ces maudites compositions florales.

Elle retrouvait, à l'identique, l'univers qu'elle avait voulu quitter. Le bon goût régnait partout jusqu'à la nausée.

— Rappellez-moi combien de temps nous nous sommes absentés ? questionna Garrett.

De plus en plus irritée, elle se tourna vers sa mère.

— Vous aviez tout prévu, n'est-ce pas ?

— Oui. Il y avait un moment que ton père et moi songions à venir. Nous avons pris contact avec nos artisans et leur avons demandé de se tenir prêts à intervenir.

— Tout de même, comment ont-ils pu faire aussi vite ? Nous ne sommes partis que vingt-quatre heures !

— Ma chérie, tu sais que rien n'est impossible quand l'argent n'est pas un obstacle.

Elle sentit Garrett se raidir. Au même instant, son père sortit de la cuisine et l'étreignit dans ses bras puissants. Lorsque, enfin, il la lâcha, le shérif avait disparu.

Garrett respirait avec difficulté. Immobile au milieu de la coquette allée de pierre, il songeait à la somme qui avait été engloutie dans cette « surprise ». Elle devait être supérieure au budget d'une année du service de police. Mais c'était un étalage de richesse dont, personnellement, il se passait tout à fait.

Qui étaient ces gens, exactement ?

Il se dirigea vers la grange pour récupérer son sac dans lequel se trouvaient son arme et son téléphone. Red et Rory, qui avaient fini de délester les lamas de leur chargement et laissé M. Jinx, Percy et Humvee rejoindre le reste de la troupe dans l'enclos, étaient à présent en train de trier le matériel de camping.

— Rory, c'est Samantha qui est censée faire ça, je crois. Nous sommes ses clients.

Pour l'instant, ce n'était vrai qu'en théorie : il avait oublié de discuter du tarif de la randonnée avec elle, et elle n'avait pas non plus abordé le sujet.

Red lui jeta un bref regard.

— La duchesse a déjà bien assez à faire comme ça, à mon avis.

« La duchesse ». Ce surnom lui allait comme un gant, songea Garrett avec cynisme.

— Et puis, je suis content de m'en occuper, papa !

Rory paraissait être dans son élément, en effet. Que dirait

Noelle — une duchesse, elle aussi — si elle voyait son fils en cet instant ? Echevelé, en sueur… et positivement heureux.

— Mais je sais que tu veux retourner à ton travail, ajouta Rory. Tu peux partir. J'ai mon vélo.

Garrett devait faire une apparition au bureau. Il voulait aussi écouter ses messages. Mais, par-dessus tout, il éprouvait le besoin de quitter cet endroit.

— On se verra à la maison, dans ce cas.

— A tout à l'heure. Et, papa… tu sais quoi ? Je me suis bien amusé.

— Moi aussi.

Dommage que cela se soit terminé par une douche froide.

Tout en gagnant sa voiture, il sortit son téléphone. Rien que de la part de Noelle, il avait dix-sept messages en attente. Au lieu de les écouter, il l'appela directement. Elle décrocha à la première sonnerie.

— J'ai eu ma promotion !

— Félicitations, dit-il prudemment. Quand commences-tu ?

— Dès que j'aurai mis l'appartement en vente. J'ai commencé à chercher une maison à Londres cet après-midi. Rory ira à l'école américaine, ou dans un collège anglais, au choix. Quelle fantastique opportunité pour lui ! Je dois me pincer régulièrement pour vérifier que je ne rêve pas !

— Il était éventuellement question qu'il reste aux Etats-Unis, je crois.

— Oh ! Garrett, ce n'est pas sérieux ! Il serait malheureux en pension. Quant à rester à Applegate… Je sais que tu aimes cet endroit, mais… Londres ! Notre fils vivrait à Londres !

— Il se sent bien, ici, argua Garrett. Tu aurais dû le voir pendant la randonnée !

— Comment cela s'est-il passé ? Le service était-il à la hauteur du prix que nous avons payé ? Et pourquoi étiez-vous injoignables ?

— Nos téléphones étaient éteints.

— Pourquoi ?

A en juger par le ton de sa voix, elle le prenait clairement pour un fou.

— Rory est un vrai amoureux de la nature.

— Eh bien, je suis sûre que nous trouverons des coins de nature en Angleterre.

— Noelle, Rory désire que la garde soit inversée.

Voilà, il l'avait dit, enfin.

— Je ne comprends pas.

— Il veut passer les vacances chez toi, et vivre ici avec moi.

— Plutôt mourir ! s'exclama son ex-femme avant de lui raccrocher au nez.

12

Avide de calme et de solitude, Garrett n'avait d'autre envie que de s'installer sur le canapé avec la télécommande. Mais, en se garant dans l'allée de la maison, il trouva Mack assis sur le perron.

— Tu fais une de ces têtes ! lança son ami. La randonnée s'est mal passée ?

— L'arrivée, plutôt… Un cauchemar ! répondit-il en descendant de voiture.

— Tu fais allusion à la rénovation de la ferme ? J'ai dû partir, je ne pouvais pas en supporter davantage. Cette Helena est un vrai fléau ! L'idée qu'on puisse mettre autant d'argent dans une maison me donne le frisson.

Il gravit les marches et tourna la clé dans la serrure.

— Veux-tu une b…, commença-t-il, se reprenant juste à temps. As-tu envie de manger un morceau avec moi ?

— J'ai envie d'une bière, admit Mack piteusement. Mais je me contenterai d'un bon petit plat préparé par Geneva. D'un reste de poulet frit, par exemple.

Il le suivit dans la cuisine.

— Alors, comment Samantha s'en est-elle sortie avec la popote ? Je sais qu'elle s'inquiétait. Elle voulait que tout soit parfait.

Garrett fronça les sourcils. Mack n'avait pas prononcé plus de deux mots en plusieurs mois, et voilà qu'il ne tarissait plus.

— Rory a dit que c'était le plus bel anniversaire de sa vie, c'est tout ce qui compte.

— Mais… ?

— Il n'y a pas de mais.

— Dans ce cas, pourquoi es-tu de mauvaise humeur ?

— Noelle a obtenu une importante promotion, à Londres. Elle est déterminée à emmener Rory avec elle.

Mack émit un sifflement.

— Il avait seulement mentionné l'éventualité d'un départ en pension. Cette perspective ne le ravissait pas, d'ailleurs. Que vas-tu faire ?

— J'ai tout l'été pour essayer de faire entendre raison à Noelle. Ensuite, s'il le faut, je me battrai.

— Tu as intérêt à te trouver un bon avocat !

Garrett n'en était que trop conscient, hélas ! L'ennui, c'est que les bons avocats coûtaient cher. Peut-être devrait-il demander au père de Samantha de le mettre en relation avec l'un d'eux. Le bonhomme fréquentait visiblement les milieux aisés.

— Dis-moi ce que tu sais sur Samantha et sur sa famille, demanda-t-il en sortant un pichet de thé glacé et le poulet frit du réfrigérateur.

— Rien. Pourquoi cette question ?

— Elle ne porte pas le même nom que ses parents.

— Peut-être que ce type est son beau-père. Ou qu'elle était mariée avant d'arriver ici. Il pourrait y avoir plusieurs raisons, mais en quoi cela t'importe-t-il ?

Il versa le thé glacé dans des verres, puis ôta le film plastique qui recouvrait la volaille. Tous deux mangèrent debout devant le comptoir. Mack ne le quittait pas des yeux.

— Quoi ? grogna Garrett en lui lançant un regard noir. Je n'ai pas le droit de poser quelques questions ? Je viens de passer vingt-quatre heures avec cette femme, et j'en sais moins qu'hier sur son compte !

Son ami jeta un os dans la poubelle située sous l'évier.

— Je ne te crois pas. Comment était-elle pendant la promenade ?

— Agréable. Bon, c'est vrai, elle n'est pas folle des armes à feu et elle n'y connaît rien en matière de tente, mais on voit qu'elle est vraiment en accord avec la nature, les enfants et les bêtes. Et elle est vraiment à tomber par terre le matin au réveil.

— Qu'as-tu besoin de savoir d'autre ?

— D'où elle vient. Ce qu'elle fait ici. Si c'est quelqu'un d'authentique, ou si…

— Samantha est quelqu'un d'authentique, crois-moi, affirma Mack avec conviction. Même si elle n'en parle pas, on voit qu'elle a souffert. Mais il y a maintenant chez elle une sorte de… comment dire ? De sérénité. Elle possède un pouvoir. Elle est venue à moi alors que personne n'y parvenait. Elle m'a communiqué son envie de guérir. Si tu avais été là, tu comprendrais…

— Je suis heureux qu'elle ait pu t'aider. Mais j'ai besoin d'en savoir plus sur elle.

— Pourquoi ? Parce que Rory travaille avec elle ? lui demanda Mack en prenant un autre morceau de poulet.

— O… Oui.

Il releva brusquement la tête.

— Parce qu'elle te plaît ! s'exclama-t-il. Mais bien sûr ! Comment ai-je pu être aussi aveugle ?

— C'est une attirance qui ne mène nulle part.

— Cela ne mènera nulle part si tu fouilles son passé, si tu t'intéresses plus à la personne qu'elle était avant qu'à celle que tu as sous les yeux maintenant.

— Ce n'est pas si simple.

— Mais si ! Dis-moi, est-ce que tu souhaites toujours que je réintègre la police ?

— Bien sûr.

— Tu ne me demanderas pas pour quelle raison j'ai

sombré dans l'alcoolisme pendant quatre mois ? Ou ce que j'ai pu faire en Irak ?

— Non. Mais c'est différent.

— En quoi est-ce différent ?

— Mack, nous avons un passé commun. Je connais ta famille. Je te connais.

— Tu m'as connu *avant*. Tu ne sais rien de celui que je suis aujourd'hui.

— Tu n'arriveras pas à saborder notre amitié si facilement. Qui que tu sois devenu, je t'accepte comme tu es.

— J'apprécie sincèrement. Et je suis sûr que Samantha serait contente, elle aussi, si tu faisais preuve de la même confiance envers elle.

C'était un acte de foi dont Garrett se sentait incapable. Pour gagner du temps, il but une gorgée de thé.

— Et ne commence pas à entreprendre des recherches sur son compte, recommanda son ami.

— C'est déjà fait. Je n'ai rien trouvé.

— Génial. Et tu auras saboté votre relation avant même qu'elle n'ait eu le temps de naître.

Il n'y aurait pas de relation, songea Garrett. Samantha et lui étaient si différents l'un de l'autre que leurs chances de se rapprocher un jour étaient proches de zéro.

Alors, pourquoi tenait-il tant à découvrir le passé de la jeune femme ?

Fraîche et reposée après être restée longuement immergée dans la baignoire ancienne à pattes de lion — qui avait, Dieu merci, échappé au massacre perpétré par ses parents — Samantha était allongée entre des draps en coton d'Egypte si doux qu'elle aurait pu aisément se laisser glisser dans le sommeil. Hélas ! la hauteur de son lit — il fallait monter des marches pour y accéder —, l'odeur de peinture fraîche et l'irritation qu'elle éprouvait à l'égard de ses parents l'empêchaient de fermer l'œil.

Ses parents avaient pensé bien faire. Ils l'aimaient. Malheureusement, leur monde était celui du faste et des hôtels cinq étoiles, tandis que le sien se trouvait désormais à Applegate.

Ici, elle n'avait pas besoin d'une maison pouvant figurer dans les pages d'un magazine de décoration. Elle n'avait pas besoin d'une cuisine conçue pour un chef étoilé. Certes, c'était agréable d'avoir un chez-soi, mais elle avait dormi comme un bébé sur un matelas pneumatique dans une tente, et le meilleur petit déjeuner qu'elle ait jamais mangé de sa vie avait été cuit au feu de bois.

Par un homme qu'elle ne parvenait pas à chasser de ses pensées.

Garrett McQuire, qui avait tourné les talons à la vue des transformations opérées par sa mère, comme si cette débauche de luxe le dégoûtait.

Elle ne pouvait le lui reprocher.

Il devait certainement penser que c'était ce qu'elle voulait, qu'elle avait besoin de confort matériel. Or, d'après Red, l'ex-femme de Garrett se serait sentie parfaitement à son aise dans la ferme rénovée — à condition, bien sûr, qu'il ne s'agisse que de sa résidence secondaire. Noelle McQuire détestait la vie simple qu'on menait à Applegate, tandis que Garrett aurait été incapable d'y renoncer. La jolie besogne d'Helena avait dû ressusciter chez lui de mauvais souvenirs.

Toute la nuit, elle se tourna et se retourna dans son lit. Elle fut heureuse de se lever en entendant le chant du coq. Il lui restait pas mal de temps avant que sa marraine ne vienne les chercher, Mack et elle, pour leur réunion quotidienne. Elle avait absolument besoin de ce soutien, aujourd'hui. Ensuite, elle avait une randonnée et un pique-nique de prévus : cela la distrairait quelques heures de plus. C'était la fin de l'après-midi et la soirée qu'elle redoutait — en fait, le moment de la journée où sa mère la savait libre.

Pieds nus, elle descendit l'escalier en pin massif, avec la curieuse impression de se trouver à l'hôtel. Des meubles et objets anciens, dont certains avaient *réellement* appartenu à Red, se mariaient à des pièces très modernes, donnant au salon un air d'éclectisme étudié. C'était beau, mais impersonnel. Et, surtout, il y avait beaucoup trop de blanc : elle ne pourrait pas s'affaler sur ses nouveaux canapés après une dure journée de travail.

Dans la cuisine, elle trouva la glacière qui avait servi au trek de la veille. Red avait dû la rapporter de la grange. Le vieil homme et Rory avaient fait preuve d'une incroyable gentillesse, s'occupant des lamas, du matériel de camping et du harnachement, alors qu'elle essayait de digérer le choc que lui avait causé la transformation de son intérieur.

Soulevant le couvercle, elle éprouva une pointe de déception : à l'intérieur se trouvait encore le gâteau d'anniversaire soigneusement emballé qu'elle s'était promis de servir à Rory après le déjeuner. Elle l'avait complètement oublié. Il devait être encore bon : elle ferait en sorte qu'il l'ait lorsqu'il viendrait travailler. Mais ce ne serait pas tout à fait la même chose.

Pauvre petit ! Sa randonnée ne s'était pas vraiment déroulée comme prévu. Elle ne pouvait décemment pas facturer un service d'aussi piètre qualité. De toute façon, il n'avait jamais été question qu'elle fasse payer Garrett.

Après avoir transféré le contenu de la glacière dans le réfrigérateur géant en acier inoxydable, elle n'eut pas le courage de se préparer un vrai petit déjeuner. Elle se contenta d'avaler une poignée de céréales avec un verre de lait puis, attrapant ses bottes, sortit pour voir comment se portaient les lamas.

Lorsque l'heure fut venue de partir, ce ne fut pas sa

marraine, mais Mack, au volant du pick-up de Red, qui s'arrêta devant le porche.

— Monte ! lui dit-il, se penchant pour ouvrir la portière côté passager.

— Tu as le permis ?

— Oui. Mais mon pick-up est chez mes parents. Et je compte bien m'en servir de nouveau !

— Tu es de retour parmi les vivants ? s'enquit-elle en grimpant sur le siège.

— Je suppose que oui.

C'était une bonne chose qu'il envisage de retourner à la vie active, songea-t-elle tandis que le 4x4 descendait l'allée cahoteuse. Néanmoins, elle continuait d'être inquiète pour lui. Il y avait encore quelque chose qu'il continuait de taire, comme s'il ne croyait plus en sa propre humanité.

— Seras-tu là, cet après-midi ? demanda-t-elle. J'ai oublié de donner son gâteau d'anniversaire à Rory. C'est une recette de Geneva que j'avais faite spécialement pour l'occasion. Un gâteau à la carotte.

Mack lui lança un regard de biais.

— Oh ! je t'en prie, tu ne t'étoufferas pas ! Je sais ce que vous pensez de ma cuisine, tous les trois !

— A t'entendre, Red, Rory et moi formons une bande d'inséparables. Déjà que Garrett nous accuse d'être ta garde rapprochée…

— En tout cas, il est parti bien vite, hier. Tout va bien ?

— Je ne sais pas. A toi de me le dire.

— Mes parents y sont allés un peu fort avec la décoration de la ferme, répondit-elle, volontairement évasive. J'imagine qu'il me prend pour une fille à papa gâtée.

— Pourquoi ne tiens-tu pas tête à tes parents ? Pourquoi ne leur poses-tu pas de limites, quitte à les remettre à leur place s'il le faut ? Tu devrais peut-être cesser de t'inquiéter de ce que pensent les autres.

— Comme toi ?

— Je ne suis pas forcément un bon modèle.

— Et je suppose que Garrett ne me voit pas non plus comme un bon modèle pour Rory.

— Là n'est pas le problème.

— Donc, tu reconnais qu'il y a un problème ?

— Je ne sais pas. Je connais Garrett depuis l'école primaire, dit Mack en négociant un virage particulièrement serré. Il est arrivé là où il est aujourd'hui à la seule force du poignet. Mais son enfance dans des familles d'accueil lui a laissé de profondes cicatrices. Il est particulièrement chatouilleux sur la question de l'engagement.

— Beaucoup d'hommes ont la phobie de l'engagement.

— Pour Garrett, c'est tout le contraire, même s'il ne se l'avoue pas forcément. Il a profondément besoin d'une relation stable avec quelqu'un. D'une famille unie.

— Alors, il vit certainement son divorce comme un terrible échec.

— Exact. Et il ne se lancera plus jamais dans une histoire superficielle ou temporaire, dit-il en lui lançant un regard appuyé.

Garrett considérait-il son entreprise de randonnée comme temporaire, ou pire, superficielle ? s'interrogea-t-elle. Mack essayait-il de lui faire comprendre quelque chose ?

— Ah ! au fait ! s'exclama-t-il soudain. Rory m'a demandé de te parler du tournoi de boules.

— Red et lui ne devaient-ils pas former une équipe ?

— Si. Mais il souhaiterait augmenter les chances de victoire de Whistling Meadows. Il aimerait que toi et moi participions à la compétition.

— Et tu serais prêt à accepter ? demanda-t-elle, interloquée.

Elle ne connaissait pas Mack sous ce jour.

— Bien sûr. J'ai envie de faire plaisir à mon filleul.

Avec une grimace, il ajouta :

— Avec un peu de chance, ça obligera mon meilleur ami à se bouger les fesses !

Que voulait-il dire ? Samantha avait l'impression étrange d'être Alice tombée dans le terrier du Lapin blanc.

Francis, Douglas et Owen étaient assis sur un banc face au tribunal du comté, à l'ombre d'un chêne vert. Comme Garrett sortait du bâtiment, les trois retraités lui firent signe de la main.

— Vous connaissez Cameron Lawrence ? l'interrogea Douglas.

— C'est le père de Samantha Weston. Vous savez qui c'est, elle a acheté…

— Whistling Meadows, oui, oui. On est au courant. Et aussi, que sa mère a retapé la ferme du sol au plafond. Ça n'a rien d'une nouveauté !

Rien d'une nouveauté ? songea Garrett. C'était arrivé la veille !

Owen se pencha en avant.

— Et pas la peine de nous dire que Lawrence passe ses journées à rôder autour du bureau du cadastre… On est au courant de ça aussi !

— Dans ce cas, vous en savez autant que moi.

— A d'autres ! fit Francis, la mine sceptique. Alors que vous êtes allé vous balader avec elle ?

Décidément, les rumeurs circulaient vite.

— Elle a bien dû vous dire ce que son père mijotait, insista-t-il.

Garrett soupira. Les conversations qu'il avait eues avec la jeune femme ne lui avaient rien appris sur elle ou sur ses parents. Elle parlait des lamas, de la ferme, évoquait le travail exemplaire de Rory, et même Mack, mais ne livrait aucun renseignement personnel. Et dire qu'en tant que shérif, il s'était toujours cru expert dans l'art de soutirer des informations !

— Ce qu'on voudrait vraiment savoir, poursuivit Francis,

c'est si Lawrence est du genre à causer beaucoup et à agir peu, ou s'il compte sérieusement investir à Applegate.

— Je l'ignore, admit Garrett.

— Eh ben, vous devriez peut-être chercher à le savoir, avant qu'il achète tous les terrains disponibles et en fasse un de ces villages privés pour retraités ! s'exclama Owen.

Garrett prit congé des trois hommes, les laissant plus remontés que jamais, et prit le temps de consulter sa messagerie vocale avant de retourner à son bureau. Il y avait sept messages de Noelle.

Bien qu'il n'ait pas tellement le cœur à se disputer avec elle au sujet de la garde de Rory, il devait l'appeler s'il voulait en apprendre plus sur le compte des Lawrence. Depuis le lycée, elle était fascinée par les gens riches et célèbres, lisant les détails de leur vie dans les tabloïds.

Non sans éprouver un vague sentiment de culpabilité, il composa le numéro de son ex-femme.

— Allô ? fit-elle d'une voix légèrement ivre.

En arrière-plan, il perçut du brouhaha et de la musique. Elle devait se trouver à une fête ou dans un bar.

— C'est toi, Garrett ? J'espère que tu n'interromps pas ma soirée pour me parler de l'avenir de Rory !

— Non. J'ai besoin d'un renseignement.

— Je t'écoute.

— Est-ce que le nom de Cameron Lawrence te dit quelque chose ?

— Bien sûr ! C'est le fondateur de la société Ashley International Hotels, baptisée ainsi en l'honneur d'Ashley, sa fille unique. Elle a été arrêtée pour conduite en état d'ivresse, et est partie suivre une cure de désintoxication — personne ne sait où. Depuis, elle a complètement disparu de la circulation. Un vrai mystère… Qui voudrait abandonner pareil train de vie ?

Apparemment, Samantha.

Garrett se sentit soudain perdu. Devait-il définitivement oublier une personne qui avait agi de façon aussi irresponsable ? Ou avait-il envie de la protéger ?

13

— Papa, dis-moi ce que toi et maman êtes réellement venus faire ici.

Samantha s'était affalée dans un fauteuil sous le porche, tandis que son père, le dos parfaitement droit, lisait le *Washington Post*. Il avait certainement envie d'un whisky glace, mais il ne s'offrirait pas ce plaisir en sa présence. Helena, elle, était dans la maison, occupée sans doute à parfaire la décoration. L'atmosphère était lourde et orageuse.

Il baissa son journal.

— Nous prenons quelques jours de vacances. Le lancement de l'Ashley Singapour a été épuisant. Mais pas aussi épuisant, je le sais, que sa construction. Tu as fait un travail remarquable.

— Merci.

— Si seulement…

— Papa, je t'en prie, évitons ce sujet.

— Je m'apprêtais seulement à dire que je suis content que tu fasses une pause, toi aussi.

— Il ne s'agit pas d'une pause. C'est ici que je veux vivre.

— Il est encore trop tôt pour le savoir, décréta son père. C'est pourquoi le Dr Kumar t'a prescrit une année de repos. Ne prends pas de décisions hâtives.

S'agissait-il d'une décision hâtive ? se demanda-t-elle. Ses sentiments — l'attirance qu'elle éprouvait envers Garrett — étaient-ils moins valables parce que le cadre était nouveau ?

— T'ai-je dit que mon père souhaitait que je devienne chirurgien ? reprit Cameron. Il vendait des chaussures et avait de grandes ambitions pour moi. Mais je n'étais pas fait pour ce métier, et je lui ai brisé le cœur.

— Est-ce à cause de…

— Tu as de la visite, la coupa-t-il.

Se redressant, elle vit Garrett sortir de son véhicule de patrouille et fut soudain en proie au sentiment d'inconfort que l'on éprouve parfois en montant dans un canoë — un pied sur la terre ferme, l'autre sur un support instable.

— Bonjour, Samantha. Monsieur Lawrence, salua-t-il en montant les marches. Excusez-moi, mais il est tard, et Rory n'est pas rentré. Il n'a pas non plus laissé de mot.

— Ils ont dû oublier l'heure. Il est monté au lac avec Red pour nettoyer les graffitis.

— Quels graffitis ? s'enquit Cameron.

— Ce n'est rien, le rassura-t-elle, de peur qu'il ne s'en mêle. Un acte de vandalisme vraiment mineur.

— Un acte de vandalisme, sur *ta* propriété ?

Zut ! Aux yeux de son père, la propriété privée était une valeur sacrée, qu'il fallait protéger à n'importe quel prix.

— Je suppose que ma fille vous a rapporté l'incident, dit-il en se tournant vers Garrett.

— Je suis au courant, confirma ce dernier.

Elle lui aurait volontiers sauté au cou pour le remercier de ne pas s'étendre davantage sur le sujet. Néanmoins, elle connaissait son père : il ne cesserait de poser des questions tant qu'il ne connaîtrait pas toute l'histoire.

— Ecoute, papa, il se trouve simplement que mon voisin est un peu fâché que j'aie clôturé mon pré. Cela lui a coupé l'accès aux pistes que ses fils avaient l'habitude d'emprunter. Nous pensons que les garçons ont voulu venger leur père.

— Mais si ce lac est à toi et que le terrain est clôturé, comment ont-ils pu s'y rendre ?

Son père n'était pas homme à renoncer facilement.

— La clôture ne couvre pas les trente hectares, papa.

— De plus, si l'on est vraiment déterminé à accéder au sommet, il existe d'autres accès, ajouta Garrett.

— Et pourquoi ces gens sont-ils si déterminés à y monter ?

— Parce que, martela Samantha, qui se sentait peu à peu gagnée par l'exaspération, ils espèrent m'inciter à quitter Whistling Meadows avec leurs jeux idiots. Des ordures dans le pré. Des panneaux enlevés…

Percevant le haut-le-corps de son père, elle s'arrêta net. Elle en avait trop dit.

— Mais, je te le répète, ce n'est rien.

— Au contraire, rétorqua-t-il d'un ton sec. Il s'agit d'une entreprise dans laquelle tu as investi de l'argent. Et il ne faut jamais laisser qui que ce soit mettre en péril ses investissements. Ne t'ai-je donc rien appris ?

Il s'adressa ensuite à Garrett.

— Que faites-vous pour remédier au problème ?

Samantha s'interposa entre les deux hommes.

— Papa, l'enquête est en cours. Pourrais-je vous dire un mot, Garrett ? dit-elle en esquissant un pas vers l'escalier.

Malgré son envie évidente d'en découdre avec Cameron, il répondit :

— Certainement.

Elle le poussa doucement vers l'escalier et éprouva un instant de trouble en sentant sous ses doigts la chaleur de son corps musclé.

Jetant un coup d'œil par-dessus son épaule, elle vit son père les observer, les yeux plissés.

— Excusez mon père, dit-elle en prenant le bras de Garrett.

Au lieu de l'entraîner vers la voiture de police, elle fit le tour de la maison et se dirigea vers la grange, où l'on ne risquait pas de les voir.

— Il a raison, vous savez, dit-il. A propos de votre investissement.

A l'intérieur de la grange, il faisait plus frais. Par la porte, elle pouvait voir d'immenses nuages se masser à l'horizon. L'atmosphère était lourde, chargée d'électricité. Elle se passa la main sur la nuque et releva ses cheveux, espérant capter un souffle d'air sur sa peau nue.

— Je le sais. Mais je n'ai pas envie qu'il régisse la ferme à ma place. Il finira par s'en aller, alors que Tanner, lui, va rester. Je crois qu'il est plus sage de faire preuve de tact et de patience à l'égard de mon voisin. Qualités que mon père ne possède pas.

— Il aurait tué le serpent à sonnette.

— Sans l'ombre d'une hésitation.

Un roulement de tonnerre résonna dans le lointain. Garrett fronça les sourcils.

— Quand Red et Rory sont-ils partis ?

— Il y a quelques heures.

— A pied ?

— Non. Ils ont pris l'engin qu'ils ont bricolé ensemble, un croisement entre la voiturette de golf et le quad. On peut tout de même compter sur Red pour redescendre de la montagne avant l'arrivée de l'orage, n'est-ce pas ?

— Je l'espère. Il a vécu ici toute sa vie. La montagne, le climat n'ont pas de secret pour lui. Je lui fais confiance.

— Je ne suis peut-être pas Rory d'assez près. Il vient, il fait son travail, puis il va retrouver Red et Mack. En tant que patronne, je devrais le surveiller davantage.

Elle s'adossa à un box et contempla le ciel chargé de lourds nuages violets qui se découpait dans l'encadrement de la porte.

— Non. Surveiller, diriger, c'est le style de Noelle.

Tendant la main vers elle, il repoussa délicatement une mèche de son visage.

— Cela me plaît que vous le laissiez explorer, se donner à fond dans son travail, prendre des décisions.

— Vraiment ? dit-elle, le cœur battant.

— Oui. Vous ne le couvez pas.

Prenant appui sur la poutre derrière elle, il s'inclina vers sa bouche. A cet instant précis, elle sentit son téléphone vibrer. Si Rory et Red n'étaient pas partis en montagne, elle aurait laissé le répondeur se déclencher.

C'était Rory.

— Samantha ? J'ai laissé un message à papa et je voulais te prévenir que nous allons bien. Nous sommes dans la vieille cabane, sur l'autre versant de la montagne. Red dit que tu ne sais sans doute même pas qu'elle existe. Elle est un peu délabrée, mais le toit ne fuit pas. Il pleut des cordes, là-haut !

— Veux-tu parler à ton père ? Il est juste à côté de moi.

— Ce n'est pas la peine. Dis-lui juste que nous sommes en sécurité. Nous redescendrons après l'orage.

— Je transmets le message, assura-t-elle avant de raccrocher. C'était Rory. Ils sont dans une cabane…

— Qui se trouve de l'autre côté de la montagne, oui. J'avais oublié son existence. Quand Mack et moi étions gamins, nous nous y abritions par mauvais temps. Je suis content que Rory ait pensé à appeler.

— Il vous a aussi laissé un message, apparemment.

— Eh bien ! Treize ans, et en voie de devenir une personne responsable… Qui l'aurait cru ?

— Vous l'avez bien élevé.

Le regard de Garrett se voila.

Un éclair déchira le ciel juste au-dessus d'eux, suivi d'un éclat de tonnerre et, quelques secondes après, des trombes d'eau se mirent à tomber, formant un rideau devant la porte. Les gouttes frappaient le sol avec tant de violence qu'ils furent éclaboussés. Garrett l'attira vers l'intérieur de la grange.

— Où sont les lamas ?

— Ils seront allés se mettre à l'abri sous l'appentis.

— Alors, nous sommes seuls.

— Oui.

Elle n'eut pas le temps de mesurer pleinement ce que cela

signifiait son téléphone vibra de nouveau. Sans réfléchir, elle décrocha.

— Rory ?

— Non, ma chérie, c'est ta mère. Où es-tu ?

— Dans la grange.

— Avec les lamas ?

— Avec le shérif.

— Penses-tu que ce soit une bonne idée ?

— Maman... Je serai de retour dès que la pluie aura cessé.

Parfois, le téléphone portable comportait plus de désagréments que d'avantages, songea-t-elle.

Garrett observa Samantha parler à sa mère. A quel point Helena était-elle contrariée que sa fille fréquente la population locale ?

— Tout va bien ? s'enquit-il lorsqu'elle raccrocha.

— Oui.

Elle remit l'appareil dans sa poche puis, croisant les bras, alla se poster près de la porte. Il pleuvait toujours autant.

L'instant de grâce où tout aurait pu être possible s'était enfui. Autant en profiter pour l'interroger, décida-t-il en son for intérieur. Elle ne pourrait pas s'échapper sous ce déluge.

— Votre vrai prénom est Ashley, n'est-ce pas ?

— Je préfère qu'on m'appelle Samantha, répondit-elle d'une voix tendue.

— Samantha est-il votre deuxième prénom ?

Elle leva vers lui son mystérieux regard noisette.

— Quelle importance ?

A ses yeux, cela en avait. Peut-être parce que son nom avait été la seule chose qu'il ait possédée étant enfant.

— J'ai fait votre connaissance quand Rory a commencé à travailler pour vous, il y a une quinzaine de jours, et je ne sais toujours rien de vous.

— Vous vous êtes renseigné sur mon compte, si je me

souviens bien. Et vous n'avez rien trouvé de compromettant sur moi.

Elle était redevenue la femme froide et distante avec qui il avait déjeuné à son bureau. Il éprouva un pincement de culpabilité au souvenir du coup de fil qu'il avait passé à Noelle à propos de la famille Lawrence.

— Je n'ai rien à cacher, reprit-elle. Que voulez-vous savoir ?

— Votre père possède-t-il la société Ashley International Hotels ?

— Oui, dit-elle en détournant les yeux.

Dans la faible clarté, ses traits parurent soudain empreints de lassitude.

— J'étais censée prendre sa succession, précisa-t-elle.

Cette déclaration le surprit. Noelle avait décrit la fille de Cameron Lawrence uniquement comme une riche héritière.

Elle poussa un soupir.

— Autant tout vous dire.

Mais, soudain, Garrett n'avait plus tellement envie de connaître la vérité. Il avait la désagréable impression de lui avoir forcé la main — sans raison, car, après tout, elle n'avait commis aucun délit.

— Je n'étais pas faite pour le métier d'hôtelière, récita-t-elle d'une voix monocorde. Oh ! j'étais efficace… Je maîtrisais parfaitement toutes les situations. Mais, contrairement à mon père, cette activité ne me passionnait pas. Je la considérais comme un travail, et rien de plus. Et, surtout, je ne supportais plus la pression permanente. Cela me tuait à petit feu.

Envahi par le désir irrépressible de la protéger, il esquissa un pas vers elle, mais elle l'arrêta d'un geste.

— Dans une entreprise comme la nôtre, l'aspect relationnel est très important. J'ai pris l'habitude de boire pendant les réunions mondaines, sans me rendre compte — ou sans *vouloir* me rendre compte — que l'alcool était devenu une béquille. Cela m'aidait à avoir moins peur.

— Peur de quoi ?

— De décevoir mes parents.

Elle leva vers lui des yeux emplis de larmes.

— Je suis leur fille unique, expliqua-t-elle. Ils ont placé en moi tous leurs espoirs.

Lorsqu'il la prit dans ses bras, elle se laissa faire. La vie était étrange, songea-t-il. Personne n'avait placé en lui ni espoirs ni ambitions, tandis que Samantha avait été écrasée sous le poids des attentes de ses parents.

— Ils ont déjà réussi par eux-mêmes, remarqua-t-il, caressant ses cheveux. Vous n'avez pas besoin de réaliser leurs rêves. Ils doivent vous laisser trouver votre propre voie.

Elle s'essuya les yeux et s'écarta de lui.

— Oh ! je crois qu'hier, ils nous ont montré à quel point ils sont prêts à me laisser voler de mes propres ailes ! ironisa-t-elle, amère.

— J'ai l'impression qu'ils considèrent qu'Applegate n'est pas un endroit approprié pour une riche héritière.

Elle frissonna.

— N'employez pas ce mot affreux, par pitié !

— D'accord. Mais, dites-moi… Pourquoi avoir choisi notre ville ?

S'asseyant sur une botte de foin, elle baissa les yeux sur ses mains et reprit son récit.

— Lorsqu'il est devenu évident que ce métier ne me correspondait pas, je me suis mise à boire de plus en plus pour trouver le courage d'affronter la réalité quotidienne. Ces deux dernières années, j'ai reçu de multiples contraventions pour excès de vitesse, et j'ai eu plusieurs accrochages. Chaque fois, mon père réglait le problème…

Garrett s'efforçait de garder l'esprit ouvert, mais si quelque chose le mettait hors de ses gonds, c'était la corruption. Comme il s'agissait de Samantha, et qu'il avait appris à apprécier la jeune femme — il l'appréciait même énormément —, il se tint coi.

Les sourcils froncés, elle continua :

— Un jour, j'avais avalé plusieurs martinis pour me préparer à affronter une importante réunion qui devait avoir lieu l'après-midi. D'habitude, après avoir bu, je faisais venir une limousine, mais comme j'étais en retard, j'ai pris ma voiture et... J'ai percuté l'arrière d'un bus scolaire plein d'enfants.

Il la dévisagea. Cette fois, ses yeux étaient secs et emplis de remords.

— J'ai été la seule à être blessée, mais, encore aujourd'hui, je continue à faire des cauchemars. Quand je songe à ce qui aurait pu se produire...

Il aurait pu y avoir trente Rory dans ce bus, songea Garrett, et cette femme, cette privilégiée, avait mis en danger des vies innocentes. Pour quoi ? Une réunion d'affaires.

— Je vous dégoûte, dit-elle à mi-voix.

En effet, se dit-il. Son comportement irresponsable lui soulevait le cœur. Il était shérif et, en tant que tel, établissait une distinction très nette entre le bien et le mal, la culpabilité et l'innocence, le blanc et le noir.

Cependant, Samantha représentait à ses yeux un problème bien plus subtil et complexe. Il y avait en elle une infinité de nuances de gris. Sa personnalité alliait froideur et chaleur, spontanéité et mystère. Elle avait commis un acte blâmable, certes, mais il avait dû lui falloir beaucoup de courage pour le lui avouer. Mack, depuis son retour d'Irak, ne s'était pas montré aussi sincère avec lui.

Et puis, il devait être terriblement douloureux de devoir se conformer à une existence qu'on n'avait pas choisie, pensa-t-il. Elle avait souffert.

— Non, dit-il en tendant la main vers elle. Vous ne me dégoûtez pas.

Elle la prit et la serra comme pour lui dire au revoir.

— Vous êtes policier : vous imaginez aisément la suite. En sortant de l'hôpital, j'ai dû me présenter devant le juge.

— Qui vous a retiré votre permis…

— Oui.

— Et vous a condamnée à une peine d'intérêt général.

Frappé par une idée subite, il retira sa main.

— Ne me dites pas que Whistling Meadows est un travail d'intérêt général !

— Non. Whistling Meadows est la suite logique de ma cure de désintoxication.

La pluie avait cessé aussi abruptement qu'elle avait commencé et, comme cela arrivait souvent en montagne après l'orage, le soleil brillait maintenant parmi des nuages sombres et encore menaçants, faisant étinceler les particules de poussière qui flottaient dans l'air à l'intérieur de la grange. On n'entendait que le son des gouttes de pluie qui tombaient du toit, et l'appel des oiseaux chanteurs qui quittaient leur abri.

Garrett était abasourdi. Comment devait-il prendre cette nouvelle ? Il savait déjà que Samantha était inscrite aux Alcooliques Anonymes et qu'elle n'avait pas de permis. Mais là, cela allait beaucoup plus loin. Elle avait acheté trente hectares de terres uniquement pour parachever sa cure, pour s'occuper. Lorsqu'ils voulaient se distraire, les gens d'ici se lançaient dans la sculpture sur bois, l'escalade ou le jardinage. Samantha et lui n'appartenaient décidément pas au même monde.

Helena Lawrence apparut dans l'encadrement de la porte.

— Chérie ? Ruggiero est là avec la voiture. Dépêche-toi d'aller t'habiller. Tu n'as pas oublié que les Atwater sont venus spécialement en avion pour dîner avec nous à l'auberge.

Posant sur lui un regard dédaigneux, elle ajouta :

— J'ai réservé pour 8 h 30.

Il n'avait nul besoin qu'on vienne lui rappeler l'abîme social qui existait entre lui et Samantha.

— Je dois appeler Rory pour m'assurer que Red et lui vont bien, dit-il.

Puis, saluant les deux femmes d'un bref signe de tête, il s'en alla.

14

Regardant Garrett s'éloigner, Samantha prit sur elle pour conserver un masque impassible devant sa mère, pour ne pas trahir le profond désarroi auquel elle était en proie. Il avait prétendu ne pas être choqué par l'aveu qu'elle lui avait fait, mais son attitude démentait son propos. En tant que policier, estimait-il qu'elle méritait une punition plus sévère ? La prenait-il pour une mondaine frivole ?

Elle découvrait avec surprise que son opinion comptait beaucoup à ses yeux.

— Que se passe-t-il ? interrogea Helena, qui semblait avoir perçu son émotion. Pourquoi le shérif était-il encore là ?

A en juger par la sécheresse de son ton, il était évident qu'elle ne le considérait pas comme digne d'intégrer leur cercle.

— Red et Rory sont toujours en montagne. Nous sommes inquiets pour eux.

Ce n'était pas un mensonge.

— Eh bien, je suis sûre que le shérif saura régler cela. Il a tout un service de police sous ses ordres.

Tendant la main vers elle, elle saisit entre ses doigts une mèche de ses cheveux, que l'humidité avait transformés en une luxuriante masse bouclée.

— Ma chérie, quand as-tu cessé de lisser tes cheveux ? Ils sont si… indisciplinés ! Je vais te prendre rendez-vous avec Vivica à l'auberge.

— Maman, s'il te plaît… Je les aime comme cela, naturels.

Puisqu'elle avait eu le courage de se montrer honnête avec Garrett et de surmonter son rejet, se dit-elle, pourquoi n'arriverait-elle pas également à parler ouvertement à sa mère ?

— Et je suis désolée, mais je ne dînerai pas avec vous ce soir.

— Mais, les Atwater…

— Je ne les ai jamais aimés. Damien a les mains baladeuses.

Ecarquillant les yeux, Helena la dévisagea d'un air inquiet comme si elle craignait qu'elle ne soit au bord de la crise de nerfs.

— Nous ne voulons surtout pas te stresser, ma chérie !

— Pour tout te dire, je *suis* stressée. Et j'aimerais qu'on discute ensemble des causes de ce stress.

— C'est le shérif, bien sûr. Il n'aurait pas dû venir t'inquiéter à propos de son fils.

— Rory est aussi *mon* employé ! corrigea-t-elle.

Son jeune chevalier en armure étincelante…

— De toute façon, cela n'a rien à voir avec le shérif, trancha-t-elle. Je te parle de nous. J'ai toujours fait mon possible pour être une bonne fille…

— Tu es la meilleure fille dont on puisse rêver. Tu es notre étoile… C'est pour cette raison que ton père et moi, nous souhaitons t'aider à guérir.

— Mais vous tenez absolument à ce que je retourne à mon ancienne vie.

Sa mère la fixa, visiblement perplexe.

— Bien sûr ! Qu'y a-t-il de mal à cela ?

— Je ne suis plus la même que quand je suis entrée en cure de désintoxication. Il n'y a pas que mon nom qui ait changé.

— Ne te tracasse pas pour cela. Nous comprenons très bien que tu aies dû recourir à une identité d'emprunt pour être tranquille pendant ta convalescence.

— Tu ne comprends pas. Samantha Weston est la femme que je suis devenue. Celle que je veux être. De façon définitive.

Du bout des doigts, sa mère balaya les mèches qui lui tombaient sur le front.

— Tu as l'air fatigué, ma chérie. Tu ne cesses de courir toute la journée, alors que le Dr Kumar t'a prescrit du repos. Pour faire un travail manuel, en plus ! Tu as les moyens d'engager du personnel.

— J'aime ce travail. Il m'épuise physiquement et m'apaise l'esprit.

— D'accord. Peut-être est-il préférable que tu ne nous accompagnes pas ce soir. Tu devrais prendre un bon bain relaxant et te coucher tôt.

Elle effleura sa joue d'un baiser.

— Mais si tu as besoin de nous, n'hésite pas à appeler. Ruggiero viendra te chercher.

Samantha attendit avec impatience le départ de ses parents, tout en se faisant l'effet d'être une affreuse ingrate. Dès que la limousine eut disparu au coin de la route, elle composa le numéro de Rory — et tomba directement sur la boîte vocale. Peut-être la réception était-elle mauvaise en altitude, ou l'adolescent avait-il éteint son portable pour économiser la batterie. Mais il se pouvait aussi que lui et Red soient en difficulté, auquel cas elle se devait de partir à leur rencontre.

Elle avait promis à Garrett de veiller sur son fils lorsque ce dernier se trouverait à Whistling Meadows ; et puis, Rory ne serait pas monté là-haut s'il n'avait voulu lui rendre service en nettoyant les graffitis près du lac. *Son* lac. Elle se sentait responsable de ce qui pouvait arriver au garçon.

Elle jeta un coup d'œil à sa montre. Il restait environ deux heures avant la tombée de la nuit.

Elle fourra rapidement une trousse de premiers secours et une torche électrique puissante dans son sac à dos, enfila ses chaussures de marche, puis saisit un bâton et s'engagea d'un bon pas dans le pré, en direction de la forêt.

En passant devant chez son voisin, elle aperçut les fils Harris qui arrimaient une remorque à un pick-up. Pour la première fois, elle regretta de ne pas avoir un quad ou une moto tout terrain pour couvrir plus rapidement la distance qui la séparait de ses amis.

Heureusement, elle était bonne marcheuse, et monter en ayant un but n'était pas la même chose que se promener avec les lamas. Malgré la boue occasionnée par la pluie récente, qui, à certains moments, gênait sa progression, elle avançait rapidement le long de la crête. Néanmoins, elle commençait à s'inquiéter de ne pas voir Red et Rory venir à sa rencontre. Elle prit brusquement conscience que si elle ne les avait pas retrouvés avant d'arriver au lac, elle ne saurait pas où chercher la cabane dont Rory lui avait parlé. Avant d'acquérir le domaine, elle en avait étudié la topographie sur une carte, mais ne l'avait pas encore exploré. Quelle piètre intendante elle faisait !

Si elle tenait réellement à être Samantha Weston, elle allait devoir s'investir bien plus qu'elle ne le faisait actuellement dans son travail.

Non loin de l'endroit où Garrett avait tué le serpent à sonnette, sur une portion du chemin coincée entre un affleurement rocheux et un brusque à-pic, elle aperçut la voiturette tout terrain fabriquée par Red. Celle-ci était vide.

Le cœur battant à se rompre, elle se mit à courir.

— Rory ! Red !

— Ici ! fit la voix du vieil homme en contrebas.

— Ça va ?

— Euh… oui ! répondit Rory, lui aussi en contrebas et très pâle. On cherche mon portable. Il a glissé dans le vide !

Garrett allait être content, songea-t-elle sombrement.

Se délestant de son sac, elle s'approcha avec précaution du rebord. L'escarpement, presque vertical, n'offrait aucune prise hormis quelques rochers et deux ou trois maigres arbustes. L'adolescent et le vieil homme s'y cramponnaient de toutes leurs forces quelques mètres plus bas ; de là où elle se trouvait, elle pouvait voir le sommet de leur crâne. Le téléphone pouvait très bien avoir rebondi jusqu'au bas de la crête. Et, même si ce n'avait pas été le cas, la lumière baissait rapidement. Il serait impossible de retrouver un objet aussi petit.

— Laissez tomber ! cria-t-elle. Cela ne vaut pas la peine de se rompre les os !

— Mais c'est ma mère qui me l'a acheté ! gémit Rory. Elle va me tuer !

— Sauf si tu la devances !

Ils n'étaient pas à l'abri d'une chute ou d'une morsure de serpent. A cette seule idée, elle sentit son sang se figer dans ses veines.

— Red, essayez de lui faire entendre raison !

— La duchesse n'a pas tort, gamin. Je ne suis pas certain de vouloir donner ma vie pour un téléphone.

— Vous n'avez pas idée du mal que je me suis donné pour convaincre maman de me faire confiance ! Elle ne voudra jamais m'en racheter un !

Le garçon s'accrochait à son arbre avec l'énergie du désespoir. Samantha s'agenouilla au bord du précipice.

— Rory, prononça-t-elle le plus calmement possible, tu as perdu ton portable alors que tu effectuais un travail difficile pour mon compte. J'appellerai ta mère pour lui expliquer que c'est ma faute. Et je t'achèterai un nouvel appareil.

— Tu ferais ça ?

— Oui.

Cela ne lui coûtait rien : ce n'était que de l'argent.

— Tu ne diras rien à mon père ?

— Je ne dirai rien, promis.

— Alors, c'est d'accord. Mais… Comment est-ce qu'on va faire pour remonter, maintenant ?

— Je me charge de t'assurer, déclara Red, et Samantha t'aidera si tu as besoin d'un coup de main. N'est-ce pas, Duchesse ?

Elle ne pesait guère plus que Rory, et il n'y avait rien à quoi se raccrocher de ce côté du chemin, mais elle n'avait pas d'autre choix que de se montrer forte. Ce garçon avait tant fait pour elle ! Elle se coucha à plat ventre sur le sol et tendit les bras au-dessus du vide, en tentant de ne pas prêter attention aux cailloux pointus qui lui entraient dans la chair.

— Je suis prête !

De pénibles secondes s'écoulèrent tandis qu'il escaladait lentement la pente. Lorsqu'il parvint à sa hauteur, le soulagement se peignit sur ses traits ; il saisit ses mains comme si sa vie en dépendait et poussa sur ses jambes tandis qu'elle tirait en arrière. Enfin, il se hissa sur le chemin et se laissa tomber à côté d'elle, haletant.

— Surtout, ne vous inquiétez pas pour moi ! fit la voix sarcastique de Red. Ce n'est qu'une petite balade de rien du tout pour un vieil homme comme moi !

— Red ! s'écrièrent-ils en même temps.

Ils se mirent en position pour lui prêter main-forte, mais le vieux fermier, beaucoup plus habile qu'elle ne s'y serait attendue, parvint à remonter sans leur aide.

Une fois en haut, toutefois, il roula sur le dos avec un grognement.

— Ce n'est pas l'idée que je me faisais de la retraite… Rentrons. Je suis moulu !

Tous trois se levèrent.

— Je suis navrée, s'excusa Samantha en se penchant pour ramasser son sac à dos. A cause de moi, vous voilà tous les deux pleins de bleus et d'égratignures !

Red lui prit le sac des mains.

— Comment j'occuperais mon temps, autrement ? dit-il d'un ton bourru, avec toutefois une petite étincelle dans le regard. Allez, montez, il y a de la place pour trois !

Elle sortit son téléphone de sa poche et le tendit à Rory.

— Ton père doit se demander pourquoi il tombe sans arrêt sur le répondeur. Appelle-le pour le rassurer.

Le garçon inventa une excuse afin que son père ne s'étonne pas qu'il appelle avec l'appareil de Samantha. Elle l'entendit promettre de l'attendre à la ferme.

Puis, elle monta dans la voiturette avec soulagement. Il était temps de suivre le conseil de sa mère et de prendre un long bain relaxant avant de se mettre au lit. Hélas ! lorsqu'ils arrivèrent à la ferme, la voiture de patrouille était garée près de l'enclos, mais il n'y avait pas trace du shérif. Ni des lamas. La barrière du pré était grande ouverte. Samantha se sentit gagnée par l'appréhension.

— Qu'est-ce que… ?

Red gara le véhicule près de la grange. Au même instant, Garrett apparut au coin de la maison, tenant Ace par son licou. La robe blanche du lama brillait d'un éclat fantomatique dans l'obscurité grandissante.

Sautant à bas du véhicule, elle courut vers lui.

— Que s'est-il passé ?

— Je l'ignore, répondit-il. Quand je suis arrivé ici, la barrière était ouverte. Celui-là était en train de brouter les fleurs près du porche. J'ai passé un appel radio pour qu'on retrouve les autres.

Elle inspecta Ace des pieds à la tête. Il semblait aller parfaitement bien, en dehors du fait qu'on avait interrompu son festin et qu'il en était fort contrarié. Elle poussa un soupir de soulagement.

Garrett fit mine de ramener l'animal dans le champ.

— Non, je préfère qu'il n'y retourne pas maintenant, décida-t-elle. Mettons-le plutôt dans l'enclos, près de la grange.

Si quelqu'un avait délibérément fait sortir les lamas, il se pouvait qu'il ait également commis des dégradations dans le pré ou abîmé la clôture. Tant qu'elle ne serait pas fixée, elle préférait ne pas prendre le risque.

Lorsque Ace fut en sécurité dans l'enclos, elle alla retrouver Garrett, Red et Rory qui attendaient toujours près de la grange.

— Vous allez m'aider à chercher les autres ?

— Croyiez-vous réellement qu'on allait vous laisser vous débrouiller seule ? répliqua Garrett.

Elle l'aurait volontiers embrassé.

— Rory et moi prendrons mon pick-up, proposa Red. Vous deux, vous n'avez qu'à partir en voiture.

— Si vous trouvez les lamas, ne les pourchassez pas, recommanda-t-elle d'une voix altérée par l'inquiétude.

Elle leur distribua des longes puis, se souvenant que Rory n'avait pas de téléphone, glissa le sien dans la main de Red. Il faudrait qu'elle pense à acheter des talkies-walkies pour la ferme.

— Emportez de la nourriture et, quand vous approcherez d'eux, faites comme si tout était normal. Il est important de ne pas les effrayer.

Depuis quelques minutes qu'elle se savait soutenue dans cette épreuve, elle se sentait elle-même beaucoup plus rassurée.

Garrett suivait Samantha du regard : elle accordait beaucoup de prix à ses animaux. Non en raison de leur valeur marchande, mais parce qu'ils étaient des créatures vivantes dont elle avait la responsabilité. Cet amour n'était pas feint, il le voyait bien.

— Nous allons les trouver, la rassura-t-il tandis qu'ils montaient en voiture. Portent-ils une puce électronique ?

— Oui.

Regardant droit devant elle, elle ajouta :

— Je fais pourtant toujours attention à bien refermer la barrière !

Il démarra et s'engagea dans le chemin derrière Red.

— Cessez de vous culpabiliser. Les lamas pourraient-ils l'ouvrir eux-mêmes ?

— Ils sont très intelligents et en seraient bien capables. C'est pour ça que j'ai fait poser des loquets spécialement conçus pour qu'ils ne puissent pas s'échapper.

Au bout de l'allée, les feux arrière du pick-up obliquèrent à gauche ; il prit donc la direction opposée. Ce qui signifiait qu'ils allaient passer devant chez Tanner Harris.

— Pensez-vous que… ?

— Oui, cela m'a traversé l'esprit, confia-t-elle. Quand je suis passée dans le pré tout à l'heure pour rejoindre Red et Rory, j'ai aperçu ses fils. Je sais qu'ils m'ont vue quitter la ferme.

Elle prit une profonde inspiration :

— J'espère qu'ils ne sont pas tombés si bas…

Les choses étaient allées trop loin, décida Garrett. Dès que les lamas auraient été retrouvés, il convaincrait Samantha de porter plainte.

Lorsqu'il pénétra dans la propriété de Tanner, les chiens se mirent à aboyer de toutes leurs forces. Le pick-up de Tanner, la remorque et les quads n'étaient pas là, et il n'y avait aucune lumière aux fenêtres.

— Ne bougez pas, ordonna-t-il à Samantha, qui s'apprêtait à ouvrir sa portière.

Il alluma le projecteur posé sur le tableau de bord et le braqua sur la cour. Le puissant faisceau n'éclaira qu'un fouillis de vieux objets, et les chiens attachés à leur arbre. Leurs aboiements redoublèrent d'intensité.

— Avec les chiens, je doute que mes petits gars s'aventurent par ici, observa-t-elle. Pourrions-nous revenir en arrière et longer la propriété qui se trouve en face de la mienne ?

— O.K. Je conduis, et vous, vous tenez la lampe, dit-il en faisant demi-tour.

— Les lamas sont si curieux, et tant de végétaux sont toxiques pour eux ! Le rhododendron, le symplocarpe fétide, l'asclépiade…

— Samantha, arrêtez. Il n'y a pas lieu de s'inquiéter pour l'instant.

Il roulait lentement sur le bas-côté de la route, plissant les yeux pour tenter d'apercevoir les animaux, et priant en silence pour qu'un prédateur ne les trouve pas avant eux.

— Vous devez me trouver ridiculement sentimentale avec mes animaux.

Il se pouvait que les fermiers du coin, eux, le pensent mais, personnellement, il trouvait simplement qu'elle avait du cœur. Entre autres qualités…

— Là-bas ! cria-t-elle soudain.

Pratiquement en face de l'allée qui menait à la ferme, sur un talus en pente douce, il distingua trois silhouettes qui, sans la lampe, auraient pu passer pour des bottes de foin.

— C'est Humvee, Fred et Mephisto.

Il arrêta la voiture, et elle sortit avec précaution.

— Attendez-moi ici, dit-elle.

Tenant des graines au creux de sa paume, elle s'éloigna à travers les herbes hautes, main tendue, en émettant de petits bruits rassurants avec les lèvres. Les lamas parurent presque soulagés de la voir et acceptèrent la friandise avec gourmandise. Elle en profita pour attacher les longes à leur licou, puis revint avec eux vers la voiture.

— J'essaie d'appeler Rory, mais je tombe sans arrêt sur la boîte vocale, annonça-t-il lorsqu'elle se pencha par la fenêtre ouverte.

— Red a mon téléphone. Le numéro est le 555-6881. Je vais ramener à pied mes trois vagabonds.

Il n'appela pas immédiatement, s'offrant le plaisir de la regarder traverser la route avec les rescapés. Femme et bêtes évoluaient d'un pas ondulé, lent et sensuel, auréolés par les lucioles qui commençaient leur danse nocturne. Lorsqu'elle sortit du champ lumineux formé par ses phares, il resta songeur : le désir qui l'embrasait soudain était-il réel ? Ou l'avait-elle ensorcelé ?

Il enregistra son numéro dans son répertoire, puis appuya sur la touche « appel ». Ce fut Red qui décrocha.

— Nous avons retrouvé M. Jinx dans le jardin d'Isolde Stone. Elle a failli mourir de frayeur ! C'est une chance qu'il n'ait pas reçu un coup de fusil. Jonathan l'a fait monter dans sa remorque à chevaux. Il le ramène à Whistling Meadows.

— Et nous, nous avons récupéré Humvee, Fred et Mephisto. Il ne manque plus que Percy.

— Nous allons continuer à chercher. Appelez-nous si vous le retrouvez.

Garrett remonta l'allée de la ferme pour apprendre la nouvelle à Samantha. Lorsqu'il se gara dans la cour, les quatre lamas étaient en sécurité dans l'enclos et la jeune femme était en train de fermer la barrière.

— Ils nous ramènent M. Jinx, annonça-t-il en descendant du véhicule.

Cette information ne la réjouit pas autant qu'il l'espérait.

— Je me demande où Percy peut bien être, répondit-elle d'un ton inquiet. Il est si casanier ! Croyez-vous… Croyez-vous que quelqu'un l'ait enlevé ? questionna-t-elle, semblant soudain se recroqueviller sur elle-même.

Il passa un bras autour de ses épaules.

— Ne commencez pas à envisager le pire. Les recherches ne sont pas terminées. Je ne sais pas pour vous, mais moi, j'ai besoin d'un verre d'eau avant de repartir.

Il était important qu'elle se réhydrate après sa marche en montagne et leur recherche des lamas. Comme elle semblait sur le point de protester, il la poussa doucement vers l'arrière de la maison. Ensemble, ils montèrent les marches de la cuisine.

Elle avait laissé la porte ouverte et il en fut très contrarié. Certes, la plupart des habitants d'Applegate faisaient pareil mais, contrairement à elle, ils n'étaient pas la cible d'actes malveillants. Passant devant elle, il ouvrit la moustiquaire, puis chercha à tâtons l'interrupteur.

Planté au milieu de la cuisine, Percy les regardait en clignant des yeux. Il avait ouvert tous les placards, éparpillé leur contenu dans toute la pièce, et achevait de vider un paquet de biscuits à la figue.

15

Pourquoi, tout à coup, ses genoux ne la soutenaient-ils plus ? Sous le regard hautain de Percy qui semblait leur reprocher d'arriver si tard à ce festin de roi, Samantha fut prise de fou rire. Elle se laissa aller contre Garrett, s'accrochant à lui sans se soucier de savoir s'il la prenait pour une folle. Elle éprouvait un tel soulagement !

Et, plus surprenant, un tel sentiment d'appartenance…

Elle était chez elle. C'était *sa* maison, *ses* lamas. Et *ses* nouveaux amis. Ils lui avaient porté secours alors qu'elle avait besoin d'aide ; elle s'attachait chaque jour davantage à eux.

Peu à peu, elle se calma et prit conscience des bras forts qui l'entouraient. Le torse de Garrett était délicieusement ferme et chaud contre sa joue. Elle fut tentée de fermer les yeux et de profiter de la joie physique que cette étreinte lui procurait. Mais il aurait été malvenu de s'abandonner : ce qu'elle ressentait à son égard était-il simplement de l'amitié ou quelque chose de plus fort ? Levant les yeux vers lui, elle croisa son regard amusé, où brillait une étincelle de désir.

— Je n'ai pas complètement perdu l'esprit, déclara-t-elle. C'est l'émotion. Depuis que Red et Rory se sont retrouvés coincés en plein orage sur cette montagne, je n'ai cessé de m'inquiéter.

— Je devrais être fâché contre vous. Vous n'auriez pas dû partir seule à leur rencontre. C'était de la folie.

Ainsi, il se faisait du souci pour elle ? Comme tout le reste, cela lui parut absurde et infiniment drôle. Mais elle reprit son sérieux en sentant sous sa paume les battements réguliers du cœur de Garrett.

Elle jeta un coup d'œil à Percy, qui s'était agenouillé au milieu du désordre et faisait entendre des hennissements satisfaits.

— Rory, Red et... et vous, vous avez été merveilleux. Je ne sais comment vous remercier pour votre aide.

— Vous pouvez me remercier en fermant votre porte à clé la prochaine fois que vous sortirez de chez vous.

Elle lui tapota la poitrine.

— Encore le shérif qui parle !

— Pas cette fois, Samantha, prononça-t-il d'un ton bas, pressant.

Revenant brutalement à la réalité, elle s'écarta de lui. Elle le désirait avec trop d'intensité... Cela risquait de mettre en péril le fragile équilibre qui était le sien depuis qu'elle vivait ici. Brusquement, la situation n'avait plus rien de comique ; l'air était zébré d'éclairs invisibles.

Il l'attira de nouveau contre lui.

— Qu'y a-t-il entre nous ? questionna-t-il d'une voix rauque et sensuelle.

— Vous vous posez la question, vous aussi ?

— Oh ! que oui... Je ne sais pas ce que c'est, mais cela m'empêche de dormir la nuit !

Cet aveu la fit sourire.

— Moi aussi.

— Seulement, j'ai l'impression que, de votre côté, le moment est mal choisi pour entamer une relation.

Il faisait sans doute allusion aux propos qu'elle avait tenus un peu plus tôt dans la grange, songea-t-elle.

— Et ma vie n'est pas très simple non plus, poursuivit-il.

— Rory...

— Oui. Problèmes de garde. Sa mère est décidée à l'emmener à Londres avec elle.

— De façon définitive ?

— Jusqu'à ce qu'elle obtienne une nouvelle promotion.

Elle vit se durcir son regard, et s'envoler l'instant d'intimité qu'ils venaient de partager.

Vu sa situation actuelle, c'était probablement ce qu'il y avait de mieux.

— Puisqu'on parle de Rory, dit-elle, vous devriez l'appeler pour le prévenir que nous avons retrouvé Percy.

Au lieu de se détacher d'elle, comme elle s'y attendait, il posa les mains sur ses épaules et la considéra avec attention, comme s'il tentait de lire dans ses pensées.

Puis, brusquement, il lança :

— Vous avez raison.

Ce fut elle qui mit fin la première à leur étreinte.

— Je vais ramener Percy dans l'enclos.

Le temps que Red, Rory, Jonathan Stone et sa remorque arrivent, puis qu'elle enferme M. Jinx avec les autres, Garrett semblait avoir parfaitement repris le contrôle de ses émotions.

Elle remercia tout le monde avec effusion, puis leur proposa de la limonade fraîche, mais Rory fut le seul à se montrer favorable à cette idée.

— Non, merci, répondit Garrett en poussant son fils vers la voiture de patrouille. Il faut que nous y allions. J'ai des papiers à récupérer au poste avant de rentrer.

Son attitude était très professionnelle, à présent, et elle ne parvint pas une seule fois à croiser son regard.

Red fut le dernier à partir.

— Vous et le shérif êtes fâchés ?

— Pas… Pas que je sache.

Le vieil homme gloussa.

— Quoi ? fit-elle.

Elle commençait à le suspecter de considérer la vie à Whistling Meadows comme un feuilleton prodigieusement distrayant.

— Rien… Rien que je n'aurais pu prédire, en tout cas ! Bonne nuit, Duchesse.

Avec un signe de la main, il se dirigea en boitillant vers sa baraque.

Elle s'assura une dernière fois que la barrière de l'enclos était bien fermée, puis elle alla dans la grange jeter un coup d'œil à l'emploi du temps. Une courte randonnée jusqu'au Grand Rocher était prévue le lendemain avec une troupe de garçons du camp Oseegee. Ce serait une journée tranquille.

En attendant, elle avait hâte de passer sous la douche. Il était trop tard pour prendre un bain. Ses draps en coton égyptien l'attendaient. Qui sait, elle rêverait peut-être des battements de cœur du shérif contre sa joue…

Tâchant de rester réaliste, elle rangea rapidement la cuisine, puis monta. A peine était-elle sous le jet d'eau chaude que des coups violents furent frappés à la porte. Ce devait être Red ou Mack. Elle ferma le robinet, s'enveloppa dans un peignoir en éponge et descendit en hâte.

Garrett se tenait sous le porche, le visage assombri par la fureur. Il entra sans y avoir été invité.

— De quel droit vous croyez-vous autorisée à acheter un nouveau téléphone à mon fils ?

Elle resserra les pans de son peignoir.

— Il l'a perdu en montagne.

— C'est *lui* qui l'a perdu, et c'est *lui* qui s'arrangera pour le remplacer. Je vous saurais gré de ne pas encourager ses bêtises d'adolescent !

Ignorant l'insulte, elle répondit calmement :

— Il lui faudra tout l'été pour gagner cet argent. Je ne le paye que quatre heures par jour, au salaire minimum.

— Eh bien ! Il y passera tout l'été s'il le faut.

Irritée par son intransigeance, elle secoua la tête. Des gouttes d'eau volèrent sur le parquet et sur l'uniforme du shérif.

— Et, jusque-là, que fera-t-il sans téléphone ? Nous

avons eu la preuve aujourd'hui que c'était indispensable en cas de problème.

— Il n'aura qu'à réduire le champ de ses activités et rester à proximité de la ferme.

— Si j'ai bien compris, vous le punissez !

— Il n'a que ce qu'il mérite. Quand les enfants font des bêtises, les parents sont là pour les rappeler à l'ordre.

— Je vous signale, dit-elle en s'efforçant de parler lentement pour contenir son exaspération croissante, qu'il était en train de travailler lorsqu'il l'a perdu. Il était monté au lac nettoyer les graffitis. Je me suis sentie responsable de ce qui était arrivé, et donc, j'ai proposé de remplacer l'appareil.

— Lorsqu'un agent perd ou abîme le matériel de la police, il doit le rembourser.

— Mais nous parlons de votre fils, pas de vos agents !

— Autant qu'il apprenne dès maintenant à assumer la responsabilité de ses actes. Et puis, d'ailleurs, savez-vous combien coûte un appareil de ce genre ?

— C'est un détail sans importance.

A peine ces mots étaient-ils sortis de sa bouche qu'elle comprit son erreur.

Garrett inspira profondément. Samantha ne se rendait pas compte à quel point ces quelques mots — *c'est un détail sans importance* — le hérissaient. Tâchant de maîtriser sa colère, il rétorqua :

— Je crois que, sur ce point, vous et moi sommes fondamentalement opposés. Pour moi, la vie est importante jusque dans les moindres détails.

Il balaya du regard la pièce luxueusement décorée et conclut :

— Mais, évidemment, c'est quelque chose que vous n'êtes pas en mesure de comprendre.

— Que voulez-vous dire ?

La mine hostile, elle se redressa de toute sa hauteur — ce qui, étant donné qu'elle était pieds nus et lui arrivait à peine au menton, ne l'impressionna guère.

Pour la première fois, il remarqua alors ses cheveux humides… Elle était en train de prendre une douche lorsqu'il avait fait irruption chez elle. Elle était donc nue sous son peignoir… Malgré lui, il oublia l'héritière gâtée et ne vit plus que la femme douce et séduisante qu'il avait tenue dans ses bras moins d'une heure plus tôt.

Il ne devrait pas être en train de discuter avec elle dans cette maison, et à cette heure-ci.

— Allez-vous continuer à me regarder de cet œil mauvais ? demanda-t-elle en croisant les bras sur sa poitrine. Ou allez-vous vous décider à m'expliquer ce que vous entendez par là ?

Infiniment troublé par l'échancrure de son peignoir, il détourna le regard.

— Pour vous, tout est facile, dit-il en montrant le décor d'un grand geste de la main. Vous achetez une vieille ferme, et en moins de vingt-quatre heures, vous vous retrouvez avec une demeure de millionnaire !

— C'est l'œuvre de ma mère, vous le savez très bien. Je préférais la maison telle qu'elle était avant.

— Là n'est pas le sujet. Je vous parle d'argent. Voir certaines personnes le jeter par les fenêtres me met toujours un peu mal à l'aise.

— Ah ! je vois ! Ma famille a de l'argent ? Eh bien, oui ! Vous voyez, je vous ai avoué notre honteux petit secret ! Est-ce que nous le gaspillons ? Certainement pas. Mon père a bâti sa fortune à partir de rien. Il n'est pas devenu ce qu'il est aujourd'hui en dépensant à tort et à travers.

Surpris par sa franchise, il resta muet.

— Je veux remplacer le téléphone que Rory a perdu, acheva-t-elle. M'y autorisez-vous ?

— Non.

*
* *

Lorsque, les jours suivants, Samantha se rendit en ville pour faire des courses, elle s'attendait à rencontrer Garrett à chaque coin de rue. Le quatrième, elle comprit qu'il l'évitait.

C'était tout aussi bien.

Elle préférait ne pas revenir sur le sujet qu'il avait abordé dans la cuisine : celui de l'attirance qui existait entre eux. Ou, du moins, qui existait entre eux avant qu'ils ne se disputent.

Quelle dispute idiote ! Jusqu'ici, elle avait eu affaire à des prétendants qui n'en avaient qu'à son argent ; elle n'avait encore jamais rencontré d'homme que la richesse rebutait.

De toute façon, si elle appelait le Dr Kumar, il lui dirait certainement qu'il était trop tôt pour se lancer dans une relation amoureuse. Elle avait d'autres difficultés à gérer et devait avant tout éviter les situations stressantes.

Comme les contacts avec Garrett, par exemple. Ou avec ses parents.

Elle voyait de plus en plus souvent sa mère, qui mettait la « touche finale » à la maison et se plaignait que sa fille était ingrate et sans cœur parce qu'elle refusait ses cadeaux. Quant à son père, il semblait s'être évaporé de la surface de la terre. Dans les rares occasions où il partageait leurs repas, il semblait absorbé dans ses pensées. C'était mauvais signe, signe qu'il se préparait à faire une importante acquisition.

— Vous n'avez pas touché à votre tourte aux pêches, fit la voix de Rachel, la tirant de ses réflexions. Elle n'est pas bonne ?

Clignant des paupières, Samantha fixa le visage avenant de la propriétaire de la cafétéria. Elle baissa les yeux : la glace avait complètement fondu, formant une flaque autour de la pâtisserie tiède et odorante. Elle enfonça sa cuiller dans la pâte croustillante.

— Je profitais simplement de cette minute de tranquillité, fit-elle, évasive.

Ce n'était qu'un demi-mensonge : si elle était venue en ville cet après-midi, c'était pour acheter des timbres et commander douze déjeuners à emporter pour la randonnée du lendemain. Et, accessoirement, pour échapper à la manie décoratrice de sa mère.

— Mmm… Cette tourte est délicieuse !

Rachel la considéra d'un air entendu.

— Je sais ce que c'est que d'avoir chez soi des proches qui abusent de votre hospitalité. Vous n'avez pas besoin de consommer pour rester. Vous pouvez venir quand vous voulez et, si vous le souhaitez, je vous laisserai manger dans la pièce du fond.

— Vous ne nous proposez jamais la pièce du fond, à nous ! se plaignit Douglas, tout en s'installant avec Owen et Francis sur les sièges voisins de celui de Samantha.

— C'est parce que vous adorez être devant, répliqua malicieusement Rachel en leur versant à chacun un verre de thé glacé. Pour observer ce qui se passe.

— A propos…, fit Douglas en se tournant vers Samantha. Vous avez vu votre père, aujourd'hui ?

— Pas encore.

Les trois hommes se regardèrent en souriant.

— Pourquoi ? interrogea-t-elle, brusquement tendue. Vous êtes au courant de quelque chose ?

— Non, non, répondit Francis en baissant le nez sur son verre. On demandait seulement de ses nouvelles. Entre voisins, c'est normal, non ?

Mais bien sûr…, songea-t-elle. Elle avait eu son content de mauvaises surprises. Elle allait rentrer immédiatement chez elle et interroger sa mère. Elle engloutit le reste de sa tourte — Helena aurait été choquée par d'aussi vilaines manières —, paya Rachel, puis sortit.

Se dirigeant vers sa bicyclette, elle ne put s'empêcher de jeter un coup d'œil en direction du poste de police et eut la surprise de voir Garrett venir à sa rencontre. Il portait sa tenue de shérif, comme d'habitude ; pourtant, elle crut un instant que c'était l'homme qui avait émergé torse nu du lac qui s'avançait vers elle. La chaleur lui brouillait les idées.

Elle s'attendait presque à ce qu'il soulève son Stetson et passe son chemin, mais non : il s'arrêta devant elle. Ses yeux étaient cachés derrière ses lunettes de soleil.

— Puis-je vous dire un mot ?

— B… Bien sûr, balbutia-t-elle, décontenancée.

Sans plus d'explication, il la guida vers un kiosque dressé au milieu d'un petit espace vert, de l'autre côté de Main Street. On était samedi, et la circulation était intense.

— Alors ? s'enquit-elle lorsqu'ils furent seuls. De quoi vouliez-vous me parler ?

— Je m'excuse de m'être emporté l'autre soir.

— Allez-vous me laisser payer le téléphone ?

— Non. Je ne crois pas que l'argent puisse résoudre les problèmes, mais, quoi qu'il en soit, je n'aurais pas dû réagir comme je l'ai fait.

— Comme si j'étais votre ex, vous voulez dire ? Ou votre ennemie ?

— Je ne vous ai jamais confondue avec Noelle. Mais il se peut en effet que sa fascination pour les gens riches et célèbres ait influencé négativement mon jugement sur vous.

— Que me reprochez-vous, exactement ? Franchement, je ne vous comprends pas du tout.

— C'est justement là que je veux en venir.

Il avait une façon assez particulière de s'excuser, songea-t-elle. Levant la main, elle lui ôta ses lunettes afin de déchiffrer plus facilement son expression.

Raide, les mains sur les hanches, il la contemplait de son regard bleu si déconcertant.

— Nous sommes l'opposé l'un de l'autre, déclara-t-il. Nous n'avons pas la même vision de l'existence. Votre façon de régler les difficultés est totalement différente de la mienne. En fait, c'est comme si nous venions de deux univers séparés.

— Oh ! nous sommes différents, vraiment ? dit-elle, les sourcils froncés. Vous voulez dire que je suis une alcoolique en voie de rétablissement, alors que vous êtes sobre et vertueux ? Que vous avez un enfant, et moi non ? Que vous avez des racines et une idée claire de votre identité, alors que je commence seulement à découvrir qui je suis ? Oui, nous sommes différents. Je pense que l'idée que vous cherchez à mettre en avant, c'est que l'un de nous deux est privilégié. Mais lequel, je vous le demande ?

Il eut le bon goût de paraître embarrassé.

— Je perçois chez vous une vague hostilité, enchaîna-t-elle, s'échauffant au fur et à mesure qu'elle parlait. Vous me jugez irresponsable, immature. Je vous déplais profondément. Tanner Harris, au moins, me déteste ouvertement, et il a une bonne raison pour cela.

L'éclat de rire de Garrett la fit sursauter.

— Qu'y a-t-il de si drôle ?

— Désolé, dit-il en souriant. La comparaison avec Tanner Harris est assez vexante. Mais ce qui m'amuse, c'est que vous pensiez que vous me déplaisez.

— Ce n'est pas le cas ?

— Comment pourrais-je avoir de l'aversion pour une femme qui me tient tête alors qu'elle a les cheveux trempés et ne porte rien d'autre qu'un peignoir ?

Elle sourit, se sentant soudain plus détendue. C'était peut-être le parfum des roses grimpantes qui lui montait à la tête.

— Alors, vous ne me considérez pas comme un danger public ?

— Je ne vous ai jamais vraiment considérée comme telle.

— Et comme une héritière trop gâtée ?

— Plus maintenant.

— Qu'est-ce qui vous a fait changer d'avis ?

Il lui prit les mains et les tourna de façon à voir ses paumes.

— Pour commencer, les héritières n'ont pas de corne sur les mains.

— Et moi qui croyais que vous étiez attiré par ma crinière mouillée ! plaisanta-t-elle, médusée par sa propre audace.

Il ne sourit pas. Son expression était grave, et empreinte d'un désir qu'il ne cherchait pas à dissimuler.

Brusquement, son regard se fixa sur un point situé derrière elle. Retirant prestement ses mains, elle se retourna et vit la limousine de ses parents qui se garait devant le square. Son père en descendit et s'approcha d'eux.

— Je suis content de vous trouver ici tous les deux, déclara-t-il en montant les marches du kiosque, une liasse de feuillets dans les mains.

Elle connaissait bien cet éclat dans son regard.

— Papa, qu'as-tu encore manigancé ?

Il lui tendit les documents.

— Je me suis chargé de ton problème, puisque ni toi ni le shérif ne sembliez vouloir agir, dit-il en lançant à Garrett un regard appuyé.

Avec une appréhension grandissante, elle prit connaissance du papier qu'elle avait sous les yeux. C'était un acte de vente signé et certifié par le notaire.

— Oh non ! Qu'as-tu fait ?

— J'ai fait à ton voisin une offre qu'il ne pouvait pas refuser, répliqua-t-il, l'air réjoui et très content de lui. Tanner Harris et sa famille seront partis avant la fin de la semaine prochaine. Tu utiliseras le terrain comme bon te semble. Quand le Dr Kumar te donnera l'autorisation de quitter Whistling Meadows, tu pourras faire don de l'ensemble à la municipalité pour qu'on y aménage un parc. Cela nous permettrait d'obtenir une jolie déduction d'impôts !

L'expression de Garrett était indéchiffrable. Mais, à en juger par le tic qui agitait les muscles de sa mâchoire, il n'approuvait pas ce qu'il venait d'entendre.

16

L'envie démangeait Garrett d'écraser son poing sur le nez de Cameron Lawrence et d'effacer son expression suffisante.

Puis l'image de Samantha en robe de soirée, vulnérable, et cachant derrière son dos une bouteille de vin, lui revint à la mémoire. Il devait la protéger, l'aider à se détacher de parents dominateurs. La violence physique ne rendrait certainement pas service à la jeune femme.

— Voilà, ma chérie, dit Cameron en serrant sa fille à l'étouffer, nous avons accompli notre mission. Les bagages sont dans la limousine. Je dois passer à la ferme prendre ta mère. Il ne nous reste plus qu'à te dire au revoir. Veux-tu que je t'emmène ?

Samantha semblait abasourdie et secoua la tête.

— Ne tarde pas, alors ! Nous t'attendons.

Après avoir gratifié Garrett d'un regard satisfait de propriétaire, il tourna les talons et regagna sa voiture.

La jeune femme tremblait de rage. Pourtant, le désespoir se lisait au fond de ses yeux. Elle leva les mains au ciel, lâchant les papiers qui s'éparpillèrent sur le sol.

— Quel âge ai-je donc l'air d'avoir ? cria-t-elle, sans s'adresser à personne en particulier. Y a-t-il écrit « mineure impotente » sur mon front ?

Les joues en feu, elle se mit à parcourir le kiosque de long en large.

— Que vais-je pouvoir faire d'eux ?

— Ne les laissez pas vous atteindre. D'ailleurs, ils s'en vont.

— Oui, après avoir fait de beaux dégâts ! Pouvez-vous me certifier que Tanner n'ira pas raconter autour de lui la bonne affaire qu'il a conclue avec mon père ? Qu'après les exploits de mes parents, les gens ne me considèreront pas différemment ?

Il n'aurait pu l'affirmer sans mentir. En revanche, il pouvait lui offrir son soutien.

— Rentrez à la ferme. Je vous ramènerais volontiers, mais je pense que l'exercice vous aidera à vous calmer. Dites au revoir à vos parents. Puis annulez toutes vos randonnées de demain.

Les yeux de Samantha lancèrent des éclairs.

— Allez-vous vous mettre à me donner des ordres, vous aussi ?

— Non, c'est promis. Je vous expliquerai plus tard.

— L'explication a intérêt à être valable. Je suis tellement en colère que j'ai envie de hurler. En fait, je ne devrais pas m'en priver. Puisque je dois m'attendre à ce que les gens parlent, autant qu'ils s'y mettent tout de suite !

— Vous ne devriez pas vous préoccuper de ce que pensent les gens. Passez-moi un coup de fil quand vos parents seront partis. Je vous informerai du programme de demain.

— Faut-il que je compose le numéro de la police ? demanda-t-elle, sarcastique.

Elle enregistra son numéro personnel dans ses contacts, puis lui tourna le dos et se dirigea en courant vers sa bicyclette, abandonnant au milieu du kiosque les feuilles éparses de son titre de propriété.

Samantha était si lasse, maîtriser sa colère lui avait coûté tant d'énergie, qu'elle hésita à appeler Garrett après le départ de ses parents. En quoi aurait-il pu l'aider ?

En revanche, elle contacta sa marraine, car elle était tenaillée par l'envie de boire. Cette dernière lui suggéra d'écouter ce que Garrett avait à lui proposer, puis, si la sensation de manque persistait, de la rappeler pour qu'elle la conduise à la réunion AA du soir, à Brevard.

Samantha téléphona donc au shérif. Il lui demanda de se munir d'affaires de rechange et d'un sac de couchage, et de se tenir prête.

Lorsque la voiture de patrouille entra dans la cour, elle était assise sur la plus haute marche du perron, et regardait les oiseaux mouches voleter au-dessus du jasmin de Virginie, en s'efforçant de respirer et de savourer l'instant présent. Au bruit du moteur, elle leva les yeux : le véhicule remorquait un quad.

Garrett se gara au bout de l'allée de pierre et mit pied à terre. Il était vêtu d'un jean et d'un T-shirt, et tenait à la main un rouleau de la taille d'un poster.

Avec un manque d'enthousiasme certain, elle ramassa son sac et marcha vers lui.

— Alors, pourquoi a-t-il fallu que j'annule mes rendez-vous de demain ?

Il déroula le papier et le déploya sur le capot de la voiture.

— J'ai pensé qu'à cause des travaux de décoration de votre mère, vous risquiez de ne pas pouvoir remettre la main sur votre propre exemplaire, alors j'ai emprunté celui-ci au bureau du cadastre. Je me suis dit que vous aviez peut-être envie de vous rappeler qui est la vraie Samantha Weston.

Elle baissa les yeux : il s'agissait d'une carte. Non d'une carte ordinaire, mais du plan topographique de sa propriété — incluant Whistling Meadows et le mont Russert.

— Je sais que de ce côté, vous avez entretenu les pistes qui vont au Grand Rocher et au lac, poursuivit-il, mais je n'étais pas sûr que vous ayez déjà exploré les anciennes routes forestières sur le versant est. Ou que vous ayez eu l'occasion de pousser jusqu'à la cabane où Red et Rory se sont abrités.

— Non, pas encore.

— C'est là que nous allons.

Elle ne s'attendait pas à cela. Elle avait imaginé qu'il lui tiendrait la main pendant qu'elle déverserait ce qu'elle avait sur le cœur. Ou qu'il l'emmènerait au cinéma à Asheville pour la distraire. Mais une excursion en montagne … Ce bout de terre était l'essence même de sa nouvelle identité. Elle y était chez elle.

Quelle délicate attention de sa part !

— Alors, qu'en dites-vous ?

— Je vais devoir apprêter au moins un des lamas, répondit-elle, impatiente de se mettre en chemin.

— Ah non ! Cette fois, nous faisons les choses à ma façon.

Il lui indiqua le quad.

— Je me sens le devoir de réparer une injustice. Tous les conducteurs de quad ne sont pas des brutes épaisses sans considération pour l'environnement.

— Dans ce cas, il faut que je demande à Red s'il est d'accord pour surveiller ma petite troupe.

— C'est déjà réglé.

— Et Rory ?

— Geneva reste avec lui cette nuit. Hé, hé ! dit-il en souriant jusqu'aux oreilles, votre père n'est pas le seul à savoir organiser des surprises !

Elle ne put se contenir plus longtemps : elle lui sauta au cou. Elle s'agrippa à ses épaules, enroula ses jambes autour de sa taille et l'embrassa à pleine bouche. Il répondit à son baiser avec ardeur.

Enfin, au bout d'une longue minute, ils se séparèrent, haletants.

— Ce genre de comportement, observa-t-il, le sourcil levé, risque de nous empêcher d'aller bien loin.

— Partons, trancha-t-elle. J'ai besoin de quitter la civilisation quelque temps.

Il fit rapidement descendre le quad de la remorque. Un étroit plateau à l'arrière supportait une glacière et ses affaires. Il y arrima le sac qu'elle lui tendit, puis enfourcha l'engin.

— Montez, ordonna-t-il en montrant d'un signe de tête la place qui se trouvait derrière lui.

Elle obtempéra, et découvrit rapidement la meilleure position : il était plus confortable de se nicher contre lui que de s'adosser à la glacière.

L'après-midi était déjà avancé et le soleil commençait à décliner à l'ouest. Lui tournant le dos, Garrett prit la direction de la ferme des Stone. Au bout d'un moment, ils rejoignirent une route en terre battue qui séparait les deux propriétés.

— C'est l'ancienne piste forestière, expliqua-t-il en ralentissant. Elle va nous mener pratiquement jusqu'au chalet.

— Quand a-t-elle été créée ?

— Du temps du père de Red, je crois, dit-il avant de repartir.

Il conduisait avec prudence, s'arrêtant fréquemment pour lui montrer une famille de daims paissant dans une clairière, un gigantesque bosquet de lauriers d'Amérique en fleur, ou encore un grand pic à tête rouge qui ressemblait étrangement à un ptérodactyle.

Elle souriait de bonheur : tout cela, il le faisait pour elle…

Le corps de Samantha pressé contre le sien procurait à Garrett un plaisir auquel, il s'en rendait compte, il risquait de prendre goût rapidement. Il se sentait irrésistiblement attiré par elle. Pas par la puissante femme d'affaires qui serait probablement en mesure d'acheter et de revendre tout Applegate si elle le décidait, mais par la fermière passionnée de lamas et de nature, qui admirait d'un œil émerveillé le spectacle qui s'offrait à eux.

Il avait peut-être commis une folie en lui proposant cette escapade, mais il n'en pouvait plus de devoir contenir et dissimuler ce qu'il éprouvait. Il aurait été bien incapable de prédire ce que le lendemain leur réservait ; en tout cas, pour l'instant, il était décidé à profiter de sa chaleur et de cette proximité physique.

Bien que la nuit soit encore loin, le soleil avait disparu derrière la cime des arbres lorsqu'ils parvinrent au bout de la piste, au pied de la montagne. De ce côté-ci, le mont Russert était défiguré par la déforestation. L'écoulement des eaux avait entraîné une érosion massive des sols, où ne poussaient plus que quelques maigres broussailles.

Il éteignit le moteur et indiqua à Samantha un passage dans la montagne.

— Nous allons emprunter ce chemin pour arriver à la cabane. Ce n'est pas loin.

Il la vit frissonner.

— J'espère que c'est plus joli là-bas, soupira-t-elle.

— Ça l'est. Leurs tracteurs et leurs camions étaient trop gros pour passer dans la brèche. De l'autre côté, la forêt est intacte.

Il mit son sac sur ses épaules, aida Samantha à endosser le sien, puis ils se mirent en chemin, tenant la glacière chacun d'un côté. Elle n'était pas particulièrement lourde ; cependant, le simple fait de la porter à deux, de partager cet effort donna à Garrett l'impression d'être soudain libéré du poids des responsabilités qu'il portait seul depuis plusieurs années. Jusqu'à quel point, s'interrogea-t-il, avait-il créé sa propre solitude ?

Quand ils atteignirent la petite cabane nichée au cœur de la forêt centenaire, et qui semblait tout droit sortie d'un conte de fées, il fut ravi : Red et Rory y avaient fait un peu de ménage pendant leur bref séjour. Ce n'était pas un cinq étoiles comme les hôtels Ashley, mais le sol avait été balayé et du bois fraîchement coupé était empilé près de la cheminée. Il n'y avait pas de meubles, car l'endroit avait seulement été conçu pour servir d'abri aux chasseurs en cas de mauvais temps. Peu importait : ils n'étaient là que pour une nuit, et n'auraient besoin que du matériel qu'ils avaient emporté.

— Alors, que pensez-vous de votre cabane ? demanda-t-il en posant la glacière et en se débarrassant de son sac à dos.

Les yeux emplis d'étoiles, un grand sourire aux lèvres, elle se tenait au milieu de la pièce et tournait lentement sur elle-même pour admirer la charpente apparente.

— C'est absolument merveilleux ! Si j'avais su qu'elle existait, j'aurais pris le maquis à la seconde où j'ai vu apparaître la limousine de mes parents.

— Eh bien, vous le savez, maintenant ! Bien entendu, si vous songez à en faire un point de chute pour vos randonnées, vous devrez créer un autre itinéraire pour éviter de passer devant le vilain paysage que nous avons vu plus bas.

— Je ne vais pas m'en servir pour les randonnées, répondit-elle en passant sa main sur les larges pierres brutes de la cheminée. Ce sera mon refuge secret.

— Etes-vous en train de m'annoncer que vous allez devoir m'assassiner ?

Le rire de Samantha résonna gaiement dans la pièce.

— Oh, non ! Pour accomplir ce que j'ai en tête, il faut que vous soyez vivant…

Cet endroit la rendait audacieuse, constata-t-il non sans plaisir.

— Et qu'avez-vous en tête ?

Il emprisonna sa main, qui reposait sur le manteau de pierre, et se pencha vers elle jusqu'à ce que leurs bouches se frôlent.

— Il va faire froid, ce soir, souffla-t-elle.

La température corporelle de Garrett augmenta brutalement de plusieurs degrés. Elle poursuivit sur le même ton :

— Pour me réchauffer, j'aurais besoin que vous… alliez couper du bois !

Vive comme un farfadet, elle lui échappa, courut vers la porte et se mit à danser autour de la cabane en chantant :

— Cet endroit est à moi, à moi, à moi !

Il s'appuya contre le chambranle et la regarda en souriant.

— Venez ! cria-t-il. Si vous aimez la cabane, vous allez adorer la source.

Elle s'arrêta net et le fixa, les yeux écarquillés, le visage auréolé d'un désordre de boucles blondes.

— Une source ? J'ai ma propre source ?

Il lui tendit la main, l'entraîna plus loin derrière la cabane, jusqu'à un escarpement tapissé de plantes grimpantes. Un filet d'eau clair, mince mais régulier, jaillissait d'une crevasse et coulait le long de la paroi rocheuse avant de disparaître dans un épais tapis de mousse.

Il n'était pas venu ici depuis de nombreuses années mais, dès qu'il entendit le doux murmure du ruisseau, il eut l'impression de sentir le froid minéral de l'eau sur sa langue, se sentit ramené aux étés de son enfance avec Mack. Comme Samantha, il avait ressenti alors le pouvoir apaisant de ce lieu.

— Puis-je la boire ? demanda-t-elle en apercevant une vieille tasse de bois suspendue à une branche.

— Bien sûr, mais elle n'a pas le même goût que l'eau en bouteille que l'on trouve au supermarché.

Elle remplit le récipient, ferma les yeux et prit une petite gorgée du liquide, comme si elle dégustait un grand vin.

— Mmm… Elle est glacée. Et elle a le goût… des éclairs et du tonnerre.

Il rit.

— J'ai du mal à vous imaginer en costume tailleur. Quel est le contraire d'une femme d'affaires ? Une poétesse ?

— Je suis contente que vous pensiez cela.

Elle lui tendit la tasse et ajouta :

— Ici, je me sens plus libre. C'est grâce à cet endroit. Nous sommes si loin des soucis quotidiens ! Et aussi grâce à vous… Parce que vous avez compris que cela me ferait du bien.

— J'éprouvais le besoin de vous emmener ici.

Il la fixa du regard. Avec cette femme si douce, dans cet endroit si particulier, il pourrait parvenir à défaire le nœud douloureux qui logeait au centre de son être depuis toujours. Une perspective assez effrayante…

— C'est drôle, je ne vous vois pas comme quelqu'un qui a des besoins, remarqua-t-elle. Vous avez un tel contrôle sur vous-même !

Baisser sa garde était-il une si bonne idée que cela ? se demanda-t-il soudain.

— Il commence à faire frais. Rassemblons un peu de bois pour le feu, puis j'essaierai de vous répondre pendant que nous préparerons le dîner.

Tout en ramassant des branches mortes, Samantha observait Garrett. Il avait été sur le point de dire quelque chose… Pourquoi s'était-il ravisé ?

Depuis son arrivée à Applegate, jamais elle n'avait entendu qui que ce soit parler en mal du shérif. Il devait être un symbole de réussite dans le pays. Rachel, Red, Mack, tous semblaient éprouver le besoin de le protéger. Pourtant, elle ne connaissait personne de moins vulnérable que lui.

La voix de Garrett la fit sursauter.

— Il faudrait peut-être que vous songiez à poser votre bois dans la cheminée.

Debout dans l'encadrement de la porte, il était extrêmement séduisant : hâlé, musclé, solide… et elle était seule avec lui.

— Que… Qu'allons-nous manger, ce soir ? demanda-t-elle en le rejoignant à l'intérieur.

— Mon deuxième plat le plus célèbre après la truite : saucisses et flageolets.

— Nous pourrions piquer les saucisses sur une broche et les faire griller sur le feu, qu'en dites-vous ?

— Ah ! Donc, vous réclamez la version gourmande ?

— Absolument.

— Dans ce cas, je vais devoir vous mettre au travail, dit-il en la délestant de son fagot. Je me charge de lancer le feu. Pendant ce temps, occupez-vous de tailler les broches.

— Avez-vous apporté un couteau suisse ?

— Dans ma poche, dit-il en lui présentant sa hanche.

Hésitante, elle sentit ses joues s'embraser.

— Je ne mords pas, susurra-t-il, une lueur de malice dans le regard.

Lentement, elle glissa la main dans sa poche et sentit la chaleur de sa cuisse à travers l'étoffe. Comme ses doigts se refermaient sur le couteau, il se pencha vers elle et saisit le lobe de son oreille entre ses dents. C'était comme être prisonnière d'un piège délicieux… Un frisson d'excitation la parcourut. Presque aussitôt, il lâcha prise.

— Je… Je ferais mieux d'enfiler un sweat-shirt avant de sortir, balbutia-t-elle, même si, en cet instant, elle trouvait plus tentant de se déshabiller que l'inverse.

— Ne soyez pas trop longue… J'ai faim.

Elle aussi, et pas seulement de nourriture. Tout en passant son sweat-shirt, elle se hâta de sortir. Ayant trouvé deux branches fines, elle les effeuilla et les tailla en pointe, puis gravit en quelques bonds joyeux les marches de la cabane.

A l'intérieur, le feu crépitait, et les haricots étaient déjà en train de mijoter dans une marmite suspendue à un crochet. Garrett disposait devant la cheminée les sacs de couchage, qu'il avait ouverts et assemblés à l'aide des fermetures Eclair, de façon à créer une couche commune.

Il leva les yeux à son entrée.

— Tu savais que nous en viendrions là, n'est-ce pas ?

— Oui, dit-elle.

Oubliant le repas, elle marcha vers lui et lui tendit ses lèvres.

Et là, protégés par l'obscurité grandissante qui enserrait la cabane, célébrés par le chant des oiseaux, ils firent l'amour. Sans hâte, tendrement, comme si chacun attendait depuis longtemps cet instant. Comme s'ils savaient que ce qu'ils partageaient était fragile et, peut-être, fugace.

Un long moment plus tard, nichée au creux du bras de Garrett, la joue appuyée contre son torse, elle chuchota :

— Est-ce pour cela que tu as ressenti le besoin de m'emmener ici ?

— Je mentirais si je prétendais que je n'y ai pas pensé.

Il ramena le duvet sur ses épaules, passa son autre bras autour d'elle et l'embrassa sur les cheveux.

— Mais j'avais aussi envie de voir comment tu réagirais dans un endroit qui… Comment dire ? Qui était ma source de réconfort quand j'étais enfant.

Elle se haussa sur un coude pour le regarder.

— Que veux-tu dire ?

— Je sais que Red t'a révélé que j'avais grandi en famille d'accueil. Et Mack a dû te raconter nos vagabondages dans ces collines. Ici, je n'étais plus simplement un marginal, un gosse sans famille. J'étais moi.

Elle posa un baiser au coin de ses lèvres.

— Je comprends, dit-elle, les larmes aux yeux.

— J'ai arrêté le bivouac et la chasse après mon mariage. Noelle détestait cela, et de mon côté, je me disais que c'était la famille, et non la forêt, qui devait définir ma personnalité.

— Mais, par la suite, tu as eu l'impression d'avoir tiré un trait sur une partie importante de toi, poursuivit-elle.

— Oui, c'est exactement ça, dit-il, les traits crispés par la souffrance.

— Après ton divorce, n'as-tu jamais songé à t'échapper de temps à autre avec Mack ?

— Les choses avaient changé : nous avions vieilli. En plus, Mack s'était engagé dans la réserve. J'ai pensé que je devais enterrer ces souvenirs et aller de l'avant.

— On a tous besoin de s'isoler de temps en temps, et de sortir du rôle qu'on s'est choisi. Ou qu'on a été forcé de jouer, dit-elle.

Elle s'interrompit un instant, puis ajouta, taquine :

— Alors, ai-je réussi le test ?

— Le test ?

— Suis-je à ma place ici ?

Il la fit basculer sur lui.

— Tu es à ta place *avec moi*, déclara-t-il d'une voix rauque.

Puis, de nouveau, ils firent l'amour, tendrement…

17

Le lendemain, alors que les premiers rayons du soleil pénétraient dans la cabane, Garrett préparait le petit déjeuner — café, œufs brouillés et lard frit —, tout en admirant la femme qui dormait paisiblement à quelques mètres de lui. Le bras plié au-dessus de la tête, elle souriait mystérieusement, une cascade d'or blond encadrant son visage.

L'effet qu'elle avait sur lui, en revanche, n'avait rien de mystérieux : avec elle, il avait l'impression d'être vivant, pleinement lui. Comme si elle avait versé un baume apaisant sur son âme.

Lentement, sensuellement, elle ouvrit les yeux.

— Bonjour… Ça sent bon. Je meurs de faim !

— Tu veux dire que les haricots et les saucisses que nous avons mangés à minuit ne t'ont pas repue ?

Elle s'étira avec volupté.

— Je pense que nous avons dépensé toutes les calories que nous avons absorbées, et même davantage.

— Le petit déjeuner sera bientôt prêt. Pour les toilettes, il faut…

— Je sais, j'ai l'habitude de camper, dit-elle en lui adressant un clin d'œil.

Elle se glissa hors du sac de couchage et se leva, totalement nue. Lui décochant un sourire par-dessus son épaule, elle marcha vers la porte. Avec un parfait naturel.

Il faillit lâcher la poêle à frire qu'il tenait. Si elle ne se méfiait pas plus, ils ne prendraient pas leur petit déjeuner avant midi.

Lorsqu'elle revint, elle enfila un short et un T-shirt, tandis qu'il servait la nourriture dans les assiettes.

Tout en mangeant, elle fit remarquer d'un air grave :

— Etant donné la façon dont tu as grandi, tu dois avoir du mal à te satisfaire de la décision qui a été prise concernant la garde de Rory.

— En effet. Ce n'est pas une vie de devoir faire la navette entre ses deux parents.

— C'est surtout pour toi que c'est dur. Rory est l'un des enfants les plus équilibrés qu'il m'ait été donné de rencontrer.

Elle avait sans doute raison, songea-t-il. Jusqu'ici, il ne lui était pas venu à l'idée de considérer la situation autrement que du point de vue de son fils.

— Je n'ai pas envie qu'il parte à Londres.

Elle posa sur lui son doux regard noisette.

— Pourquoi ? Il y a des vols pour l'Angleterre tous les jours.

— Et le téléphone. Et les e-mails. Je sais. Tu parles comme Noelle.

— Et alors, en quoi est-ce une mauvaise chose ? Je te rappelle que c'est aussi grâce à elle que Rory est ce qu'il est !

Il vola un morceau de lard fumé dans son assiette.

— Qu'est-ce qui te rend si charitable, ce matin ?

— Cet endroit. Toi. Je viens de passer une nuit de rêve.

Comme il mordait dans le bacon, elle se pencha et attrapa l'autre extrémité entre ses dents, la grignotant jusqu'à ce que leurs lèvres se touchent.

Ils ne quittèrent la cabane qu'en fin de matinée.

Sur le chemin du retour, alors qu'ils passaient devant la ferme des Stone, Samantha, les bras noués autour de la taille de Garrett, remarqua une activité inhabituelle sur la route du comté. Plusieurs fourgonnettes surmontées d'objets évoquant des paraboles de télévision étaient garées le long du fossé.

— Non ! s'exclama-t-elle d'une voix étranglée.

Pourvu qu'ils ne l'aient pas trouvée !

Garrett arrêta le moteur et tira son portable de sa poche. Bien qu'elle n'entende pas ce que disait son interlocuteur, il appelait certainement le poste de police. Lorsqu'il raccrocha, son expression était sombre.

— Nous allons couper par ta propriété, déclara-t-il sans plus d'explication.

— Y a-t-il eu un accident ? demanda-t-elle sans y croire.

— Je suppose qu'on peut appeler ça comme ça.

En un instant, Garrett, l'homme, avait disparu, pour laisser de nouveau place au shérif.

Une fois dans la cour, au lieu de se garer derrière la remorque, il se rendit directement à l'arrière de la maison. Aussitôt le moteur arrêté, il la prit par la main et l'entraîna rapidement vers l'escalier.

— Où est la télévision ? demanda-t-il dès qu'ils furent à l'intérieur.

— Dans ma chambre.

Il monta les marches quatre à quatre. Lorsqu'elle le rejoignit à l'étage, il avait allumé le poste et regardait les informations. Un présentateur débitait les dernières nouvelles d'un ton mécanique. Les yeux rivés sur Garrett, elle perçut les mots à travers une sorte de brouillard. « Héritière en fuite… alcoolique… en cure de désintoxication… une petite ville de Caroline du Nord… »

Puis sa photo s'afficha sur l'écran.

Sa photo.

— Oh ! mon Dieu !

Elle courut à la fenêtre et écarta les stores. Un véhicule de police bloquait l'entrée de son allée. A côté, deux silhouettes armées de fusils tenaient à distance un groupe de reporters et de caméramen. Il s'agissait de Mack et de Red.

La gorge sèche, les mains moites, elle fit volte-face et s'écria :

— Qu'est-ce qui me rend donc si intéressante à leurs yeux ? Je n'ai jamais réussi à comprendre !

Elle se mit à marcher de long en large. Avec douceur, Garrett posa la main sur son épaule pour l'obliger à s'arrêter.

— Les foules se passionnent pour la vie des riches et des…

— Je n'ai jamais été une mondaine avide de célébrité ! le coupa-t-elle sèchement. Ma famille est riche, certes. Mais nous ne sommes pas des oisifs. Mon grand-père était vendeur de chaussures. Mon père a bâti seul sa fortune. Quant à moi, je travaillais d'arrache-pied. Tout ça pour que le premier idiot venu puisse se rengorger devant son écran dès que je fais un faux pas ?

Il tenta de l'attirer dans ses bras, mais elle le repoussa.

— Qui a pu avertir les journalistes ?

— En tout cas, ce n'est pas moi, grommela-t-il, les dents serrées. Mais, crois-moi, je découvrirai le coupable.

Tandis qu'il éteignait la télévision, elle se laissa tomber sur le lit.

— Pourquoi s'en prennent-ils à moi ?

— A quoi bon poser la question ? Nous sommes dans l'ère de l'info-spectacle. Le public lit la presse à scandale parce qu'il a besoin de rêver à une existence dorée, et de se rassurer en se repaissant du malheur des autres. Je suis désolé que tu sois victime de cette curiosité malsaine.

— Que vais-je faire ?

— Rien. Tu vas rester ici, dit-il en sortant de nouveau son téléphone.

— Qui appelles-tu ?

— Geneva. Elle te tiendra compagnie.

— Je n'ai pas besoin d'une baby-sitter !

— Non. Mais il faut que tu puisses compter sur une personne de confiance.

— Pourquoi pas toi ?

— Je dois retourner au travail. J'ai l'impression qu'il va y avoir du mouvement… Pourquoi n'irais-tu pas prendre une douche ? Je vais attendre en bas l'arrivée de Geneva.

Elle se rendit dans la salle de bains, ferma la porte, s'assit sur le rebord de la baignoire et composa le numéro de sa mère.

— Tu ne devineras jamais ce qu'il se passe ici, dit-elle lorsque Helena décrocha.

— Si. Je suis devant les informations en ce moment même. Quelle horreur ! Les Prescott nous ont appelés pour nous prévenir alors que nous étions encore sur la route. Tu devrais rentrer chez nous. Ici, nous avons le personnel compétent pour te protéger. Ton père t'enverra le jet.

C'était extrêmement tentant. Pourtant, Samantha répondit :

— Non. Ce tapage ne durera probablement pas plus de vingt-quatre heures.

— Ma chérie, tu sous-estimes l'intérêt que cette affaire suscite. Pour commencer, tu t'es enfuie…

— Je ne me suis pas *enfuie* !

— Ne jouons pas sur les mots, trancha sa mère d'une voix dure. Ce qui compte, c'est ce que tu *as l'air* d'avoir fait. Ensuite, tu as changé de nom. Ces fouineurs de journalistes vont penser qu'il s'agit de la partie émergée de l'iceberg, et ils vont continuer à creuser. Nous devons être ensemble, en famille, et leur opposer un front uni. S'il le faut, nous ferons une déclaration officielle à la presse. Heureusement qu'Ashley International n'est pas cotée en Bourse !

Les apparences, les affaires… Samantha était fatiguée d'écouter ce discours.

— Maman, ne crois-tu pas que papa et toi avez quelque chose à voir avec tout ceci ?

— Que veux-tu dire ?

— Vous êtes arrivés en limousine. Pourquoi ne pas avoir loué une voiture normale, je te le demande ? Ensuite, tu as effectué en un temps record des travaux de rénovation extrêmement coûteux et voyants sur ma ferme, pendant que papa achetait le terrain du voisin, histoire de m'isoler du reste des habitants. Je suis venue ici pour récupérer dans le calme, pour me fondre dans le décor, pour m'in-té-grer !

— Ma chérie, calme-toi. Peu importent les causes de ce désastre. Ce qui compte, c'est la façon dont nous allons t'aider à t'en sortir.

Non. Elle était venue ici pour apprendre à voler de ses propres ailes. Si elle tenait à prouver qu'elle était forte, elle devait affronter cette épreuve sans sa famille.

— Maman, je raccroche.

Ce qu'elle fit. Hélas ! cela ne lui procura aucun soulagement.

Elle prit une longue douche puis descendit se préparer une tasse de thé. En bas, elle trouva Geneva ; Garrett était parti. Mack et Red continuaient à monter la garde à l'entrée du domaine. Elle avait la désagréable sensation d'être prise en otage. Mais, surtout, sa nouvelle vie ne lui semblait plus qu'une réplique légèrement différente de l'ancienne.

Trois jours plus tard, Garrett contemplait la rue principale depuis la fenêtre de son bureau. Les « vautours » — c'est en ces termes qu'il faisait référence, désormais, aux journalistes et à leurs équipes — étaient toujours là, bien que la majorité des habitants aient refusé de leur accorder une interview.

Son téléphone sonna. C'était Noelle. Il ne décrocha pas. Il avait aisément reconstitué le fil des événements : la semaine précédente, Noelle avait contacté une cousine à Asheville pour lui demander si, par hasard, les Lawrence, fondateurs de la société Ashley International, n'étaient pas en vacances à Applegate. Cette cousine avait appelé une tante qui, à son tour, avait parlé à une amie qui se trouvait être la rédactrice en chef de la rubrique « Actualité » du *Western Carolina Sun*. La suite de l'histoire n'était pas difficile à deviner.

Cependant, il aurait été trop facile de faire porter le chapeau à son ex-femme. Il était à l'origine de la fuite. Jamais il n'aurait dû appeler Noelle pour essayer de lui soutirer des renseignements sur Samantha. Et lui qui s'était permis de juger malsaine la curiosité d'autrui !

A présent, bien sûr, Noelle demandait à ce que leur fils soit tenu à l'écart de cette pagaille — exigence que Samantha approuvait largement. Rory occupait donc ses journées à jouer les commis pour la police et à prendre des nouvelles auprès de Geneva, Red ou Mack. Ne voulant bénéficier d'aucun traitement de faveur, Samantha avait également insisté pour qu'on ne poste pas d'agent chez elle. Garrett avait cédé, mais s'était toutefois assuré que ses équipes patrouillent en permanence dans cette zone. Depuis leur escapade, il ne lui avait parlé qu'une fois au téléphone et ne l'avait pas revue.

Elle lui manquait.

Rory entra dans son bureau.

— Rachel te demande à la cafétéria.

— T'a-t-elle dit pourquoi ?

Il secoua la tête.

— Red a besoin que je lui rende un service. Je dois aller acheter deux douzaines de panneaux « Défense d'entrer » au magasin de bricolage. Est-ce que tu m'autorises à les livrer à la ferme ?

— Non. Je les ferai porter par un de mes agents.

— Papa… Es-tu fâché contre Samantha ?

— Pourquoi me demandes-tu cela ?

— Tu ne vas plus là-bas, et tu ne me laisses plus la voir.

— J'essaie simplement de ne pas prêter le flanc aux racontars. Les médias surveillent tout ce qui se passe à Whistling Meadows.

La vérité, c'est que Garrett et Samantha avaient été photographiés au téléobjectif sur le quad. Le cliché avait paru dans la presse à scandale sous le titre : « Le Shérif et la Jet-Setteuse ». En dessous était écrit en plus petit : « Leur nid d'amour découvert ».

— Mais tu as l'air fâché, insista Rory.

Effectivement, il l'était. Mais contre lui-même.

— Parce qu'elle n'est pas celle que tu croyais ?

Si quelqu'un avait déçu Garrett, c'était lui-même. Il ne se pardonnait pas d'avoir fouillé dans la vie privée de la jeune femme.

— Je sais que tu n'aimes pas les menteurs, poursuivit son fils, fronçant les sourcils comme s'il s'efforçait de trouver les mots justes. Mais sa vie d'avant avait l'air franchement pas terrible. C'est normal qu'elle ait voulu s'échapper pour tout recommencer à zéro, avec un nouveau nom, et tout. Non ?

Si elle était partie pour se recréer une nouvelle vie lorsque les choses étaient devenues trop difficiles, il était possible qu'elle le fasse de nouveau, songea Garrett avec tristesse.

— Papa ?

Il passa un bras autour des épaules de son fils.

— En ce qui me concerne, tout cela est déjà oublié. Pour l'instant, ma mission est de veiller à ce qu'il n'arrive rien à personne. Y compris à toi. Allez, tu as tes panneaux à acheter. Moi, je vais voir ce que me veut Rachel.

Dehors, sur le trottoir, un journaliste lui planta un micro sous le nez.

— Shérif MacQuire, qu'avez-vous à dire concernant la photo de vous qui circule dans les tabloïds ? Pensez-vous que cela aura une incidence sur le vote des électeurs du comté aux prochaines élections ?

— Pas de commentaire.

Pour entrer dans la cafétéria, il dut se frayer un chemin parmi les reporters et les cameramen. Toutes les têtes se tournèrent à son entrée, mais Rachel l'intercepta aussitôt.

— Il faut que je te parle en privé, dit-elle en l'entraînant dans la cuisine.

Là, elle ouvrit la porte de la réserve et le poussa à l'intérieur. Debout sous l'ampoule nue qui dispensait une faible clarté, il découvrit Samantha. Elle portait des vêtements trop grands appartenant à Geneva et semblait fatiguée.

— Comment es-tu venue ici ? questionna-t-il.

— Je me suis rendue à la ferme des Stone en coupant par le pré. Isolde m'a emmenée.

— Tu veux que je te ramène à Whistling Meadows, c'est ça ? demanda-t-il, songeant aux « vautours » qui attendaient dehors.

— Non. Je ne retourne pas là-bas. La fille de Geneva viendra me chercher d'ici une demi-heure pour me conduire à Atlanta.

Un nœud douloureux se forma au creux de son estomac.

— Qui va prendre soin des lamas ? S'occuper de la ferme ?

— Red et Mack.

— J'imagine que tu te rends à Atlanta pour prendre un avion. Où vas-tu ?

Elle poussa un soupir.

— Je ne sais pas encore.

— Si tu le savais, me le dirais-tu ?

— Non. Je ne veux pas que tu aies à mentir pour moi.

Il fit un pas vers elle pour la prendre dans ses bras, mais elle l'arrêta d'un geste.

— Je suis désolée.

— Combien de temps pars-tu ?

— Je l'ignore également. Le temps qu'il faudra pour que les choses se calment et que les médias lèvent le camp, je suppose. Je ne pensais pas que cela durerait autant. Il est injuste que la vie de tout le monde ici soit bouleversée à cause de moi.

— Peut-être avions-nous besoin de ce bouleversement.

Elle ne répondit pas.

— Une fois rentrée, resteras-tu ?

— Je ne sais pas, dit-elle en passant près de lui pour sortir. Je voulais simplement te dire au revoir.

— Alors, c'est tout ?

— Oui.

Comme elle tendait la main vers la poignée, il lui agrippa le bras.

— Reste, Samantha. Tu sais qui tu es, à présent. Qui tu veux être. Les habitants de cette ville sont derrière toi.

— Si ce cirque médiatique ne prend pas fin bientôt, je crains qu'ils ne finissent par être fatigués de me soutenir.

— Ne les sous-estime pas. Ne te sous-estime pas, toi. Si tu tiens à être un membre à part entière d'Applegate, tu n'as qu'à rester là.

— Ce n'est pas aussi simple.

Il perçut de l'angoisse dans son regard.

— Parce que tu n'as jamais eu l'intention de rester, dit-il d'un ton amer.

— C'était mon intention, mais… Je n'étais pas sûre d'en être capable. Quand je suis arrivée, j'étais vulnérable. Je ne me doutais pas que les gens, la ferme, m'aideraient à aller mieux. Je ne savais pas si j'aurais la force de me faire une place ici.

— Et moi, là-dedans ? Quel a été mon rôle ?

— Tu es en colère…

— Oui, je suis en colère ! Parce que tu fiches tout en l'air ! Tu me fiches en l'air, moi.

Elle posa un doigt sur ses lèvres.

— Ne dis rien que tu puisses regretter.

Il songea à la façon dont il s'était ouvert à elle dans la cabane. Physiquement, et émotionnellement. Il regrettait ce moment d'abandon.

Rachel passa la tête par la porte.

— La fille de Geneva est là.

Et, aussi rapidement que cela, Samantha disparut de sa vie.

18

Durant la semaine qui suivit le départ de Samantha, Garrett fut très occupé à contenir la horde des médias. Heureusement, celle-ci devint petit à petit moins nombreuse. Les « vautours » mirent deux ou trois jours à s'apercevoir que leur proie s'était échappée ; et il leur en fallut deux de plus pour partir en quête du prochain scoop.

Après quoi les choses revinrent à la normale. Les habitants d'Applegate purent enfin respirer et retourner à leurs activités. Quant à Garrett, il avait l'impression d'être tombé dans un gouffre.

La semaine suivante, Rory le supplia de le laisser aller aider Red à Whistling Meadows. Le vieux fermier assura à Garrett que le petit serait payé ; Samantha lui avait donné toute latitude pour embaucher le personnel nécessaire à l'entretien de la ferme et des lamas pendant son absence. Mack y travaillait déjà — à la grande contrariété de Garrett, qui manquait d'hommes et aurait apprécié que son ami réintègre le poste qu'il lui réservait depuis plusieurs mois.

Il accéda néanmoins à la demande de Rory, qui faisait, tous les jours, le trajet à vélo jusqu'à la propriété. Garrett, en ce qui le concernait, préférait éviter de passer dans les parages.

Au bout de trois semaines, les gens commencèrent discrètement à l'inviter pour qu'il fasse d'autres rencontres. Il refusait toutes les propositions.

Il en voulait toujours à Samantha d'être partie, mais sa

colère était aussi dirigée contre lui-même car, en rompant son anonymat, il l'avait forcée à s'en aller.

Il n'avait aucune nouvelle de la jeune femme.

Alors qu'un mois s'était presque écoulé, Jonathan Stone s'assit un jour près de lui au comptoir de la cafétéria.

— Puis-je vous dire un mot, shérif ?

— Cela dépend. Si c'est pour m'annoncer que votre petite-nièce célibataire est de passage en ville et aimerait me rencontrer, cette conversation est déjà terminée.

— Chatouilleux, remarqua Jonathan en souriant. Etant donné que j'en suis à mon troisième mariage, je me garde bien de me mêler des affaires sentimentales des autres. Non, je viens vous voir en ma qualité de sélectionneur. Nous avons fixé la date du tournoi de boules : il aura lieu le deuxième dimanche d'août, c'est-à-dire le 9. Cela vous laisse deux semaines pour vous organiser.

— Sur quelle route jouerez-vous ?

— Red Harris a proposé de débuter la compétition sur l'ancienne piste forestière qui sépare Whistling Meadows de ma propriété, puis de finir sur la route nationale, juste avant Main Street.

— La pente est assez raide.

— Justement, tout l'intérêt est là !

— Combien y aura-t-il de participants ?

— Etant donné que c'est notre première année, nous avons limité les inscriptions à vingt équipes. Chacune d'elles se verra attribuer un arbitre chargé de noter les scores, et tiré au sort le matin même afin de garantir sa neutralité.

— Soixante illuminés lâchés sur les routes du comté, se lamenta Garrett. J'ai hâte d'y être !

Rachel vint vers eux et posa devant lui une part de tarte à la cerise accompagnée d'une boule de glace à la vanille.

— Cadeau de la maison. Prenez des forces, shérif, vous avez l'air d'en avoir besoin !

Il allait tout à fait bien ; il fallait seulement qu'il parvienne à passer de nouveau en « pilotage automatique » — un mode de fonctionnement qui lui avait plutôt réussi jusqu'à l'arrivée de Samantha.

— Coucou, papa ! lança Rory en entrant dans le restaurant.

Ses cheveux avaient blondi au soleil, et les muscles devenaient visibles sur ses bras hâlés.

— Maman n'est pas encore là ?

— Elle a dit qu'elle arriverait à l'heure du dîner. Et il n'est que 1 heure, répondit Garrett en jetant un coup d'œil à sa montre.

Noelle avait finalement accepté de discuter en tête à tête de la garde de leur fils. La conversation risquait d'être animée.

— Que fais-tu en ville ? Ne devais-tu pas travailler jusqu'à 16 heures ?

— Je travaille, déclara Rory en se servant dans son assiette. Je suis venu acheter des panneaux « A vendre ».

— Pour qui ?

— Pour Red. Ce matin, il a reçu une lettre de Samantha, dans laquelle elle lui demande de vendre tout ce qu'il y a dans la maison.

Garrett eut l'impression d'être frappé par la foudre.

— Elle compte se défaire de Whistling Meadows ?

— Elle n'a pas précisé.

Qu'elle se débarrasse des meubles signifiait certainement qu'elle allait mettre en vente la propriété. Pourquoi, un mois après, cette nouvelle le blessait-elle à ce point ?

— Papa, je sais que tu m'as dit de ne pas me mêler de ça, mais… Je trouve que tu devrais demander ses coordonnées à Red. Elle ne peut pas quitter Applegate comme ça, en laissant ses lamas. Et en nous abandonnant, nous.

Comme s'il avait le pouvoir de la convaincre de rester ! Comme si la décision de Samantha n'était pas déjà prise !

— Bon, je sais que tu feras ce qu'il faut, ajouta l'adolescent entre deux bouchées de tarte à la cerise. Il faut que je file.

Garrett se sentait trahi. De quel droit, d'ailleurs ?

Samantha ne lui avait pas certifié qu'elle reviendrait. Ils ne s'étaient fait aucune promesse. Bien qu'elle ne soit plus réapparue dans les médias — il suivait les nouvelles de près dans l'espoir de l'apercevoir —, et qu'il n'ait pas la moindre idée de l'endroit où elle se trouvait à présent, elle avait certainement repris son ancienne vie.

Au grand dam de ses hommes, il fut de mauvaise humeur tout le reste de l'après-midi et, lorsque, le soir venu, la Lexus de Noelle se gara dans l'allée de sa maison, il avait un mal de crâne épouvantable.

Il fit néanmoins l'effort de se composer un visage avenant pour accueillir son ex-femme.

— Rory est dans sa chambre, les informa Geneva en enfilant sa veste. Il a ses écouteurs sur les oreilles. Vous allez devoir crier pour qu'il vous entende.

Une fois seule avec lui, Noelle garda un silence embarrassé. Depuis la réaction en chaîne qui avait plongé Applegate dans la tourmente, elle faisait montre d'une remarquable humilité.

— Nous pourrions peut-être profiter de ce que Rory est en haut pour discuter, suggéra-t-elle.

— Non. Il tient à être présent. Je crois même qu'il a mis sur pied une présentation PowerPoint pour mieux plaider sa cause.

A sa surprise, Noelle sourit.

— Ses e-mails ressemblent à une véritable campagne, renchérit-elle.

Garrett se rappela soudain de ce que Samantha avait dit : si Rory était un garçon équilibré, c'était aussi grâce à son ex-femme.

— Tu l'as bien élevé, dit-il.

Une expression de surprise se peignit sur les traits de Noelle.

— Oh… m… merci !

— Veux-tu du thé glacé à la pêche ? C'est Geneva qui l'a préparé.

— Je veux bien.

Elle le suivit dans la cuisine.

— En fait, je ne suis pas seulement venue pour te parler de la garde de Rory. Je tenais aussi à m'excuser d'avoir causé des problèmes à ta petite amie.

— Ma petite amie ?

— Ashley Lawrence, enfin, Samantha Weston… J'ai appelé ma cousine parce que je voulais satisfaire ma curiosité. C'était très indiscret de ma part.

— Samantha n'est pas ma petite amie.

— Ce n'est pas ce que laisse entendre Rory.

— Et que laisse-t-il entendre ?

— D'après lui, si elle ne revient pas, c'est uniquement parce que tu ne lui as pas dit ce que tu éprouvais pour elle.

— Mais je ne sais pas ce qu'*elle*, elle éprouve.

— Bien sûr que si !

Elle sortit le pichet de thé glacé du réfrigérateur et en versa trois verres.

— Garrett, les femmes n'aiment pas rester dans l'incertitude. Elles préfèrent que les hommes expriment leurs sentiments.

— C'est drôle, parce que quand je t'ai dit que je voulais que tu restes à Applegate, tu m'as envoyé sur les roses.

— Cela n'a rien à voir. Contrairement à moi, ton amie aime vivre ici.

— Si elle s'installait ici, qu'est-ce qui empêcherait les journalistes de revenir ?

— Oh ! quelques obstinés s'attarderaient sans doute quelque temps dans le coin ! Mais les habitants ont l'air de n'avoir aucun mal à les tenir à distance. Et puis, imaginons que Samantha vienne vivre à la ferme, qu'elle s'engage dans une relation sérieuse avec un homme, qu'elle se marie, mène une vie ordinaire… Cela n'intéresserait plus grand monde.

Les journalistes auraient tôt fait de se détourner d'elle pour trouver des sujets plus croustillants.

— Maman !

Rory fit irruption dans la pièce et serra sa mère dans ses bras, la soulevant presque de terre.

Garrett écarquilla les yeux : combien son fils, tout comme son ex-femme, avait grandi pendant l'été !

Très nerveuse, Samantha faisait les cent pas devant le bureau du shérif, en tâchant d'ignorer les regards intrigués des agents qui passaient dans le couloir. Après plus de quatre semaines d'absence, elle ignorait à quoi s'attendre. Mieux valait ne pas se faire d'illusions : Garrett ne s'était pas engagé vis-à-vis d'elle. En fait, quand elle l'avait laissé après leur conversation dans la réserve de Rachel, il paraissait fâché — avec raison.

Elle se mordilla un ongle, tâchant de maîtriser son impatience. Mack ne tarderait plus à sortir. Pendant le trajet entre la ferme et le poste de police, il lui avait annoncé qu'il était temps pour lui d'arrêter de se cacher et d'assumer de nouveau ses responsabilités. Il l'avait dit d'un ton morne, comme si réendosser ses fonctions d'adjoint au shérif était un acte de pénitence. A moins qu'il n'ait voulu la mettre en garde et lui faire comprendre qu'elle devait elle aussi y mettre du sien et prendre ses responsabilités.

C'était exactement ce qu'elle s'apprêtait à faire.

La porte du bureau s'ouvrit.

Mack apparut sur le seuil, puis lança par-dessus son épaule :

— Au fait, j'aimerais te présenter quelqu'un. Elle vient d'arriver en ville, et…

— Ah ! tu ne vas pas t'y mettre aussi ! rugit Garrett, tel un ours dans sa tanière. J'en ai assez des entremetteurs !

— N'insulte pas cette jeune femme avant de savoir à qui tu as affaire.

Mack poussa Samantha à l'intérieur.

— Garrett McQuire, je te présente Samantha Weston. C'est ainsi que tu t'appelles officiellement, maintenant, n'est-ce pas ?

— Ou… oui, prononça-t-elle avec difficulté tandis que Garrett se levait, les sourcils froncés.

Ses prunelles avaient pris une nuance d'orage, mais son expression était indéchiffrable.

Elle n'entendit pas Mack quitter la pièce ; lorsqu'elle recouvra un peu ses esprits, elle et Garrett étaient seuls.

Très raide, il semblait ne pas savoir quoi dire.

— Quand es-tu rentrée ? demanda-t-il enfin.

— Tôt ce matin. Red est venu me chercher à l'aéroport.

— Je suppose tu tenais à être présente demain pour ton vide-grenier géant.

— Red, Rory et Mack auraient pu s'en charger seuls. Mais oui, j'avoue que j'avais envie de voir tous ces objets partir. Ils ne me ressemblaient pas.

— Alors, comme ça, tu as décidé de devenir Samantha Weston pour de bon ?

— Je l'étais déjà. Mais il n'a pas été facile de convaincre mes parents que je n'avais pas changé d'identité simplement pour garder l'anonymat.

Il se percha sur le coin de son bureau. Il ne lui offrit pas de s'asseoir. Il semblait attendre une ouverture ou un signe quelconque de sa part.

— Tu es rentrée chez toi, alors.

— Je ne suis pas allée en Virginie, car la propriété de mes parents était prise d'assaut par les journalistes. Nous nous sommes tous retrouvés à l'Ashley Fidji.

Il lui répondit d'une moue vaguement intéressée.

*
* *

— Quoi qu'il en soit, ajouta-t-elle, après avoir fini de régler mes affaires, je suis rentrée ici. Mais, et toi ? As-tu réussi à conclure un arrangement avec Noelle ?

Les traits de Garrett se détendirent.

— Oui. C'est surprenant, mais nous y sommes arrivés.

— Pourquoi « surprenant » ?

— Je me suis souvenu du conseil que… qu'une amie m'avait donné. J'ai tâché de laisser derrière moi la colère, de faire abstraction de la blessure d'amour-propre qu'elle m'avait infligée en partant, et de me concentrer sur le positif : Rory, et l'amour qu'il nous porte à tous les deux.

Elle en était heureuse pour lui et lui sourit.

— Et comment cela s'est-il terminé ?

— Noelle est une bonne mère. Elle souhaite ce qu'il y a de meilleur pour son fils. Moi, je n'ai rien dit, c'est Rory qui s'est chargé de la convaincre qu'il serait heureux d'aller en Angleterre aux vacances, mais qu'il était fait pour vivre ici.

— Je comprends tout à fait ce qu'il ressent.

Une lueur d'espoir brilla dans les yeux de Garrett.

— Vraiment ? Alors… Tu n'es pas seulement revenue pour superviser le vide-grenier ?

— Bien sûr que non ! Mack nous a inscrits au tournoi la semaine prochaine. Etant donné que Red et Rory y participent aussi, Whistling Meadows a de bonnes chances de remporter le trophée ! Et puis, les lamas n'ont pas fait de vraie randonnée depuis trop longtemps. Red les a honteusement gâtés. Percy vit pratiquement dans la baraque !

Un sourire illumina ses traits.

— C'est vrai, tu restes ?

— Oui, pour de bon. Mais tu ne m'as pas laissé le temps de te dire pour quelle raison, principalement, j'ai décidé de m'installer à Applegate.

Il se leva et fit un pas vers elle.

— Laquelle ?

Le cœur de Samantha battait si fort que ses mains tremblaient.

— Manger de la truite au petit déjeuner me manquait.

Il la souleva et la fit tournoyer dans les airs.

— Bon sang, je t'aime…

— C'est vrai ? Tu aurais pu me le dire.

La reposant avec douceur, il enfouit son visage dans son cou.

— J'ai été stupide. Je laissais le passé me ronger. Je me demandais sans cesse ce que je pouvais t'offrir.

— *Toi*, idiot ! En te montrant ouvert et honnête, comme tu l'as fait à la cabane.

— Eh bien, tu m'as. Et aussi la cabane. Un motel très économique quand on s'aventurera hors d'Applegate.

— Je crois que tu pousses le bouchon un peu loin ! dit-elle en riant. Je ne travaille plus dans l'hôtellerie, d'accord, mais je crois que nous pouvons tout de même faire un peu mieux que ça !

Il s'empara de sa bouche avec fougue. Un délicieux vertige lui tourna alors la tête et la seule pensée qui lui traversa l'esprit fut : *Je suis enfin à ma place.*

Epilogue

Quatre mois plus tard, Garrett était dans le hall de l'aéroport d'Atlanta avec Samantha et Rory. Celui-ci s'apprêtait à s'envoler pour Londres, où il retrouvait sa mère pour les vacances de Noël. Après avoir vécu quotidiennement avec son fils depuis le début de l'été, il avait le cœur serré à l'idée de ne pas le voir pendant deux semaines. Par le passé, Noelle avait-elle éprouvé le même déchirement au moment de laisser son fils partir chez lui ?

Comme si elle percevait son désarroi, Samantha glissa sa main dans la sienne et la serra. Cela ne devrait plus le surprendre, se dit-il. C'était comme si cette femme extraordinaire faisait partie de lui.

— Tu devrais embarquer, conseilla-t-il à Rory, d'une voix étreinte pas l'émotion. Tu n'as rien oublié ?

— J'espère que non. Et toi, répliqua son fils en lui lançant un regard appuyé, tu n'as rien oublié ?

— Non.

La petite boîte reposait bien au fond de la poche intérieure de sa veste.

Rory jeta un coup d'œil à la file des passagers qui commençaient à embarquer.

— Je peux rester quelques minutes de plus, si tu as besoin d'aide.

— Il y a certaines choses qu'un homme doit faire seul, fiston.

— De quoi parlez-vous ? s'enquit Samantha.

— De rien, répondit l'adolescent d'un air innocent.

Il ferait un très mauvais joueur de poker, songea Garrett.

Agitant la main en signe d'adieu, son fils s'éloigna en trottinant vers la porte d'embarquement.

— A bientôt !

— N'oublie pas de nous écrire ! cria Garrett.

Ils restèrent près de la vitre jusqu'à ce que l'avion ait décollé. Lorsque celui-ci fut hors de vue, il se tourna vers Samantha. Des larmes coulaient sur les joues de la jeune femme.

— Ça va, ça va, le rassura-t-elle en s'essuyant les yeux. J'ai seulement tendance à devenir un peu sentimentale au moment des vacances.

— Dans ce cas, peut-être qu'un cadeau te consolerait.

— Je n'ai pas besoin de cadeaux. Je t'ai, toi, dit-elle en se serrant contre lui. Est-ce que je t'ai dit que je t'aimais, dernièrement ?

— Oui, mais je ne me lasse pas de l'entendre. Je suis vraiment un homme comblé et heureux.

Il effleura d'un baiser le bout de son nez, puis sortit l'écrin de sa poche.

— Samantha Weston, déclara-t-il, je sais que tu as récemment changé de nom… Mais pourrais-tu envisager d'en porter un nouveau ? Ou, du moins, d'en avoir deux ?

— Que veux-tu dire ?

Il ouvrit la boîte, révélant un anneau en platine incrusté de quatre petits diamants. Un pour elle. Un pour lui. Un pour Rory. Et un pour l'avenir.

— Veux-tu m'épouser ?

— Oh ! Oui ! Bien sûr ! s'écria-t-elle en jetant ses bras autour de son cou.

— Il y a seulement une condition.

Elle haussa les sourcils.

— Des conditions, déjà ?

— Rory souhaite être notre témoin. Il faut donc que nous choisissions une date où il sera présent.

— Hum… Que dirais-tu des vacances de printemps ?

— Mais, il sera à…

— A Londres, oui, je sais. Et l'Ashley Londres est la figure de proue de notre société. J'y ai mes entrées…

— Tes parents ne demanderont pas à la femme de chambre de faire le lit en portefeuille ?

Elle éclata d'un rire cristallin. Se penchant sur ses lèvres pour s'abreuver à cette source de joie, il se sentit inondé d'un bonheur immense.

B.J. DANIELS

Un rôle trop dangereux

BLACK *ROSE*

éditions HARLEQUIN

Titre original : HUNTING DOWN THE HORSEMAN

Traduction française de B. DUFY

83-85, boulevard Vincent-Auriol, 75646 PARIS CEDEX 13.
Service Lectrices — Tél. : 01 45 82 47 47
www.harlequin.fr

1

Selon la légende, la ville de Lost Creek est maudite. Située sur les rives du Missouri, dans un coin perdu du Montana, seuls en subsistent aujourd'hui quelques maisons et autres bâtiments délabrés.

A l'époque du Far West, raconte l'histoire qui a traversé les siècles, une bande de hors-la-loi fit irruption dans cette ville et tua une femme et sa petite fille sous les yeux de ses concitoyens, trop lâches pour intervenir.

Quand le mari revint, il trouva son épouse gisant au milieu de la grand-rue, l'enfant et sa poupée à côté d'elle. Craignant le retour des bandits, les témoins du drame n'avaient toujours pas bougé de chez eux. L'homme ramassa la poupée, la brandit au-dessus de sa tête et jura de se venger de ces pleutres.

D'après l'une des versions de l'histoire, un habitant de la ville après l'autre découvrit ensuite une petite poupée de chiffon devant sa porte, et, quelques jours plus tard, il était mort.

Le lien entre les deux événements ne tarda pas à être établi, et le reste de la population s'enfuit alors.

Mais une deuxième version de l'histoire raconte que des ossements d'hommes, de femmes et d'enfants furent retrouvés des années plus tard au fond d'une grotte.

Ceux des habitants de Lost Creek, dont aucun n'aurait donc échappé à la vengeance d'un mari et père fou de chagrin.

*
* *

Jud Corbett éperonna son cheval pour lui faire franchir plus vite l'étroit canyon dans lequel il s'était engagé. Le fracas de sabots sur le sol dur s'amplifiait, derrière lui ; ses poursuivants étaient en train de gagner du terrain.

L'étoile de marshal épinglée à son blouson de cuir accrocha la lumière du soleil de cette fin d'après-midi. Les hautes murailles rocheuses lui renvoyaient la chaleur emmagasinée pendant la journée… Des filets de sueur coulaient le long de son dos, et il avait la gorge terriblement sèche.

Encore quelques centaines de mètres, et il serait sauvé.

Au moment où il abordait le dernier tournant, son cheval trébucha et faillit tomber. Cela lui fit perdre plusieurs précieuses secondes, car les cavaliers lancés à ses trousses le suivaient maintenant de très près…

Son Stetson gris rabattu sur ses cheveux noirs, il déboucha du canyon au galop. A l'horizon, sous l'immensité bleue du ciel du Montana, la ville fantôme de Lost Creek ressemblait à un mirage.

Le cœur battant à grands coups dans sa poitrine, Jud piqua de nouveau des éperons pour obliger son cheval à accélérer encore.

Il était presque arrivé…

La détonation d'un fusil retentit. Jud se plia en deux et porta la main à son flanc en grimaçant de douleur. La deuxième balle l'atteignit au milieu du dos. Il vida les étriers et tomba sur le sol dans un nuage de poussière.

— Coupez ! C'est dans la boîte ! cria le metteur en scène Erik Zander.

L'assistante réalisatrice Nancy Davis regarda Jud Corbett se relever souplement et ramasser son chapeau.

— Joli ! observa la cascadeuse Brooke Keith, à côté d'elle, sur un ton mi-envieux, mi-admiratif.

— Oui, voilà quelqu'un qui aime son travail et qui le fait bien !

— Il y en a une, en revanche, qui semble aimer plus les hommes que son travail…

Cette remarque visait Chantal Lee, l'actrice principale, qui venait de rejoindre Jud et, dressée sur la pointe des pieds, lui chuchotait quelque chose à l'oreille. Le célèbre sourire du cascadeur éclaira son visage bronzé quand Chantal lui effleura la joue d'un baiser, puis il secoua la tête, l'air amusé, lorsqu'elle s'éloigna avec un balancement de hanches provocant en direction de sa caravane.

— Je ne sais pas ce qu'elle lui a proposé, mais il a décliné, et c'est bien fait pour elle ! déclara Brooke avant de se diriger vers Jud.

Nancy la suivit des yeux sans pouvoir s'empêcher d'éprouver une certaine inquiétude. La dernière chose dont elle avait besoin, c'était que Chantal et Brooke se crêpent le chignon : leurs relations étaient déjà suffisamment tendues… Elle allait devoir dire à Chantal de faire preuve d'un peu plus de retenue.

Jud intéressait Brooke, c'était évident, et il y avait donc de l'orage dans l'air… Nancy n'était pas sûre que l'intéressé ait conscience du danger auquel cette situation l'exposait.

— Quel beau numéro ! s'exclama Brooke sur un ton sarcastique en tendant à Jud une bouteille d'eau.

— Merci, mais tu es capable d'exécuter la même cascade les yeux bandés.

Un sourire contraint accueillit ce compliment.

— Je ne parlais pas de ça.

— De quoi, alors ?

— Du numéro de charme que Chantal vient de te faire.

— Je ne l'avais pas remarqué, dit Jud.

C'était faux, mais il ne l'avait pas pris au sérieux. Chantal adorait aguicher les hommes.

— Bien sûr que si, tu l'as remarqué ! déclara Brooke.

— Bon, j'avoue, mais ça ne change rien : sur un tournage, je ne mélange jamais vie privée et vie professionnelle.

— C'est une règle absolue ?

— Je le jure ! répondit Jud en levant la main droite comme s'il prêtait serment. Et cette règle a même un nom : le code Corbett.

Brooke éclata de rire. Il l'aimait bien. Ils avaient déjà collaboré ensemble plusieurs fois, et il trouvait amusant son côté garçon manqué.

Chantal Lee, elle, était femme jusqu'au bout des ongles avec ses yeux bleus, ses longs cheveux blonds et ses formes pulpeuses. Brooke lui ressemblait assez pour tourner à sa place les scènes dangereuses sans qu'aucune personne non avertie se doute de rien, mais la façon dont elle s'habillait et se coiffait dans la vie courante ne l'avantageait pas.

Physiquement, les deux jeunes femmes auraient pu être sœurs. Sur le plan de la personnalité, elles étaient aussi différentes que l'eau et le feu, mais peu importait à Zander, le réalisateur : seul comptait pour lui le fait que l'une puisse servir de doublure à l'autre.

Et à en croire la rumeur, tout le reste de sa carrière dépendait du western qu'il était actuellement en train de tourner : un échec commercial signerait son arrêt de mort en tant que cinéaste.

Le bruit courait en effet qu'il s'était endetté jusqu'au cou pour régler les honoraires d'avocat consécutifs à la noyade d'une starlette dans le Jacuzzi de sa villa de Malibu. L'autopsie avait révélé que la jeune femme avait absorbé une quantité importante de drogue, et qu'elle était enceinte de lui.

S'il avait réussi à éviter une condamnation, ce drame dont la presse à scandale s'était régalée lui avait non seulement coûté une petite fortune, mais fait perdre sa fiancée et la source de financement qui allait avec : cette fille d'un riche producteur de cinéma l'avait quitté, et son père n'avait ensuite plus voulu entendre parler de Zander.

Jud ne prêtait pas grande attention aux rumeurs, mais il ne comprenait pas pourquoi Zander avait décidé de produire et de réaliser *Mort à Lost Creek* après toute la publicité négative que lui avait value le décès de sa jeune maîtresse.

Plus étrange encore, il avait choisi comme acteurs principaux Chantal Lee et Nevada Wells, que la rupture récente et très médiatisée de leur liaison avait laissés à couteaux tirés. Jud craignait que cela ne porte le coup fatal au film.

Il avait accepté de participer à ce projet uniquement parce que Zander lui avait fait une offre impossible à refuser : une fonction de coordinateur qui lui donnait un contrôle absolu sur toutes les cascades — les siennes comme celles de Brooke Keith.

La porte de la caravane de Chantal s'ouvrit soudain avec une telle violence que le battant alla frapper la paroi. L'actrice franchit le marchepied d'un bond et fonça droit sur Brooke. Elle tenait à la main un objet dans lequel Jud crut reconnaître l'une des petites poupées de chiffon fabriquées pour les besoins du film. Elle s'arrêta net devant la cascadeuse et lui agita la poupée sous le nez.

— C'est toi qui as posé ça sur mon oreiller, hein ? hurla-t-elle. Si jamais je te reprends à fouiner dans ma caravane, je te jure que tu le regretteras !

Sur ces mots, elle jeta la poupée par terre et s'éloigna à grands pas pendant que tous les témoins de la scène feignaient de retourner à leurs occupations.

Brooke se pencha pour ramasser la poupée, qui était tombée à ses pieds, et Jud se rendit alors compte de son erreur : cette poupée ne provenait pas du magasin des accessoires. Il la prit des mains de Brooke pour la regarder de plus près. Elle était confectionnée de façon si grossière que cela lui conférait quelque chose d'obscène.

— Ce n'est pas moi qui ai posé ça sur son lit ! protesta Brooke en s'essuyant les paumes sur son jean comme si elle venait de toucher un objet sale en plus d'être laid.

— Tu ne crois tout de même pas à ces histoires de malédiction ! s'exclama Jud en riant. D'autres, peut-être, mais pas toi !

La jeune femme sourit, mais elle semblait toujours perturbée. Il n'était évidemment pas nécessaire de lui rappeler que le scénario de *Mort à Lost Creek* reprenait la vieille légende selon laquelle ces poupées de chiffon annonçaient à leurs destinataires soit un grand malheur, soit leur fin prochaine.

— Donne-moi ça ! ordonna Nancy Davis, qui venait de les rejoindre, en tendant une main vers Jud.

Il lui remit la poupée. A en juger par son visage fermé, cet incident n'amusait pas du tout l'assistante réalisatrice, mais Jud n'en fut pas étonné : il ne l'avait pas vue sourire une seule fois depuis son arrivée sur le tournage.

— J'ai hâte d'en avoir terminé avec mes cascades, dit Brooke lorsque Nancy fut partie. Je déteste cet endroit.

C'était un sentiment partagé par les membres de l'équipe technique : Jud les avait entendus se plaindre de leur isolement — la ville la plus proche était Whitehorse où, passé 20 heures, tous les commerces étaient fermés et il n'y avait plus personne dans les rues. Il avait cependant l'impression que le problème ne venait pas du lieu en lui-même, mais de son atmosphère.

Les caravanes où logeaient tous les gens qui travaillaient à la réalisation du film étaient disposées en cercles concentriques, comme les convois de chariots des anciens pionniers : un cercle pour l'équipe technique, et un deuxième pour l'échelon supérieur, autour de ce qui avait été baptisé le camp de base. Un peu plus loin se trouvait la tente de la cantine et, au-delà, les façades en trompe-l'œil et la reconstitution de la grand-rue qui servaient de décor au film.

Mais c'était la vraie ville de Lost Creek, de l'autre côté du canyon, qui faisait peur à tout le monde. Depuis longtemps vidée de ses habitants, elle avait une histoire presque aussi effrayante que sa légende.

Comme beaucoup d'autres, elle avait été créée par des colons qui avaient remonté le Missouri en bateau pour venir s'installer dans le Montana. La vie de ces nouveaux arrivants était dure : la rivière avait creusé dans cette région isolée et sauvage des milliers de ravins, modelant un paysage composé d'affleurements rocheux, d'épaisses broussailles et de gorges où il était facile de se perdre.

Et nombre de ceux à qui cela arrivait y disparaissaient à jamais.

Un danger plus grand encore menaçait en outre les colons : les bandes de hors-la-loi cachées dans les environs, qui attaquaient les bateaux et les villes — dont Lost Creek.

— J'ai besoin de changer d'air, déclara soudain Brooke. Si on allait ensemble à Whitehorse ce soir ?

— Désolé, je ne peux pas, répondit Jud. J'ai été convoqué au ranch pour un dîner avec ma famille.

— C'est vrai, j'avais oublié qu'elle vivait maintenant près d'ici… Au Trails West Ranch, c'est ça ?

— Oui.

D'abord surpris que Brooke en sache autant sur lui, Jud se rappela ensuite que plusieurs revues nationales avaient publié des articles sur son père : Grayson Corbett était connu pour son action dans le domaine de la protection de l'environnement au Texas et dans le Montana.

— Je redoute un peu ce dîner, reprit Jud. Je crains d'y apprendre une mauvaise nouvelle, sinon je t'aurais proposé de m'accompagner.

Il s'inquiétait depuis que Kate, la deuxième épouse de son père, l'avait appelé. Le fait que l'invitation lui ait été adressée par sa belle-mère ne présageait rien de bon : normalement, c'était Grayson qui aurait dû s'en charger…

S'il avait laissé ce soin à Kate, c'était de toute évidence pour que Jud se sente obligé d'accepter.

— C'est compliqué, la famille, hein ? marmonna Brooke.

— Tu n'as pas l'air dans ton assiette… Ça va aller ?

— Oui. Tu es gentil, Jud, mais sois tranquille ; je ne le dirai à personne.

Un sourire, puis Brooke pivota sur ses talons et s'éloigna. Jud la suivit du regard, vaguement inquiet. Pour avoir déjà travaillé avec elle, il savait qu'elle n'était pas peureuse.

Ce qui la tracassait en ce moment n'avait par conséquent rien à voir avec une petite poupée de chiffon et les histoires macabres qui s'y rattachaient.

Les baby showers avaient le pouvoir de mettre n'importe quelle jeune célibataire mal à l'aise. Faith Bailey, qui les avait spécialement en horreur, les fuyait comme la peste, mais là, elle n'avait pas eu le choix : celle-ci était organisée pour les sœurs Cavanaugh, amies d'enfance de Faith et toutes les deux enceintes jusqu'aux yeux.

Laci Cavanaugh gérait avec son mari Bridger Duvall un restaurant situé dans le centre-ville de Whitehorse. Laney Cavanaugh, elle, avait épousé le shérif adjoint Nick Giovanni, et ils s'étaient fait construire une maison près d'Old Town Whitehorse, là où vivaient les grands-parents des deux sœurs.

La petite fête se tenait au ranch Bailey, à Old Town Whitehorse. C'était le seul endroit où Faith, au cours de ses vingt-six années d'existence, se soit jamais sentie chez elle, et le choix de ce lieu lui aurait rendu particulièrement difficile de ne pas assister à la réception.

En cette fin d'après-midi, pourtant, elle avait l'impression de ne pas être à sa place dans son propre séjour. Presque toutes ses amies les plus proches étaient maintenant mariées — sauf Georgia Michaels, qui avait ouvert une boutique de tricot à Whitehorse.

Et tout le monde connaissait le corrolaire du mariage : un berceau.

— C'est une véritable épidémie ! murmura Georgia à l'oreille de Faith.

En face d'elles, Rory Buchanan-Barrow était en effet visiblement en train de lutter contre des nausées que seule l'heure empêchait de qualifier de « matinales ».

Petites, quand elles grandissaient dans cette partie reculée du Montana, elles avaient toutes juré d'attendre d'avoir au moins trente-cinq ans pour se marier, et de ne pas rester à Whitehorse : elles allaient parcourir le monde et sortir avec des hommes qui ne seraient ni le fils des voisins de leurs parents, ni un ancien camarade de classe.

Même si certaines avaient épousé quelqu'un venu d'ailleurs, elles s'étaient presque toutes mariées jeunes : le fait d'avoir trouvé le grand amour avait bouleversé leurs projets d'avenir.

Faith ne pouvait s'empêcher d'éprouver de l'agacement devant la quantité de ventres ronds et d'alliances aujourd'hui visibles dans son séjour. Le pire étant que leurs propriétaires avaient l'air de nager dans le bonheur.

Un mari et des enfants ne faisaient pas du tout partie de ses rêves secrets…

— J'ai dû ajouter à mes cours de tricot un volet spécial layette, lui murmura Georgia. Je ne sais pas pourquoi, mais la grossesse semble donner aux femmes envie de tricoter… C'est terrifiant !

Imaginant sa sœur McKenna occupée à tricoter des chaussons, Faith éclata de rire. McKenna avait démarré un élevage de chevaux, et Nate, son mari, était en train de leur construire une maison sur les hauteurs de Whitehorse, mais ils n'avaient caché ni l'un ni l'autre leur intention de fonder tout de suite une famille.

Ce n'était sûrement pas dans les projets immédiats de leur sœur aînée, en revanche ! songea Faith. Bien qu'elles aient toutes les trois été adoptées — et soient nées de parents différents —, seule Eve tenait absolument à retrouver sa mère biologique. Avant de mettre un enfant au monde, elle voudrait sans aucun doute tout savoir sur ses origines et le sang qui coulait dans ses veines.

Faith regarda distraitement Laci et Laney ouvrir l'un après l'autre des dizaines de paquets contenant des vêtements de bébé et des articles de puériculture. Elle n'avait qu'une envie, quitter la pièce et courir seller sa jument. Revenue au ranch pour l'été seulement, elle s'était juré de passer à cheval l'intégralité de ses journées.

— Si je vois un tire-lait de plus, je vais vomir ! chuchota-t-elle à Georgia.

— Moi aussi, et il y a là des trucs dont je ne sais même pas à quoi ils servent ! déclara son amie en riant.

Avant que Faith ait pu lui répondre que c'était également son cas, Laci perdit les eaux, et la même chose arriva à Laney deux secondes plus tard.

Faith sourit intérieurement. Cette sortie à cheval, elle allait finalement pouvoir la faire.

Douché et changé, Jud sortit de sa caravane et vit, adossée à la portière de son 4x4, Chantal Lee en train de l'attendre.

Il jura ensuite entre ses dents : assis non loin de là avec une bouteille de whisky à moitié vide à portée de main, Nevada Wells fixait sur l'actrice un regard haineux.

Les deux stars avaient fait la une des tabloïds pendant des mois. Cela avait commencé par l'annonce sensationnelle de leur liaison, continué avec la publication de photos d'un érotisme torride, et le cycle s'était achevé avec la chronique détaillée d'une rupture orageuse.

Jud se demanda une nouvelle fois pourquoi Erik Zander

les avait choisis pour jouer les rôles principaux de *Mort à Lost Creek*. Après ce qui s'était passé entre eux, comment arriveraient-ils à faire croire aux futurs spectateurs du film que leurs personnages étaient follement amoureux l'un de l'autre ?

Quand Jud fut à un mètre de son 4x4, Chantal s'avança et lui passa les bras autour du cou. Voyant alors Nevada prendre sa bouteille de whisky et se diriger vers sa caravane au pas de charge, il déclara sur un ton narquois :

— Si tu essaies de rendre Nevada jaloux, tu peux arrêter : il ne te regarde plus.

— Tu ne lis donc pas les journaux ? lui lança Chantal tandis qu'il s'écartait doucement d'elle. J'ai tourné la page ! Tu m'emmènes boire un verre en ville ?

— Aussi flatteuse que soit ta proposition, je ne peux pas l'accepter : je ne suis pas libre ce soir.

— Tu sors avec Brooke ?

Il y avait de l'hostilité dans la façon dont Chantal avait prononcé le nom de la cascadeuse, mais Jud savait que les deux jeunes femmes ne l'avaient pas attendu pour entretenir des relations conflictuelles.

— Non, répondit-il, je vais dîner dans ma famille.

Puis il répéta ce qu'il avait dit à Brooke :

— Et de toute façon, sur un tournage, je ne mélange jamais vie privée et vie professionnelle.

— Fais une exception pour moi, je t'en prie ! Je m'ennuie à mourir, dans cet endroit perdu au milieu de nulle part !

— Désolé, mais c'est impossible.

Jud préférait ne pas penser à ce qui se produirait s'il arrivait au ranch accompagné de Chantal : ses quatre frères le soupçonneraient aussitôt de songer à rompre le pacte qu'ils avaient conclu pour exaucer le souhait exprimé par leur défunte mère de les voir tous épouser une femme originaire comme elle du Montana. Ils avaient ensuite tiré à la courte paille pour savoir qui devait se marier le premier, et c'était lui qui avait « gagné », mais son frère Shane allait finalement le devancer.

Leur père, de son côté, espérait surtout que ses fils, mariés ou non, se fixent dans le Montana, près du ranch acheté pour Kate, sa deuxième épouse.

La première, morte peu de temps après la naissance de Jud et de son jumeau Dalton, avait laissé six lettres en guise de testament. Il y en avait une pour chacun de ses garçons, destinée à être lue le jour de son mariage, et une pour Grayson, où elle disait vouloir que ses fils soient mariés avant d'avoir atteint l'âge de trente-cinq ans, et tous avec une native du Montana.

Il était difficile d'aller à l'encontre des dernières volontés d'une mère, même si Jud n'avait évidemment aucun souvenir de la sienne. Quand ils en avaient eu connaissance, les cinq frères Corbett s'étaient donc engagés à les respecter. Le problème, pour Jud, étant qu'aucune femme ne l'avait jamais attiré suffisamment pour lui donner envie de sortir avec elle plus de deux ou trois fois — sans parler de l'épouser !

Et ce n'était guère surprenant, dans la mesure où la plupart des femmes qu'il connaissait ressemblaient à Chantal.

La mine boudeuse, cette dernière observa :

— Je suis certaine que tu regretteras, demain matin, de m'avoir dit non !

— Bien sûr que je le regretterai ! répondit Jud pour ne pas la froisser.

— Tu peux encore changer d'avis…

— Oui, mais je ne le ferai pas.

— Alors tant pis pour toi ! s'exclama Chantal.

Elle tourna ensuite les talons et s'éloigna en ondulant des hanches dans une robe qui moulait ses formes, et en laissant dans son sillage l'odeur capiteuse d'un parfum sûrement hors de prix.

Jud garda un instant fixé sur elle un regard appréciateur avant de monter dans son 4x4 et de prendre le chemin du

Trails West Ranch. Il avait un faible pour les jolies femmes, c'était vrai, mais la réputation de don Juan que lui faisaient les tabloïds et les magazines de cinéma était très exagérée : le nombre de conquêtes qu'ils lui prêtaient dépassait de loin la réalité.

Ils n'avaient raison que sur un point : il était inconstant. Mais à bien y réfléchir, quelle femme saine d'esprit voudrait de lui comme mari ? Il pratiquait un métier bien trop dangereux !

Et comme il n'avait pas la moindre intention d'arrêter avant d'être trop vieux pour monter à cheval, il lui fallait, pour respecter le pacte passé avec ses frères, rencontrer et tomber amoureux d'une femme assez folle pour être prête à épouser un cascadeur.

Les chances pour que cela se produise étaient pratiquement nulles.

Faith Bailey se rendit à l'endroit où elle allait toujours quand elle voulait être sûre que personne ne la surprendrait. C'était le même depuis des années, car il avait l'avantage d'être à la fois suffisamment éloigné du ranch pour lui permettre de s'exercer en toute tranquillité, et assez près pour qu'elle puisse retourner vite y chercher de l'aide en cas de besoin.

Tandis qu'elle se préparait, Faith se rappela le jour où elle avait fait une chute et s'était cassé un bras.

— Que t'est-il arrivé ? lui avait demandé sa mère quand elle était rentrée de l'une de ses « promenades » en se tenant le bras.

— Je suis tombée, s'était-elle bornée à répondre.

Si elle n'avait pas donné plus d'explications, c'était par crainte que la vérité ne lui vaille une interdiction définitive de monter à cheval. Et cette vérité, elle ne l'avait même pas dite en confidence à ses sœurs aînées, Eve et McKenna, car elles l'auraient répétée pour ne pas risquer, en cas d'accident grave, de s'entendre reprocher leur silence.

Leurs parents étaient maintenant divorcés, et leur mère, qui s'était remariée, vivait en Floride, mais Faith ne voulait pas que ses proches s'inquiètent pour elle.

Sa pratique de la voltige à cheval demeurait donc un secret jalousement gardé.

Après l'épisode du bras cassé, elle avait pris plus de précautions. Cela ne l'avait pas empêchée de faire encore quelques chutes et de se blesser, mais moins gravement, ce qui lui avait permis de n'en parler à personne.

La prairie où elle avait l'habitude de s'entraîner était assez grande pour donner à sa monture le temps de prendre le galop, et à elle de se mettre debout sur son dos, derrière la selle. Cet exercice d'équilibre ne lui posait aucun problème, et elle l'exécutait toujours avant de passer à des acrobaties plus difficiles.

Les bras tendus de chaque côté de son corps, les pieds solidement plantés sur la croupe de sa jument, Faith était si concentrée qu'elle n'entendit pas un véhicule s'approcher, puis se garer sur l'accotement de la petite route de campagne qui longeait la prairie.

Jud Corbett faillit se pincer pour s'assurer qu'il ne rêvait pas, qu'il avait vraiment devant les yeux une jeune fille debout sur le dos d'un cheval lancé au galop.

Une fois certain de ne pas être victime d'une hallucination, il la regarda, captivé, exécuter son numéro de voltige avec une maîtrise parfaite, la tête haute, les épaules bien droites, ses longs cheveux blonds flottant derrière elle.

Tout à son exercice, elle ne l'avait pas vu. Le plus doucement possible pour éviter de la déconcentrer, Jud descendit de son 4x4 et alla s'accouder à la vieille barrière qui fermait la prairie. La cavalière n'eut pas l'air de remarquer sa présence, si bien qu'il put assister à une série d'acrobaties effectuées avec autant de compétence que d'assurance.

Aucune des dizaines de cascadeuses professionnelles qu'il avait eu l'occasion de voir réaliser les mêmes figures ne possédait le style et la grâce de cette jeune fille… Elle le fascinait.

Cet entraînement solitaire lui rappelait aussi sa propre histoire : enfant, il passait des après-midi entiers loin du ranch de sa famille, à s'exercer à la voltige. Il était tombé de son cheval un nombre incalculable de fois, et pas toujours sans casse, mais ce rude apprentissage lui permettait aujourd'hui d'être — très bien — payé pour faire ce qu'il aimait le plus au monde.

La jeune fille exécuta avec aisance une figure difficile, mais en la voyant ensuite ramener son cheval au pas, Jud comprit qu'elle n'était pas tout à fait satisfaite et allait recommencer.

— Hé ! cria-t-il.

Elle sursauta et tourna vivement la tête vers lui. Le bord de son chapeau de paille laissait son visage dans l'ombre, mais il était évident qu'il l'avait effrayée.

— Je vous ai fait peur… Excusez-moi ! reprit-il. Mais quand vous referez cette dernière figure, placez-vous un peu plus en avant et écartez légèrement les pieds : vous aurez ainsi un meilleur équilibre. Je suis Jud Corbett, au cas où vous ne m'auriez pas reconnu…

Aucune réaction.

— Jud Corbett, le cascadeur, précisa-t-il.

Toujours rien.

Sans un mot, la cavalière éperonna sa monture, et Jud crut qu'elle allait s'approcher de la barrière pour venir lui parler. Au lieu de cela, elle partit dans la direction opposée et, arrivée à l'extrémité du champ, elle tourna de nouveau bride.

Jud devina ses intentions au moment même où, piquant

des deux, elle lança son cheval au galop à travers la prairie, et droit sur lui.

La figure fut cette fois exécutée à la perfection, et la jeune fille jeta à Jud un regard triomphant — juste avant de perdre l'équilibre et de tomber de tout son long.

2

Jud escalada la barrière et courut vers la jeune fille. Il avait perdu une bonne occasion de se taire… Pourquoi ne l'avait-il pas laissée tranquille ? Quel besoin avait-il eu de lui dispenser ses « précieux » conseils ?

Allongée sur le dos, le visage recouvert par ses longs cheveux blonds, elle ne bougeait pas. Jud s'agenouilla près d'elle et demanda, affolé :

— Vous êtes blessée ?

Elle ne répondit pas, mais la vue de sa poitrine qui se soulevait et s'abaissait le rassura : elle respirait toujours. Il écarta ses cheveux de son visage… et deux grands yeux bleus se plantèrent dans les siens, tandis qu'un sourire malicieux se dessinait sur une fort jolie bouche.

De loin, Jud avait pris cette cavalière pour une adolescente, mais il voyait maintenant qu'elle devait avoir dans les vingt-cinq ans.

La colère cédant la place au soulagement de la savoir indemne, il s'écria :

— Vous avez fait exprès de tomber !

— Vous croyez ? répliqua-t-elle en se redressant sur les coudes.

Il avait envie de l'étrangler, mais son sourire était communicatif…

— D'accord, peut-être que je le méritais…, admit-il.

— Vous le méritiez ! déclara-t-elle sans hésitation.

Cela partait pourtant d'un bon sentiment, songea Jud. Il

l'avait trouvée tellement douée qu'il avait voulu… Quoi ? Jouer les Pygmalion ?

Sans doute, mais ça, c'était quand il avait pensé avoir affaire à une adolescente… Maintenant, il aurait préféré la prendre dans ses bras.

Après s'être redressé, Jud lui tendit la main pour l'aider à se relever. Elle l'accepta, mais s'écarta ensuite aussitôt de lui, comme s'il ne lui inspirait pas confiance.

Surpris et étrangement mal à l'aise, il marmonna tandis qu'elle ramassait son chapeau :

— Je ne suis pas aussi arrogant que vous le croyez, et j'aimerais pouvoir vous le prouver.

— Ne vous fatiguez pas ! La peur que je vous ai faite me suffit comme réparation.

Elle siffla son cheval, qui vint la rejoindre au petit trot, et elle sauta en selle en ajoutant :

— Merci pour le « conseil », monsieur Corbett !

Son ton sarcastique amusa Jud malgré lui. Cette jeune femme l'intriguait décidément beaucoup : en plus de pratiquer l'art de la voltige avec une technique digne d'une professionnelle et une grâce incomparable, elle était impertinente, sûre d'elle… et ravissante.

Le fait de la laisser indifférente le déstabilisait néanmoins, car sa notoriété lui valait généralement l'intérêt immédiat du sexe opposé.

— Attendez ! déclara-t-il au moment où elle faisait faire demi-tour à sa monture. Que diriez-vous de prendre le petit déjeuner avec moi ?

— Le petit déjeuner ? répéta-t-elle en se retournant.

Jud comprit alors l'interprétation à laquelle son invitation pouvait donner lieu. Devant dîner avec sa famille, il était directement passé au repas suivant, mais il aurait dû réfléchir avant de parler !

— Comme je ne suis pas libre pour le dîner, expliqua-t-il, j'ai pensé…

— Oh ! j'imagine très bien ce que vous avez pensé !

A peine sa phrase terminée, la jeune femme éperonna son cheval et partit au galop. Jud la regarda s'éloigner en songeant qu'il ne s'était encore jamais fait rembarrer de cette manière.

Ce ne fut qu'après avoir vu sa silhouette disparaître à l'horizon qu'il prit conscience de ne même pas savoir comment elle s'appelait.

Sur le chemin du retour, Faith n'arrivait ni à s'empêcher de sourire ni à maîtriser son excitation.

Jud Corbett était le cascadeur le plus célèbre de Hollywood, pratiquement une légende vivante, et elle l'avait eu comme spectateur !

Le souvenir du tour qu'elle lui avait joué n'était pas près de s'effacer de sa mémoire ! C'était dangereux — elle aurait pu se faire très mal en tombant —, mais l'envie de lui donner une petite leçon d'humilité avait été la plus forte.

Son cœur n'en avait pas moins bondi dans sa poitrine quand il avait écarté ses cheveux de son visage et qu'elle avait posé les yeux sur lui. Car il était encore plus beau que sur les photos publiées dans les revues de cinéma : cet homme aussi connu pour ses talents de cascadeur que pour ses conquêtes féminines était même carrément canon !

Elle était au courant qu'un film se tournait actuellement dans les environs, parce que sa sœur McKenna avait été sollicitée pour fournir des chevaux à la production. Jamais, cependant, elle n'aurait cru avoir la chance de rencontrer Jud Corbett… Il l'avait même invitée à prendre le petit déjeuner… Compte tenu de sa réputation de séducteur, il s'agissait évidemment d'un euphémisme, mais cela prouvait tout de même qu'il l'avait trouvée jolie.

Restait à savoir ce qu'il faisait, tout à l'heure, sur cette route de campagne… Plus personne ne l'empruntait depuis longtemps… Non, une minute ! Elle menait au Trails West Ranch, et Faith se rappelait soudain avoir entendu dire qu'un certain Grayson Corbett l'avait racheté.

Sur le coup, elle n'avait pas fait le rapprochement, mais Jud devait être l'un des cinq fils de ce Grayson Corbett dont elle avait appris l'existence à son retour dans le Montana. Il se rendait donc chez son père lorsqu'il l'avait vue. Et il s'était arrêté…

Le sourire de Faith s'élargit. Son numéro de voltige avait retenu l'intérêt du grand Jud Corbett lui-même !

A l'approche du ranch familial, cependant, elle s'efforça de recouvrer son calme. Le pick-up d'Eve était garé devant la maison, et elle aurait aimé pouvoir raconter à sa sœur ce qui venait de lui arriver, mais le moment était spécialement mal choisi pour révéler son secret : Eve avait déjà assez de soucis comme ça.

Faith savait que le refus d'inquiéter ses proches n'était pas la seule raison de son silence. Il y avait aussi le fait que ce secret lui permettait de se démarquer de ses sœurs : il lui appartenait, et à elle seule.

Pendant toute son enfance et son adolescence, elle avait eu le sentiment de n'exister que comme l'une des composantes du trio des sœurs Bailey. Eve et McKenna étaient rebelles, effrontées, intrépides… Faith l'était au moins autant, mais elle considérait sa pratique de la voltige comme la preuve, cachée mais bien réelle, de sa différence.

Et maintenant, Jud Corbett connaissait son secret…

Il ne le dirait à personne, pensa-t-elle pour tenter de se rassurer. Non seulement il ne savait pas comment elle s'appelait, mais il l'avait déjà sûrement oubliée.

Après avoir pansé son cheval, Faith se dirigea vers la maison, et elle tressaillit en entendant Eve la héler depuis la véranda : elle ne l'avait pas vue. Mariée au shérif Carter Jackson, Eve n'habitait plus au ranch, mais elle y passait beaucoup de temps quand Faith était là. Leur mère étant partie vivre en Floride, elle estimait de son devoir de la remplacer auprès de la benjamine de la famille.

Assise dans la balancelle de la véranda, Eve observa quand Faith l'eut rejointe :

— Tu es toute rouge… Ça va ?

— Très bien, répondit Faith, et j'aimerais que tu arrêtes de te faire du souci pour moi !

Les mots étaient sortis de sa bouche sur un ton plus sec qu'elle n'en avait eu l'intention, mais ils n'en étaient pas moins vrais : à vingt-six ans, elle se trouvait trop vieille pour être maternée par sa grande sœur. Important lorsqu'elles étaient plus jeunes, l'écart en termes de maturité que constituaient leurs sept années de différence n'existait aujourd'hui pratiquement plus.

Eve garda le silence, ce qui étonna Faith, mais son attention fut ensuite attirée par l'objet posé sur les genoux de sa sœur.

— C'est ta couverture de bébé ! Est-ce que ça veut dire…

— Non, je ne me sens pas encore prête à avoir un enfant.

— Tu dois être la seule dans ce cas à des dizaines de lieues à la ronde ! s'écria Faith en s'asseyant à côté d'Eve dans la balancelle. Tu sais si Laci et Laney ont accouché ?

— Non, mais la nouvelle de leur départ à la maternité m'a fait penser à ma mère biologique, au jour où elle nous a mis au monde, Bridger et moi.

Faith avait espéré qu'Eve, une fois mariée au seul homme qu'elle ait jamais aimé, cesserait d'être obsédée par la quête de ses origines.

Cette quête, également entreprise par le frère jumeau dont elle avait été séparée, les avait réunis un an plus tôt, et ce résultat aurait dû la satisfaire…

— On connaît maintenant son nom, annonça-t-elle à la grande surprise de Faith. Elle s'appelle Constance Small.

— Vous l'avez retrouvée ?

— Pas encore. Tout ce qu'on a, pour l'instant, c'est son identité et quelques bribes d'informations. Elle avait dix-sept ans, s'était enfuie de chez ses parents, et elle a disparu juste après nous avoir donné naissance.

Comme ses sœurs, Faith avait été adoptée, mais elle ne partageait ni ne comprenait le désir d'Eve de tout savoir sur sa mère biologique et les circonstances qui l'avaient amenée à l'abandonner. Il ne pouvait en résulter que de la déception — ou pire.

— Tu es sûre que ça va ? reprit Eve, changeant brusquement de sujet. Reste là ! Je vais aller te chercher un verre de citronnade.

Au lieu d'agacer Faith comme cinq minutes plus tôt, cette sollicitude la fit sourire : elle était contente que sa sœur pense un peu à autre chose qu'à partir à la recherche de cette Constance Small.

— Merci, répondit-elle, mais tout ce dont j'ai besoin, c'est d'une bonne douche.

— Tu n'as pas oublié le bal de bienfaisance de ce soir à la salle des fêtes, j'espère ?

— Si, je l'avais complètement oublié et, très franchement, ça ne me dit…

— Il n'est pas question que tu te défiles ! McKenna vient de m'appeler pour s'assurer que nous irions toutes les deux !

— Bon, d'accord…, soupira Faith.

Elle ne pouvait pas laisser tomber ses sœurs : même si elles n'étaient pas du même sang, un lien indestructible les unissait.

— Mets ta robe rouge ! lui conseilla Eve au moment où elle se levait pour aller se doucher.

— Celle-là ou une autre, grommela-t-elle, peu importe…

La perspective peu réjouissante de cette soirée dansante n'avait cependant pas le pouvoir d'assombrir longtemps son humeur. Avec un nouveau sourire aux lèvres, elle rentra dans la maison en repassant dans son esprit chaque détail de sa rencontre avec Jud Corbett.

Mais, quelques minutes plus tard, sous la douche, Faith se

rendit compte que cet homme avait réveillé quelque chose en elle : un désir secret dont elle croyait s'être débarrassée comme autrefois de ses poupées et de ses rêves d'enfant, mais qui ressortait maintenant, tel un génie de sa lampe.

Et, même si elle en connaissait les dangers, c'était un processus qu'elle savait irréversible.

Jud ouvrit la porte du Trails West Ranch et respira une bonne odeur de *chile rellenos,* de haricots frits et de galettes de maïs, le tout relevé avec les épices spéciales de Juanita. Et il était prêt à parier qu'elle avait fait du flan au caramel pour le dessert.

Le repas préféré des frères Corbett… Il ferma un instant les yeux, les rouvrit pour suspendre sa veste au portemanteau, puis il se prépara mentalement à affronter la mauvaise nouvelle qui l'attendait sûrement.

Le seul bon côté de l'installation de son père dans le Montana était le fait qu'il ait réussi à convaincre Juanita de suivre le mouvement, mais le menu du dîner était en soi révélateur… Même si Jud n'avait pas vu les voitures de ses frères garées dans la cour, il aurait su qu'il ne s'était pas trompé : ce repas était un prétexte pour tenir une réunion de famille au cours de laquelle quelque chose de grave serait annoncé, la bonne chère étant censée réconforter les convives.

Un brouhaha de conversations s'échappait du séjour. Jud inspira à fond, remonta le couloir et franchit la porte.

— Ah ! te voilà ! s'exclama son père avec un coup d'œil appuyé à sa montre.

— Oui, je suis en retard… Excusez-moi !

Pour se justifier, Jud faillit parler de la jeune cavalière rencontrée en chemin, mais il y renonça finalement. Ses frères le taquinaient déjà suffisamment à propos des femmes… C'était d'ailleurs sa faute : il avait commis plusieurs fois l'erreur de se vanter devant eux de ses exploits — en les enjolivant, bien sûr, comme le faisaient les tabloïds et les revues de cinéma.

Toute la famille était réunie dans le séjour, ce qui confirma les craintes de Jud. Russell, son frère aîné, se tenait derrière le bar, une bouteille de bière à la main. Assis sur un tabouret, Lantry discutait avec Kate. Shane, lui, s'était installé dans un fauteuil, près de la fenêtre, et l'absence de Maddie, sa fiancée, fit encore monter d'un cran l'appréhension de Jud. Quant à Dalton, son jumeau, il parlait à voix basse avec leur père tout en piochant dans le saladier de chips au Tabasco posé sur la table basse.

Jud alla prendre une bière dans le réfrigérateur du bar, puis, préférant la vérité à l'angoisse de l'incertitude, il demanda à la cantonade :

— Alors, que se passe-t-il ?

Son père et Kate échangèrent un regard qui lui fit presque regretter d'avoir posé la question.

Grayson Corbett était un homme imposant par la taille, mais infiniment cordial et généreux. Après la mort de Rebecca, sa première femme, il était resté seul pendant des années, et ses fils avaient cru qu'il ne se remarierait jamais.

Et puis Kate était arrivée. Elle leur avait rendu visite dans leur ranch texan avec sous son bras une boîte pleine de photos de Rebecca. Elles avaient grandi ensemble au Trails West Ranch, Kate étant la fille du propriétaire, et Rebecca, celle du régisseur. Elles s'étaient ensuite perdues de vue, mais quand Kate avait retrouvé ces vieilles photos, elle avait pensé que Grayson serait content de les avoir.

Il l'avait été — et n'avait pas tardé à tomber amoureux de Kate. Pendant toutes ces années, il n'avait jamais trouvé le courage de trier les affaires de Rebecca… La tendresse et le soutien de Kate le lui avaient finalement donné, et de là venait la découverte des lettres à l'origine du pacte conclu par ses fils.

Une fois remarié à Kate, Grayson avait vendu son domaine texan et racheté l'ancien ranch de la famille de sa deuxième épouse.

— Kate et moi avons quelque chose à vous dire, déclara-t-il d'une voix grave.

Un frisson parcourut Jud. Il but une gorgée de bière et pria pour que la nouvelle à venir ne soit pas celle d'un divorce. Son père avait été si heureux avec Kate… L'idée qu'ils se séparent lui fendait le cœur, mais ses frères et lui avaient jugé hâtive la décision de Grayson d'aller s'installer dans le Montana, et ils avaient tous remarqué que leur belle-mère avait changé depuis. Elle aurait dû se réjouir de rentrer en possession du ranch vendu à la mort de son père… Ça ne semblait pas du tout être le cas !

— Je te laisse la parole, dit Grayson en posant une main sur l'épaule de sa femme.

Elle parcourut la pièce des yeux, comme si elle cherchait quelqu'un, puis son regard s'arrêta sur Shane — ou plutôt sur son dos, car il s'était tourné vers la fenêtre.

Une tension palpable régnait maintenant dans le séjour.

— J'ai une fille, finit par annoncer Kate.

Le silence qui accueillit sa déclaration équivalait à une demande d'explications, car Grayson était son premier mari, tout le monde le savait — et croyait jusque-là qu'elle n'avait pas d'enfants.

— J'ai eu cette fille à l'âge de vingt ans, enchaîna-t-elle, juste après la mort de mon père et avant mon départ du Montana. Je l'ai abandonnée à sa naissance, et je n'ai plus cessé depuis de le regretter.

— Tu ne pouvais pas l'élever seule, observa Grayson. Tu n'avais pas le choix.

— On a toujours le choix, mais il est vrai que le père de mon enfant était marié et n'avait pas la moindre intention de quitter sa femme pour moi, admit Kate. A l'époque, je lui ai raconté que le bébé était mort-né… Il connaît aujourd'hui la vérité, mais je ne la lui ai révélée que récemment.

Tous les yeux étaient fixés sur elle — sauf ceux de Shane. Il tournait toujours le dos à la pièce, comme si l'histoire de sa belle-mère ne l'intéressait pas.

A moins qu'il ne l'ait déjà entendue ?

— Qu'est-il arrivé à ta fille, Kate ? demanda Jud, le cœur serré.

— Elle a été adoptée par un couple de la région. De Old Town Whitehorse, plus précisément.

— Quel âge a-t-elle maintenant ?

— Vingt-six ans.

— Elle sait que tu es sa mère biologique ?

— Oui, je le lui ai dit.

— Ça l'a évidemment surprise, intervint Grayson. Il va donc nous falloir, à nous comme à elle, un peu de temps pour nous adapter à la situation.

— Quand ferons-nous sa connaissance ? questionna Dalton.

— Vous la connaissez déjà, répondit Kate. Il s'agit de Maddie Cavanaugh.

— La fiancée de Shane ?

Jud jeta un coup d'œil à ce dernier, qui n'avait toujours ni bougé ni ouvert la bouche, avant d'observer :

— Maddie doit être secouée !

— Ça ne durera pas, dit Grayson avec son optimisme habituel.

— J'ai voulu vous mettre au courant, reprit Kate, pour que vous ne soyez pas étonnés par la tension dont vont être empreintes mes relations avec Maddie pendant un certain temps au moins. Elle a du mal à me pardonner, et je la comprends, parce que je n'arrive pas, moi non plus, à me pardonner de l'avoir abandonnée.

Pour la première fois depuis le début de la conversation,

ses yeux se remplirent de larmes, mais elle les refoula d'un battement de paupières résolu.

— Tu crains que ça ne pose un problème du point de vue juridique ? lui demanda Lantry, en bon avocat.

— Non, répondit Grayson à la place de sa femme. C'est la fille de Kate, et elle sera traitée comme n'importe quel autre membre de la famille.

— Mais il n'est pas question d'annuler le mariage, n'est-ce pas ? déclara Jud.

Russell lui lança un regard d'avertissement, et Juanita créa alors une diversion bienvenue en venant annoncer que le dîner était servi. Tout le monde se dirigea vers la salle à manger, et Jud murmura en chemin à Shane, qui avait l'air accablé :

— Papa a raison : Maddie se remettra vite du choc. Elle t'aime, et vous ne devez pas laisser cette histoire vous séparer : vous êtes faits l'un pour l'autre.

— Merci d'essayer de me réconforter… Et toi, où en es-tu de tes projets matrimoniaux ?

L'image de la jeune voltigeuse s'imposa alors à l'esprit de Jud, et il secoua la tête, mi-amusé, mi-surpris, par cette coïncidence.

— Nulle part, répondit-il.

Il y avait des moments où Eve aurait aimé ne pas connaître aussi bien ses sœurs cadettes… A la seconde même où elle avait vu le visage de Faith, tout à l'heure, elle avait su qu'il s'était passé quelque chose.

Quoi ? Mystère ! L'intéressée avait fait comme si de rien n'était. Seule certitude : elle était tombée de sa jument — le fond de son jean et les coudes de sa chemise à carreaux étaient couverts de brins d'herbe.

Ce n'était pas nouveau : combien de fois, adolescente, Faith était-elle rentrée de promenade en essayant de cacher qu'elle avait fait une chute de cheval ? En dehors de l'épisode de son bras cassé, seul son orgueil avait heureusement eu à en souffrir !

Mais aujourd'hui, bizarrement, même son amour-propre ne semblait pas blessé. Elle avait eu l'air excité, au contraire, et cela plongeait Eve dans une profonde perplexité. Elle aurait pensé à un rendez-vous galant si Faith n'avait paru en ce moment préférer la compagnie de sa jument à celle des hommes.

Un petit coup frappé au montant de la moustiquaire tira Eve de ses réflexions. Elle leva les yeux… C'était Bridger, son jumeau.

Contrairement à elle, il avait toujours su qu'il avait été adopté, et même qu'il avait une sœur jumelle. Avant de rencontrer ce beau jeune homme aux cheveux et aux yeux noirs, Eve s'étonnait d'être brune alors que tous les autres membres de sa famille étaient des blonds aux yeux bleus. La découverte de son lien de parenté avec Bridger lui avait fourni la raison de cette différence.

Il entra, et elle l'embrassa sur la joue en disant :

— C'est justement toi que je voulais voir !

— Tu prépares à dîner pour Faith ? observa-t-il avec un regard en direction de la gazinière, sur laquelle mijotait un ragoût.

— Oui. Elle insiste pour loger au ranch pendant ses séjours à Whitehorse, et j'essaie de faire en sorte qu'elle n'y soit pas trop souvent seule. Le divorce de nos parents l'a beaucoup affectée.

— Tu es une sœur formidable !

Eve n'était pas de cet avis. Elle avait au contraire l'impression d'avoir trahi les siens pendant toutes ces années où elle s'était sentie différente d'eux sans comprendre pourquoi et avait regretté de ne pas avoir dans sa vie quelqu'un qui lui ressemblait. Elle avait Bridger, désormais, et une forte complicité s'était immédiatement instaurée entre eux. Ils n'étaient pas jumeaux pour rien !

— Tu as du nouveau ? demanda-t-il en s'asseyant à la table et en tapotant du doigt l'une des listes posées dessus.

— Non. J'ai téléphoné sans résultat à toutes les Constance Small que j'ai trouvées dans l'annuaire. Je vais maintenant m'attaquer aux « C. Small ».

— Le problème, c'est que notre mère s'est probablement mariée et a alors changé de nom… Peut-être même qu'elle ne s'est jamais appelée Constance Small. Mineure et fugueuse, elle a pu mentir sur son identité.

— Je sais.

Eve percevait les réticences de son frère. Depuis qu'ils avaient découvert que leur mère s'était enfuie de chez elle avant de les mettre au monde, il semblait désireux d'abandonner les recherches. Eve ne lui en voulait pas : loin d'augmenter leurs chances de retrouver leur mère biologique, ce qu'ils avaient appris sur elle les diminuait considérablement.

Elle leur servit à tous les deux une tasse de café, puis s'assit à côté de Bridger et changea de sujet :

— Alors, Laci a eu son bébé ?

Le froncement de sourcils de son interlocuteur céda en une seconde la place à un grand sourire.

— Oui ! J'ai le plaisir de t'annoncer la naissance de Jack Bridger Duvall !

— Jack ? répéta Eve. Laci a donc coiffé Laney au poteau ?

Après avoir appris qu'elles étaient toutes les deux enceintes d'un garçon, les sœurs Cavanaugh s'étaient en effet disputé ce prénom. Elles avaient fini par se mettre d'accord : le droit d'appeler son fils Jack reviendrait à celle qui accoucherait la première.

— Le bébé de Laney est né à peine dix minutes après celui de Laci, indiqua Bridger.

— Et comment l'a-t-elle prénommé ?

— Jake.

Eve éclata de rire.

— J'aurais dû m'en douter ! Mais je sais que tu as apporté des photos de ton fils, alors si tu me le montrais, à présent ?

— Je me demandais quand tu te déciderais à me le proposer…

Bridger sortit son appareil photo numérique et rapprocha sa chaise de celle d'Eve. Elle repoussa les listes de noms et de numéros de téléphone parmi lesquels se trouvaient peut-être ceux de leur mère biologique.

Elle aurait voulu être capable, comme son frère, de tourner la page…

Pourquoi n'y arrivait-elle pas ?

3

— Excusez-moi, dit Jud à la vieille dame qui se tenait près de lui. Vous pouvez me dire qui est cette femme en rouge, là-bas ?

La salle des fêtes d'Old Town Whitehorse était bondée. Sur l'estrade se produisaient les musiciens un peu décrépits d'un orchestre de musique country dont le répertoire rappelait à Jud sa jeunesse texane.

La vieille dame regarda dans la direction qu'il lui avait indiquée avant de tourner vers lui un visage souriant.

— C'est le groupe des sœurs Bailey que vous voyez là-bas : Eve, Faith et McKenna.

— Celle qui porte une robe rouge étant…

— Faith. Elle est jolie, n'est-ce pas ?

— Très.

— Alors qu'attendez-vous pour aller l'inviter à danser ?

Jud se mit à rire. L'intéressée n'avait sûrement pas la moindre envie de danser avec lui, mais le pire qui pouvait lui arriver, c'était d'essuyer une rebuffade… Et comme elle l'avait déjà envoyé promener une fois, il était en quelque sorte vacciné.

— Excellente idée ! s'exclama-t-il.

Le parquet usé de la piste craqua sous les semelles de ses bottes tandis qu'il se frayait un chemin à travers les couples de danseurs.

Après le dîner, Jud avait décidé de ne pas coucher au ranch : une séance de tournage très matinale était programmée le lendemain, et il voulait être sur place pour ne pas risquer de s'y présenter en retard. Du moins était-ce l'excuse qu'il avait trouvée pour partir tôt et échapper ainsi à la tension ambiante.

En traversant Old Town Whitehorse, il avait remarqué que le parking de la salle des fêtes était plein. Il avait ralenti, et les accents mélancoliques d'une vieille chanson country lui étaient parvenus.

Les membres de l'orchestre devaient tous avoir dans les soixante-dix ans, s'était-il dit, mais une certaine nostalgie — et, pour être parfaitement honnête, l'espoir de revoir la jeune cavalière de l'après-midi — l'avaient persuadé de s'arrêter.

Faith Bailey, puisque c'était son nom, était bien là et, à en juger par le soin qu'elle prenait à éviter de regarder dans sa direction, elle l'avait repéré. Si elle avait pu s'enfuir, elle l'aurait sûrement fait !

— Re-bonjour, susurra-t-il une fois arrivé devant elle.

— Excusez-moi… On se connaît ? répliqua-t-elle d'un ton sec.

— Oui, je suis prêt à jurer que nos chemins se sont déjà croisés.

Le coup d'œil implorant qu'elle lui jeta alors enleva à Jud toute idée de la taquiner. Il s'était demandé pourquoi elle s'exerçait à la voltige aussi loin de toute habitation… Il croyait maintenant comprendre que c'était pour n'être vue de personne. Ses sœurs elles-mêmes ne devaient pas être au courant, d'où la prière silencieuse qu'elle venait de lui adresser.

— Mais je peux me tromper, reprit-il. Si nous dansions, pour essayer de tirer cette affaire au clair ?

Puis, sentant qu'elle allait refuser, il se dépêcha d'ajouter :

— A moins que vous ne préfériez en discuter ici ?

— Si vous insistez…, marmonna-t-elle en le fusillant du regard.

— J'insiste.

Sous l'œil intéressé de ses deux sœurs, Jud la prit par la main et l'entraîna sur la piste.

L'orchestre jouait à présent un morceau rythmé, ce qui permit à Jud de découvrir que Faith dansait très bien. Ses yeux bleus lançaient toujours des éclairs — elle n'appréciait visiblement pas le chantage qu'il lui avait fait pour l'obliger à accepter son invitation —, mais elle n'en exécutait pas moins en parfaite harmonie avec lui toutes les figures qu'il enchaînait. Souple et gracieuse, elle était aussi à l'aise sur une piste de danse que sur un cheval.

La musique était trop bruyante pour qu'ils puissent se parler mais, à la fin du morceau, l'orchestre attaqua une chanson lente. La jeune femme tenta de se dégager, mais Jud resserra son étreinte pour l'en empêcher et lui chuchota à l'oreille :

— Dites-moi, Faith Bailey, pourquoi tenez-vous à garder secrète votre pratique de la voltige ?

— Vous êtes trop curieux, monsieur Corbett !

— Allez, répondez-moi ! Vous êtes très douée… Pourquoi cacher votre talent ?

— Tout le monde n'est pas comme vous, monsieur Corbett ! Il y a des gens qui n'éprouvent pas le besoin d'avoir les projecteurs braqués sur eux, et j'en fais partie !

— Appelez-moi Jud, par pitié, sinon j'aurai l'impression d'avoir l'âge de mon père… Et nous nous ressemblons plus que vous ne le pensez, vous et moi : quand je vous ai vue galoper à travers cette prairie, je me suis immédiatement reconnu en vous. Vous *adorez* la voltige et, après le tour que vous m'avez joué cet après-midi, vous ne me ferez jamais croire que vous n'aimez pas avoir un public ! Alors de quoi avez-vous peur ?

— De rien.

Cette réponse était venue trop vite, et Jud en conclut qu'il avait touché un point sensible.

La chanson se termina, et Faith tenta de nouveau de s'écarter de lui, mais il avait encore quelque chose à lui dire.

— Ne vous inquiétez pas : je ne trahirai pas votre secret.

Alors qu'il s'attendait à recevoir un mot de remerciement, ou au moins à voir du soulagement se peindre sur son visage, elle lui lança un regard noir. Le fait de partager quelque chose d'autre avec lui la contrariait visiblement.

A regret, il la lâcha et, tandis qu'elle se fondait dans la foule, il se jura de trouver un moyen de la revoir.

Faith s'efforça de faire cesser le tremblement de ses mains. Elle se dirigea droit vers la table du punch, se servit un verre et l'avala d'une traite. Danser avec Jud Corbett avait mis ses nerfs à rude épreuve. Il avait dit qu'ils se ressemblaient, et elle avait failli le croire…

Un homme comme lui pouvait facilement jeter le trouble dans l'esprit d'une femme. Elle, Faith, savait heureusement raison garder, mais elle plaignait toutes celles qui se laissaient séduire par le physique avantageux et les beaux discours de ce don Juan.

Il lui avait promis de ne pas trahir le secret de sa pratique de la voltige, mais elle en avait un autre, qui était jusque-là resté enfoui au plus profond d'elle-même, et dont elle n'avait repris conscience qu'en voyant Jud Corbett penché sur elle, dans la prairie. Elle craignait maintenant qu'il n'ait deviné ce secret, et elle frissonna, envahie par un terrible sentiment de vulnérabilité.

Comment un homme rencontré pour la première fois quelques heures plus tôt seulement pouvait-il la connaître aussi bien ?

— Je me demandais où tu étais passée, déclara McKenna en s'approchant d'elle. L'homme avec qui tu dansais est l'un des frères Corbett, n'est-ce pas ?

— Oui, je crois…, répondit-elle évasivement.

— Il est très séduisant !

— Ah bon ? Je n'avais pas remarqué.

— Tu plaisantes !

— Non, je t'assure que…

— Arrête, je ne te crois pas ! Et tu n'as pas remarqué non plus la façon dont il te regardait, peut-être ?

Faith ne se rappelait que trop bien avoir vu Jud entrer dans la salle et, à partir du moment où il l'avait repérée, ne plus la quitter des yeux. Elle avait eu beau tourner la tête et prier pour qu'il s'en aille, il était venu l'inviter à danser… Elle n'était pas près de lui pardonner de l'avoir fait chanter pour l'obliger à accepter, et la peur qu'elle avait alors eue des futurs commentaires de ses sœurs était en train de se concrétiser.

— Je sais ce que tu penses, dit-elle, mais tu te trompes. Je suis sûre qu'il regarde toutes les femmes de cette façon.

— C'est de Jud Corbett, le cascadeur, que vous parlez ? demanda Eve, qui venait de les rejoindre.

Faith haussa les épaules, mais alors qu'elle parcourait distraitement l'assistance des yeux, elle surprit l'intéressé en train de la fixer, et elle sentit ses joues s'empourprer.

— Il paraît que ce Jud Corbett est dans son métier d'une témérité qui frise l'inconscience, observa McKenna.

— S'il l'est aussi dans la vie, c'est quelqu'un de dangereux à fréquenter, souligna Eve.

Cette remarque fut accompagnée d'un coup d'œil appuyé à Faith, qui rougit de plus belle.

« Dangereux » était un qualificatif qui convenait parfaitement à Jud Corbett, songea-t-elle en voyant le sourire que ce dernier lui décocha avant de quitter la salle.

Eve Bailey-Jackson rentra du bal assez tôt pour reprendre son enquête téléphonique. La rédaction d'un rapport annuel avait empêché son mari de l'accompagner à la soirée de bienfaisance, et le retiendrait jusqu'à tard dans son bureau.

— Ça m'ennuie que tu sois si souvent seule, lui avait-il déclaré le matin avant de partir travailler.

Son regard disait qu'il était au courant des listes de numéros de téléphone qu'elle avait constituées, du temps qu'elle y avait consacré — et consacrait depuis à essayer par ce moyen de retrouver sa mère biologique.

Il avait eu l'air sur le point d'ajouter quelque chose, mais s'était finalement tu. Eve savait qu'il craignait de la voir s'entêter dans la poursuite d'une quête illusoire, avec pour résultat de s'aigrir et d'empoisonner leur vie de couple. Ou, pire, d'apprendre sur cette mère des choses qui la feraient souffrir.

Eve attaqua la liste des « C. Small ». A chaque appel, elle espérait que ce serait le bon. Chaque fois, elle fut déçue — jusqu'à ce qu'il ne lui en reste plus qu'un à passer.

Si ce coup de téléphone aboutissait lui aussi à une impasse, décida-t-elle, ses recherches s'arrêteraient là. Comme son frère, elle tournerait la page. C'était ce que Carter désirait. Il voulait des enfants, et elle ne pouvait continuer éternellement à temporiser.

Ce fut le cœur battant et les larmes aux yeux qu'Eve composa le numéro.

Une sonnerie, deux, trois, quatre… Elle allait raccrocher quand une voix de femme retentit dans l'écouteur.

— Allô ?

— Euh… Madame Small ?

— Qui est à l'appareil ?

— Je m'appelle Eve Bailey-Jackson, et je m'intéresse à une Constance Small qui vivait près de Whitehorse, dans le Montana, comme moi, mais il y a une trentaine d'années.

— Constance ? répéta la femme.

Puis elle coupa la communication.

Eve eut beau tenter de retenir ses larmes, elles se mirent à couler sur ses joues.

C'était fini. Elle ne connaîtrait jamais sa mère biologique.

Le téléphone sonna alors que Mary Ellen était en train de confectionner des cookies pour la kermesse de la paroisse. Après avoir essuyé ses mains couvertes de farine sur un torchon, elle alla décrocher l'appareil mural et déclara d'une voix enjouée :

— Allô ?

— Mary Ellen ? C'est maman.

— Que se passe-t-il ? Tu n'as pas l'air dans ton assiette…

— Je viens de recevoir un autre de ces appels au sujet de Constance. Après toutes ces années… Et il s'agit encore d'une personne qui veut de l'argent en échange de ses prétendues informations sur Constance, j'en suis certaine !

— Calme-toi, maman ! Je comprends ton émotion, mais ce n'est pas grave.

Mary Ellen craignait en fait que ce le soit. Après toutes ces années, comme l'avait dit sa mère, pourquoi quelqu'un téléphonait-il pour parler de Constance ?

— C'était un homme ou une femme ? demanda-t-elle.

— Une femme, une certaine Eve Bailey-Jackson, et j'ai son numéro : il s'est affiché sur l'écran de mon appareil. Elle avait l'air gentille, et je devrais peut-être la rappeler pour m'assurer qu'elle n'était pas animée de mauvaises intentions, mais je ne m'en sens pas le courage… Tu peux le faire pour moi ?

— Oui, je m'en occuperai. Et ne t'inquiète pas : c'est sûrement sans importance.

Entendant alors sa mère fondre en larmes, Mary Ellen maudit cette Eve Bailey-Jackson. Elle vivait depuis des années dans la peur de voir ce jour arriver. Le temps passant, cependant, elle s'était mise à espérer que la vérité n'éclaterait jamais.

— Merci, ma chérie…, bredouilla sa mère entre deux sanglots. Voilà le numéro…

Mary Ellen le nota, mais elle n'avait pas la moindre intention de rappeler cette femme, et elle raccrocha ensuite en se disant que cela valait mieux pour tout le monde.

Une odeur de brûlé lui fit tourner la tête vers le four. De la fumée s'en échappait… Sa première fournée de cookies était bonne à jeter à la poubelle !

Ce fut seulement à ce moment-là qu'elle s'autorisa à pleurer.

4

Les rayons du soleil matinal faisaient briller la rosée dans les champs environnants, les herbes hautes de la plaine qui s'étendait au-delà ondulaient sous une brise légère, et de petits nuages cotonneux glissaient paresseusement dans un ciel d'azur.

Assise sous la véranda avec une tasse de café, Faith savourait ce moment privilégié d'une journée d'été dans le Montana quand un bruit de moteur rompit le silence. Elle se tourna vers la route qui traversait Old Town Whitehorse. Un véhicule la remontait en direction du ranch Bailey et, deux minutes plus tard, une voiture qui disait vaguement quelque chose à Faith s'arrêtait dans la cour.

— Qui est-ce ? demanda Eve depuis la cuisine.

— Jud Corbett, répondit Faith, qui venait d'identifier l'homme installé au volant.

Il mit pied à terre, et elle jura entre ses dents. Que lui voulait-il ? Elle croyait lui avoir fait clairement comprendre, la veille au soir, qu'une danse — deux, en réalité — était tout ce qu'il arriverait jamais à obtenir d'elle.

Pour l'empêcher de s'inviter à l'intérieur de la maison, elle se leva et descendit quatre à quatre l'escalier extérieur. Jud Corbett était grand et athlétique, comme la plupart de ses confrères cascadeurs, mais il se déplaçait avec une souplesse et une fluidité qui n'appartenaient qu'à lui : Faith n'avait aucun mal à le reconnaître dans les films auxquels il avait collaboré.

En la voyant s'approcher d'une démarche décidée, Jud ralentit, comme s'il regrettait d'être venu. Et il le regretterait encore plus quand elle en aurait terminé avec lui, car elle devait le décourager de revenir, songea Faith. Il avait certes promis de ne pas trahir son secret, mais le chantage auquel il l'avait soumise pour l'obliger à danser avec lui prouvait qu'il ne fallait pas lui faire confiance.

— Si c'est pour prendre le petit déjeuner que vous êtes là, lui lança-t-elle une fois à sa hauteur, vous arrivez trop tard !

— Je l'ai déjà pris, déclara-t-il avec un sourire amusé. Et seul, si vous voulez le savoir.

— Non, ça ne m'intéresse pas particulièrement.

Jud s'avança d'un pas… Faith recula de deux.

— Vous avez peur de moi ? demanda-t-il.

— Bien sûr que non !

C'était faux. Il y avait chez cet homme quelque chose qui la poussait à toujours se tenir sur ses gardes. Elle l'avait rejoint en étant résolue à passer à l'attaque, par exemple, et au bout de trente secondes, elle était déjà sur la défensive !

— Vous n'avez peur de rien ni de personne ? Parfait ! Vous êtes exactement la femme que je recherche.

— Inutile de me faire du charme : ça ne marchera pas.

Encore un mensonge…

— Vous croyez que j'essaie de vous flatter ? s'exclama Jud. Vous vous trompez ! Ce que je vous ai dit est la stricte vérité. Il faut que je vous parle d'une chose qui, elle, devrait vous intéresser.

Ces mots piquèrent la curiosité de Faith, mais sa sœur, qui les observait sûrement depuis la fenêtre de la cuisine, pouvait à tout moment décider de venir se mêler à la conversation…

— Suivez-moi ! ordonna-t-elle.

Un bouquet de chênes bordait le ruisseau qui coulait en contrebas de la maison. Faith y conduisit Jud, puis elle se tourna vers lui et déclara sur un ton mi-impatient, mi-méfiant :

— Je vous écoute !

— Notre cascadeuse a été mordue hier soir par un serpent à sonnette qui s'était glissé sous son lit. Il lui restait quelques cascades à faire, et elle ne va pas pouvoir les assurer.

— Il s'agit de Brooke Keith, n'est-ce pas ?

Faith avait entendu dire que c'était elle la doublure de Chantal Lee pour ce film. Et la presse lui avait appris avant cela que c'était une ancienne conquête de Jud Corbett.

— Vous la connaissez ? demanda ce dernier avec un haussement de sourcils étonné.

— Uniquement par les articles que les journaux people lui ont consacrés à l'occasion de votre liaison avec elle.

A peine avait-elle prononcé ces mots que Faith les regretta. Jud la considéra en secouant la tête comme si elle le décevait, avant d'observer :

— Vous croyez donc les racontars que publient ces torchons ?

— Il n'y a pas de fumée sans feu.

— J'aimerais tenter de vous convaincre que vous vous trompez sur moi, mais je n'ai pas le temps. Nous avons de toute urgence besoin de quelqu'un pour remplacer Brooke, et j'ai pensé à vous.

— A moi ?

— Oui. J'en ai parlé au réalisateur, il s'est renseigné et a découvert que vous aviez déjà travaillé pour le cinéma. Pas en tant que cascadeuse, juste pour des scènes de chevauchées, mais ça vous donne une certaine expérience en matière de tournage. J'avoue que ça m'a surpris de la part d'une femme qui prétendait mépriser les feux des projecteurs !

Jud leva la main pour l'empêcher de se justifier. C'était inutile : elle avait bien ouvert la bouche, mais sans pouvoir émettre aucun son. Et ses jambes flageolaient au point qu'un simple coup de vent aurait suffi à la faire tomber. Jud Corbett n'avait pas seulement deviné son désir secret : il venait de lui offrir sur un plateau la possibilité de le réaliser.

— Si vous ne saisissez pas cette chance, reprit-il, vous le regretterez jusqu'à la fin de vos jours.

— Je…

— Réfléchissez à ma proposition, d'accord ? Je vais vous donner ma carte… Il y a mon numéro de portable dessus, mais n'attendez pas trop pour m'appeler : j'ai besoin de votre réponse à midi au plus tard.

Pétrifiée, Faith laissa Jud lui glisser une carte professionnelle dans la main et le regarda ensuite s'éloigner en se demandant si elle n'était pas en train de rêver.

Le sort s'acharnait décidement contre lui, songea Erik Zander. Il poussa un juron sonore et versa du whisky dans sa quatrième tasse de café de la matinée. Ce n'était sans doute pas la meilleure façon de commencer la journée, mais tout allait déjà tellement mal dans sa vie qu'il n'était plus à ça près.

Keyes Hasting l'avait appelé la veille au soir.

— J'ai entendu parler du film que vous êtes en train de tourner dans le Montana, lui avait-il déclaré. Je vais venir vous rendre une petite visite après-demain, si ça ne vous ennuie pas.

Si, ça l'ennuyait, et même beaucoup, mais Zander n'avait pas eu le courage de le dire. Son correspondant était un homme d'affaires aux mœurs dissolues qu'il méprisait, mais qui était connu pour entretenir des liens avec la mafia.

— Le thème de ce film m'intéresse particulièrement…, avait enchaîné Hasting. La vengeance, c'est bien ça ?

Un pistolet pointé sur sa tête n'aurait pas plus effrayé Zander que ces derniers mots.

— Il paraît que votre cascadeuse a été mordue par un serpent à sonnette…, avait poursuivi Hasting. J'espère que vous arriverez à trouver quelqu'un pour la remplacer !

— Le coordinateur des cascades a quelqu'un en vue.

Pour être au courant d'un événement qui s'était produit une heure plus tôt seulement, cette vieille fripouille avait un espion sur le tournage ! avait pensé Zander.

Après avoir raccroché, il s'était soûlé, ce qui lui avait valu de se réveiller ce matin avec une gueule de bois monumentale en plus de la perspective angoissante de la visite prochaine de Keyes Hasting.

Et Jud qui n'appelait pas… Il avait promis de lui téléphoner dès qu'il aurait l'accord verbal de la remplaçânte de Brooke… Pourquoi cela prenait-il tellement de temps ? Ce n'était pas bon signe…

Il restait heureusement à tourner des scènes d'extérieur qui ne comportaient pas de cascades. Il suffisait de changer le planning de la journée, mais si Jud revenait bredouille de son entretien avec cette Faith Bailey, c'était la catastrophe !

Zander aurait voulu ne jamais avoir le scénario de ce film sous les yeux. Mais il l'avait trouvé devant sa porte, et la lettre de menace qui l'accompagnait ne lui avait pas vraiment laissé le choix…

Faith était encore au bord du ruisseau quand elle entendit la voiture de Jud Corbett démarrer. Elle n'arrivait à chasser de son esprit ni cet homme ni la proposition qu'il lui avait faite.

La veille, il avait ressuscité le vieux rêve de devenir cascadeuse spécialisée dans la voltige à cheval qu'elle avait un moment caressé, enfant. Et puis elle s'était dit que la pratique solitaire de cette discipline lui apportait déjà suffisamment de satisfactions.

Ce rêve ne l'avait en fait jamais quittée, elle s'en rendait compte maintenant que lui était offerte la possibilité de le transformer en réalité.

Elle finit par regagner la maison, et elle trouva sa sœur aînée en train de l'attendre sous la véranda, l'air inquiet.

Elle lui fit signe de s'asseoir dans la balancelle, prit place à son côté et déclara :

— J'ai quelque chose à te dire.

Puis elle lui raconta tout : ses années d'entraînement, sa participation comme figurante à quelques films lorsqu'elle était étudiante, sa première rencontre avec Jud Corbett et la conversation qu'ils venaient d'avoir.

— Je me demandais quand tu te déciderais à me parler de ta passion pour la voltige, observa Eve une fois son récit terminé.

— Tu étais au courant ?

— Oui, depuis le jour où tu t'es cassé le bras. J'espérais que cet accident te persuaderait d'arrêter, mais tu as continué... La proposition de Jud Corbett peut t'ouvrir la voie d'une carrière de cascadeuse professionnelle, et c'est ce dont tu as toujours rêvé, non ?

— Oui, et si je t'ai caché la vérité, autrefois, c'est par crainte que tu n'ailles la répéter à maman. Plus tard, c'était pour ne pas t'inquiéter, mais je m'aperçois maintenant que mes précautions étaient vaines : tu savais ce que je faisais.

— Et j'avais peur pour toi, en effet... A présent, promets-moi, si on te demande une cascade trop dangereuse, que tu refuseras de l'exécuter !

— Je te le promets.

Eve secoua la tête et reprit :

— Quand McKenna apprendra la nouvelle, elle aura une attaque, et je ne te parle pas de la réaction de maman... Papa, lui, sera fier de toi.

Si quelqu'un avait dit à Faith qu'un membre de sa famille aurait une attaque, c'était sur Eve qu'elle aurait parié... La vie et les gens réservaient décidément bien des surprises !

— Je vais appeler Jud pour lui donner mon accord.

— Tu n'avais pas encore accepté son offre ?

— Non, je voulais d'abord en discuter avec toi.

— Ça me touche, mais même si j'avais été violemment

contre ce projet, je n'aurais pas cherché à t'influencer. Sache cependant que je compte assister au tournage de toutes tes cascades !

Faith sourit et se leva pour aller téléphoner. Jud décrocha à la première sonnerie, comme s'il guettait son appel.

— C'est oui, annonça-t-elle.

— J'en étais sûr !

— Mais vous êtes certain que j'ai les compétences nécessaires pour remplacer une cascadeuse professionnelle au pied levé ?

— Evidemment, sinon je ne vous l'aurais pas proposé ! Et vous le pensez vous aussi, sinon vous n'auriez pas accepté.

— Ça, vous n'en savez rien !

— Le réalisateur n'a pas besoin de vous avant demain matin, mais venez nous rejoindre dès cet après-midi. Je vous ai réservé une caravane pour que vous puissiez dormir sur place… Et amenez votre jument !

— Vous aviez donc déjà tout arrangé… Et si j'avais refusé ?

— Impossible !

— Comment pouvez-vous l'affirmer ?

— J'aurais sauté sur l'occasion, à votre place, et comme nous sommes pareils…

— Sauf que je ne serai jamais aussi imprudente que vous.

Jud éclata de rire.

— Vous l'êtes déjà ! Mais, plus sérieusement, vous donner votre chance est un vrai plaisir pour moi. Je suis même aussi excité que je l'étais avant mon premier film.

Se rappelant soudain qu'elle devait ce bonheur au malheur d'une autre, Faith demanda :

— Comment va Brooke Keith ?

— Pas trop mal. Il y a un hélicoptère sur place, et elle a donc pu être transporté très vite à l'hôpital.

— Mais quand elle ira mieux, je devrai m'effacer, j'imagine ?

— Non, c'est vous qui exécuterez toutes les cascades restantes. Brooke ne sera pas complètement remise à temps pour s'en charger, mais le réalisateur a accepté de l'engager comme coordinatrice adjointe des cascades.

Ces informations calmèrent les scrupules de Faith.

— Vous avez pensé à tout ! Vous êtes toujours aussi obligeant ?

— Non, j'ai fait une exception pour vous. Il faut cependant que je vous prévienne : *Mort à Lost Creek* est un film à petit budget. J'occupe le double emploi de cascadeur et de coordinateur des cascades, par exemple… J'ai quand même réussi à vous obtenir un cachet d'un montant correct.

Elle aurait accepté de remplacer Brooke Keith même sans être payée ! pensa Faith.

— Merci, Jud.

— Attendez la fin du tournage pour me remercier ! s'exclama-t-il en riant. Soit cette expérience vous dégoûtera définitivement du métier de cascadeuse, soit…

— … elle me tuera ?

— Non, ce que j'allais dire, c'est : soit vous ne pourrez ensuite pas plus vous en passer que d'une drogue. Dans un cas comme dans l'autre, je ne suis pas sûr que vous ayez envie de me remercier.

Cette dernière remarque surprit Faith, mais elle ne fit pas de commentaire. Elle était excitée, mais en même temps un peu nerveuse à l'idée de voir se réaliser le lendemain même son désir secret. Et il lui fallait veiller à ce que Jud Corbett n'en éveille pas d'autres en elle.

Au moment de quitter la pièce, Faith aperçut quelques papiers froissés dans la corbeille, près du téléphone. Elle les en sortit ; des colonnes de « Constance Small » et de « C. Small » s'y alignaient, avec un numéro de téléphone en regard de chaque nom, et toutes les lignes étaient barrées.

Elle les remit dans la corbeille, puis se tourna vers Eve, toujours assise sous la véranda. Elle avait mal pour cette sœur dont le rêve, contrairement au sien, ne s'accomplirait peut-être jamais.

Mary Ellen détestait l'avion. Elle avait emporté un roman à lire pendant le vol, mais ne l'avait finalement pas ouvert.

Les pensées se bousculaient dans sa tête. Pourquoi avait-elle entrepris ce voyage ? A quoi cela lui servirait-il ? La seule idée de retourner à Whitehorse lui donnait froid dans le dos…

Il était cependant trop tard pour faire machine arrière : elle allait tenter de savoir pourquoi, après toutes ces années, quelqu'un avait appelé sa mère au sujet de Constance.

L'avion entama sa descente sur Billings, la plus grande ville du Montana. Mary Ellen avait loué par internet une voiture qui l'attendait à l'aéroport, mais elle comptait passer la nuit à Billings et ne prendre la route pour Whitehorse que le lendemain matin. Il lui faudrait rouler vers le nord pendant trois heures pour atteindre sa destination, et sans traverser d'autres agglomérations que Roundup et Grass Range. Roundup comptait à peine deux mille habitants, et Grass Range, dix fois moins.

Mary Ellen attacha sa ceinture et ferma les yeux. Si ce coup de téléphone était arrivé au mois de janvier ou de février, elle ne serait pas là, car elle détestait le froid encore plus que l'avion. Et les journées d'hiver qu'elle avait passées à Whitehorse des années plus tôt lui avaient laissé un souvenir particulièrement douloureux.

Le retour en arrière qu'elle s'apprêtait à faire serait déjà assez éprouvant sans que s'y ajoutent la neige et des températures glaciales.

Le moment de l'atterrisage approchait et, si elle avait pensé que sa prière avait une chance d'être entendue, Mary Ellen en aurait récité une, mais elle avait trop de péchés sur la conscience pour que le ciel l'écoute.

Le plus grand de ces péchés ayant été commis à Whitehorse trente-trois ans plus tôt.

Au volant de son pick-up, avec le van de son cheval en remorque, Faith franchit la crête de la dernière colline, et le campement installé au milieu de la plaine lui apparut : deux cercles de caravanes, des tentes et, au-delà, la reconstitution partielle d'une petite ville du Far West.

L'ensemble lui donna une impression d'irréalité — un peu comme les nouvelles perspectives d'avenir qui s'ouvraient devant elle.

A peine était-elle descendue de voiture que Jud Corbett la rejoignit.

— Que diriez-vous d'une petite promenade à cheval ? demanda-t-il.

— Je suis partante : ma jument a besoin d'exercice, et moi aussi !

Cette idée plaisait d'autant plus à Faith que cela lui permettrait de passer du temps seule avec Jud, et elle fut surprise de trouver aussi facile d'admettre qu'elle appréciait sa compagnie.

Chacun sella sa monture, puis ils escaladèrent la barre rocheuse qui dominait le campement et en longèrent le bord. En comparant leurs enfances, ils s'aperçurent qu'ils avaient tous les deux grandi dans un ranch, adoraient tous les deux les chevaux et pratiquaient tous les deux l'équitation depuis leur plus jeune âge.

— Nous avons énormément de choses en commun ! observa Jud. Tu crois au destin ?

— Attends ! s'exclama Faith en riant. Selon toi, il était écrit que nos chemins se croiseraient ?

— Et pourquoi pas ?

Jud souriait, mais Faith le soupçonnait de ne plaisanter qu'à moitié.

— Moi, j'attribue plutôt notre rencontre au hasard.

— Que nous la devions au destin ou au hasard, je suis content qu'elle ait eu lieu.

La ville de Lost Creek apparut alors à une centaine de mètres en contrebas. Ils s'arrêtèrent, et Jud se pencha sur sa selle pour mieux la voir.

— Cet endroit donne la chair de poule, même d'ici ! déclara-t-il.

Faith suivit son regard. Un frisson la secoua, et un deuxième, plus violent, quand un nuage de poussière soulevé par le vent parcourut la grand-rue sur toute sa longueur, tel le fantôme de l'un des anciens habitants de la ville.

— Les histoires qu'on raconte sur la région sont vraies ? demanda Jud.

— Certaines au moins le sont, et les descendants de bandits tristement célèbres de l'époque du Far West vivent encore dans les environs.

— Mais qu'en est-il, plus précisément, de Lost Creek et de cette histoire de poupées de chiffon ?

— Tu dois la connaître, puisque le scénario de ton film s'en inspire.

— Une bande de hors-la-loi a fait irruption dans la ville et tué une femme et sa petite fille en pleine rue sans que leurs concitoyens interviennent. A son retour, Orville Brannigan, le mari, est tombé sur les cadavres. Il a ramassé la poupée de la fillette et a juré de se venger des gens qui avaient été trop lâches pour empêcher ces meurtres… On est d'accord, jusque-là ?

— Oui.

— Des poupées de chiffon ont ensuite commencé d'apparaître devant la porte d'habitants de Lost Creek. Peu de temps après, ils étaient morts ou frappés par un terrible malheur. Et puis, une nuit, la ville s'est entièrement vidée.

Faith continua de fixer, songeuse, ce qui restait de Lost Creek.

— Que s'est-il passé, à ton avis ? s'enquit Jud.

— Il y a deux versions. L'une dit que les survivants se sont tous enfuis pour échapper à la vengeance de Brannigan. L'autre, que Brannigan les a tous tués le même jour — hommes, femmes et enfants — et que leurs ossements ont plus tard été retrouvés au fond d'une grotte — avant de disparaître mystérieusement.

— Il semble historiquement établi que Lost Creek s'est transformée en ville fantôme pratiquement du jour au lendemain, mais ses habitants ne l'ont-ils pas plutôt désertée à cause des incursions répétées des bandes de hors-la-loi qui infestaient la région ?

Faith sourit et garda le silence.

— Qu'est devenu Orville Brannigan ? demanda Jud.

— Il est parti s'installer avec ses autres enfants un peu plus loin, dans un endroit isolé où ils ont vécu en ermites. Leurs descendants y habitent toujours. La sépulture de la fillette assassinée est à peu près tout ce qui subsiste du cimetière de Lost Creek. Elle se prénommait Emily, et des membres d'une association qui s'intéresse à l'histoire locale fleurissent sa tombe deux fois par an.

Le souvenir d'une sortie scolaire à Lost Creek revint à Faith et, avec lui, celui de l'impression terrifiante qu'elle y avait eue de sentir la présence du mal tout autour d'elle. Comme si la ville était vraiment maudite. Comme si erraient dans ce qu'il en restait les fantômes invisibles des acteurs de cette histoire vieille de plus d'un siècle : les hors-la-loi qui avaient tué une femme et une enfant innocentes, les habitants qui ne s'étaient pas portés à leur secours, et Orville Brannigan, qui avait juré de se venger d'eux.

L'avait-il fait, comme le disait la légende ?

Faith était tentée de le croire.

*
* *

Erik Zander se réveilla en sursaut. Il n'était pas couché dans son lit, mais allongé sur un canapé et, l'espace d'un instant, il se demanda où il se trouvait et comment il y était arrivé.

La vue, par terre, d'une bouteille de whisky vide lui arracha un grognement. Il fallait qu'il arrête de boire comme ça... Un début de migraine lui martelait les tempes et, quand il se redressa, la pièce se mit à danser devant ses yeux. Pour ne rien arranger, un vent violent soufflait dehors et imprimait à la caravane un mouvement de balancement qui lui donnait mal au cœur.

Lorsque la pièce eut cessé de tourner, Zander regarda sa montre. 2 heures du matin. Avec un tournage qui devait reprendre tôt le lendemain, il avait absolument besoin de dormir... Se rappelant ensuite la visite de Hasting, il poussa un nouveau grognement.

Que lui voulait cette fripouille ?

Il se leva péniblement et se dirigea vers la chambre. Le placard de la cuisine contenait plusieurs autres bouteilles de whisky, mais il résista à la tentation. Il était déjà tellement ivre qu'il butait à chaque pas contre l'une ou l'autre des cloisons de l'étroit couloir, comme une bille de flipper.

Cette comparaison le fit rire, et il avait encore le sourire aux lèvres quand il entra dans la chambre. Le lit en occupait presque tout l'espace, le reste du mobilier se composant d'une tablette et d'étagères encastrées.

En apercevant la poupée de chiffon adossée à l'oreiller, Zander eut un mouvement de recul qui l'envoya heurter le mur, derrière lui. Cette... chose était d'une laideur repoussante. Pire, elle semblait le regarder droit dans les yeux, lui rappelant à quel point il détestait le scénario de *Mort à Lost Creek*.

Ce fut seulement à ce moment-là qu'un trait de lumière traversa son cerveau embrumé par l'alcool : cette poupée ne faisait pas partie de celles qui avaient été confectionnées pour les besoins du tournage.

Mais si elle ne provenait pas du magasin des accessoires, d'où sortait-elle ? Qui l'avait apportée dans sa caravane ? Et pourquoi ?

La réponse à cette dernière question était facile à trouver : quiconque connaissait la légende sur laquelle se basait son film savait que les poupées de chiffon annonçaient à leur destinataire la survenue prochaine d'un grand malheur. La personne qui avait déposé celle-ci sur son lit avait donc voulu lui faire peur.

Zander partit d'un grand rire. Sa vie était déjà dans un tel état de déliquescence qu'un peu plus, un peu moins…

5

Nancy alla frapper à la porte de la caravane d'Erik Zander alors que personne n'était encore levé. Elle dut insister, mais le réalisateur finit par venir lui ouvrir.

Les yeux bouffis de sommeil, il ne portait qu'un bas de pyjama en coton bleu. Ses cheveux blonds, qui commençaient à grisonner aux tempes, étaient tout ébouriffés, et un trait rouge barrait l'une de ses joues, fait par un objet sur lequel il avait dormi.

A cinquante-deux ans, il lui restait encore quelque chose du beau garçon qu'il avait dû être dans sa jeunesse. Le genre d'homme qui n'accordait même pas l'aumône d'un regard à des filles comme elle.

Elle ne put s'empêcher d'admirer son torse musclé. Il était vraiment bien conservé ! Le duvet blond qui recouvrait sa poitrine formait plus bas un V qui disparaissait sous la ceinture de son pyjama… Se rendant soudain compte qu'elle fixait cet endroit précis, Nancy rougit et se dépêcha de détourner les yeux.

— Il… il faut que je te parle, bredouilla-t-elle.

— Quelle heure est-il ?

— 6 h 30. Si je suis venue aussi tôt, c'est pour être sûre que nous ne serons pas interrompus.

— Bon, entre…

Zander laissa Nancy seule le temps d'aller se couvrir. Quand il revint, un vieux T-shirt publicitaire faisait office de haut de pyjama.

— Excuse-moi de t'avoir réveillé aux aurores, dit-elle, mais j'ai pensé que tu voudrais être prévenu… Il s'agit de Chantal et de Nevada.

Occupé à préparer du café, Zander secoua la tête d'un air las.

— Je n'ai déjà pas envie de les voir dans la journée, et tu m'imposes de parler d'eux au saut du lit ?

— Oui, parce que c'est important : ils font juste semblant de se détester. Je les ai surpris hier soir dans les bras l'un de l'autre.

— C'est une simple accalmie : la guerre reprendra dès demain, tu peux en être sûre ! Ils fonctionnent comme ça… Tu l'ignorais ?

— J'ai vu leurs disputes sur YouTube. Je n'y ai pas cru, et j'y crois encore moins maintenant… C'est de la comédie !

— Peut-être, et alors ? Un café ?

— Non, merci.

Zander sortit une tasse du placard, la remplit, puis tourna le dos à Nancy pour y ajouter du whisky. Elle leva les yeux au ciel. Comme si tout le monde ne savait pas qu'il buvait en cachette !

— Je suis certaine qu'ils sont toujours ensemble, insista-t-elle, qu'ils font mine de se détester pour que les médias continuent à parler d'eux.

— Qu'elles soient sincères ou simulées, leurs querelles me rendent dingue. Ils voudraient démolir le film qu'ils ne s'y prendraient pas autrement, mais, ce matin, tout m'est égal, même ça !

— Ce film a pourtant une importance capitale pour ta carrière, non ?

— Ouais…, marmonna Zander.

Surprise par son indifférence, mais avec le sentiment du devoir accompli, Nancy se leva et se dirigea vers la porte. Avant de franchir le seuil, elle se retourna. Zander avait les yeux fixés sur son café. Il l'avait complètement oubliée.

Avec les problèmes qui s'accumulaient depuis le début du tournage, il semblait tout près de perdre pied.

Une activité de ruche régnait aux alentours quand Faith sortit de sa caravane. Ayant déjà participé à des tournages, elle savait qu'acteurs et figurants passaient énormément de temps à attendre. Jouer dans un film était moins excitant qu'elle ne l'avait cru avant d'en faire l'expérience.

Mais, aujourd'hui, c'était différent : elle était peut-être à l'aube d'une nouvelle carrière, et ce fut d'un pas guilleret qu'elle se rendit dans la tente de la cantine. Jud s'y trouvait déjà, et il lui fit signe de venir s'asseoir à côté de lui.

— Nerveuse ? demanda-t-il.

— Pas du tout !

— Menteuse ! s'exclama-t-il en riant.

— Bon, j'admets l'être un peu…

— C'est normal, et je vais te laisser prendre tranquillement ton petit déjeuner, mais ensuite, il ne faudra pas traîner ; tu auras des papiers à remplir, un contrat à signer, je te présenterai le programme de la journée, puis direction maquillage et habillage.

Servant de doublure à l'actrice principale, Faith porterait aujourd'hui des vêtements identiques à ceux de Chantal Lee. Leurs couleurs de cheveux étaient suffisamment proches pour qu'elle ne soit pas obligée de mettre une perruque, et ce d'autant moins que le bonnet de toile des femmes du XIXe siècle cachait en grande partie leur chevelure.

— Moi qui aimais me déguiser quand j'étais petite, je suis servie ! dit Faith un peu plus tard à Jud.

Elle l'avait trouvé en train de l'attendre devant la caravane de la costumière. Il l'examina de la tête aux pieds — depuis son bonnet jusqu'à ses bottines à talons hauts, en passant par une robe à corsage montant et jupe longue.

— Tu es…, commença-t-il.

Sa phrase demeura en suspens. Jamais Faith n'aurait cru que les mots pouvaient manquer à Jud Corbett.

— … parfaite ! compléta-t-il finalement.

Un 4x4 les conduisit ensuite au décor qui reconstituait en partie la ville de Lost Creek telle qu'elle devait être à l'époque du Far West. Les façades avaient l'air réelles mais, derrière, il n'y avait que des poutres de soutien et du vide — sauf dans le cas de l'hôtel, qui comprenait un saloon, un escalier et, à l'étage, un couloir et une chambre qui donnait sur la grand-rue.

Des chevaux étaient déjà attachés aux poteaux prévus à cet effet, et plusieurs chariots étaient garés le long des trottoirs de bois. Il y avait moins de techniciens et de figurants sur ce tournage que sur ceux auxquels Faith avait déjà participé, et elle en retirait un sentiment d'intimité… A moins que ce ne soit dû à la présence de Jud Corbett à ses côtés.

— Voilà notre premier rôle féminin, déclara ce dernier.

Chantal Lee venait de sortir du saloon. Elle s'arrêta sur le trottoir et, l'air mécontent, épousseta d'une chiquenaude quelque chose sur sa manche. De loin, elle aurait pu être la sœur jumelle de Faith.

— Et voilà notre premier rôle masculin, enchaîna Jud.

Nevada Wells avait poussé la double porte du saloon et se tenait devant, comme s'il posait pour un photographe, mais personne ne lui prêtait attention. Lui, en revanche, avait les yeux rivés sur Chantal. Faith, qui les avait vus dans plusieurs films — sans parler des tabloïds et des revues de cinéma — n'eut aucun mal à les reconnaître.

Jud lui expliqua alors par le menu la cascade qu'ils allaient exécuter en lieu et place des deux acteurs principaux.

— Tu as déjà conduit un attelage ? demanda-t-il ensuite en la guidant vers un chariot tiré par deux chevaux.

— Non, jamais.

— Ce n'est pas grave, parce que tu n'auras rien d'autre à faire qu'à lâcher un peu la bride aux chevaux le temps que le héros — c'est moi — te rattrape et te sauve. Ils se seront censément emballés, mais ils iront évidemment moins vite et seront plus faciles à contrôler dans la réalité qu'ils ne le paraîtront sur les écrans de cinéma.

Cette scène d'action ressemblait beaucoup à celles que Faith imaginait petite. A cette différence près que, dans les siennes, les chevaux s'emballaient vraiment, et c'était elle qui les arrêtait.

— Il vaut quand même mieux que tu t'entraînes un peu à conduire l'attelage, dit Jud.

— D'accord, et ne t'inquiète pas ; j'apprends vite.

Faith grimpa sur le siège de bois du chariot. Elle n'était plus nerveuse, maintenant. Seulement excitée.

La séquence du chariot fou était un classique du western. Dans le cas d'un film à gros budget, elle aurait été en grande partie réalisée en images de synthèse.

— Je veux que ce film soit le plus authentique possible, avait déclaré Zander à Jud. Je déteste ces trucs générés par ordinateurs.

Jud s'était abstenu de tout commentaire, mais il savait que le réalisateur agissait uniquement par souci d'économie, car « ces trucs générés par ordinateurs » coûtaient cher. Même si Zander avait dû offrir à Jud un salaire en rapport avec la dangerosité des cascades demandées, il y gagnait. Les cascadeurs avaient cependant de plus en plus de mal à vivre correctement de leur métier à cause, précisément, de la tendance grandissante des cinéastes à faire appel aux images de synthèse pour les scènes d'action.

Jud, lui, était assez connu dans la profession pour ne jamais manquer de travail. Il n'exerçait pas ce métier pour l'argent, de toute façon, mais par passion, et il était sûr que Faith avait accepté sa proposition pour la même raison.

Il grimpa à côté d'elle sur le siège du chariot et prit les

rênes. Bien que Faith n'ait pas à conduire l'attelage sur une grande distance avant leur cascade, il y avait déjà eu plusieurs incidents sur le tournage — rien de grave ni d'exceptionnel, mais Jud voulait s'entourer d'un maximum de précautions.

Le chariot s'ébranla et, au bout de la grand-rue, il confia les rênes à la jeune femme. Elle emmena l'attelage au pas jusqu'au pied des collines, puis elle lui fit faire demi-tour et annonça avec un grand sourire :

— Je vais mettre un petit coup d'accélérateur !

Les rênes claquèrent, et les chevaux prirent le trot. A l'approche du décor, Faith les remit au pas, et elle arrêta ensuite la voiture à l'endroit exact d'où ils étaient partis.

Elle apprenait vite, en effet ! pensa Jud, admiratif.

— Quand notre scène sera tournée, lui déclara-t-il, tu ne devras pas retenir les chevaux, mais sans leur lâcher complètement la bride pour autant.

— Oui, le chariot aura l'air d'aller plus vite que dans la réalité, parce qu'il a été bricolé : j'ai remarqué qu'il se balançait de façon exagérément marquée, et cela donnera à l'image l'illusion d'une vitesse très élevée.

— Tu as tout compris ! Tu veux encore t'exercer à la conduite d'attelage, avant de plonger dans le grand bain ?

— Non, je ne crois pas que ce soit nécessaire.

Jud sauta à terre, tendit les bras et souleva Faith du siège. Elle avait la taille fine, et il sentit la chaleur de sa peau sous le tissu de sa robe. Il la posa sur le sol, et l'envie le prit soudain de l'embrasser.

Elle dut le deviner, car elle s'écarta aussitôt de lui.

Entendant alors des éclats de voix, il se retourna. Chantal et Zander étaient en train de se disputer.

— Tu n'as pas besoin de moi aujourd'hui ! cria l'actrice.

C'était faux, Jud le savait. Elle devait jouer dans la première scène de la journée — celle où, assise sur le siège du chariot, elle discutait avec Nevada Wells.

La séquence du chariot fou suivrait. Les scènes d'un

film étaient rarement tournées dans l'ordre chronologique, mais le chef opérateur avait exigé que celles-ci le soient, afin d'avoir exactement la même lumière dans les deux. La météo avait en outre annoncé l'arrivée prochaine d'un orage, ce qui risquait de détraquer durablement le temps.

— Débrouille-toi avec ma doublure ! poursuivit Chantal. Je ne me sens pas bien. Je vais me reposer dans ma caravane !

Puis elle courut vers l'un des 4x4 qui servaient à faire la navette entre le campement et le décor, se mit au volant et démarra en trombe.

— Tant pis, soupira Zander. On va passer directement à la poursuite.

Faith l'avait entendu, car elle remonta immédiatement sur le siège du chariot. Jud, lui, se dirigea vers son cheval, puis il fit signe à Zander et au chef opérateur qu'ils étaient prêts.

Dans cette scène, filmée sous plusieurs angles différents, l'attelage dont Faith tenait les rênes prenait le mors aux dents à cause d'une fusillade dans le saloon qui l'avait effrayé.

Au moment où Jud allait se mettre en selle, il vit du coin de l'œil quelque chose fendre l'air. L'un des chevaux de l'attelage se cabra ensuite sans raison apparente, avant de s'emballer. Faith saisit les rênes, mais les chevaux affolés fonçaient déjà droit devant eux, entraînant la voiture dans leur course folle.

Jud sauta en selle et se lança à leur poursuite. Le bonnet de Faith se détacha, et ses longs cheveux blonds se mirent à flotter derrière elle comme un étendard. Elle s'efforçait de prendre le contrôle de l'attelage, et d'éviter en même temps d'être éjectée du chariot qui, maintenant arrivé sur un terrain inégal, tanguait dangereusement.

Un cahot plus violent que les autres fit décoller la jeune femme de son siège. Elle retomba à l'extrême bord, avec la moitié du corps à l'extérieur, parvint à se rasseoir au milieu, mais une des rênes lui échappa alors des mains, lui enlevant toute chance de se faire obéir des chevaux.

La distance entre Jud et la voiture diminuait heureusement rapidement. Quand il l'eut rattrapée, il la contourna par la droite, puis resta à sa hauteur. Il avait exécuté cette cascade des dizaines de fois, mais jamais dans des conditions aussi périlleuses !

— Faith ! cria-t-il.

Elle hocha la tête et se rapprocha de lui en glissant le long de son siège. La peur écarquillait ses yeux bleus, mais Jud savait qu'elle avait compris et allait suivre à la lettre les instructions qu'il lui avait données pour le tournage de la scène du film.

Un énorme amas rocheux se dressait en travers de la plaine, à quelques centaines de mètres d'eux, et les chevaux fonçaient droit dessus. Il devait agir vite, songea Jud, et réussir du premier coup, sinon il ne pourrait plus que regarder, impuissant, l'attelage et le chariot aller s'écraser contre ces rochers.

Il tendit le bras vers Faith.

Debout devant sa caravane, Chantal observait la scène. Zander avait apparemment décidé de tourner tout de suite la séquence du chariot fou. Mais elle s'aperçut soudain qu'aucune caméra ne filmait, puis que les chevaux s'étaient *vraiment* emballés. Il ne s'agissait donc pas d'une cascade et, si elle n'avait pas refusé de travailler ce matin, c'est elle qui serait en ce moment sur le siège du chariot.

Plusieurs machinistes vinrent la rejoindre, et ils poussèrent des cris d'horreur quand Jud tendit le bras vers la cascadeuse — une novice qui n'avait aucune chance de s'en tirer…

— C'est bon ! s'exclama quelqu'un.

Chantal cligna des paupières. Elle n'en croyait pas ses yeux. La remplaçante de Brooke… Son nom lui échappait : Jud la lui avait présentée, mais elle n'avait pas fait attention.

Bref, sa doublure avait réussi à sauter sur le dos du cheval de Jud juste avant que l'attelage, presque arrivé au pied des rochers, change brusquement de direction.

Le chariot ne suivit pas le mouvement : au lieu de prendre le virage, il se coucha sur le côté et alla s'écraser contre les rochers, planches et roues volant en éclats tandis que le dispositif de sécurité intégré séparait l'attelage de la voiture. Les chevaux ralentirent l'allure et finirent par s'arrêter complètement.

— J'aurais pu être dans ce chariot, murmura Chantal. J'aurais *dû* y être…

— Auquel cas vous seriez morte à l'heure qu'il est, observa l'un des machinistes.

— Oui, renchérit un autre, si cette cascadeuse n'avait pas fait preuve d'un tel sang-froid, elle se serait fracassé le crâne contre ces rochers.

— Heureusement que tu étais trop malade pour travailler ! remarqua Nancy.

Chantal, qui ne l'avait pas vue arriver, se tourna vers elle, mais Brooke les rejoignit juste à ce moment-là, et ce fut à son adresse que Chantal déclara :

— Jud vient encore de jouer les sauveurs ! Il avait déjà tué le serpent qui t'avait mordue… Que ferions-nous sans lui ?

Rappelé à l'ordre par l'assistante réalisatrice, le petit groupe de machinistes se dispersa, et elle s'éloigna à son tour. Une fois seule avec Chantal, Brooke la saisit par le bras et gronda :

— Laisse Jud tranquille, sinon…

— La poupée que j'ai trouvée l'autre jour sur mon lit était un premier avertissement ? Parce que c'est bien toi qui l'y avais déposée, n'est-ce pas ?

— Oui, mais c'était juste une blague.

— Et le chariot qui s'est écrasé contre les rochers aussi ?

— Là, il s'agit de toute évidence d'un *accident*.

— Tu en es sûre ?

Brooke lança à Chantal un regard méprisant et s'éloigna sans répondre.

Quand Faith descendit de cheval, Jud sauta à terre et lui enlaça la taille. Sans ces bras musclés pour la soutenir, elle serait peut-être tombée tant ses genoux tremblaient.

Il la garda ensuite serrée contre lui plus longtemps que nécessaire, mais elle ne songea pas à s'en plaindre. Il semblait aussi soulagé qu'elle et, lorsqu'il finit par la lâcher, elle vit que son beau visage exprimait encore de la peur.

— Ça va ? demanda-t-il.

— Oui, mais j'ai cru ma dernière heure venue !

— Tu sais ce qui a effrayé les chevaux ?

— J'ai entendu un choc, comme si une pierre avait heurté le côté du chariot.

— Tu as vu d'où elle venait ?

— Non.

Faith trouva la question de Jud bizarre. Pensait-il que quelqu'un avait été assez inconscient pour lancer volontairement une pierre sur le chariot ?

Quoi qu'il en soit, elle avait frôlé la mort. Si Jud n'avait pas été là…

— Tu m'as sauvé la vie, dit-elle. Merci.

— J'ai juste fait mon travail.

— Dommage que notre petit spectacle n'ait pas été filmé !

Cette remarque amena un sourire sur les lèvres de Jud, mais il était soucieux, c'était évident.

— Tu t'es très bien débrouillée, observa-t-il.

— J'ai suivi les instructions que tu m'avais données, c'est tout.

Le fait d'avoir étudié les cascades exécutées dans les grands westerns classiques l'avait aussi beaucoup aidée, en réalité.

L'un des 4x4 de la production se dirigeait vers eux. Jud

prit les rênes de son cheval et plongea les yeux dans ceux de Faith.

— J'espère que je ne t'ai pas entraînée dans quelque chose de dangereux.

Elle le regarda ensuite enfourcher sa monture en se demandant ce qu'il avait voulu dire. Certaines cascades comportaient des risques, bien sûr, mais elle avait le sentiment que Jud parlait d'autre chose. Que, pour lui, ce qui venait de se passer n'était pas un accident.

6

Alors qu'il se dirigeait vers sa caravane, Jud entendit des pas précipités derrière lui, mais il n'y prêta pas attention. Il était encore secoué… Faith Bailey avait échappé de peu à la mort !

— Ça te plaît, de jouer les Zorro, hein ? cria une voix d'homme, dans son dos.

Jud se retourna et se trouva face à un Nevada Wells haletant et aux joues rouges. Il avait tout du jeune premier tel que Hollywood les aimait, fossette au menton comprise, mais sa condition physique laissait à désirer : une course de quelques dizaines de mètres avait suffi à l'essouffler.

— J'ai compris ton petit manège ! reprit-il. Les autres sont trop bêtes pour se rendre compte de rien, mais moi, je vois clair dans ton jeu !

Son haleine sentait l'alcool, et ses yeux injectés de sang indiquaient qu'il n'avait pas beaucoup dormi, ces derniers jours.

— De quoi tu parles ? demanda Jud impatiemment.

Il n'aimait pas Nevada. Cet homme ne devait pas son statut de vedette à son talent, mais à sa seule beauté, et il était connu dans les milieux du cinéma pour être aussi paresseux que geignard.

— Le serpent, maintenant, le chariot fou… Et, comme par hasard, tu étais là les deux fois pour jouer les sauveurs !

— Tu étais là toi aussi, souligna Jud.

Mais Nevada ne l'écoutait pas.

— Comment Zander réagirait-il, à ton avis, si je te dénonçais à lui comme le responsable de ces « accidents » ?

— Il n'en croirait pas un mot et t'enverrait cuver ton vin dans ta caravane ! Qu'aurais-je à gagner à créer des problèmes sur le tournage ?

— C'est la question que je me pose.

— Préviens-moi quand tu auras trouvé une réponse ! déclara Jud avant de pivoter sur ses talons et de se remettre en marche.

Après avoir pris une douche et remplacé son costume par un jean, un chemisier et des boots, Faith partit à la recherche d'Eve. Elle l'avait appelée sur son portable, mais n'avait eu que le répondeur.

Certaine que le seul fait d'assister au tournage de ses cascades angoisserait sa sœur, elle lui avait dit, en début de matinée, que la première était programmée dans l'après-midi. Elle s'en était un peu voulu de lui mentir, même si c'était pour la ménager, mais elle n'en concevait à présent que du soulagement : si Eve avait vu les chevaux s'emballer et foncer droit sur ces rochers, elle aurait eu la peur de sa vie.

Compte tenu de la vitesse à laquelle les nouvelles se répandaient dans la région, cependant, elle devait déjà être au courant de l'incident. Faith ne fut donc pas surprise de l'apercevoir au milieu d'un des groupes de badauds venus assister au tournage.

Aux barrières déjà installées pour contenir ce qui était jusque-là resté une assistance relativement peu nombreuse, s'ajoutait maintenant la présence de plusieurs membres de l'équipe technique prêts à refouler quiconque gênerait le tournage du film. L'épisode du chariot fou attirait de plus en plus de gens, et cela avait rendu nécessaire la mise en place d'un semblant de service d'ordre.

Eve était avec quelques autres personnes des environs

que Faith connaissait. Bien que la rumeur lui ait sans doute également appris que sa petite sœur était indemne, un mélange d'inquiétude et de frustration se lisait sur ses traits. Elle avait évidemment voulu s'assurer par elle-même que Faith n'avait rien, et les mesures de protection du site l'en empêchaient.

En s'approchant des barrières, Faith remarqua une femme d'une cinquantaine d'années qui se tenait un peu à l'écart. Elle portait une robe vert clair, des chaussures plates, et ses cheveux étaient relevés en chignon. Son apparence contrastait vivement avec celle des autres spectateurs — tous en jean et les pieds chaussés de boots ou de bottes.

L'inconnue avait de grands yeux noirs, des cheveux noirs striés de gris, et le foulard noué de façon assez lâche autour de son cou rappelait la couleur de sa robe.

Faith était certaine de ne jamais avoir vu cette femme, et pourtant il y avait chez elle quelque chose qui lui semblait familier. Autre détail intrigant : le film ne l'intéressait visiblement pas. C'était sur la petite foule des badauds que ses regards se portaient, comme si elle cherchait quelqu'un des yeux.

Pour ne boucher à personne la vue de la scène en cours de tournage, Faith alla rejoindre sa sœur en passant par l'arrière. Quand elle lui posa une main sur l'épaule, Eve se retourna d'un bloc et poussa un cri étouffé avant de la serrer dans ses bras.

Lorsqu'elles s'écartèrent l'une de l'autre, Faith vit la femme en vert en train de les fixer, puis, leurs regards s'étant croisés, baisser la tête et se diriger d'un pas pressé vers une Toyota bleue.

— Tu as dû avoir une de ces peurs ! observa Eve.

A la seconde même où Faith reportait son attention sur elle, la lumière se fit dans son esprit : si le visage de l'inconnue lui avait paru familier, c'était à cause de sa ressemblance avec celui d'Eve.

*
* *

Mary Ellen s'arrêta sur le chemin du retour le temps de recouvrer son sang-froid. Dès son arrivée à Whitehorse, ce matin, elle avait loué une chambre au Great Northern Motel, puis elle était allée boire un café dans un bar. Là, elle avait entendu deux clientes parler d'un film et de Faith Bailey.

Ce patronyme lui avait fait tendre l'oreille : la femme qui avait téléphoné à sa mère au sujet de Constance s'appelait Eve Bailey-Jackson. En écoutant la conversation, elle avait appris que cette Eve s'était rendue sur les lieux du tournage où Faith, sa sœur cadette, venait de se sortir miraculeusement indemne d'un accident.

— Quel besoin avait-elle, aussi, d'accepter de remplacer une cascadeuse professionnelle ? avait remarqué l'une des clientes.

— C'est une Bailey ! avait souligné l'autre. Ces filles ont toujours été des têtes brûlées.

— Lila les a élevées comme des garçons, c'est ça, le problème.

— Elles ont même grandi comme des sauvageonnes, et il ne faut donc pas s'étonner de la façon dont la plus jeune est en train de tourner !

Les deux femmes avaient ensuite décidé de rejoindre une de leurs amies sur les lieux du tournage. Elles s'étaient levées, et Mary Ellen les avait suivies discrètement. Maintenant qu'elle était là et que l'occasion s'en présentait, pourquoi ne pas aller voir à quoi ressemblait cette Eve Bailey-Jackson ?

Et elle l'avait vue… Eve avait des cheveux noirs, des yeux noirs, un visage en forme de cœur… Mary Ellen l'aurait reconnue n'importe où : elle avait eu l'impression de se retrouver devant une photo d'elle-même prise une trentaine d'années plus tôt.

Elle regrettait à présent d'être venue. L'image qu'elle gardait des deux sœurs enlacées lui faisait prendre conscience de ce dont elle avait été privée pendant ces trente-trois dernières années.

Mary Ellen essuya les larmes qui lui voilaient les yeux, et regarda sa montre. A condition de se dépêcher, elle avait le temps de retourner au motel chercher ses affaires, de repartir pour Billings et d'y arriver suffisamment tôt pour avoir un avion qui la ramènerait chez elle le jour même.

Si elle restait à Whitehorse, Dieu sait ce qu'il lui viendrait à l'idée de faire…

Pendant sa halte, de gros nuages noirs avaient commencé à s'amonceler à l'horizon, mais elle était trop bouleversée pour s'en apercevoir.

Le ciel s'assombrissait rapidement, et un vent de plus en plus violent soulevait des tourbillons de poussière. Un éclair suivi d'un coup de tonnerre fit jurer Erik Zander : même le temps conspirait contre lui… Comme si l'épisode des chevaux emballés et la destruction complète d'un chariot n'avaient pas suffi à lui gâcher sa journée !

Faith Bailey avait eu beaucoup de chance de se sortir indemne de l'accident. Sans Jud Corbett, elle serait allée se fracasser la tête contre ces rochers… Zander se félicitait de l'avoir engagé, même si, comme toutes les autres décisions concernant le tournage de *Mort à Lost Creek,* celle-ci lui avait été imposée.

Au scénario du film et à la lettre de menace, en effet, étaient jointes des instructions très précises sur le choix des acteurs, des cascadeurs et des techniciens. Pensant qu'il s'agissait de l'œuvre d'un déséquilibré, Zander avait jeté le tout à la poubelle.

Mais une deuxième lettre de menace était arrivée le lendemain, celle-là accompagnée de photos très compromettantes, prises à sa villa de Malibu le soir de la fête qui s'était terminée par une noyade et avait marqué le début d'un cortège d'ennuis de toutes sortes.

S'il refusait de tourner *Mort à Lost Creek,* disait la lettre, la police recevrait un tirage de ces photos. Cela avait convaincu Zander que la réalisation d'un western à petit budget au fin fond du Montana était un moindre mal, et il était allé récupérer le scénario dans la poubelle.

Maintenant, tandis que l'orage se rapprochait, il se demanda s'il n'avait pas été seulement manipulé, mais condamné en plus dès le départ à ne jamais pouvoir finir son film. Et puis il se traita d'idiot : pour s'être donné autant de mal, son maître chanteur voulait au contraire que ce film voie le jour.

Il s'efforçait en tout cas de s'en convaincre depuis la visite de Keyes Hasting, plus tôt dans la journée. Il l'avait reçu dans sa caravane et, pendant qu'il préparait du café, Hasting lui avait dit de but en blanc que sa filleule était morte récemment.

— Toutes mes condoléances, avait déclaré Zander.

— C'était une jeune femme belle, talentueuse, déterminée... Peut-être *trop* déterminée, mais à présent, personne ne saura jamais jusqu'où son ambition aurait pu la mener.

Rétrospectivement, Zander se rendait compte qu'une certaine tension, dans la voix de Hasting, aurait dû l'avertir, mais sa propre nervosité l'avait empêché, sur le moment, de percevoir cette tension.

— Vous la connaissiez, avait enchaîné Hasting.

— Qui, votre filleule ?

— C'est d'elle que nous sommes en train de parler, non ?

Zander avait cette fois compris qu'une sourde colère animait son interlocuteur, et son pouls s'était accéléré. Cette jeune femme était-elle une actrice débutante qu'il avait refusé d'engager dans un film ? ou renvoyée au milieu d'un tournage ? ou, pire, mise dans son lit ?

Son cœur battait si fort dans sa poitrine qu'il avait à peine entendu les paroles suivantes de Hasting :

— Vous la connaissiez même très bien. Elle s'appelait Camille Rush.

Quand il y repensait, Zander s'étonnait d'avoir accueilli presque calmement cette nouvelle : la starlette qu'il avait engrossée et refusé d'épouser, et qui avait ensuite été retrouvée morte dans le Jacuzzi de sa villa de Malibu, était la filleule d'un homme connu pour avoir des accointances avec la mafia !

— Je suis vraiment désolé, Keyes… J'ignorais que Camille était votre filleule… Je regrette de ne pas m'être aperçu qu'elle était dépressive, mais personne ne s'attendait à ce qu'elle se suicide !

— Arrêtez de mentir ! Vous savez comme moi que Camille aimait trop la vie pour se suicider.

Sur ces mots, Hasting était parti, laissant Zander convaincu que c'était lui son maître chanteur. La question qu'il s'était alors posée — et qu'il se posait toujours — étant celle de la méthode choisie par Hasting pour assouvir sa vengeance : il aurait pu le faire tuer par un sbire de ses amis mafieux, alors pourquoi se donner toute cette peine ?

La façon dont les choses se passaient commençait cependant à transformer ce tournage en cauchemar, et peut-être était-ce le but recherché… Au lieu d'une mort rapide et indolore, Hasting voulait lui infliger un long calvaire, suivi d'un échec commercial retentissant.

Car Zander ne savait pas comment cette vieille fripouille s'y prendrait, mais il était certain que *Mort à Lost Creek* sonnerait le glas de sa carrière. Et il n'avait aucun moyen de l'éviter : avec ces photos qui pouvaient lui valoir de nouveaux et très sérieux ennuis avec la justice, Hasting le tenait.

Le frisson qui parcourut Zander était moins dû à la baisse de la température extérieure qu'à ses sombres pensées.

— C'est fini pour aujourd'hui ! cria-t-il à la cantonade. On reprendra demain, si le temps le permet !

Alors qu'il se dirigeait vers le campement, quelqu'un, derrière lui, le héla :

— Erik ?

Il ne se retourna pas. C'était Chantal Lee, et le seul son de sa voix lui donnait envie de partir en courant. Il avait déjà eu un accrochage avec Nevada Wells avant le petit déjeuner… Il en avait plus qu'assez des caprices de ses deux acteurs principaux !

Sa caravane avait en fait ressemblé à une gare un jour de grand départ, ce matin…

Il y avait d'abord eu Nancy Davis, qui l'avait réveillé aux aurores pour lui raconter une histoire dont il se moquait éperdument… Nevada était ensuite venu se plaindre d'à peu près tout — depuis son logement jusqu'à son rôle. Puis cela avait été le tour de Brooke, qui exigeait un supplément de salaire pour ses nouvelles responsabilités de coordinatrice adjointe des cascades. Et enfin, pour couronner le tout, il avait eu la visite de Keyes Hasting…

Après une matinée pareille, il n'était vraiment pas d'humeur à écouter les doléances de Chantal. Il n'était même pas sûr de pouvoir se retenir de lui tordre le cou, alors mieux valait pour tout le monde qu'il l'ignore, et qu'elle le laisse tranquille.

Zander pressa le pas. Avec un peu de chance, il atteindrait sa caravane avant l'arrivée de la pluie, et sans Chantal. Un whisky calmerait sa nervosité, et il avait besoin d'être seul pour boire.

— Erik ! répéta Chantal.

Son ton sec signifia à Zander qu'elle ne lâcherait pas prise. Les premières gouttes de pluie commençaient à tomber. Il gravit le marchepied de sa caravane, ouvrit la porte et attendit d'en avoir franchi le seuil pour se retourner. Il allait demander à Chantal ce qu'elle voulait, mais sans l'inviter à entrer, et la pluie la persuaderait de remettre la conversation à un autre moment.

— Il faut qu'on parle ! décréta-t-elle.

— Plus tard. Là, je…

— Non, maintenant, et à l'intérieur, à moins que tu n'aies envie de discuter de tes problèmes personnels dehors, là où tout le monde peut nous entendre ? Des problèmes comme celui que te pose Keyes Hasting…

Chantal avait baissé la voix pour prononcer cette dernière phrase, mais Zander ne l'avait que trop bien comprise, et son sang se figea dans ses veines.

— Entre ! déclara-t-il.

L'arrivée de l'orage et l'arrêt du tournage avaient fait partir la petite foule des badauds. Voyant qu'il n'allait pas tarder à pleuvoir, Faith emmena sa sœur se réfugier sous l'auvent de sa caravane.

— Tu vas encore dormir ici ce soir ? déclara Eve.

— Oui, une scène de cascade sera filmée demain matin tôt, si le temps le permet.

— Promets-moi d'être prudente.

Faith ouvrit la bouche pour dire qu'elle ne risquait rien…, avant de rappeler qu'elle avait failli mourir le matin même.

— Je te le promets.

— Je reviendrai demain.

— Ce n'est pas nécessaire.

— Si ! Et maintenant, je vais profiter de ce qu'il ne pleut pas encore pour regagner ma voiture… A demain !

Une fois seule, Faith se demanda où était Jud. Elle voulait lui parler de l'accident du matin et de l'impression qu'il lui avait donnée de penser que ce n'en était pas un.

Nancy Davis surgit alors à l'angle de la caravane. Elle avait une liasse de papiers à la main, et elle en tendit un à Faith.

— C'est l'exemplaire de votre contrat, que je ne vous avais pas remis l'autre jour parce que Zander ne l'avait pas encore signé.

— Merci. Je suis contente de voir que Brooke semble bien se remettre de sa morsure de serpent… Il paraît que c'est vous qui lui avez prodigué les premiers soins, et qu'elle serait morte si Jud et vous n'aviez pas organisé rapidement son transport à l'hôpital !

— Les gens devraient travailler plus et parler moins !

— Il y a quand même quelque chose que je ne comprends pas : comment un serpent a-t-il pu s'introduire dans sa caravane ?

— Je n'en ai pas la moindre idée, et je suis trop occupée pour perdre du temps à me poser ce genre de question oiseuse !

Sur ces mots, Nancy tourna les talons et s'éloigna à grands pas.

Sa brusquerie surprit Faith. Pourquoi avait-elle coupé court à la conversation, comme si le sujet la gênait ? C'était étrange !

— Ça va ?

La voix de Jud arracha Faith à ses pensées. Elle le vit s'approcher, le visage souriant, et son cœur frémit dans sa poitrine.

— Tu as l'air soucieux, observa-t-il en s'arrêtant devant elle. Il y a un problème avec Nancy ?

— Peut-être… Tu la connais bien ?

— Je ne la connais pas *du tout !* Aurais-tu lu quelque part que j'ai eu une liaison avec elle ?

Le sourire de Jud s'était élargi, et Faith ne put résister à la tentation de répliquer :

— Parce que ce n'est pas le cas ? Tu me déçois ! Je croyais que tu étais sorti avec tout ce qui porte jupon à Hollywood !

Puis elle reprit son sérieux et répéta sa conversation avec l'assistante réalisatrice.

— Elle n'aime apparemment pas être considérée comme une héroïne, déclara ensuite Jud avec un haussement d'épaules désinvolte. Pourquoi lui as-tu parlé de cette histoire de morsure de serpent ?

— Parce que j'ai vu ton expression, ce matin, quand tu m'as demandé si je savais d'où venait la pierre qui a effrayé les chevaux… Tu penses que quelqu'un l'a lancée contre le chariot dans ce but précis, n'est-ce pas ?

— Je n'ai jamais dit ça !

— Non, pas explicitement, mais ce qui est arrivé à Brooke ne peut pas être un accident, reconnais-le ! Les serpents ne sont capables ni de gravir des marches ni d'ouvrir une porte.

— C'est vrai, et celui-ci a donc été apporté par quelqu'un dans la caravane de Brooke, mais juste pour lui faire une farce, j'en suis sûr.

— Une farce dangereuse !

— Les morsures de serpent à sonnette sont très douloureures, mais rarement mortelles.

Faith secoua la tête.

— Tu tentes de me rassurer, et c'est gentil, mais je ne suis pas dupe : tu penses qu'il y a sur le tournage une personne animée de sombres desseins.

— Ou bien alors je ne le pense pas, mais j'essaie subtilement de t'en convaincre afin d'avoir un prétexte pour ne pas te quitter d'une semelle : l'obligation de te protéger.

— Je ne te crois pas !

— Je suis pourtant sérieux… du moins quand je parle de te protéger. Si tu es là, c'est parce que je suis venu te chercher, et s'il t'arrivait quelque chose, jamais je ne me le pardonnerais. J'ai donc l'intention de passer le plus de temps possible avec toi, et cela m'amène à te demander de m'accompagner ce soir au Trails West Ranch.

— Chez ton père ?

— Oui, et ne t'inquiète pas : il s'agit d'un simple dîner familial, rien que de très innocent. Le petit déjeuner du lendemain n'est pas prévu au programme.

Faith sourit. Cet homme avait un charme irrésistible,

et la perspective d'une deuxième soirée solitaire dans sa caravane ne la tentait pas particulièrement.

— D'accord, dit-elle, mais je devrai avant faire un saut en ville. On pourrait se retrouver devant la mairie à… 18 h 30, ça t'irait ?

— Très bien ! Et j'espère que tu aimes la cuisine mexicaine !

Zander s'écarta pour laisser passer Chantal, puis il referma sans douceur la porte de la caravane. Son humeur s'améliora cependant quand l'actrice, après avoir enlevé sa veste en jean, alla dans la cuisine et se servit un verre de whisky : il ne serait pas obligé d'attendre d'être seul pour en boire un lui aussi.

— La même chose pour moi ! ordonna-t-il avant de s'affaler sur le canapé.

Son ton autoritaire la fit tiquer, mais elle sortit un autre verre du placard.

Que voulait-elle ? pensa Zander. Et que comptait-elle lui offrir en échange ? Ses faveurs ? Il était en fait surpris qu'elle ne les lui ait pas encore accordées, car elle avait réchauffé le lit de tous les réalisateurs avec qui elle avait travaillé. Ses exploits étaient aussi légendaires que le montant des cachets qu'ils lui avaient permis d'obtenir.

Le sexe n'intéressait cependant absolument pas Zander en ce moment. Quand Chantal, après lui avoir tendu son verre, s'assit elle aussi sur le canapé, il se dépêcha donc de mettre le plus de distance possible entre eux.

— Je t'écoute ! lui lança-t-il.

Cette femme ne lui avait jamais paru allier l'intelligence à la beauté, mais leurs regards se croisèrent alors, et il se demanda s'il ne s'était pas trompé sur ce point. Confortablement installée, elle ressemblait à un chat et n'avait pas l'air particulièrement belliqueux, mais Zander la sentait capable de ronronner à un moment et de lui arracher les yeux l'instant d'après.

— Il m'est venu aux oreilles quelque chose qui me tracasse, déclara-t-elle.

— Depuis le temps que tu évolues dans les milieux du show-business, tu crois encore aux rumeurs ?

— Tu ne m'as donc pas donné le premier rôle de ce film parce que quelqu'un t'a fait chanter ?

Zander faillit s'étrangler avec son whisky.

— Faith !

Le shérif Carter Jackson se leva pour accueillir sa belle-sœur dans son bureau.

Dehors, la pluie tombait sans discontinuer : l'orage tournait autour de Whitehorse et de ses environs depuis des heures. Faith n'avait eu que quelques mètres à franchir pour aller de son pick-up à la porte du bâtiment, et elle était trempée !

— Je suis au courant de ce qui s'est passé ce matin sur le tournage du film, reprit Carter.

— C'est Eve qui t'en a parlé ?

— Oui. Tu es remise de tes émotions ?

— A peu près, mais c'est l'une des raisons de ma visite.

— Assieds-toi !

Faith s'installa sur la chaise placée en face du bureau de son beau-frère. Maintenant au pied du mur, elle n'était plus sûre de l'opportunité de sa démarche. Enquêter sur les gens avec qui elle travaillait n'était peut-être pas une bonne idée, finalement… Surtout si l'accident qui avait manqué lui coûter la vie n'en était pas un.

Mais elle en avait trop dit, ou pas assez : Carter attendait la suite.

— Je me demandais si tu pouvais te renseigner pour moi — à titre privé — sur quelques-unes des personnes que je côtoie sur le tournage.

La liste qu'elle avait établie avant de venir comportait cinq noms : Erik Zander, Chantal Lee, Nevada Wells, Brooke Keith et Jud Corbett. Elle la sortit de sa poche et la tendit à Carter.

La lecture du premier nom lui fit hausser les sourcils.

— Erik Zander ? s'exclama-t-il. Je peux déjà te dire qu'il a été impliqué dans la mort d'une femme : elle s'est noyée dans le Jacuzzi de sa villa de Malibu pendant une réception.

— Oui, je sais, mais il n'a pas été condamné, n'est-ce pas ?

— Faute de preuves — ce qui ne signifie pas qu'il est innocent.

Tous les tabloïds du pays ayant largement couvert cette histoire, Faith savait aussi que les autres personnes de sa liste assistaient à cette fameuse réception.

Sa lecture terminée, Carter leva les yeux et demanda :

— Pourquoi t'intéresses-tu à ces gens ?

— C'est à eux que j'ai le plus souvent affaire, et je m'aperçois tout à coup que j'ai oublié d'ajouter Nancy Davis, l'assistante réalisatrice…

— C'est noté, mais tu n'as pas répondu à ma question !

— Eh bien, il n'est pas rare que des accidents se produisent sur un tournage, et celui de ce matin n'a donc rien d'exceptionnel, mais une petite enquête sur ceux qui participent le plus activement à la réalisation du film ne peut pas faire de mal.

— J'ai l'impression d'entendre un policier ! Bon, d'accord, je vais me renseigner… Et en cas de nouvel accident, viens tout de suite me prévenir !

— Entendu.

Lorsque Faith quitta le bureau de son beau-frère, une minute plus tard, elle avait un peu mauvaise conscience. Jud Corbett lui avait permis de réaliser son rêve, et elle cherchait à obtenir en cachette des informations sur les personnes avec qui cela l'amenait à travailler — lui compris !

Mais il lui cachait quelque chose, elle en était sûre, et

s'il avait été parfaitement franc avec elle, elle n'aurait pas été obligée d'agir dans son dos.

Il fallait espérer que l'incident du chariot serait le dernier mais, si elle l'avait cru, Faith ne serait pas allée demander de l'aide au shérif…

Erik Zander vida son verre d'un trait, puis il s'essuya la bouche pour se donner le temps de se ressaisir avant de déclarer :

— Quelqu'un me ferait chanter ? C'est absurde !

— C'est donc de ta propre initiative que tu t'es lancé dans la réalisation de ce film ?

— Evidemment ! Où es-tu allée chercher cette stupide idée de chantage ?

Chantal ne répondit pas. Elle avait les yeux fixés sur son verre, et Zander nota qu'il était encore plein — contrairement au sien.

Un deuxième whisky serait le bienvenu, et il esquissa un mouvement pour se lever, mais la tête lui tourna, et il se laissa retomber sur le canapé.

Tant pis pour le whisky ! S'il demandait à Chantal de le resservir, elle refuserait sûrement, et il ne voulait pas risquer de s'étaler de tout son long en se rendant dans la cuisine. Si cela arrivait, l'histoire se propagerait, et il serait la risée de Hollywood.

Le fait de s'en inquiéter alors que Hasting avait entre les mains de quoi l'envoyer à la chaise électrique lui arracha un petit rire désabusé.

— Qu'est-ce qu'il y a de drôle ? demanda Chantal en levant vivement les yeux.

— Rien… Maintenant, si tu veux bien me laisser…

— Non, je n'ai pas terminé ! Si ce qu'on m'a dit est vrai, si c'est un chantage qui t'a conduit à réaliser ce film et à me proposer de jouer dedans, alors je suis forcée de me poser la question suivante : qui d'autre as-tu été obligé d'engager ?

Zander n'avait plus seulement la tête qui tournait : il commençait à avoir des brûlures d'estomac. Boire à jeun ne lui avait pas réussi.

— C'est pour ça que tu as inclus Nevada dans la distribution, n'est-ce pas ? poursuivit Chantal. Pourquoi, sinon, nous aurais-tu réunis dans un film si peu de temps après notre rupture ?

Sachant à présent qu'ils n'avaient pas vraiment rompu, Zander ouvrit la bouche pour le lui dire, mais aucun son n'en sortit. Et son verre, soudain, lui paraissait terriblement lourd…

— Ce qui m'amène à me poser une deuxième question, enchaîna l'actrice. Qu'est-ce qu'un maître chanteur pourrait bien avoir contre toi d'assez compromettant pour que tu acceptes de te placer dans une situation aussi inconfortable ?

Zander tendit le bras pour poser son verre sur la table basse, mais il lui échappa et tomba sur le sol.

— Erik ?

La voix de Chantal lui parvenait comme à travers un épais brouillard, et il avait du mal à respirer. Il ferma un instant les yeux et, quand il les rouvrit, Chantal était debout. Elle tenait dans une main le verre tombé par terre, et dans l'autre le sien, toujours plein. A en juger par l'absence de rouge à lèvres sur le bord, elle n'en avait même pas bu une gorgée.

Proche de la syncope, Zander la regarda regagner la cuisine, vider le contenu de son verre dans l'évier et le laver. Elle rinça ensuite l'autre verre, le remplit d'eau et le lui apporta.

— Tu n'as pas l'air bien… Tiens, bois ça !

S'inquiétait-elle vraiment pour lui ? Non, c'était de la comédie… Car il avait enfin compris qu'elle l'avait empoisonné, et venait d'effacer les preuves de son crime… A moins que ce ne soit Hasting le coupable ? Hasting, qui aurait subrepticement versé le poison dans la bouteille de whisky pendant sa visite ?

Ecartant de la main le verre d'eau que Chantal lui tendait, Zander tenta de nouveau de se lever. Il devait l'empêcher de se débarrasser d'une bouteille qui constituait la seule preuve restante de son crime.

Il réussit tant bien que mal à s'extirper du canapé, mais tout se mit à tourner autour de lui, et il se sentit vaciller.

— Erik ? Je t'interdis de faire un infarctus et de mourir avant que j'aie obtenu ce que je voulais !

Ses jambes ployèrent sous lui, et il tomba comme une masse. Il entendit Chantal crier, mais loin, très loin…

Sur le sol de la chambre, près de la porte ouverte, gisait la poupée trouvée la veille sur son lit ; il l'avait jetée là, puis oubliée… Maintenant, ses yeux grossièrement dessinés semblaient le fixer, et ses lèvres, esquisser un rictus moqueur.

7

— Une crise d'angoisse, rien de plus ? s'exclama Chantal. Cet idiot m'a fait une peur bleue ! J'ai cru qu'il avait un infarctus !

Trop énervée pour s'asseoir, elle tournait comme un ours en cage dans sa caravane tandis que Nevada, tout juste revenu de l'hôpital où Zander avait été transporté par hélicoptère, se prélassait sur le canapé.

— Toi aussi, tu lui as fait peur ! indiqua-t-il. Et c'est même la raison de son malaise : il s'est vu mourir empoisonné par ce que tu avais versé dans son whisky.

— Quoi ?

— Eh oui ! A peine avait-il repris connaissance qu'il a ordonné à Nancy, sa bonne à tout faire, de revenir ici pour récupérer la bouteille de whisky et les verres dans lesquels vous aviez bu.

— Et ?

— La bouteille et vos deux verres n'étaient plus dans sa caravane.

— Mais tu viens de me dire que Zander avait juste eu une crise d'angoisse !

— L'analyse de sang pratiquée à l'hôpital n'a révélé la présence d'aucun poison dans son organisme, en tout cas.

— Alors pourquoi quelqu'un s'est-il donné la peine de faire disparaître la bouteille de whisky et les verres ?

Nevada haussa les épaules.

— Mystère ! Et c'est d'autant plus curieux que ce whisky n'a eu aucun effet nocif sur toi.

— Je n'ai pas touché à mon verre.

— Quelle heureuse coïncidence ! s'exclama Nevada avec un sourire sarcastique.

— Tu penses que j'ai mis quelque chose dans le whisky de Zander ? C'est pour ça que tu as refusé, quand je t'ai offert à boire, tout à l'heure ?

— On n'est jamais trop prudent, avec une femme comme toi !

Chantal attrapa l'un des coussins du canapé et le lança sur Nevada. Il l'évita en se penchant vivement sur le côté — et sans se départir de son sourire.

Se rappelant qu'elle devait lui faire croire à sa volonté de poursuivre leur liaison, Chantal s'assit près de lui et se força à déclarer sur un ton léger :

— Si tu n'étais pas aussi beau…

Ce genre de flatterie suffisait d'habitude à désamorcer les conflits, mais pas aujourd'hui…

— Il y avait peut-être dans ce whisky quelque chose qu'une analyse toxicologique standard ne permet pas de détecter, observa-t-il. Et avec la disparition de la bouteille et des verres, impossible de prouver quoi que ce soit !

— Tu sembles très bien t'y connaître en matière de toxicologie ! Maintenant, *si* le whisky était empoisonné, il l'a été avant que j'entre dans la caravane de Zander. La porte n'était pas fermée à clé.

— Ça n'a pas d'importance. Les médecins ayant dit qu'il s'agissait d'une simple crise d'angoisse, tu ne risques rien.

— Si je ne risque rien, ce n'est pas grâce à ces médecins, mais parce que je n'ai rien fait !

— Je doute qu'Erik soit de cet avis… Tant que la bouteille et les verres n'auront pas reparu, des soupçons continueront de peser sur toi.

Le ton narquois de Nevada commençait à agacer sérieusement Chantal.

— Tu trouves ça amusant ? lui lança-t-elle.

— Non, excitant. Je t'ai toujours jugée dangereuse… J'ignorais juste à quel point tu l'étais.

— Quelqu'un a pris cette bouteille et ces verres pour m'incriminer !

— Ou pour te sauver… Allez, détends-toi : tout va bien ! Erik a paniqué, et avec tous les problèmes qui lui tombent dessus depuis le début du tournage, ce n'est pas comme s'il n'avait pour flipper aucune autre raison que la peur de mourir… Je viens de voir Keyes Hasting en train de discuter avec Nancy… Qu'est-ce qu'il fait ici ?

— Il surveille son investissement, j'imagine.

— Erik aurait accepté d'être financé par Hasting ? Ça m'étonnerait !

— Il n'a peut-être pas eu le choix : l'avenir de sa carrière dépend de ce film.

— Celui de la nôtre aussi…

Chantal n'avait pas besoin que Nevada le lui rappelle. Dans leur métier, il suffisait d'un ou deux échecs commerciaux pour que le téléphone cesse de sonner. Et, depuis quelque temps, la seule chose qui alimentait l'intérêt des médias pour elle, c'était sa rupture avec Nevada.

Ce dernier se leva et se dirigea vers la porte. Il allait partir, pensa Chantal, soulagée… Elle se trompait : au lieu de sortir, il poussa le verrou, revint s'asseoir près d'elle et entreprit de déboutonner son chemisier.

— Non ! protesta-t-elle en essayant de le repousser. Tout le monde sait que tu es dans ma caravane !

Il l'ignora. Ses mains impatientes écartèrent les pans du chemisier avant même que tous les boutons soient défaits, et le tissu se déchira. Chantal tenta encore de résister, mais il était plus fort qu'elle…

Alors elle le laissa faire.

Dans quelques jours, le tournage de *Mort à Lost Creek* serait terminé, et elle n'aurait plus besoin de Nevada Wells. Elle avait hâte d'y être, mais en attendant…

L'orage avait surpris Mary Ellen sur le chemin du retour à Whitehorse. Elle attendait maintenant dans sa chambre de motel une accalmie qui lui permettrait de regagner Billings sans risque, mais il pleuvait des cordes depuis des heures, et rien n'indiquait que les choses allaient s'améliorer prochainement.

Il faisait un temps à ne pas mettre un chien dehors, aurait dit son père devant ce déluge…

Le cœur de Mary Ellen se serra, et elle se leva du fauteuil d'où elle guettait la fin de l'orage. Pluie ou pas pluie, elle ne se sentait pas le courage de passer une minute de plus dans cette pièce lugubre avec pour seule compagnie ses souvenirs — et ses remords. Tout, dans cette ville, lui rappelait la dernière fois où elle y était venue.

Après avoir enfilé son imperméable, elle prit sa valise, ouvrit la porte et courut jusqu'à sa voiture de location. Une fois au volant, elle tourna la clé dans le contact et alluma le chauffage pour désembuer le pare-brise mais, avec son imperméable trempé, la condensation recouvrait les vitres plus vite que la chaleur ne pouvait l'évacuer.

Et comme si cela ne suffisait pas, elle vit que le réservoir d'essence était aux trois quarts vide. Avec trois heures de route devant elle et seulement deux villages entre Whitehorse et Billings, elle devait absolument faire le plein avant de partir.

Elle démarra et traversa la ville. Même réglés sur leur vitesse maximale, les essuie-glaces n'arrivaient pas à endiguer les torrents de pluie qui s'abattaient sur le pare-brise. Elle s'arrêta dans une station-service située à la périphérie de Whitehorse et, alors qu'elle s'apprêtait à descendre de voiture, un pick-up se gara de l'autre côté de la rangée de pompes.

Son cœur bondit dans sa poitrine, et elle se tassa dans son siège en reconnaissant la conductrice : c'était Eve Bailey-Jackson. Tétanisée, elle la vit faire le plein, puis aller à l'intérieur pour payer — et discuter, aussi, avec la jeune femme qui tenait la caisse.

Quand Eve ressortit, son regard croisa celui de Mary Ellen. Elle fronça les sourcils, ralentit… Craignant qu'elle ne vienne lui parler, Mary Ellen redémarra aussitôt, mais elle vit dans son rétroviseur qu'Eve s'était immobilisée et, l'air intrigué, suivait la Toyota des yeux.

En attendant l'heure de son rendez-vous avec Jud, Faith était allée boire un chocolat chaud dans un café de Whitehorse. Elle n'aurait sans doute pas dû accepter cette invitation à dîner au Trails West Ranch, mais Jud, et la famille Corbett en général, aiguisaient sa curiosité.

Quand son portable sonna, elle eut la surprise de voir s'afficher sur l'écran le nom de son beau-frère.

— J'ai effectué les recherches que tu m'as demandées, lui annonça-t-il.

— Ça a été rapide !

— Oui, grâce à l'informatique… Il faut que je sorte, là, mais je vais laisser une enveloppe pour toi à l'accueil. Tu trouveras dedans le résultat de mon enquête. En deux mots, seul Erik Zander est connu des services de police, et il avait déjà eu maille à partir avec la justice avant la noyade de cette starlette dans le Jacuzzi de sa villa.

— Merci, Carter !

Faith raccrocha, paya sa consommation, puis alla récupérer l'enveloppe, mais elle ne l'ouvrit qu'une fois de retour dans son pick-up.

A l'intérieur se trouvaient six feuilles — une page d'informations sur chacune des personnes qui l'intéressaient. Elle parcourut les premières, et sa déception fut à la hauteur de ses attentes : il n'y avait là presque rien qu'elle ne sache déjà par les revues de cinéma.

Autrefois, les acteurs débutants prenaient souvent un pseudonyme. Cette coutume avait tendance à disparaître, mais Chantal Lee et Brooke Keith l'avaient partiellement suivie : la première s'appelait de son vrai nom Chantal Leigh Olsen, et la seconde, Samantha Brooke Keifer.

La page sur Jud n'apprit rien à Faith. Il avait quatre frères, avait grandi dans un ranch du Texas, et pris ses premières leçons d'équitation à l'âge de trois ans.

Arrivée à Nancy Davis, Faith haussa les sourcils en remarquant que Brooke Keith et elle étaient originaires de la même petite ville de l'Idaho.

Et juste à ce moment-là, qui Faith vit-elle du coin de l'œil sortir d'un 4x4 et entrer dans les bureaux du *Milk River Examiner,* le journal local ? Nancy Davis elle-même !

L'occasion était trop belle ! Faith descendit de son pick-up et suivit l'assistante réalisatrice.

En entendant la porte se rouvrir derrière elle, Nancy se retourna. Son visage exprimait une contrariété qu'elle se hâta de cacher sous un masque impassible, mais pas assez vite pour empêcher Faith d'en conclure qu'elle n'était pas ravie de la voir.

Elle l'avait accueillie sur le tournage poliment, mais sans cordialité excessive. Faith s'était demandé si c'était parce qu'elle prenait la place de Brooke, mais elle avait ensuite remarqué que Nancy se montrait distante avec tout le monde. Il y avait chez cette femme apparemment effacée quelque chose de dur et de froid qui faisait un peu peur.

Faith la salua d'un signe de tête, puis feignit de s'intéresser aux calendriers, carnets et autres produits dérivés du journal en vente à l'accueil.

La porte de communication avec la salle de rédaction

s'ouvrit alors, et Andi Blake apparut. Cette journaliste était un jour venue à Whitehorse faire un reportage, et elle était tombée amoureuse de Cade Jackson, le frère aîné du shérif. Faith savait qu'ils sortaient ensemble, mais le solitaire qu'elle vit briller à l'annulaire d'Andi était une nouveauté.

— Vous êtes fiancés, Cade et toi ? s'exclama-t-elle. Toutes mes félicitations !

— Merci. Ça ne date que d'hier soir. Nous ne l'avons encore dit à personne.

— Peut-être, mais nous sommes à Whitehorse, ici, et il suffit que quelqu'un ait remarqué ta bague…

— La femme du boulanger est venue ce matin pour publier une petite annonce.

— Alors tu peux être sûre que la moitié au moins de la ville est déjà au courant de tes fiançailles !

— Tu as sans doute raison ! s'exclama Andi en riant. Et toi, il paraît que tu as été engagée comme cascadeuse…

— Excusez-moi, mademoiselle, coupa sèchement Nancy, mais Erik Zander m'a demandé de passer prendre des fac-similés de vieux journaux qu'il a commandés hier… Ils sont prêts ?

— Désolée, je croyais que vous étiez ensemble… Je vais vous chercher ça.

Bien que Faith trouvât très grossière la façon dont Nancy s'était comportée avec la journaliste, elle n'en laissa rien paraître.

— Vous devez retourner tout de suite au campement, ou bien vous avez le temps de boire un café avec moi ?

— Un café ? répéta Nancy, l'air à la fois surpris et méfiant.

— Ou autre chose, mais je ne vous retiendrai pas longtemps. J'ai juste un conseil à vous demander.

Le retour d'Andi interrompit la conversation. Elle tendit une grosse enveloppe à Nancy, qui la rangea dans le fourre-tout suspendu à son épaule en disant :

— Mettez ça sur le compte de la production !

Puis elle se tourna vers Faith et ajouta :

— D'accord pour un café, mais rapide !

Comme il pleuvait toujours, Faith l'emmena dans le bar le plus proche, et elles s'assirent près d'une fenêtre. A cette heure, l'établissement était presque vide, si bien que leur commande fut vite prise et arriva plus vite encore. Nancy but une gorgée de café, puis elle déclara avec un sourire narquois :

— C'est vraiment un conseil que vous voulez ?

Faith avait pensé briser la glace en commençant par la questionner sur la meilleure manière de faire carrière dans le cinéma, mais elle comprit alors que cette ruse ne marcherait pas.

— J'espère que vous n'allez pas encore me bassiner avec la morsure de serpent de Brooke ? enchaîna Nancy.

— Non, mais c'est malgré tout de Brooke qu'il s'agit. Elle m'a dit que vous étiez allées en classe ensemble dans votre ville natale… Ashton, dans l'Idaho, si je me souviens bien…

Nancy blêmit.

— Brooke vous a dit ça ?

— Oui, c'est par elle que je l'ai appris, j'en suis quasiment sûre… Pourquoi ? C'est un secret d'Etat ?

— Non, et d'autant moins que c'est faux !

— Ah bon ?

— En fait, euh… nous sommes bien toutes les deux originaires d'Ashton, mais nous ne nous fréquentions pas, à l'époque où nous y vivions.

— Comme c'est une petite ville et que vous avez à peu près le même âge, je pensais que vous étiez amies.

— Non. Je ne connaissais Brooke que de vue.

— Vous aviez déjà travaillé ensemble sur un tournage ?

— Non, celui-ci est le premier.

— Vous avez dû évoquer votre jeunesse à Ashton, en vous retrouvant !

— Même pas, parce que je suis sûre qu'elle n'a pas gardé

de l'Idaho un meilleur souvenir que moi ! Maintenant, excusez-moi, mais il faut que je parte.

Nancy se leva, parut hésiter, puis elle ajouta :

— Vous ne m'avez pas invitée à boire un café parce que vous aviez un conseil à me demander, mais je vais quand même vous en donner un : mêlez-vous de vos affaires ! Celle-ci n'a rien à voir avec vous.

Sans autre explication, Nancy se détourna et quitta l'établissement, laissant sa tasse à moitié pleine, et Faith, dans la plus profonde perplexité : quelle « affaire » n'avait rien à voir avec elle ?

Le shérif lui avait dit au téléphone qu'Erik Zander avait eu maille à partir avec la justice avant la noyade de cette starlette dans son Jacuzzi, se rappela soudain Faith. Elle ressortit de l'enveloppe la page d'informations sur le réalisateur, qu'elle n'avait pas encore lue.

Vingt ans plus tôt, Zander avait en effet été au cœur d'un autre drame — et d'une autre enquête, qui s'était elle aussi conclue par un abandon des poursuites. Il s'agissait cette fois d'un accident de voiture ; Zander conduisait, et la jeune femme qui l'accompagnait avait été tuée. D'après la rumeur, elle était enceinte de lui. Si c'était vrai, l'histoire se répétait !

Faith régla les cafés, puis elle regagna son pick-up et composa le numéro de son beau-frère.

— Carter ? C'est Faith… Je te dérange ?

— Non.

— Je voulais te remercier pour les recherches que tu as effectuées pour moi.

— Je t'en prie, et je t'avais prévenue : elles n'ont rien donné de très intéressant.

— Sauf en ce qui concerne Erik Zander… Tu peux essayer d'en savoir plus sur l'accident de voiture qu'il a eu il y a vingt ans ? Il s'en est apparemment sorti indemne, mais sa passagère, elle, est morte !

— D'accord. Je verrai ça demain, mais comme aucune charge n'a finalement été retenue contre lui, je ne trouverai sans doute pas grand-chose de plus qu'aujourd'hui… Et je m'inquiète un peu pour toi, Faith… La curiosité n'est pas seulement un vilain défaut : elle peut également être dangereuse.

— Les cascades peuvent l'être aussi, alors je ne suis pas à ça près !

— Je suis sérieux, Faith ! Sois prudente !

— Je le serai.

Après avoir raccroché, elle regarda sa montre. Il était presque l'heure de son rendez-vous avec Jud. Elle démarra et prit la direction de la mairie.

Eve, puis Carter, lui avaient recommandé la prudence et, entre les deux, Nancy Davis lui avait « conseillé » de se mêler de ses affaires…

C'était décidément la journée des mises en garde !

La bouteille de whisky et les deux verres n'étaient pas les seuls objets qui avaient disparu de sa caravane, avait constaté Zander quand il était rentré de l'hôpital. Cette maudite poupée de chiffon s'était elle aussi volatilisée. C'était la dernière chose qu'il avait vue avant de perdre connaissance et, maintenant, elle n'était plus là.

Il regarda par la fenêtre. L'un des 4x4 de la production était en train de se garer, avec Nancy au volant, dans la zone du campement aménagée en parking. Il avait envoyé son assistante faire une course en ville, mais laquelle ? Impossible de s'en souvenir !

Nancy ne semblait pas pressée de venir lui en rendre compte, en tout cas, car ce fut vers sa caravane à elle qu'il la vit ensuite se diriger.

Sortant en trombe de la sienne, Zander lui courut après,

et il la rejoignit au moment où elle s'apprêtait à refermer sa porte.

— Erik ? s'écria-t-elle, l'air surpris de le trouver là. Pourquoi ne m'as-tu pas attendue ? J'allais t'apporter les fac-similés des vieux journaux que tu avais commandés.

Elle sortit de son sac une grosse enveloppe de papier kraft, la lui tendit, mais il ne la prit pas.

— Erik ? Ça ne va pas ?

Un groupe de techniciens se tenait à quelques mètres d'eux — assez près pour entendre la conversation, aussi Zander déclara-t-il :

— Je peux entrer ?

— Bien sûr !

A peine était-il à l'intérieur de la caravane qu'il regretta son impulsivité.

« Prends l'enveloppe et pars sans poser de questions ! » se dit-il.

S'il parlait de la poupée à Nancy, elle s'étonnerait de le voir accorder autant d'importance à une bêtise pareille. Et le bruit se répandrait qu'il croyait à la malédiction de Lost Creek, alors que tout le monde devait déjà rire de sa crise d'angoisse.

— Tu voulais autre chose ? s'enquit Nancy.

Ordinairement d'un calme à toute épreuve, elle semblait agitée, et même perturbée. A cause d'un incident qui se serait produit en ville ?

Peut-être, mais quoi qu'il se soit passé, Zander s'en moquait éperdument. Il avait trop de problèmes pour s'intéresser à ceux des autres.

La gorge sèche — depuis son retour de l'hôpital, son envie de boire se heurtait à la peur de le faire —, il répondit :

— Oui, je voulais te demander si tu avais pris quelque chose dans ma caravane.

— Attends, je ne comprends pas… Tu m'avais chargée d'aller récupérer la bouteille de whisky entamée et les verres dans lesquels Chantal et toi aviez bu, mais comme je te l'ai déjà dit, ils n'étaient plus là.

— Ce n'est pas de ça que je parle, indiqua Zander tout en regardant autour de lui.

La caravane de Nancy était très propre et bien rangée. Cela le surprenait, et lui rappela du même coup qu'il ne connaissait pas du tout cette femme. Elle lui avait été imposée comme assistante pour ce film : avant de lire son nom sur la liste des instructions données par le maître chanteur, il ignorait jusqu'à son existence.

Et si c'était elle la taupe de Hasting sur le tournage ? Elle semblait cependant à Zander un peu trop falote pour jouer ce rôle.

— Juste avant de m'évanouir, déclara-t-il, j'ai cru voir quelque chose par terre, dans la chambre… Tu n'as rien trouvé ?

— Non. De quoi s'agissait-il ?

— Peu importe ! J'ai dû me tromper.

Zander se dirigea vers la porte. La personne qui s'était débarrassée de la bouteille et des verres avait également fait disparaître la poupée, mais pourquoi ? Et qui avait pu entrer dans sa caravane après son départ pour l'hôpital ?

— Qui a les clés des caravanes ? demanda Zander.

— Leurs occupants.

— Mais la société qui nous les loue a sûrement des doubles, plus un passe-partout… Elle t'en a donné un ?

— Non. La société de location et toi êtes les seuls à posséder une clé de ta caravane.

— Tu en es certaine ?

— Oui, pourquoi ? Tu as perdu la tienne ? Je pensais pourtant que tu ne fermais jamais ta porte à clé : elle n'était pas verrouillée, quand je suis venue te voir ce matin.

— Comment le sais-tu ?

— J'ai remarqué que tu n'avais pas tourné la clé dans la serrure avant de m'ouvrir.

Parce qu'il était trop ivre, le soir précédent, pour penser à ce genre de détail…, se dit Zander. Et comme il buvait beaucoup, ces derniers temps, sans doute négligeait-il de fermer sa porte à clé plus souvent qu'il n'en avait lui-même conscience.

Cela signifiait que n'importe qui pouvait entrer dans sa caravane en son absence. Pour y déposer une poupée maléfique, empoisonner son whisky, puis reprendre la poupée, la bouteille et les verres…

— Erik ? Tu es sûr que ça va ?

Une sueur froide l'envahit, et une nausée lui tordit l'estomac. Il quitta précipitamment la caravane de Nancy et courut vers la sienne en espérant y arriver à temps pour ne pas vomir en public.

Mary Ellen roula sans but pendant un long moment, jusqu'à ce qu'un étourdissement lui rappelle qu'elle n'avait rien mangé de la journée.

Le seul endroit ouvert à cette heure était la cafétéria d'un centre commercial situé à la périphérie ouest de Whitehorse. Elle y entra, puis alla s'asseoir à une table avec un pain aux raisins et un gobelet de café.

Il était maintenant trop tard pour mettre le cap sur Billings. Elle aurait dû retourner au motel et y passer la nuit, mais l'image d'Eve la regardant, l'air intrigué, l'obsédait.

Qu'avait vu la jeune femme ? Leur ressemblance ? Depuis combien de temps espérait-elle trouver sa mère biologique dans chaque femme brune et au visage en forme de cœur qui croisait son chemin ?

Après s'être forcée à avaler le pain aux raisins, Mary Ellen vida sa tasse de café et regagna sa voiture.

Il était temps d'en finir avec les mensonges, décida-t-elle. Dire la vérité l'obligerait cependant à avouer ses fautes, à se replonger dans des souvenirs qu'elle aurait préféré oublier…

Sentant que la plus petite attente risquait de lui faire perdre tout son courage, elle sortit son portable de son sac et composa le numéro de l'habitante de Whitehorse qui avait téléphoné à sa mère.

Une sonnerie… Sa main tremblait, et elle faillit couper la communication au milieu de la deuxième sonnerie.

— Allô ?

Une voix de femme…

— Eve Bailey-Jackson ? déclara-t-elle d'une voix étranglée.

— Oui. Qui est l'appareil ?

— Je m'appelle Mary Ellen Small, et je… Votre mère était ma sœur.

8

Jud avait failli appeler le Trails West Ranch pour annoncer qu'il amenait Faith à dîner, mais il s'était finalement ravisé : si son invitation semblait avoir été faite de façon impromptue, à la dernière minute, sa famille aurait moins tendance à lui donner un sens qu'elle n'avait pas.

Il n'avait pas menti à Faith en lui disant estimer de son devoir de la protéger. Il lui avait caché en revanche avoir vu quelque chose fendre l'air, juste avant que les chevaux prennent le mors aux dents.

Une pierre ? Peut-être, mais il n'en était pas sûr, et cela l'inquiétait.

Son instinct lui disait en tout cas que quelqu'un avait volontairement cherché à effrayer les chevaux. Ce quelqu'un avait-il prévu qu'ils s'emballeraient et que Faith pourrait y laisser la vie ? Ou avait-il pris cette dernière pour Chantal ? Les deux jeunes femmes portaient alors le même costume et, d'après la feuille de service, c'était l'actrice, et non sa doublure, qui devait être assise sur le siège du chariot à ce moment-là.

Cet accident ne visait certainement pas Faith, et sans doute même pas Chantal personnellement. Comme la morsure de serpent de Brooke, Jud y voyait plutôt l'œuvre d'une personne décidée à torpiller le film. Mais comme cette personne participait forcément au tournage, cela revenait à scier la branche sur laquelle elle était assise… Quelle était sa motivation ? Mystère !

Trouvant absurde de se rendre au même endroit dans deux véhicules différents, Jud avait convaincu Faith de laisser son pick-up devant la mairie et de monter avec lui. Ils roulaient maintenant vers le Trails West Ranch, chacun plongé dans ses pensées.

Le silence qui régnait dans l'habitacle ne gênait pas Jud. Il aimait écouter le bruit de la pluie sur le toit, le battement régulier des essuie-glaces, le chuintement des pneus sur la route mouillée…

— Où iras-tu, quand ce film sera terminé ? demanda soudain Faith.

— Là où me conduira le prochain.

Jud ne précisa pas qu'il avait quelques semaines de liberté devant lui. Les pauses entre deux contrats ne lui valaient rien : il s'y attirait généralement des ennuis — avec une femme, le plus souvent, parce qu'il finissait toujours par quitter sa petite amie du moment pour se consacrer de nouveau entièrement à son travail.

— Et toi ? déclara-t-il.

— Comme je n'aurais jamais cru faire un jour ce que je fais aujourd'hui grâce à toi, je ne me risquerai pas à prédire l'avenir !

Faith portait un jean, des boots et une chemise à carreaux. Ses cheveux blonds étaient relevés en queue-de-cheval, et elle était à peine maquillée — juste un soupçon de mascara et de brillant à lèvres.

Elle ne devait qu'à la nature le rose de ses joues, pensa Jud avec un petit sourire.

Le matin, elle avait ressemblé suffisamment à Chantal pour être sa doublure, mais ce n'était plus du tout le cas. Il y avait chez elle une innocence que Chantal ne possédait pas et n'aurait même pas pu jouer. Une calme assurance, aussi — celle qu'il avait pu admirer pour la première fois le jour où il l'avait surprise en train de faire de la voltige au milieu de nulle part.

Et soudain, Jud comprit, mais trop tard, qu'il avait commis une grave erreur en invitant Faith à dîner au ranch, car c'était exactement le genre de femme que son père aimerait le voir épouser.

— Avant que nous arrivions, il faut que je te parle de ma famille, dit-il.

— Elle n'est sûrement pas pire que la mienne ! observa Faith sur un ton léger.

— Mais elle est sans doute plus nombreuse !

— Tu aurais dû me prévenir : j'aurais emporté un carnet et un stylo pour prendre des notes.

Jud sourit, puis il fit une description rapide des personnes que Faith allait rencontrer au Trails West Ranch, depuis Juanita, la fidèle cuisinière que son père avait convaincue de suivre les Corbett dans le Montana, jusqu'à ses quatre frères, Russell, Dalton, Lantry et Shane.

— Shane est fiancé à Maddie Cavanaugh, n'est-ce pas ? déclara Faith.

— Oui, mais je ne pense pas qu'elle sera là ce soir.

— Pourquoi ?

— Comme ça ne tardera pas à se savoir, je peux te le dire : Kate, la deuxième femme de mon père, est la mère biologique de Maddie.

— Maddie a été adoptée ? Je l'ignorais.

— Elle aussi, jusqu'à très récemment, si bien que ses rapports avec Kate sont maintenant un peu tendus.

— Et Shane ?

— Cette nouvelle l'a secoué, mais je suis sûr que tout finira par s'arranger. Maddie et lui sont faits l'un pour l'autre, et je suis bien placé pour le savoir : s'ils sont ensemble, c'est grâce à moi.

— Vraiment ? Je te vois pourtant mal jouer les Cupidon !

— Parce que je ne t'ai pas encore tout dit au sujet de ma famille.

— Je dois donc connaître son histoire par le menu avant de la rencontrer ? s'exclama Faith en riant.

Jud aurait aimé pouvoir trouver ça drôle, mais ce n'était pas du tout le cas.

— Oui, répondit-il, car elle risque de se tromper sur la nature de notre relation, et il faut que tu comprennes pourquoi.

Suivit l'histoire de la découverte des lettres laissées par sa mère, et notamment de celle, destinée à Grayson, où elle exprimait le vœu que leurs fils se marient avant l'âge de trente-cinq ans, et avec une femme originaire comme elle du Montana.

— Vous avez réellement tiré à la courte paille pour désigner celui qui devait se marier le premier ? s'exclama Faith au terme de ce récit.

— Oui, et je sais que mon père voudrait que nous nous installions tous les cinq dans le Montana.

— Ça te paraît possible ?

— Non, et je n'ai l'intention de me marier ni dans les mois ni même dans les années qui viennent.

— Mais tu as rompu une fois le pacte en laissant Shane se fiancer avant toi… Si tu recommences avec un autre de tes frères, ta famille va te renier !

Agacé de voir Faith s'amuser ainsi à ses dépens, Jud grommela :

— Au lieu de te moquer de moi, tu devrais m'être reconnaissante de t'avoir prévenue de la situation dans laquelle tu risques de te trouver !

— Tu as peur que ta famille me prenne pour ta petite amie — ou, pire, pour ta future fiancée ?

— Tu riras moins, tout à l'heure, quand elle te bombardera de questions !

— Je ne me doutais pas que ce dîner serait aussi… intéressant !

Le Trails West Ranch apparut alors, niché dans une vallée verdoyante, avec les montagnes à l'arrière-plan.

Jud ralentit et jeta un coup d'œil à sa passagère. Si sa famille la prenait pour sa petite amie, serait-ce si grave, après tout ?

La main d'Eve Bailey-Jackson se crispa sur le combiné, et sa gorge se noua.

— Mary Ellen Small ? répéta-t-elle. Si c'est une plaisanterie…

— Non. Vous avez téléphoné à ma mère, Christina, pour lui parler d'une femme nommée Constance Small… Elle m'a appelée juste après.

— Je ne comprends pas…

— Ma sœur cadette était votre mère.

Eve n'avait pas oublié la femme aperçue à la station-service, ni le sentiment qu'elle avait alors eu de la reconnaître sans l'avoir jamais vue.

— Comment puis-je savoir que c'est vrai ? demanda-t-elle néanmoins.

— Je suis en mesure de vous fournir toutes les preuves nécessaires, et je suis prête à vous rencontrer pour vous raconter ce qui s'est passé autrefois, mais je dois vous avertir : ce que j'ai à vous apprendre risque de vous faire souffrir… Vous êtes sûre de vouloir l'entendre ?

— J'attends ce moment depuis plus de trente ans, alors oui, j'en suis sûre !

— Très bien, mais il est tard… Mieux vaut nous voir demain matin, à l'heure qui vous…

— Non, maintenant ! S'il vous plaît !

— Entendu. Je doute que, vous comme moi, nous arrivions de toute façon à dormir cette nuit.

— Où logez-vous ?

— Je vais retourner au Great Northern Motel, où j'avais

pris une chambre avant de… Bref, j'y serai dans une petite demi-heure.

— Je vous rejoins là-bas.

Le cœur battant, Eve raccrocha. Etait-il possible qu'après toutes ces années, elle découvre enfin la vérité ?

Mais pourquoi Constance Small n'était-elle pas venue elle-même la lui dire ? Pourquoi avoir envoyé sa sœur ?

Mary Ellen Small avait utilisé l'imparfait les deux fois où elle avait évoqué Constance, se rappela alors Eve. Cela signifiait-il que sa mère était morte ?

Elle n'allait pas tarder à le savoir, et une multitude de questions se pressaient déjà dans sa tête tandis qu'elle prenait les clés de son pick-up et se dirigeait vers la porte. Dans une demi-heure, elle rencontrerait la femme dont le visage avait attiré son attention, à la station-service…

Etait-ce vraiment sa tante ? Eve préférait ne pas se réjouir trop vite : le nombre de déceptions qu'elle avait connues l'avait rendue méfiante.

Sur le chemin du motel, elle faillit téléphoner à Carter pour lui dire où elle allait, mais elle y renonça finalement. Il aurait voulu assister à l'entretien, pour la protéger ou la réconforter en cas de besoin, et c'était quelque chose qu'elle devait faire seule. Son frère lui-même ne serait informé de ce rendez-vous que si elle y acquérait la certitude d'y avoir entendu la vérité sur leur mère.

La Toyota bleue qu'elle avait vue à la station-service était garée devant le bungalow N° 6 du Great Northern Motel. Eve se rangea à côté, rassembla son courage et mit pied à terre.

Elle éprouvait un mélange d'excitation, d'angoisse et d'appréhension. Pendant des années, elle avait eu peur de ne jamais savoir ce qui s'était passé le soir de sa naissance. De ne jamais rencontrer aucun membre de sa famille biologique…

Et puis son jumeau, Bridger, était entré dans sa vie. Elle s'était alors dit que cela devait suffire à son bonheur, mais il lui avait été impossible de réprimer ce besoin de retrouver leur mère, de connaître la raison de leur abandon.

Maintenant, elle craignait que la vérité ne lui fasse du mal. Quand Mary Ellen Small lui avait demandé si elle était sûre de vouloir l'entendre, elle avait répondu oui sans hésiter… Au moment de frapper à la porte du bungalow, la peur de ne pas pouvoir supporter cette vérité manqua lui faire faire demi-tour, mais elle se domina.

Elle savait déjà que sa mère l'avait abandonnée… Que pouvait-elle apprendre de plus douloureux encore ?

Rien !

Trente secondes plus tard, la porte s'ouvrait, et Eve se trouvait face à une femme qui, vue de près, lui ressemblait tellement qu'elle se mit à pleurer.

Faith se sentit tout de suite à l'aise au Trails West Ranch. C'était une maison dont l'architecture intérieure, le mobilier et la décoration étaient en accord avec l'histoire et les traditions de la région. Et, malgré ses vastes dimensions, il s'en dégageait une impression de douce intimité.

Grayson Corbett avait autant de charme que Jud, et il accueillit Faith chaleureusement avant de la présenter à son épouse. Kate était une femme d'une grande beauté, et sa ressemblance avec Maddie Cavanaugh sauta immédiatement aux yeux de Faith.

— J'ai entendu dire que la cascadeuse professionnelle avait été mordue par un serpent à sonnette, déclara Kate. Comment va-t-elle ?

— Bien, répondit Jud. Elle est de retour sur le tournage et collaborera désormais avec moi à la coordination des cascades.

— Tu es en galante compagnie, Jud ? cria une voix masculine depuis la pièce située au fond du vestibule.

L'interpellé soupira et se tourna vers Faith.

— C'est mon frère jumeau, Dalton… Tu es prête à entrer dans la fosse aux lions ?

— Prête !

Faith pénétra dans un grand séjour, confortablement meublé et doté d'un bar presque mieux approvisionné que celui d'un saloon.

Quatre hommes aussi beaux les uns que les autres y étaient assis, et ils se levèrent pour saluer Faith. Grayson lui demanda ensuite ce qu'elle voulait boire, et elle ne tarda pas à se retrouver au milieu des frères Corbett, en train de déguster une margarita et de rire aux facéties des « garçons », comme les appelait leur père.

Le délicieux repas mexicain qui suivit n'était pas terminé que Faith avait l'impression d'avoir toujours connu les Corbett.

Le seul problème, c'était qu'ils la prenaient vraiment pour la petite amie de Jud. Elle avait un peu le sentiment d'être en train d'auditionner pour jouer un rôle dans la saga familiale des Corbett et, quand l'heure du départ arriva, il était évident qu'elle pouvait l'avoir si elle le voulait.

Cela lui faisait plaisir — et même un peu trop —, mais l'attristait aussi, car ce rôle n'était pas pour elle.

— J'ai passé une excellente soirée, dit-elle à Jud sur le chemin du retour. J'aime beaucoup ta famille.

— Et c'est réciproque ! s'exclama-t-il sur un ton acide.

— Si ça te crée des complications, j'en suis désolée, mais permets-moi de te rappeler que l'idée de m'emmener dîner chez ton père venait de toi !

— Oui, mais j'ai une solution. Je vais faire comme avec Maddie : te jeter dans les bras d'un de mes frères… Non, je plaisante !

— Tu me veux donc pour toi tout seul ? Je ne suis pas d'accord ! J'ai trouvé Russell très…

— C'est hors de question ! coupa Jud.

Puis, comprenant soudain qu'elle le taquinait, il reprit d'une voix radoucie :

— N'importe lequel de mes trois frères célibataires serait ravi que tu t'intéresses à lui, j'en suis sûr, mais j'en ai assez de jouer les entremetteurs.

Un silence suivit, que Jud rompit au bout d'un moment en déclarant :

— La cascade que nous devons exécuter demain matin n'est pas difficile.

Il avait changé de sujet, comme pour se retrouver sur un terrain moins glissant. Le dîner de ce soir avait beaucoup ressemblé à la présentation à sa famille de sa nouvelle petite amie, et cela le mettait de toute évidence mal à l'aise.

— Je ne suis pas inquiète, dit Faith.

Cette cascade précédait la première grande scène d'amour du film : le cheval de l'héroïne s'emballait, le héros éperonnait le sien pour la rattraper, il la sauvait, puis l'aidait à descendre de cheval et l'embrassait fougueusement. Le rôle de Faith se terminait au moment où ses pieds touchaient le sol — juste avant le baiser.

Arrivé devant la mairie de Whitehorse, Jud s'arrêta à côté du pick-up de la jeune femme.

— Je vais te suivre, annonça-t-il, pour pouvoir intervenir en cas de besoin.

— C'est gentil, mais je n'ai pas besoin de garde du corps.

— Si ! Jusqu'à la fin du tournage, je ne te lâcherai pas d'une semelle !

Fidèle à sa parole, Jud roula derrière Faith pendant tout le reste du trajet. Quand le campement apparut, à demi noyé sous le crachin qui tombait maintenant, elle éprouva un sentiment de regret à l'idée que cette soirée avec Jud allait s'achever dans quelques minutes.

Le fait de le voir au milieu de sa famille lui avait donné de cet homme une image très différente de celle du don Juan un peu cynique que véhiculaient les médias.

Une fois garés, ils coururent s'abriter sous l'auvent de la caravane de Faith.

— Si, pour une raison ou pour une autre, tu as besoin de moi, dit Jud, quelle que soit l'heure…

— Ne t'inquiète pas : je suis une grande fille.

— Promets-moi quand même de ne plus poser de questions à propos des deux accidents qui se sont produits sur le tournage.

Un silence absolu et une obscurité totale régnaient autour d'eux : pas une lumière ne brillait aux fenêtres des caravanes ; tout le monde dormait. Faith ne s'était pas rendu compte qu'il était aussi tard.

— Tu me promets de ne plus poser de questions ? insista Jud.

— Je serai raisonnable, répondit-elle.

Mais être raisonnable, pour elle, signifiait tenter de désamorcer une situation potentiellement dangereuse. Comme ses sœurs, elle ne pouvait se résoudre à ne rien faire quand des ennuis se profilaient à l'horizon.

— Merci pour cette agréable soirée, reprit-elle.

C'était la phrase standard qui signalait le moment de se séparer, mais Faith ne bougea pas, et Jud non plus. L'espace d'un instant, elle crut qu'il allait l'embrasser, et son pouls s'emballa.

L'air nerveux, Jud recula alors d'un pas, et elle comprit que c'était pour lui permettre d'ouvrir plus commodément la porte. Il attendait pour partir de la savoir en sécurité à l'intérieur.

Elle entra dans la caravane et, après avoir refermé la porte, regarda par la fenêtre Jud s'éloigner en secouant la tête, comme s'il était mécontent de lui-même.

Parce qu'il avait eu envie de l'embrasser et n'avait pas osé ?

Un sourire se forma sur les lèvres de Faith. Si Jud l'avait embrassée, elle ne l'aurait sans doute pas repoussé, mais elle préférait, finalement, qu'il ne l'ait pas fait, qu'il ne l'ait pas traitée comme une de ses groupies, à qui il aurait accordé un baiser sans même y penser. Cela voulait dire qu'il la respectait, et ce respect, venant d'un homme aussi séduisant que lui, était extrêmement flatteur.

Eve fixa à travers ses larmes la femme qui se tenait sur le seuil du bungalow. Les yeux noirs de Mary Ellen Small étaient eux aussi remplis de larmes, et ce fut d'une voix étranglée qu'elle déclara :

— De près, vous ressemblez encore plus à Constance… Entrez, je vous en prie !

Elle s'effaça pour laisser passer Eve et l'invita ensuite à s'asseoir.

— Depuis combien de temps êtes-vous à Whitehorse ? demanda Eve.

— Seulement depuis ce matin, et j'ai bien failli en repartir dès aujourd'hui. Je voulais seulement vous voir de loin : je n'avais pas l'intention de vous parler, et encore moins de vous raconter l'histoire de Constance.

— Qu'est-ce qui vous a fait changer d'avis ?

— Je ne sais pas trop… J'ai préparé du café… Vous en voulez ? J'ai pensé que nous en aurions toutes les deux besoin, et nous avons du temps devant nous, non ?

— Oui. Après une attente de plus de trente ans, je ne suis pas à quelques minutes près…

Mary Ellen fit le service, puis elle s'installa en face d'Eve, qui entoura sa tasse de ses mains pour les réchauffer — et les empêcher de trembler, aussi.

— Je ressemble donc beaucoup à ma mère ? déclara-t-elle.

— Vous êtes tout son portrait. Rien en vous ne me rappelle votre père, en revanche.

— Vous l'avez bien connu ?

Le visage de Mary Ellen se crispa. Elle but une gorgée de café et posa lentement sa tasse sur la table avant de demander à Eve, les yeux dans les siens :

— Vous voulez vraiment *tout* savoir ?

— Oui. L'incertitude est la pire des choses, et j'ai eu tort, finalement, de laisser Bridger — c'est mon frère jumeau — dans l'ignorance de ma rencontre avec vous. Je vais l'appeler, pour qu'il vienne nous rejoindre.

— Non ! Attendez d'avoir entendu ce que j'ai à vous dire. Vous déciderez ensuite de le répéter ou non à votre frère.

Quelque chose dans la voix de son interlocutrice persuada Eve de lui obéir. Bridger avait trouvé la paix et l'équilibre, il était maintenant plus heureux que jamais, avec la naissance de son premier enfant… Mary Ellen avait donc raison : si l'histoire qu'elle allait raconter était trop douloureuse, Bridger n'avait pas besoin de la connaître.

— D'accord, déclara Eve. Je vous écoute, mais je voudrais d'abord que vous m'expliquiez pourquoi ce n'est pas ma mère que j'ai en ce moment en face de moi.

Ce fut en se détournant de la fenêtre que Faith vit la poupée de chiffon posée sur le plan de travail de la kitchenette. Elle sursauta et porta une main à sa bouche pour contenir un cri.

Comment cet objet était-il arrivé là ? Elle se rappela alors que la porte de sa caravane n'était pas verrouillée, à l'instant. Elle était pourtant sûre de l'avoir fermée à double tour avant de partir à Whitehorse. Quelqu'un en possédait donc la clé. Quelqu'un qui s'était introduit dans sa caravane et y avait laissé cette horrible poupée pour lui faire peur.

Le premier nom qui lui vint à l'esprit fut celui de Nancy Davis. En tant qu'assistante réalisatrice, elle devait avoir un double des clés de toutes les installations.

Cette tentative d'intimidation ne marcherait pas, se dit Faith, car, le choc initial passé, elle était beaucoup plus en colère qu'effrayée.

Tellement en colère, même, que l'envie lui prit d'aller tambouriner à la porte de Nancy et de lui lancer la poupée au visage, mais elle se raisonna. Dans la mesure où il leur restait quelques jours à travailler ensemble, une guerre ouverte n'était pas souhaitable. Mieux valait traiter cette affaire par le mépris. Elle avait été victime de l'effet de surprise, mais elle n'était pas superstitieuse.

Lorsqu'elle se rendit dans la kitchenette et souleva la poupée, pourtant, un frisson la parcourut. A présent encore plus en colère contre elle-même que contre l'auteur de cette sinistre plaisanterie, Faith jeta la poupée à la poubelle. Elle ferma ensuite la porte à double tour et coinça le dossier d'une chaise sous la poignée. Cela n'empêcherait pas d'entrer une personne munie de la clé, mais la chaise, en tombant, servirait d'alarme.

Se sachant trop nerveuse pour dormir, elle décida de prendre une douche chaude, qui l'aiderait à se détendre, puis de se coucher avec le roman policier acheté dans l'après-midi à Whitehorse.

En cas de nouvelle visite, elle serait prête.

Faith ouvrit brusquement les yeux. Sans s'en rendre compte, elle s'était endormie sur son livre : il était ouvert sur le lit, près de sa tête.

La pluie, dehors, s'était arrêtée. Etait-cela qui l'avait réveillée ?

Impossible à savoir, et elle ne pourrait maintenant plus se rendormir avant d'avoir inspecté la caravane. C'était à cause de cette stupide poupée… Elle ne croyait évidemment ni aux malédictions ni aux présages, bons ou mauvais… Il n'en restait pas moins que quelqu'un cherchait à l'effrayer.

Et y parvenait, songea-t-elle en se levant.

La chaise coincée sous la poignée de la porte n'avait pas bougé. Personne ne s'était donc introduit à son insu dans la caravane. Ce fut l'horloge du four à micro-ondes qui lui donna l'heure : minuit et demi.

Elle alla dans la pénombre écarter légèrement l'un des

rideaux. Des nuages bas couraient dans le ciel, obscurcissant par intermittence le disque de la lune. Aucune lumière ne brillait aux fenêtres des autres caravanes. Rien ne bougeait dans le campement endormi.

Alors que Faith s'apprêtait à lâcher le rideau, quelque chose attira son regard : une silhouette, près de l'une des remorques de matériel, avec à ses pieds quelque chose qui ressemblait à un gros paquet.

Le sang de Faith se figea dans ses veines quand la silhouette se pencha et se mit à traîner vers l'arrière de la remorque… ce qui ne ressemblait maintenant plus à un paquet, mais à un cadavre.

9

Faith resta un moment comme pétrifiée. Elle avait envie de crier, de réveiller tout le campement, mais il aurait fallu pour cela qu'elle soit sûre de son fait, et ce n'était pas le cas : avec la peur que lui avait causée la présence de cette poupée de chiffon dans sa caravane, son imagination lui jouait peut-être des tours. Et le temps qu'elle se ressaisisse, la silhouette commençait à s'éloigner du campement.

Mais si ce n'était pas une personne en train de transporter un cadavre qu'elle venait de voir, de quoi s'agissait-il ?

La curiosité finissant par l'emporter sur sa frayeur, elle se dirigea vers la porte.

Il ne lui était arrivé que rarement dans sa vie de se révéler incapable de prendre une décision. Même une erreur était préférable à l'inaction, avait-elle toujours pensé.

La fraîcheur de la nuit l'avait persuadée, après sa douche, de remplacer le T-shirt dans lequel elle dormait d'habitude par une longue chemise de nuit en flanelle blanche — cadeau de sa mère qui n'avait encore jamais servi —, mais elle n'avait que cela sur le dos…

Tant pis, elle n'avait pas le temps de se changer ! Elle chercha ensuite ses boots des yeux, mais ne les vit pas. Renonçant à les trouver, elle écarta la chaise coincée sous la poignée d'un geste impatient qui la projeta au milieu du séjour, puis elle ouvrit la porte et sortit précipitamment de la caravane.

Il aurait été plus prudent d'aller réveiller Jud, mais pour

avoir une chance de rattraper la personne suspecte, il fallait faire vite… Sans parler du ridicule dont elle se couvrirait s'il s'avérait que cette histoire de cadavre était le fruit de son imagination !

C'était d'ailleurs le plus probable. Au pire, ce qu'elle avait vu était un voleur en train d'emporter un sac de matériel. Mais, déterminée à en avoir le cœur net, elle traversa en courant les quelques dizaines de mètres qui la séparaient de la remorque. Elle se plaqua ensuite contre la paroi, se glissa jusqu'à l'arrière et jeta un coup d'œil aux alentours.

Pas de cadavre. Pas de mouvement. Rien.

Ce fut ce « rien » qui la persuada de poursuivre son enquête ; son imagination lui avait peut-être fait mal interpréter la réalité, mais elle avait vu *quelque chose* et *quelqu'un.*

Les nuages étaient si bas qu'en s'éloignant de la remorque pour aller explorer la zone située au-delà de son champ de vision immédiat, elle finit par se retrouver à marcher dans une sorte de brouillard. Elle avait les pieds gelés et sentait l'humidité remonter le long de sa chemise de nuit.

Au sol mouillé succéda bientôt de la boue, et c'est au moment précis où Faith était sur le point de renoncer que lui apparurent des empreintes de pas et les marques laissées par un corps traîné sur une surface assez meuble pour en garder la trace.

Il fallait rebrousser chemin, aller chercher de l'aide… Un bruit lointain la fit sursauter. C'était le son métallique, facilement reconnaissable, d'un hayon qui s'abaissait. La personne qui traînait le cadavre s'apprêtait à le charger sur le plateau d'un pick-up.

Pressée par la nécessité d'agir vite, Faith se dirigea vers l'endroit d'où était venu le bruit. Arrivée en haut d'une butte, elle vit briller une lumière — le plafonnier d'un pick-up garé dans une ravine, en contrebas. Elle se retourna. Du campement ne se distinguait plus que la partie supérieure des caravanes. Appeler à l'aide ne servirait à rien : avec la distance et un brouillard qui étouffait les sons, personne ne l'entendrait — sauf celui ou celle dont elle devait justement se cacher.

Pliée en deux pour se rendre moins visible, et en évitant de marcher sur des empreintes qui pourraient plus tard servir d'éléments de preuve, elle descendit dans la ravine. C'était le lit asséché d'un ancien ruisseau, et les cailloux qui le tapissaient lui firent regretter de ne pas avoir pris le temps de se chausser.

Le pick-up était l'un de ceux que la production avait loués pour les besoins de l'équipe de tournage. Il avait été adossé à un petit promontoire, sans doute pour faciliter le chargement. La portière avant gauche était ouverte, et le hayon, toujours baissé. De là où la prudence obligea finalement Faith à s'arrêter, cependant, elle ne pouvait pas voir l'intérieur du plateau.

Bizarrement, l'endroit semblait désert. Sans les traces dans la boue qui l'avaient menée à ce véhicule, elle aurait encore pu croire qu'elle s'était laissé emporter par son imagination.

Ces traces étaient cependant bien réelles, et son instinct lui disait qu'il y avait un cadavre sur le plateau de ce pick-up. Peut-être son conducteur était-il retourné chercher quelque chose au campement… Et dans ce cas, elle avait le temps de jeter un coup d'œil à l'arrière du véhicule avant de courir donner l'alerte.

Elle se remit en marche. Arrivée près du rebord du plateau, elle se pencha pour regarder dans le pick-up…

Le cri qui se forma dans sa poitrine ne franchit pas ses lèvres : quelque chose de dur l'avait dans l'intervalle frappée à la tempe et fait tomber comme une masse.

A cette heure tardive, rien ne venait troubler le silence qui régnait dans la chambre de motel : Eve avait demandé pourquoi ce n'était pas sa mère qui était là, et la réponse tardait à venir.

Si la femme assise en face d'elle ne lui avait pas autant ressemblé, elle aurait pu croire à un rêve.

Ou pire, à une mystification.

— Il faut que vous me laissiez raconter l'histoire à ma façon, finit par déclarer Mary Ellen. C'est… c'est très dur pour moi de remuer le passé.

Sa voix se brisa, et Eve s'exhorta à la patience.

— Constance était un amour de bébé, reprit Mary Ellen un instant plus tard. Petite, elle ne pleurait jamais, souriait à tout le monde… Nous l'adorions, mes parents et moi, et sans doute l'avons-nous trop gâtée.

Elle s'interrompit de nouveau, et Eve attendit sans rien dire qu'elle se soit suffisamment ressaisie pour continuer.

— Constance a commencé à se révolter au lycée. J'étais de deux ans son aînée, et j'avais toujours été une enfant docile, une bonne élève, la gentille fille qui ne posait jamais de problème. Quand Constance s'est rebellée, mes parents n'ont donc pas su quoi faire. Elle est devenue de plus en plus difficile et, avec le recul, je pense que c'était à cause de moi : elle en avait assez d'être jugée par rapport à cette grande sœur qui faisait tout bien, alors elle a pris le contre-pied du « modèle » que je constituais, en collectionnant les mauvaises notes, en séchant les cours, en sortant le soir sans permission…

Mary Ellen marqua une pause ; raconter la suite de l'histoire devait spécialement lui coûter, car elle inspira profondément avant d'enchaîner :

— Je suis tombée amoureuse pendant mon année de terminale. C'était la première fois, et je n'avais même pas encore eu de petit ami. Paul était… tout ce dont j'avais toujours rêvé : beau, sensible, intelligent… Nous avions prévu de nous marier à la fin de nos études supérieures respectives, ou peut-être même avant… Mes parents l'adoraient. Constance, elle, l'idolâtrait carrément.

Eve sentit une sourde appréhension la gagner.

— Paul m'a offert une bague de fiançailles le jour de mes dix-huit ans. Le diamant qui l'ornait n'était pas très gros, mais peu m'importait : jamais je n'avais vu quelque chose d'aussi beau.

Il n'y avait ni bague ni alliance à la main gauche de Mary Ellen, nota Eve. Et elle portait toujours son nom de jeune fille.

— Quelques mois plus tard, mes parents ont donné une soirée pour fêter mon succès au baccalauréat. Paul y était invité, naturellement, mais je l'avais trouvé bizarre, ce jour-là. J'ai compris pourquoi il l'était quand ma sœur est venue me voir, en larmes, et m'a entraînée dans le jardin pour me dire qu'elle était enceinte de Paul.

— Vous avez dû vous sentir horriblement trahie ! s'exclama Eve d'une voix vibrante de compassion.

— J'étais anéantie, et je me suis alors juré de détruire Paul et Constance.

Impossible de dormir !

Allongé dans le noir, les yeux grands ouverts, Jud pensait à Faith. A la soirée qu'ils venaient de passer ensemble. A l'envie quasi irrésistible qu'il avait eue de l'embrasser, juste après leur retour du Trails West Ranch…

Comment aurait-il pu trouver le sommeil, avec toutes les émotions qui l'agitaient ?

Et qu'avait donc cette femme de si spécial — en dehors du fait d'être belle, talentueuse, intelligente, drôle, chaleureuse, passionnée, et d'un courage hors du commun ?

La réponse était dans la question !

Il finit par se lever pour aller regarder la caravane de Faith par la fenêtre. Ce n'était pas la première fois qu'il le faisait depuis leur retour du ranch, mais il se promit que ce serait la dernière. Faith n'arrivait peut-être pas à dormir, elle non plus, et s'il y avait de la lumière dans sa caravane…

Il n'y en avait pas, et Jud s'apprêtait à remettre le rideau en place lorsqu'il vit la jeune femme en train de marcher sous la pluie…

A moins que cette silhouette entièrement vêtue de blanc ne soit son fantôme ?

Bien qu'il portait un jean pour tout vêtement, Jud se précipita dehors. Il courut vers Faith et se rendit alors compte qu'elle était pieds nus, elle aussi, et seulement vêtue d'une longue chemise de nuit blanche, dont le dos et le bas étaient maculés de boue.

— Qu'est-ce que tu fais dehors à une heure et par un temps pareils ? s'exclama Jud quand il l'eut rejointe.

L'air hagard et secouée de frissons, elle bredouilla :

— Je… J'allais… Je ne sais pas…

— Tu as eu un accès de somnambulisme ?

— Je… Sans doute…

— Mais tu saignes !

Jud la souleva dans ses bras et reprit le chemin de sa caravane. Elle respirait normalement, ce qui le rassura, mais que serait-elle devenue, s'il ne s'était pas levé pour regarder par la fenêtre au moment où il l'avait fait ?

Une fois à l'intérieur, il alla directement dans la salle de bains. La cabine de douche était petite, et l'expérience lui avait appris que le cumulus ne contenait pas beaucoup d'eau chaude. Il posa Faith, dont les paupières étaient maintenant fermées, et lui dit :

— Tu trembles de froid… Tu as besoin d'une douche chaude, mais il faut pour cela que tu te déshabilles.

Elle acquiesça d'un signe de tête, mais sans ouvrir les yeux, si bien que Jud, après avoir tourné le robinet mitigeur, lui enleva lui-même sa chemise de nuit trempée. Il la prit ensuite par les épaules et, sans ôter son jean, entra avec elle dans la cabine.

Quand l'eau commença à refroidir, Jud sortit de la douche avec Faith, la sécha, recouvrit sa blessure d'un sparadrap et la porta sur son lit. Là, il la frictionna doucement avec une serviette, puis il rabattit la couette sur elle.

— Tu te sens mieux ? demanda-t-il.

— Oui, mais je n'arrive pas à comprendre ce que je faisais dehors au milieu de la nuit.

— Il s'agit sûrement d'une crise de somnambulisme. Tu as une petite entaille et une bosse à la tempe, mais j'ai vérifié, et ça ne me paraît pas grave au point d'avoir causé une commotion cérébrale. Je crois que tu as surtout besoin de te reposer : tu as l'air épuisée.

Faith hocha la tête et ferma les yeux. Jud resta un moment près d'elle, à la regarder dormir, avant de regagner la salle de bains pour enlever son jean mouillé et mettre la chemise de nuit de la jeune femme à sécher.

De retour dans la chambre, il enfila le bas du pyjama décoré de voltigeuses en tenue légère qu'un de ses frères lui avait offert à Noël.

C'était tout à fait approprié ! pensa-t-il en s'allongeant près de Faith.

Pour lui tenir chaud, il l'attira contre lui, et elle se blottit dans ses bras avec un petit soupir. Il l'écouta respirer, lentement, régulièrement, et il ne tarda pas à sombrer lui aussi dans un profond sommeil.

Mary Ellen s'était juré de détruire son fiancé et sa sœur ? Eve n'en croyait pas ses oreilles !

— Vous étiez bouleversée, observa-t-elle, et c'est compréhensible : les deux personnes que vous aimiez le plus au monde vous avaient trahie. Mais je suis sûre que vous n'auriez pas…

Les mots moururent sur ses lèvres, car la lueur sombre qui s'était allumée dans les yeux de son interlocutrice lui disait qu'elle se trompait. Et Mary Ellen le lui confirma en s'écriant :

— Je n'avais pas juste envie de les détruire, mais de les tuer ! Constance pleurait, me suppliait de lui pardonner… Depuis plusieurs années, elle m'enviait tout ce que je réussissais à m'offrir en travaillant pendant qu'elle se laissait vivre : mes bonnes notes, mes vêtements de marque, ma voiture… Si elle avait séduit Paul, c'était dans le même esprit : par jalousie.

La rancœur qu'exprimait sa voix fit tiquer Eve, et Mary Ellen le remarqua, car elle souligna :

— Vous avez affirmé vouloir connaître *toute* la vérité… Je comprends que vous soyez choquée, mais je vous avais prévenue ! Je continue ?

Trop secouée pour parler, Eve se contenta de hocher affirmativement la tête.

— J'ai dit à Constance que je lui pardonnerais si Paul et elle faisaient quelque chose pour moi. Ils devaient venir me rejoindre un peu plus tard dans le bois situé derrière la maison, et je leur expliquerais alors de quoi il s'agissait. Nous avons convenu d'une heure, et je suis retournée à la soirée donnée en mon honneur.

Eve se demanda comment Mary Ellen avait pu se comporter normalement avec ses parents et ses amis après avoir appris une nouvelle aussi affreuse, mais elle se tut.

— Cette nuit-là, j'ai réuni tout l'argent que je possédais, et j'ai rempli une valise de vêtements et autres affaires appartenant à ma sœur. Je savais que mon père cachait un pistolet dans le placard du séjour… Je l'ai pris, chargé, et je suis allée au rendez-vous. J'y ai trouvé Paul et Constance ; ils m'attendaient.

Une tension palpable régnait à présent dans la pièce. Mary

Ellen but quelques gorgées d'un café maintenant tiède, puis elle enchaîna sur le même ton amer :

— Paul m'a lui aussi suppliée de lui pardonner, et je leur ai dicté les conditions de ce pardon : ils devaient quitter la ville pour toujours, sans parler du bébé à personne, et ne jamais reprendre contact ni avec moi ni avec aucun de nos parents, amis et connaissances. S'ils rompaient leur partie du contrat, je les tuerais. Ils n'ont pas eu l'air de me croire, mais quand j'ai sorti le pistolet, que je l'ai armé et pointé sur la tête de Constance, ils ont compris que je ne plaisantais pas.

Mary Ellen s'interrompit et, comme le silence se prolongeait, Eve demanda :

— Dois-je en déduire que vous n'avez ensuite plus eu aucune nouvelle de votre sœur ?

— Non. Elle a appelé ma mère six mois plus tard, manquant ainsi à sa parole et ne me laissant d'autre choix que de tenir la mienne. Je me suis rendue à Whitehorse, où ma mère m'avait dit que Constance habitait. Elle pensait que j'y allais pour sauver ma sœur et la ramener à la maison, et c'est toujours ce qu'elle croit.

— Mais vous n'avez pas tué Constance, sinon nous ne serions pas nés, mon frère et moi !

— Si je ne l'ai pas tuée, c'est uniquement parce qu'un concours de circonstances m'en a empêchée.

— Non, je suis sûre que, même sans cela, vous ne lui auriez fait aucun mal.

— Et pourquoi pas ? Je lui en avais déjà fait beaucoup, en l'obligeant à s'enfuir avec Paul. Ils étaient très jeunes, tous les deux, et il leur a fallu vivre loin de leur famille et de leurs amis, sans aide financière et avec pour seule compagnie leurs remords…

— Ils n'étaient tout de même pas complètement innocents !

— Non, mais je voulais qu'ils souffrent autant que moi. J'espérais que la conscience de leur faute empoisonnerait leurs rapports, et que la grossesse de ma sœur ferait encore empirer les choses. J'ai en cela obtenu satisfaction : au téléphone, Constance avait dit à ma mère qu'elle était très malheureuse.

Eve, qui avait mis des années à pardonner à Carter une infidélité alors qu'ils étaient lycéens, ne se reconnaissait pas le droit de s'ériger en juge. D'un autre côté, elle n'avait jamais menacé personne de mort…

— Il est très tard, observa Mary Ellen en regardant sa montre, et l'histoire est loin d'être finie. Si je m'engage à vous raconter la suite demain, vous me croirez ?

Une douceur teintée de tristesse avait remplacé l'amertume dans sa voix.

— Je tiens toujours mes promesses, ajouta-t-elle.

— Entendu… A quelle heure voulez-vous que je revienne ?

— 10 heures. Cela nous permettra à toutes les deux de nous reposer.

Le sens de cette remarque n'échappa pas à Eve : le pire était à venir, et elle avait besoin d'accumuler des forces avant de l'entendre.

A des kilomètres de Whitehorse, sur le site du tournage de *Mort à Lost Creek,* une silhouette se dressait, immobile, dans l'obscurité. Cela faisait près d'une heure que Jud Corbett avait emmené la nouvelle cascadeuse dans sa caravane. Un peu de lumière brillait derrière une fenêtre, mais aucun bruit ne s'échappait de l'intérieur.

Qu'avait dit Faith Bailey à Jud ?

« Je n'aurais pas dû lui tourner le dos après l'avoir assommée ! Je pensais l'avoir mise K.O. pour un bon moment… Je ne pouvais pas savoir qu'elle allait reprendre si vite connaissance et regagner le campement… »

C'était ce qui l'inquiétait le plus : si Faith avait suffisamment recouvré ses esprits pour s'enfuir dans la bonne direction, peut-être les avait-elle aussi suffisamment repris pour dire à Jud ce qu'elle avait vu.

Mais, dans ce cas, ils auraient appelé le shérif, et il serait maintenant là, non ?

Il n'y avait qu'une chose à faire : attendre la suite des événements. Si Faith Bailey racontait ce qui lui était arrivé, d'ailleurs, qui la croirait, puisque tous les indices potentiellement compromettants avaient disparu ? Cela pourrait même s'avérer être un mal pour un bien.

Il n'y avait donc aucune raison de s'affoler. Tout se déroulait comme prévu, voire encore mieux que prévu…

Sous réserve que Faith Bailey ne joue pas trop les empêcheuses de tourner en rond. La poupée ne l'avait manifestement pas assez effrayée pour la dissuader de fourrer son nez partout.

Un avertissement plus persuasif s'imposait, et si cela ne suffisait pas, eh bien… les accidents n'étaient pas rares sur les tournages. L'épisode du chariot fou aurait dû le lui apprendre.

Et si elle continuait en plus à fréquenter assidûment Jud Corbett, elle finirait par le mettre en danger.

Ce ne serait alors pas de gaieté de cœur, mais il faudrait lui régler son compte à lui aussi.

10

Un bruit de voix, dehors, parvint peu à peu jusqu'à la conscience de Faith, mais elle refusa d'ouvrir les yeux et s'enfonça plus profondément sous la couette. Il y faisait bien chaud, alors que l'atmosphère de la pièce donnait une impression de froid. Elle ne se sentait pas encore prête à se lever.

Pendant quelques instants, elle se crut dans sa chambre du ranch Bailey, les voix qu'elle entendait étant celles de ses sœurs, occupées à mettre la table sous la véranda. Avec un peu de chance, il y aurait des crêpes pour le petit déjeuner, ou une de ces omelettes au bacon dont McKenna avait le secret…

— Mmm ! ronronna Faith.

Un mouvement, dans le lit…

Elle se redressa d'un bond, et le regretta aussitôt car un vertige la prit, mais le pire était à venir : d'une part, elle s'aperçut brusquement qu'elle était nue et, d'autre part, en se retournant, elle vit Jud Corbett allongé dans une position indiquant que, deux secondes plus tôt, il était collé contre elle.

— Qu'est-ce que…

— Pas de panique ! coupa Jud. Je vais t'expliquer.

Non seulement elle n'était pas dans sa chambre du ranch Bailey, constata alors Faith, mais la caravane où elle avait dormi n'était pas la sienne !

— Qu'est-ce que je fais dans ton lit ? s'écria-t-elle en remontant la couette sur sa poitrine.

— Tu as eu une crise de somnambulisme. C'est ce que je crois, en tout cas.

— Une crise de somnambulisme ? Ça m'étonnerait ! Je n'en ai plus eu depuis au moins vingt ans !

— Je t'ai pourtant trouvée en train d'errer dans le campement pieds nus et juste vêtue d'une chemise de nuit… Tu étais trempée jusqu'aux os, tu avais une plaie ouverte à la tempe, et tu grelottais.

Bien qu'elle ne soit pas sûre d'avoir envie de connaître la réponse, Faith demanda :

— Que s'est-il passé ensuite ?

— Je t'ai amenée ici, et je t'ai réchauffée.

— Comment ?

— Je t'ai fait prendre une douche chaude, je t'ai séchée, puis couchée et bordée.

— C'est tout ?

— Oui.

— Tu me le jures ?

— Je considère cette question comme une insulte !

Jud sauta à bas du lit. Il portait un pantalon de pyjama, mais cela ne prouvait rien.

— Où sont mes vêtements ? questionna Faith.

— Je viens de te dire que tu n'avais sur toi qu'une chemise de nuit ! Je l'ai mise à sécher dans la salle de bains… Tu peux vérifier, si tu ne me crois pas !

Sur ces mots, Jud ouvrit la porte coulissante qui séparait la chambre du séjour. Faith attendit qu'il l'ait franchie et refermée pour se lever.

Dans la salle de bains, la vue de sa chemise de nuit maculée de boue lui confirma les dires de Jud, et lui évoqua également un vague souvenir : celui d'avoir eu mal et d'être tombée. Elle alla se regarder dans le miroir fixé au-dessus du lavabo, toucha du doigt le sparadrap qui lui barrait la tempe, à la racine des cheveux, et sentit une petite bosse, dessous.

Dans son souvenir, la douleur avait précédé sa chute. Alors, si ce n'était pas en tombant qu'elle s'était blessée, d'où venait cette plaie à la tête ?

— Ça va ? demanda Jud à travers la porte.

— Oui.

Faith s'en voulait d'avoir douté de lui, d'autant plus qu'il l'avait apparemment sauvée. Une nouvelle fois.

— Excuse-moi de ne pas t'avoir tout de suite cru sur parole. Et merci de m'avoir recueillie et soignée.

— De rien, grommela-t-il.

Ce ton bourru indiquait qu'il était encore en colère, et elle pouvait difficilement le lui reprocher.

A en juger par les bruits extérieurs, tout le campement était réveillé. Faith tâta sa chemise de nuit… Le seul vêtement dont elle disposait était humide en plus d'être boueux, et même taché de sang au col. Il aurait été sec et propre, d'ailleurs, qu'elle n'aurait pas plus songé à le mettre pour regagner sa caravane…

— Tu peux aller me chercher de quoi m'habiller ? déclara-t-elle.

— D'accord.

— Merci.

Un certain nombre de gens la verraient sortir de la caravane de Jud, mais c'était inévitable, et si elle portait alors des vêtements différents de ceux de la veille, personne ne pourrait affirmer qu'elle y avait passé la nuit.

Cela n'empêcherait malheureusement pas les rumeurs…, songea-t-elle, désabusée.

En attendant le retour de Jud, elle considéra attentivement sa chemise de nuit pour tenter de stimuler sa mémoire.

De vagues réminiscences lui traversèrent en effet l'esprit, mais si confuses, si fugitives, qu'il était inutile d'espérer s'en servir pour reconstituer les événements. Elle finit donc par renoncer à se les rappeler. Ils remonteraient tout seuls à la surface avec le temps.

Quand Jud revint, il frappa à la porte de la salle de bains. Faith entrouvrit le battant, et il lui passa deux sacs en plastique par l'entrebâillement. Outre un T-shirt, un jean, des socquettes et ses boots, elle trouva à l'intérieur sa parure de lingerie la plus sexy — un soutien-gorge et une culotte en dentelle noire. Si elle avait été du genre à rougir, elle serait devenue écarlate !

Après s'être habillée et avoir mis la chemise de nuit dans l'un des sacs, elle sortit de la salle de bains, et une bonne odeur de café l'attira comme un aimant vers la cuisine.

— Mieux vaut rester à l'intérieur pour le moment, déclara Jud en lui tendant un mug fumant. Tout le monde est en train de prendre le petit déjeuner.

Et la tente de la cantine, ouverte à tous les vents, se trouvait juste en face de sa caravane…

Sa prévenance toucha Faith et lui fit d'autant plus regretter de l'avoir mal jugé.

— Je suis vraiment désolée d'avoir mis ta moralité en doute…, commença-t-elle.

— N'en parlons plus !

Ils s'assirent de part et d'autre de la table, et Jud reprit :

— Comment te sens-tu ?

— Bien.

— Nous avons une cascade à effectuer ce matin, alors tu es sûre que ta petite promenade nocturne ne t'a laissé aucune séquelle ?

— Certaine.

— Tu te rappelles, maintenant, ce qui t'a amenée à sortir en pleine nuit, sous la pluie et avec pratiquement rien sur le dos ?

— Non.

— Et tu ne te rappelles pas non plus ce qui s'est passé ensuite ?

— La dernière chose précise dont je me souvienne, c'est de m'être couchée avec un livre. De l'intervalle entre ce moment et celui où je me suis réveillée dans ton lit, il ne me revient que des fragments de souvenirs, et ce ne sont guère plus que des flashes : ils repartent aussi vite qu'ils sont venus. Mais je finirai par retrouver la mémoire, j'en suis sûre.

Laissant son mug sur la table, Faith alla jeter un coup d'œil par la fenêtre. Le soleil brillait, et le tournage en extérieur reprendrait donc ce matin : le nouvel orage annoncé par la météo semblait tout sauf imminent.

Les gens commençaient à sortir en troupe de la cantine, et Faith vit soudain Nancy Davis se frayer un passage parmi eux et se diriger vers la caravane de Jud, les feuilles de service de la journée à la main.

Faith courut se rasseoir, et Jud lui lança un regard interrogateur, mais il y eut un coup frappé à la porte avant qu'elle ait pu lui expliquer. Il alla ouvrir, et elle l'entendit dire :

— Bonjour, Nancy !

— Tu as vu Faith Bailey ? lui demanda l'assistante réalisatrice de but en blanc.

— Oui. Je l'ai interceptée sur le chemin de la cantine pour lui offrir un café, et elle est encore là.

Jud regagna la cuisine, suivi de Nancy. Faith la gratifia d'un salut et d'un sourire aimables que Nancy ne lui rendit pas : elle lui tendit sa feuille de service sans rien dire, mais avec un regard suspicieux qui se posa ensuite sur Jud, avant de repartir.

— Elle pense que nous avons passé la nuit ensemble, déclara Faith, consternée.

— C'est le cas ! souligna Jud en riant.

— Tu as très bien compris ce que je voulais dire.

— Oui, elle pense que nous avons passé la nuit à faire l'amour… Et alors ? C'est sans importance !

Faith n'était pas de cet avis : il y avait chez Nancy Davis quelque chose qui la dérangeait.

* * *

Eve se gara devant le bungalow de Mary Ellen Small à 9 h 55. Soulagée de voir que la Toyota bleue était toujours là au point d'éprouver une brusque faiblesse, elle resta un moment assise sans bouger.

Quand elle était rentrée chez elle, la veille au soir, Carter l'attendait, et elle avait dû inventer une excuse pour expliquer son retour tardif.

La nécessité d'en inventer une autre ce matin pour justifier son besoin d'être en ville à 10 heures lui avait heureusement été épargnée : lorsqu'elle s'était réveillée, Carter était déjà parti travailler. Le fait de voir Mary Ellen en cachette de son mari lui donnait mauvaise conscience, mais avant de lui en parler, elle voulait connaître toute l'histoire.

Après être descendue de voiture, elle éprouva aussi une pointe de remords en pensant à Bridger, qu'elle laissait dans l'ignorance de ses rencontres avec une femme qui était leur tante à tous les deux. Peut-être même la vérité sur leurs parents constituait-elle un secret qui ne devrait pas lui être dévoilé, pour son propre bien…

Eve espérait que ce ne serait pas le cas, mais quand Mary Ellen lui ouvrit la porte, l'expression de son visage n'avait rien pour la rassurer.

La rumeur au sujet de Jud et de Faith s'était apparemment répandue comme une traînée de poudre dans le campement. Ce n'est pourtant qu'en surprenant une conversation dans le magasin des accessoires que Brooke avait appris la nouvelle. Elle s'était demandé pourquoi les gens l'évitaient et lui jetaient des regards gênés ou compatissants depuis la fin du petit déjeuner…

Elle le savait maintenant : ils pensaient que Jud et elle sortaient ensemble, et que, non contente de lui prendre son travail, Faith Bailey lui avait volé son homme.

C'était terriblement humiliant ; aussi, quand Jud s'approcha d'elle, plus tard dans la matinée, et la salua d'un joyeux « Bonjour ! », répondit-elle par un grognement.

— Il y a un problème ? demanda-t-il.

— A toi de me le dire !

— Non, aucun.

Faith vint alors les rejoindre, maquillée et costumée. Elle avait sur la tempe un petit pansement que la maquilleuse avait tenté de cacher sous ses cheveux. De près, il se voyait encore, mais comme le visage d'une doublure n'était jamais pris en gros plan, cela passerait inaperçu à l'image.

Avant de se tourner vers la nouvelle venue, Jud adressa à Brooke un sourire chaleureux qui la rassura : Faith Bailey ne perturberait pas sa relation avec lui. Après ce film, il l'oublierait comme il avait oublié toutes les autres — même s'il avait enfreint pour celle-ci la règle qu'il avait dit s'être fixée de ne jamais mélanger vie privée et vie professionnelle sur un tournage.

Seule l'amitié pouvait unir durablement un homme et une femme, songea Brooke, et les aventures sans lendemain ne constituaient pas une menace pour celle qui la liait à Jud Corbett.

— Tu es sûre d'être en état d'exécuter cette cascade pour de vrai ? chuchota Jud à l'oreille de Faith afin de ne pas être entendu de Brooke.

— Oui, répondit-elle à voix basse elle aussi.

— Cette plaie à la tête m'inquiète…

— Pas moi. Je me sens parfaitement bien.

Jud s'écarta de Faith. Il avait remarqué que Brooke les fixait intensément, et elle n'était certainement pas la seule… Les langues avaient dû aller bon train, ce matin !

Peu lui importaient les cancans, mais Faith, elle, s'en

souciait visiblement, et il aurait voulu que rien ne vienne la distraire de son travail.

— Alors on y va ? s'enquit-il en souriant dans l'espoir de la détendre.

— On y va !

Ils avaient déjà répété plusieurs fois la cascade avant de passer entre les mains de la maquilleuse et de la costumière. Toute l'équipe attendait le moment de commencer à tourner, et Jud fit signe à Zander que Faith et lui étaient prêts. Il savait que le moindre retard donnerait une nouvelle crise d'angoisse au réalisateur.

La scène serait presque entièrement filmée de derrière. Elle débuterait par une calme promenade à travers la plaine, les deux doublures des vedettes chevauchant côte à côte. Une marque au sol signalait l'endroit où un serpent à sonnette — ajouté plus tard numériquement — était censé effrayer le cheval de Faith.

Arrivée là, elle ferait se cabrer sa monture, qui s'emballerait. Jud se lancerait à leur poursuite, se porterait à leur hauteur et passerait un bras autour de la taille de la jeune femme pour la transférer sur le dos de son cheval à lui. Il ralentirait ensuite, mettrait pied à terre et soulèverait Faith dans ses bras. Le baiser brûlant que prévoyait alors le scénario serait filmé plus tard, et avec les acteurs principaux.

Ce fut Jud, en tant que coordinateur des cascades, qui cria : « Moteur ! Action ! ». Déjà en selle, Faith et lui mirent leurs montures respectives en mouvement juste après.

Jud aurait voulu que ce soit une vraie promenade à deux, sans caméras, ni techniciens, ni réalisateur… Il essaya de se concentrer, mais ne cessait de lui revenir l'émotion qu'il avait éprouvée le matin en se réveillant. La douceur et la chaleur de Faith contre sa peau lui avaient fait souhaiter la garder pour toujours dans ses bras, et cette aspiration le surprenait autant qu'elle l'effrayait.

A l'instigation de Faith, son cheval se cabra au bon

moment. Il prit ensuite le galop, et elle se plia quasiment en deux sur sa selle pour garder son assiette. Jud éperonna sa monture, le cœur battant soudain aussi fort que si la jeune femme était vraiment en danger.

Jamais encore il n'avait ainsi confondu fiction et réalité… Ce devait être à cause de la peur qu'il avait eue la nuit précédente en découvrant Faith blessée et désorientée. Peut-être, également, à cause du sentiment étrange qu'elle lui avait donné, au Trails West Ranch, d'être aussi à l'aise dans sa famille que si elle en faisait partie.

Après l'avoir rattrapée, il la saisit par la taille et la fit passer d'une selle à l'autre. Il arrêta ensuite sa monture et sauta à terre. Infiniment soulagé d'en avoir terminé avec cette cascade et de récupérer Faith indemne, il la prit dans ses bras et la posa sur le sol.

— C'est tout bon ! cria Zander.

Le bruit du sang dans ses oreilles empêcha presque Jud de l'entendre. Sans plus réfléchir, il attira Faith contre lui, écarta les mèches que le vent de la course avait collées sur son visage…

— Continuez à tourner ! reprit Zander.

Mais le sens de ces mots échappa à Jud. Il se pencha vers Faith et l'embrassa avec toute la fougue dont parlait le scénario. Sauf qu'elle n'était pas jouée, mais vraiment ressentie.

Un crépitement d'applaudissements arracha Faith à la voluptueuse ivresse que lui procurait le baiser de Jud. Elle avait oublié où ils étaient au moment précis où Jud s'était emparé de ses lèvres.

— Coupez !

Cet ordre la fit reculer d'un pas, et elle eut alors la surprise de voir que toute l'équipe de tournage les regardait en souriant — y compris Zander, ce qui constituait en soi un petit miracle.

— Terminé ! indiqua-t-il. On remballe et on déménage à l'intérieur, pour la scène du saloon… Excellent travail, Bailey !

Puis il pivota sur ses talons et s'éloigna sans laisser à Faith le temps de lui dire ne serait-ce que merci.

Elle flageolait sur ses jambes : le baiser de Jud avait compromis son équilibre plus qu'un coup sur la tête n'aurait pu le faire. Elle était perplexe, aussi : pourquoi Jud l'avait-il embrassée ? Parce qu'il avait cru que ce baiser faisait partie de leur scène ? C'était peu probable… Par provocation, alors, pour donner du grain à moudre à ceux qui leur prêtaient déjà une liaison ?

Leurs regards se croisèrent, et Faith lut de la gêne dans celui de Jud. Elle aurait voulu lui demander ce que ce baiser avait représenté pour lui, mais la présence toute proche de Brooke l'en empêchait. La cascadeuse était en train de ranger du matériel dans un pick-up, mais elle les observait à la dérobée, et Faith la sentait jalouse de l'intérêt que Jud lui portait.

— Je vais me changer, annonça-t-elle faute de pouvoir discuter en privé avec lui.

— Comme tu n'as plus de scène à tourner aujourd'hui, tu comptes rester ici, ou rentrer chez toi ?

— Je ne sais pas encore.

— Quoi que tu décides, sois prudente ! murmura Jud.

— Laisse-le s'occuper de ton cheval, Faith ! dit Brooke. Je te trouve mauvaise mine… Monte avec moi dans le pick-up, je vais te ramener à ta caravane.

— Bonne idée ! déclara Jud.

Faith n'avait aucune envie de regagner le campement en compagnie de Brooke, et elle aurait refusé si Jud n'était pas intervenu : son soutien à cette proposition devait signifier qu'il craignait de se retrouver seul avec elle. Elle s'était visiblement trompée, la veille, en pensant qu'il n'avait pas osé l'embrasser ; non seulement il avait osé aujourd'hui, mais il le regrettait !

Ce fut donc quelque peu mortifiée qu'elle s'installa sur le siège passager du pick-up. Au lieu de démarrer, Brooke se pencha vers elle pour écarter les cheveux qui cachaient le sparadrap.

— Qu'est-ce que tu t'es fait ?

— Rien de grave, répondit Faith. Je me suis juste cognée.

Brooke resta un moment à la fixer, comme pour lui faire comprendre qu'elle ne la croyait pas, avant de desserrer le frein à main et de passer la première.

— Au fait, toutes mes félicitations ! s'exclama-t-elle. Tu te débrouilles vraiment très bien !

— Merci, dit Faith, bien qu'elle soupçonnât Brooke de parler d'autre chose que de la cascade.

— Constance et Paul habitaient en dehors de la ville, dans une maison vétuste où flottait une odeur de chou et de moisi…, déclara Mary Ellen, reprenant son récit. Je suis passée hier devant l'endroit où elle se trouvait, mais il n'y a plus rien : le bâtiment a été rasé.

Comme la veille, elle avait préparé du café, mais il était cette fois accompagné de beignets achetés à la boulangerie la plus proche. Eve s'était sentie obligée d'en accepter un, mais elle n'avait pas faim et le mangeait à toutes petites bouchées, entre deux gorgées d'un café qui, lui, était le bienvenu.

— Paul travaillait dans un garage, continua Mary Ellen, et Constance avait dit à notre mère qu'elle était très malheureuse, mais cela ne l'affectait en rien sur le plan physique : la grossesse lui allait bien ; elle était même resplendissante…

Des larmes lui montèrent aux yeux, et elle s'éclaircit la voix avant d'enchaîner :

— Constance a pleuré en me voyant, et elle m'a de nouveau suppliée de lui pardonner. Suppliée, aussi, de la ramener à la maison, parce que son accouchement s'annonçait difficile et qu'elle voulait avoir notre mère à son côté le moment venu, mais je n'ai pas eu pitié d'elle. Je la trouvais égoïste, uniquement préoccupée de sa petite personne, alors qu'elle avait brisé ma vie.

Un sourire désabusé se dessina sur les lèvres de Mary Ellen.

— Je refusais de voir que je me comportais moi aussi en égoïste en m'obstinant à la couper de sa famille et de ses amis.

— La disparition de votre sœur et de votre fiancé n'est sûrement pas passée inaperçue…

— Non, mais pour mes parents, Constance avait fugué. S'agissant de Paul, je lui inventais des excuses pour ne plus venir me rendre visite. Je portais encore sa bague, et je parlais toujours de notre futur mariage. Quand Constance a téléphoné, ma mère et moi avions même commencé à planifier la cérémonie.

— Vous ne pensiez tout de même pas…

— Que Paul me reviendrait ? Si ! Je me disais qu'il finirait par réaliser son erreur, et j'avais décidé, plutôt que de le tuer, de le faire alors souffrir pendant le restant de ses jours.

— Et les bébés ?

Eve était bien placée pour savoir ce qu'ils étaient devenus après leur naissance, mais comment les choses en étaient-elles arrivées là ?

— Le sort de leur enfant m'était indifférent. J'ignorais à ce moment-là que Constance était enceinte de jumeaux, et sans doute cela valait-il mieux, car je l'aurais sinon encore plus détestée.

Bien que ces mots lui aient glacé le sang, Eve se tut et attendit la fin de l'histoire.

Elle croyait la connaître…

Elle se trompait complètement.

La première chose que Faith remarqua en entrant dans sa caravane fut la chaise renversée qui gisait au milieu du séjour. Elle se rappelait l'avoir coincée sous la poignée de la porte avant de se coucher, mais pas l'avoir bougée.

Pour l'avoir fait aussi brusquement et sans la ramasser ensuite — négligence qu'elle se dépêcha de réparer —, elle avait dû sortir précipitamment de la caravane… Dans son sommeil ? Et le bruit de la chute de cette chaise ne l'aurait pas réveillée ? Cela paraissait peu probable…

— Je vais préparer du thé, annonça Brooke en franchissant le seuil à sa suite.

Faith pensait qu'elle s'en irait après l'avoir déposée, et cette façon de s'imposer la contraria. Elle voulait essayer de se remémorer les événements de la nuit précédente, et la présence de Brooke la distrairait.

— Merci, dit-elle, mais ce n'est pas nécessaire.

— Si, et je vais te faire goûter mon mélange maison. J'en ai toujours sur moi.

Brooke sortit un petit sac en papier de sa poche et se rendit dans la kitchenette. Faith la suivit, et c'est alors qu'elle nota une autre bizarrerie : la poupée de chiffon qu'elle avait jetée la veille à la poubelle n'y était plus.

Son cœur se mit à tambouriner dans sa poitrine. Car même dans une crise de somnambulisme, elle n'aurait pas sorti cette poupée de la poubelle. Quelqu'un s'était donc de nouveau introduit dans sa caravane.

— Ne te donne pas toute cette peine ! déclara-t-elle à Brooke, qui fouillait dans les placards à la recherche, sans doute, d'une théière. Je n'ai besoin que de me changer et de me reposer.

— Tu n'as pas bien dormi, la nuit dernière ?

— Non, et je ne voudrais pas te vexer, mais je ne bois jamais de thé.

Brooke ouvrit la bouche comme pour argumenter, mais elle la referma finalement sans rien dire. Elle rempocha le sac en papier et indiqua avec un sourire contraint :

— C'était juste pour te rendre service.

Bien que cette déclaration la laissât sceptique, Faith remercia la cascadeuse de son obligeance avant de la raccompagner jusqu'à la porte. Elle tourna ensuite la clé dans la serrure et se dirigea vers la chambre, mais, arrivée en vue du lit, elle s'arrêta net : la poupée de chiffon était adossée à l'oreiller, et ses yeux vides semblaient la fixer.

Une poupée était un simple objet, parfaitement inerte et inoffensif… Faith le savait, mais elle eut beau se raisonner, son cœur mit plusieurs minutes à retrouver un rythme normal.

Quelqu'un cherchait vraiment à lui faire peur… Qui était-ce ? Nancy Davis, qui serait revenue dans sa caravane après son départ ?

Que s'était-il passé, se demanda Faith, pour qu'elle sorte ainsi au milieu de la nuit et sans prendre le temps ni de s'habiller ni de se chausser ? Où était-elle allée, et pourquoi avait-elle une plaie à la tempe ?

Après avoir délicatement enlevé le sparadrap, elle se rendit dans la salle de bains et se regarda dans la glace. Une petite entaille et une bosse lui apparurent. Elle leva la main et, au moment où son doigt se posait sur l'endroit sensible, elle eut un flash.

Ce fut très rapide, mais avant que le souvenir s'évanouisse, elle eut le temps de se revoir en train de contourner furtivement l'une des remorques de matériel.

C'était pour prendre quelqu'un en filature qu'elle avait quitté sa caravane avec une telle précipitation, elle le savait maintenant.

11

Faith se doucha et se changea rapidement. Les questions se pressaient dans sa tête. Qui avait-elle suivi la nuit précédente, et pourquoi ? Etait-ce cette personne qui l'avait blessée à la tempe et rendue partiellement amnésique ?

Il n'y avait qu'un moyen d'en avoir le cœur net… Vêtue de ses habituels jean, chemise à carreaux et boots, elle sortit de sa caravane et se dirigea vers la remorque dont l'image lui était revenue.

Le campement semblait désert. Le tournage de la scène du saloon devait avoir mobilisé l'ensemble du personnel, et Faith s'en félicita : cela lui permettait de mieux se concentrer. Le souvenir qui était remonté à la surface était encore flou, mais elle avait la certitude, en marchant, d'être en train de suivre le même chemin que la nuit précédente.

Restait à savoir ce qui avait pu l'amener à sortir en pleine nuit, pieds nus et en tenue plus que légère… Qu'avait-elle vu ? Et si c'était quelque chose d'assez inquiétant pour justifier une enquête immédiate, pourquoi n'était-elle pas allée demander de l'aide à Jud ?

Arrivée devant la remorque de matériel, Faith la contourna et inspecta le sol, car elle se rappelait vaguement avoir découvert et suivi des traces.

Des traces de quoi ? Mystère, et s'il s'agissait d'empreintes de pas, elles n'étaient plus là : le soleil et le vent les avaient maintenant effacées.

Faith leva les yeux et scruta les alentours. De loin, cette

partie du Montana ressemblait à une vaste plaine, mais c'était trompeur. Elle était en fait tout sauf plate, il suffisait de marcher un peu pour s'en rendre compte. Le terrain montait et descendait beaucoup, si bien qu'il n'était pas rare de voir un animal sauvage se profiler à l'horizon, puis se volatiliser, et ce n'était ni de la magie ni un mirage : il avait simplement disparu derrière le sommet d'une colline.

Grâce aux bribes de souvenirs qui continuaient de resurgir, Faith se mit à avancer droit devant elle — comme la nuit précédente ; elle en était plus sûre au fil des secondes, car ce trajet lui évoquait avec une précision grandissante le sentiment de froid et de peur qu'elle avait alors éprouvé.

Sa marche l'amena au pied d'une butte, et là, tout lui revint : comme si elle remontait le temps, elle revit le pick-up garé derrière cette butte, avec le plafonnier allumé, la portière du conducteur ouverte et le hayon baissé, puis elle se rappela les traces dans la boue, et enfin la silhouette aperçue près de la remorque de matériel, avec à ses pieds ce qu'elle avait pris pour un gros paquet avant de comprendre qu'il s'agissait d'un cadavre.

Ce mot lui donna la chair de poule, et elle prit soudain conscience que personne ne savait où elle était. Le site du tournage était trop éloigné pour que quelqu'un l'entende éventuellement crier et, une fois de l'autre côté de la butte, elle deviendrait complètement invisible depuis le campement.

Il n'était cependant pas question de repartir sans s'être assurée qu'elle n'avait pas rêvé, et donc sans avoir gravi cette butte.

Arrivée en haut, elle découvrit le lit asséché d'un ancien ruisseau. Les cailloux qui le tapissaient lui rappelèrent avoir regretté, en marchant dessus, de ne pas s'être chaussée avant de sortir…

Elle était donc bien venue là, mais il n'y avait aucun pick-up en vue, et encore moins de cadavre.

Si, depuis le matin, le soleil et le vent avaient eu le temps d'effacer des marques peu profondes dans la terre mouillée, il n'en allait pas de même de traces de pneus, aussi Faith décida-t-elle de descendre dans la ravine.

Et là, elle retrouva en effet l'endroit où le pick-up était garé la veille. Elle se revit s'en approcher, se pencher pour regarder dedans, mais ensuite, plus rien.

Avait-elle ou non vu un cadavre sur le plateau de ce pick-up avant que quelqu'un l'assomme ? Impossible de s'en souvenir !

Une main se posa soudain sur son épaule, et elle se retourna d'un bloc, prête, cette fois, à se défendre.

— Hé ! du calme ! fit Jud — car c'était lui — en reculant d'un pas. Je ne pensais pas te faire peur : je t'ai appelée. Tu ne m'as pas entendu ?

— Non. J'étais trop occupé à essayer de reconstituer les événements de la nuit dernière.

— Tu y es arrivée ?

— En grande partie.

— Il ne s'agissait donc pas d'une crise de somnambulisme ?

— Non, j'étais bien réveillée. Vers minuit et demi, je crois, je me suis levée, je suis allée à la fenêtre et j'ai vu quelqu'un s'éloigner du campement en traînant un objet lourd. Je me rappelle avoir pensé que je n'avais pas le temps de me changer.

— Un objet lourd ? répéta Jud, l'air sceptique.

— Oui. Je suis sortie, et j'ai pris la direction dans laquelle cette personne était partie. Je l'ai perdue de vue pendant un moment, mais je suis ensuite tombée sur des marques laissées dans la boue, et ces marques m'ont confirmé ce dont je me doutais déjà : « l'objet » traîné par la personne que je suivais était un cadavre.

Jud haussa les sourcils et, agacée par son incrédulité, Faith pointa le doigt vers le sol.

— Regarde ! Ce sont les traces de pneus du pick-up qui était garé ici la nuit dernière. Il était adossé à ce talus pour faciliter le chargement : le corps devait être trop lourd pour que la personne le soulève et le pose directement sur le plateau.

— Comment peux-tu affirmer qu'il s'agissait d'un cadavre ? Tu l'as vu ?

— Je me rappelle m'être approchée de l'arrière du pick-up, m'être penchée pour regarder dedans, et c'est à ce oment-là que j'ai dû recevoir ce coup à la tête, car ensuite, c'est le trou noir.

— Tu n'as donc pas *vu* de cadavre.

L'agacement de Faith céda la place à une franche colère.

— Peut-être que si, mais je ne m'en souviens pas, et ça ne m'empêche pas d'être sûre de mon fait : les traces dans la boue correspondaient à celles laissées par un corps traîné par quelqu'un derrière lui, il y avait ici même un pick-up de la production avec le plafonnier allumé, la portière du conducteur ouverte et le hayon baissé… Le coup que j'ai reçu m'a peut-être rendue partiellement amnésique, mais la précision des souvenirs qui me sont revenus prouve leur authenticité, non ?

— D'accord, d'accord ! s'exclama Jud, les mains levées en signe d'apaisement. Ce que nous devons donc faire, maintenant, c'est retourner au campement et enquêter pour savoir qui a disparu.

Sa proposition aurait satisfait Faith si elle n'avait eu le sentiment qu'il voulait simplement mettre fin à la discussion. Elle ne l'avait pas du tout convaincu : il était sûr que personne n'avait disparu.

L'honnêteté l'obligeait cependant à reconnaître qu'une partie de sa colère contre lui n'était pas due à ce refus de la croire, mais au fait qu'il semblait avoir tout oublié de leur baiser du matin.

*
* *

Jud ne savait pas ce qui l'effrayait le plus, de la conviction de Faith d'avoir vu quelqu'un traîner un cadavre, ou du besoin irrépressible qu'il avait de la protéger.

Sur le chemin du retour, il tenta de se persuader qu'elle se trompait, mais il avait conscience de prendre ses désirs pour des réalités. Car si Faith avait raison, elle avait été en grand danger la nuit précédente.

Et elle l'était encore.

N'y tenant plus, il déclara lorsqu'ils furent en vue du campement :

— Je vais interroger Nancy. C'est elle la mieux placée pour savoir qui est censé être où et à quel moment.

Il sortit son portable et appela l'assistante réalisatrice. Elle décrocha à la deuxième sonnerie, et son « Allô ? » impatient convainquit Jud d'aller droit au but.

— Quand tu as distribué les feuilles de service, ce matin, quelqu'un manquait à l'appel ?

— Non, répondit-elle au grand soulagement de Jud, et je te conseille d'arriver à l'heure pour ta prochaine cascade, sinon Zander va nous faire une attaque !

Puis elle raccrocha.

Jud se rappela Faith lui demandant s'il connaissait bien Nancy, mais quelqu'un pouvait-il se vanter de la connaître ? Pas lui, en tout cas : c'était la première fois qu'il travaillait avec elle sur un tournage, et elle n'était pas particulièrement sociable. Il n'avait qu'une certitude à son sujet : elle avait le béguin pour Erik Zander.

Celui-ci ne s'en était évidemment pas aperçu. Il était au moins deux fois plus âgé qu'elle, mais là n'était pas le problème : il avait déjà eu des liaisons avec des femmes plus jeunes encore.

Non, si Nancy ne l'intéressait pas, c'était à cause de son physique. Elle n'était pourtant pas laide, et Jud pensait même qu'elle pouvait être séduisante — à condition de choisir des vêtements plus près du corps qui mettraient en valeur une silhouette fine à défaut d'être pulpeuse, et d'adopter une coiffure courte au lieu de cacher son visage derrière de longs cheveux raides.

Bref, il lui suffirait de s'habiller et de se coiffer mieux pour que Zander la remarque, et Jud trouvait étonnant qu'elle ne l'ait pas compris.

— Vous m'avez dit que Paul et Constance habitaient en dehors de la ville, rappela Eve à Mary Ellen. Que s'est-il passé quand vous êtes allée les voir ?

Le vent s'était levé, annonciateur d'un nouvel orage, et à cause des nuages qui masquaient maintenant le soleil, la chambre de motel était si sombre qu'Eve éprouvait un malaise à la limite de la claustrophobie.

A moins que son angoisse ne provienne de la peur d'entendre la fin de l'histoire de sa mère.

— J'étais à peine arrivée chez eux que Constance a commencé à avoir des contractions. Elle m'a suppliée de la conduire à l'hôpital. Paul était parti travailler avec la voiture : l'accouchement n'étant pas prévu avant plusieurs semaines, il pensait pouvoir la laisser seule.

— Vous l'y avez conduite ?

— Non.

Ce mot était sorti des lèvres de Mary Ellen dans un murmure et, pour la première fois, Eve perçut la douleur qui rongeait cette femme depuis des dizaines et des dizaines d'années.

— Non, je ne l'ai pas conduite à l'hôpital, reprit-elle d'une voix raffermie. Je l'ai laissée souffrir, regardée pleurer et crier pendant qu'elle mettait au monde non pas un, mais deux bébés.

— Vous avez dû l'aider…

— A un moment, j'ai regretté d'avoir ignoré ses prières, mais il était alors trop tard : nous ne serions pas arrivées à temps à l'hôpital. J'étais jeune, sans aucune expérience des nouveau-nés… Je vous ai enveloppés chacun dans une serviette… Vous étiez si petits, tous les deux, vous aviez l'air si fragiles, que ça m'a touchée. Je haïssais Paul et Constance, mais vous et votre frère, je voulais que vous viviez.

— Alors qu'avez-vous fait ?

— Constance m'a implorée de vous emmener tout de suite aux urgences. Elle était trop faible pour m'accompagner, et c'était votre sort à vous, de toute façon, sa priorité. Elle vous aimait tellement…

Rattrapée par l'émotion, Mary Ellen marqua une pause. Eve, qui avait elle-même la gorge nouée, attendit en silence la suite de l'histoire.

— C'était l'hiver, et pendant l'accouchement, qui a duré des heures, une tempête de neige s'était abattue sur la région. Ma voiture s'est retrouvée immobilisée par une congère au bout de quelques kilomètres. Il y avait heureusement une ferme non loin de là, alors j'ai pris les bébés dans mes bras et je les y ai emmenés. A la femme qui m'a ouvert la porte, j'ai raconté que vous étiez les enfants d'une fugueuse de dix-sept ans dont je venais de croiser le chemin et qui ne voulait pas de vous. Cette femme m'a dit de ne pas m'inquiéter, qu'elle allait prendre les choses en main. Mais à cause de la neige, je suis restée bloquée chez elle pendant deux jours.

Eve retint son souffle. Le récit touchait à sa fin, et il se terminait mal, elle le sentait.

— Et ma mère ? demanda-t-elle.

— Quand le temps m'a permis de retourner la voir, je l'ai trouvée morte : elle s'était vidée de son sang.

— Quelqu'un a pourtant disparu, c'est forcé ! s'exclama Faith quand Jud lui eut rapporté la réponse de l'assistante réalisatrice.

— Non : si c'était le cas, Nancy le saurait… Ecoute, Zander a besoin de moi pour la scène du saloon, et je voudrais que tu m'accompagnes. Je serais plus tranquille si nous restions ensemble.

Mais Faith ne l'écoutait pas.

— J'ai *vu* quelqu'un traîner quelque chose de lourd ! Admettons que ce ne soit pas un cadavre… Ce devait être du matériel, alors : une caméra, des objectifs, des projecteurs…

— Un vol de ce genre ne serait pas passé inaperçu des techniciens.

— Mais si la personne que je suivais n'avait rien à se reprocher, pourquoi m'a-t-elle assommée ?

— Je l'ignore, et c'est précisément la raison pour laquelle ça m'ennuie de te laisser seule.

— Tu es gentil de t'inquiéter pour moi, mais ça va aller. J'ai juste besoin de me reposer, et rassure-toi : je m'enfermerai à double tour dans ma caravane.

— Tu me le promets ?

— Oui !

— Bon. Je suis sûr qu'on finira par savoir ce qui s'est passé la nuit dernière, et l'essentiel, c'est que tu t'en sois tirée sans trop de dommage.

Ce qui n'était pas le cas de celui ou celle dont le corps avait été transporté du campement au pick-up garé dans la ravine, songea Faith.

Elle eut cependant la sagesse de se taire. Personne n'ayant disparu, ce n'était pas un cadavre qu'elle avait vu par terre près de la remorque de matériel…

Sauf qu'elle était certaine du contraire.

Jud avait l'air de croire qu'elle allait se contenter de se placer sous sa protection et d'attendre les bras croisés que le mystère soit résolu…

C'était mal la connaître !

*
* *

En apprenant que sa mère était morte, Eve fondit en larmes. Elle s'était pourtant promis de ne pas pleurer : ne savait-elle pas à l'avance que sa mère n'était plus de ce monde ? Ne l'avait-elle pas déjà déduit du fait d'avoir été contactée par une tierce personne ?

— Et Paul ? demanda-t-elle, une fois qu'elle fut de nouveau capable de parler.

Mary Ellen se figea, et elle resta un moment silencieuse, le regard absent. Elle n'était plus là, mais dans une vieille maison des environs de Whitehorse, trente-trois ans plus tôt, au milieu de l'hiver.

— Dans ma hâte d'emmener les nouveau-nés à l'hôpital, finit-elle par répondre, j'avais laissé le pistolet de mon père derrière moi. J'ai découvert Paul étendu dans une mare de sang au pied du lit de Constance… Il l'avait trouvée morte en rentrant du travail, le pistolet était à portée de main… Il a cru que ses enfants étaient morts, eux aussi, alors… il s'est suicidé. J'ai compris à ce moment-là qu'il m'avait peut-être aimée, au début, mais qu'il était ensuite tombé follement amoureux de ma sœur.

Eve se força à respirer lentement, profondément. Sa vie et celle de Bridger auraient été complètement différentes si Mary Ellen Small n'avait jamais existé. La jalousie et la soif de vengeance de cette femme avaient causé la mort de deux personnes et privé deux enfants de leurs parents.

— Votre frère et vous étiez ce que Constance avait de plus cher au monde, reprit Mary Ellen, et je suis sûre que votre père vous aimait tout autant, sinon il ne se serait pas tué en croyant vous avoir perdus, vous aussi.

Un lourd silence s'installa dans la pièce. Eve ne savait pas quoi dire. Elle aurait dû détester cette tante qui avait poursuivi Paul et Constance de sa haine mais, d'un autre côté, Mary Ellen avait sauvé la vie à leurs bébés…

Et si elle n'était pas revenue à Whitehorse, si elle n'avait pas accepté de lui raconter cette terrible histoire, Eve aurait continué de chercher sur le visage d'inconnues des traits de ressemblance avec le sien.

— Vous comprenez maintenant pourquoi j'hésitais à vous révéler *toute* la vérité, déclara Mary Ellen, les yeux baissés comme si elle n'osait pas regarder Eve en face. J'ai porté seule le poids de la honte et du remords toutes ces années... Ma mère elle-même croit encore que Constance a simplement fugué, et mon père est mort en pensant qu'elle était toujours en vie. Je n'ai jamais eu le courage d'avouer à mes parents qu'ils avaient perdu leur fille cadette à cause de la cruauté de leur aînée. Et ce n'était pas seulement pour me protéger : je crois que le choc les aurait tués.

— Je vous remercie d'avoir été d'une totale franchise avec moi, mais lorsque votre sœur a appelé votre mère, elle a bien dû lui donner la raison de son brusque départ...

— Non, elle lui a juste dit où elle était, qu'elle avait des ennuis et voulait rentrer à la maison. Je me suis proposée pour aller la chercher, et quand je suis revenue, j'ai raconté à mes parents que Constance avait quitté Whitehorse entre-temps. Je leur ai même suggéré d'engager un détective privé pour la retrouver... Le mensonge était devenu une seconde nature pour moi.

Songeant au terrible fardeau de culpabilité qui pesait sur les épaules de cette femme depuis plus de trente ans, Eve ne put s'empêcher d'avoir pitié d'elle.

— Vous étiez si jeune, quand c'est arrivé...

Mary Ellen balaya ces mots d'un revers de la main.

— Je n'ai aucune excuse !

— J'espère malgré tout que le fait de m'avoir confié votre secret vous aidera à trouver une certaine paix.

— Je n'en suis pas certaine, mais j'ai maintenant une faveur à vous demander. Pas pour moi — je ne m'en reconnais pas le droit —, mais pour ma mère, votre *grand-mère* : je voudrais que vous m'autorisiez à lui parler de vous et de votre frère jumeau. C'est une femme merveilleuse, qui a beaucoup souffert dans sa vie et mérite de savoir qu'elle a deux petits-enfants.

— Et un arrière-petit-fils : l'épouse de Bridger vient d'accoucher d'un garçon. Ils l'ont prénommé Jack.

Les yeux de Mary Ellen se remplirent de larmes.

— Ma mère serait si heureuse de l'apprendre !

Une grand-mère pour elle et son jumeau. Une arrière-grand-mère pour le bébé de Bridger… N'était-ce pas une partie au moins de la famille biologique dont Eve avait toujours rêvé ?

— Il faut d'abord que je consulte mon frère, déclara-t-elle néanmoins.

— Oui, je comprends, mais n'oubliez pas de lui préciser que ma mère ne me ressemble en rien. Dans les mêmes circonstances, jamais elle ne se serait comportée comme moi.

Sous l'effet d'une impulsion subite, Eve prit les mains de Mary Ellen dans les siennes. Cette femme n'était visiblement jamais arrivée à se pardonner les actes odieux qu'elle avait commis… Il était temps que quelqu'un l'en absolve, et qui était mieux placée qu'elle pour le faire ?

— Je dirai à mon frère que notre mère est morte en nous mettant au monde, et que notre père l'aimait au point qu'il s'est suicidé. Bridger n'a pas besoin d'en savoir plus. Nous devons tous tirer un trait sur le passé, maintenant.

Avant de partir, Eve serra longuement sa tante dans ses bras. Puis elle remonta dans son pick-up et prit la direction des bureaux du shérif. Quand elle avait besoin de réconfort, c'était toujours vers son mari qu'elle se tournait.

Ensuite, elle irait voir son frère.

Jud avait du mal à se concentrer : il s'inquiétait pour Faith. Heureusement, c'était cette fois pour une scène de rixe qu'il devait doubler Nevada Wells, et il en avait déjà tourné tellement qu'il aurait presque pu le faire les yeux fermés.

A cause d'un problème d'éclairage, plusieurs prises furent cependant nécessaires, si bien que la séance dura plus longtemps que prévu.

— Où est Chantal ? demanda Zander une fois satisfait.

D'après la feuille de service, les deux acteurs principaux avaient encore trois scènes d'intérieur à jouer avant la fin de la journée.

— Je vais essayer de la joindre, déclara Nancy en sortant son portable de sa poche.

Tout le monde attendit, mais au bout d'une longue minute de silence, elle laissa un message, raccrocha et fixa Nevada d'un air interrogateur.

— Ne me regarde pas comme ça ! s'exclama-t-il. Je n'ai pas vu Chantal depuis… Ah ! ça y est, je me rappelle ! Juste avant qu'on vienne tous ici, elle m'a dit qu'elle avait oublié quelque chose dans sa caravane.

— Ça n'explique pas pourquoi elle n'est pas encore là ! hurla Zander.

— Je vais aller la chercher, annonça Jud.

Il en profiterait pour prendre des nouvelles de Faith, songea-t-il. Il regrettait de ne pas avoir assez insisté pour l'emmener. Elle était censée se reposer, et avait promis de s'enfermer à double tour, mais il ne lui faisait que moyennement confiance pour observer ne serait-ce que les règles de prudence les plus élémentaires.

En arrivant au campement, il vit que le pick-up de Faith n'était plus sur le parking. Avait-elle finalement décidé de rentrer chez elle et d'y rester jusqu'au lendemain ?

C'était l'explication la plus rassurante, et Jud pria pour que ce soit la bonne. Il alla ensuite frapper à la porte de Chantal. De la musique s'échappait de la caravane, et quand l'actrice vint lui ouvrir, il ne fut pas surpris de sentir une odeur de whisky se dégager de son haleine.

— Je me demandais combien de temps s'écoulerait avant

que quelqu'un s'aperçoive de mon absence ! observa-t-elle d'un air pincé.

— Nevada vient seulement de se rappeler que tu étais retournée chercher quelque chose dans ta caravane, mais…

— Le traître ! J'aurais dû m'en douter… Je lui avais dit de prévenir Nancy… C'est la deuxième fois en moins de vingt-quatre heures qu'on me traite comme quantité négligeable ! Qu'est-ce que j'ai fait au ciel pour mériter ça ?

Du registre de la colère, la voix de Chantal était rapidement passée à celle de la jérémiade. Elle attendait visiblement que Jud la console, mais il n'en avait ni l'envie ni le temps : s'il ne la conduisait pas rapidement sur le lieu du tournage, Zander allait devenir fou.

— Je suis sûr que tu exagères, déclara-t-il doucement mais fermement.

— Non, et je comprends que Nevada oublie mon existence : sa bêtise n'a d'égale que sa beauté et, à la limite, je peux lui pardonner. Mais Keyes Hasting ? Il est vieux et laid comme un pou ! En plus, le rendez-vous d'hier soir, c'est lui qui me l'avait fixé !

Cette dernière phrase attira l'attention de Jud, qui n'avait jusque-là écouté Chantal que d'une oreille.

— Tu avais rendez-vous hier soir avec Hasting, et il n'est pas venu ?

— Oui ! Tu es sourd, ou quoi ?

— Tu l'as vu depuis ?

— Non.

Jud se rappelait la question qu'il avait posée à Nancy le matin : il lui avait parlé des feuilles de service et demandé si quelqu'un manquait à l'appel. Elle avait répondu par la négative, mais Hasting ne faisait pas partie des personnes concernées par le tournage…

Un coup d'œil au parking permit à Jud de constater que le 4x4 de location de Hasting n'y était plus. Le vieil homme pouvait avoir quitté les lieux en oubliant d'annuler son rendez-vous avec Chantal, mais c'était peut-être pour une tout autre raison qu'il ne l'avait pas honoré.

Quoi qu'il en soit, Jud n'envisageait maintenant plus de regagner le saloon sans aller inspecter avant la caravane de Faith. Elle serait probablement fermée à clé, et de toute façon vide, puisque la voiture de la jeune femme était partie, mais il devait au moins tenter sa chance. Faith était tellement convaincue d'avoir vu quelqu'un s'éloigner du campement en traînant un cadavre… Pourquoi avait-il douté de sa parole ?

Laissant Chantal en plan, il courut jusqu'à la caravane de Faith, frappa, puis tourna la poignée. La porte n'était pas verrouillée, ce qui le surprit beaucoup — et l'inquiéta plus encore.

— Faith ?

Pas de réponse.

Il franchit le seuil.

— Faith, tu es là ?

Aucun désordre dans le séjour ni dans la kitchenette. Aucune trace de lutte. Jud se sentit bête. Le fait de se tourmenter autant pour une femme qui ne lui était rien ne lui ressemblait pas.

Par acquit de conscience, il se rendit dans la chambre, et la vue d'une poupée de chiffon adossée à l'oreiller le fit sursauter. Il s'en approcha et remarqua qu'elle avait une tache juste sous l'œil droit. Il se pencha pour la regarder de plus près. Etait-ce du sang séché ?

Difficile à dire, mais une chose était sûre : quelqu'un s'était introduit dans la caravane de Faith en son absence pour y déposer cette poupée. Dans quel but ? S'agissait-il d'une farce de mauvais goût ou d'un avertissement ? Jud avait l'impression que Brooke était jalouse de Faith, et il se rappela que Chantal l'avait accusée d'avoir posé sur son lit une poupée semblable à celle-ci… Brooke avait nié, mais rien ne prouvait qu'elle ait alors dit la vérité, et comme ses relations avec l'actrice n'étaient pas bonnes, peut-être s'amusait-elle à effrayer les personnes de son entourage qu'elle n'aimait pas.

— Je croyais que tu étais venu me chercher ? cria Chantal depuis l'extérieur de la caravane. Zander doit être en train de s'arracher les cheveux, alors on y va ?

— Oui, j'arrive !

Jud prit la poupée et la mit dans sa poche : il ne voulait pas que Faith la voie.

L'état des nerfs de Zander était maintenant le cadet de ses soucis, mais il s'était engagé à lui ramener son actrice principale… Et, à en juger par un ciel de plus en plus sombre, l'orage annoncé par la météo approchait. Il fallait se dépêcher de partir, sinon ce serait une Chantal trempée qui arriverait sur le tournage, et que la maquilleuse et la coiffeuse mettraient alors au moins une heure à rendre de nouveau présentable.

Même si c'était alors Nancy Davis qui essuierait, comme toujours, le plus gros de la tourmente, Jud préférait ne pas penser à la crise que piquerait Zander dans cette hypothèse.

Après avoir fait une courte sieste sur le canapé du séjour, Faith avait quitté sa caravane en laissant la poupée sur le lit : à quoi bon la jeter, si c'était pour la retrouver ensuite au même endroit ?

Pour occuper le reste de la journée, elle avait d'abord passé un grand moment avec Nina Mae, sa grand-mère maternelle. Ses sœurs et elle lui rendaient régulièrement visite à la maison de retraite où la vieille dame vivait désormais. Atteinte de la maladie d'Alzheimer, elle ne les reconnaissait plus, mais elle était toujours contente de les voir.

Faith s'était ensuite rendue au ranch familial. Comme Eve n'y était pas, elle avait repris le chemin de Whitehorse, et l'orage l'avait surprise sur la route. Elle en voulait toujours à Jud de refuser de la croire à propos des événements de la nuit précédente, et le mauvais temps assombrissait encore son humeur.

Son portable sonna au moment où elle se garait dans la grand-rue, devant le café où elle avait décidé d'aller prendre une boisson chaude pour se requinquer, et elle pensa tout de suite que c'était Jud : il l'appelait pour lui dire qu'il avait réfléchi et la croyait, maintenant.

Mais ce fut la voix du shérif Carter Jackson, son beau-frère, qui retentit dans l'écouteur.

— J'ai les informations que tu m'as demandées.

— Quelles informations ?

— Tu as oublié ?

— Oui… enfin, non… C'était au sujet d'Erik Zander, c'est ça ?

— Oui, et plus précisément de l'accident de voiture qu'il a eu il y a vingt ans.

— Je t'écoute !

— Son alcoolémie dépassait la limite autorisée, et comme sa passagère est morte, il a été placé en garde à vue pour homicide involontaire et non-assistance à personne en danger — il avait quitté les lieux de l'accident et ne l'avait signalé que deux heures plus tard, sans doute pour laisser à son alcoolémie le temps de baisser un peu.

— Mais il n'a pas été inculpé, n'est-ce pas ?

— Non, les poursuites ont finalement été abandonnées, et il s'en est tiré avec un simple retrait de permis d'un an. Il a juré que sa passagère était déjà morte quand il est parti — pour aller chercher de l'aide, d'après lui —, et les enquêteurs l'ont cru.

Ces précisions choquèrent profondément Faith. Et si la passagère n'était pas morte sur le coup ? Si des secours rapides avaient permis de lui sauver la vie ? Zander était jeune, à l'époque, il avait pu paniquer, mais Faith se rappelait la rumeur disant que cette jeune femme était enceinte de lui… Comme la starlette retrouvée noyée dans le Jacuzzi de sa villa…

Simple coïncidence ? Peut-être pas…

— J'ai découvert autre chose qui devrait t'intéresser, poursuivit Carter. La passagère de Zander était une apprentie comédienne connue sous le pseudonyme de Star Bishop, mais dont le vrai nom était Angie Harris. Elle venait de divorcer et de s'installer en Californie, son nom de jeune fille étant Keifer — le même que Brooke avant qu'elle le change en Keith. Et, d'après les registres d'état civil, elle avait quelques années plus tôt donné naissance à une fille prénommée Samantha Brooke.

Faith poussa un cri étouffé. Brooke Keith avait pour mère la femme morte dans l'accident de voiture provoqué par Erik Zander ?

12

Un petit coup frappé à la vitre de sa portière fit sursauter Faith, et un frisson la parcourut quand, tournant la tête, elle croisa le regard de Brooke Keith.

— Désolée, mais il faut que je raccroche, déclara-t-elle à son beau-frère.

Après avoir coupé la communication, elle appuya sur le bouton de commande de la vitre électrique. Une bouffée d'air frais et humide s'engouffra aussitôt dans l'habitacle, lui arrachant un frisson non plus de peur, mais de froid.

Pendant que la vitre s'abaissait, Faith tenta de se rappeler ce qu'elle avait dit au téléphone et que Brooke aurait pu entendre.

— Je suis venue faire une course en ville, expliqua la cascadeuse, et quand je t'ai vue, j'ai eu envie de te présenter des excuses : j'ai conscience de ne pas avoir été très correcte avec toi ce matin. Mais je suis là, sous la pluie, et je voudrais te parler… Je peux monter ?

Sans attendre la réponse, elle contourna le pick-up, ouvrit la portière et s'installa sur le siège du passager. Faith s'efforça de cacher son inquiétude. Que voulait Brooke ? Elle ne semblait déjà pas beaucoup l'aimer, alors si, en plus, elle avait compris qu'une enquête menée sur elle avait révélé sa véritable identité…

Peut-être cela n'avait-il en fait aucune importance, se dit Faith pour se rassurer. Hollywood était un univers où, un peu comme dans le Montana, tout le monde était plus ou moins apparenté à tout le monde. La relation entre Brooke et l'actrice morte vingt ans plus tôt dans la voiture de Zander n'avait peut-être rien d'un secret. Peut-être Zander lui-même était-il au courant de cette relation.

Mais peut-être pas…

Quoi qu'il en soit, cela avait-il un rapport avec les « accidents » qui s'étaient produits sur le tournage de *Mort à Lost Creek ?*

— Si tu avais vu ta tête quand j'ai frappé à ta vitre ! observa Brooke, amusée. Tu n'aurais pas eu l'air plus affolé en présence d'un fantôme !

— Tu m'as surprise, c'est tout.

Ce n'était pas tout, Brooke le sentait. Si elle ne lui avait pas forcé la main, Faith ne l'aurait pas laissée monter dans son pick-up — comme elle ne l'aurait pas invitée à entrer dans sa caravane ce matin. Et maintenant, elle semblait carrément effrayée.

Son expression lorsqu'elle avait raccroché après l'avoir reconnue faisait regretter à Brooke de ne pas avoir entendu la conversation : le bruit de la pluie sur le toit l'en avait empêchée.

A qui Faith téléphonait-elle ? A Jud ?

— J'ai l'impression de te rendre nerveuse, déclara Brooke. Est-ce parce que je veux te parler ?

— Tu t'es déjà excusée pour ce matin… Qu'as-tu d'autre à me dire ?

— Il s'agit de Jud.

— Jud ? répéta Faith.

Elle avait l'air profondément soulagée. C'était donc à un sujet différent, et beaucoup plus anxiogène, qu'elle s'attendait, mais lequel ?

— Oui, répondit Brooke. J'ai décidé de te mettre en garde, par solidarité féminine. Jud est très séduisant, un vrai bourreau des cœurs… J'ai vu des femmes aussi intelligentes que belles tomber amoureuses de lui, et il n'est pas du genre à bouder son plaisir, mais ses liaisons ne durent jamais longtemps. Elles se limitent même le plus souvent à de simples aventures. Il ne faut pas lui en vouloir : il est comme ça.

— Et tu es bien placée pour le savoir, n'est-ce pas ?

— Non ! Pourquoi…

Brooke laissa sa phrase en suspens. Faith croyait, comme tout le monde, que Jud et elle avaient été amants. C'était ce qu'un magazine de cinéma avait — faussement — annoncé, et ils n'avaient ni l'un ni l'autre jugé utile d'opposer un démenti à cette nouvelle.

— Jud et moi sommes amis, enchaîna-t-elle, et aucune des femmes qui ont tenté de briser le lien qui nous unit n'y est parvenue.

Faith hocha la tête. Elle prenait les choses avec beaucoup de calme, songea Brooke. Sans doute parce qu'elle se croyait différente des maîtresses précédentes de Jud…

Si c'était le cas, si elle pensait pouvoir le retenir, elle se trompait lourdement !

Son aveuglement la conduirait à une cruelle déception, et pourtant, elle l'aurait prévenue ! songea Brooke. Faith lui semblait être quelqu'un de bien. Dommage que les circonstances l'aient plongée au cœur d'une situation qu'elle ne pouvait pas comprendre, et encore moins maîtriser !

— Jud a de la chance d'avoir une amie comme toi, observa-t-elle sans que Brooke réussisse à déterminer si elle était sincère ou ironique.

— Je suis contente que tu voies les choses de cette manière.

— Parce qu'il y a une autre manière de les voir ?

— Non, c'était une façon de parler… Quoi qu'il arrive, en tout cas, sache que je ne suis ni ton ennemie ni ta rivale.

— D'accord, et je vais profiter du climat de confiance qui règne désormais entre nous pour te poser une question.

Brooke éprouva une brusque appréhension, mais que pouvait-elle faire, sinon attendre la suite ?

L'air grave, Faith se pencha vers elle et demanda :

— Il y a des chances, à ton avis, pour que les accidents qui ont eu lieu sur le tournage aient été provoqués par une personne malintentionnée ?

Mary Ellen entreprit de faire ses bagages et, comme elle avait emporté très peu d'affaires, cela n'aurait pas dû lui prendre beaucoup de temps, mais elle était si fatiguée, physiquement et mentalement, que le moindre geste lui demandait un effort.

Avait-elle eu raison de dire la vérité à Eve ? songea-t-elle tandis que, dehors, un nouvel orage grondait. La jeune femme avait déclaré espérer que cela lui permettrait de trouver une certaine paix… Mary Ellen avait répondu qu'elle n'en était pas sûre… Elle était maintenant certaine du contraire, car ce récit lui avait remis en mémoire chaque instant, chaque image, chaque détail de ses actes passés et de leurs terribles conséquences.

Elle s'en était punie en menant une vie simple et solitaire, quasi monacale, mais cela ne suffisait pas, et elle finit par se dire que oui, elle avait eu raison de raconter toute l'histoire à Eve.

Parce qu'elle ne l'avait pas fait pour soulager sa conscience, ni dans l'espoir d'être pardonnée, mais pour réparer ce qui pouvait l'être. Maintenant, Eve et Bridger cesseraient de rechercher leur mère, d'attendre en vain, comme ses parents, de savoir ce qui lui était arrivé.

Et quoi que ses neveux décident de faire, elle allait informer sa mère de la mort de Constance. Elle l'avait cachée à ses parents pour les protéger : la vérité, avait-elle pensé, leur aurait été insupportable. Elle avait toujours été celle de leurs deux filles qui leur avait donné satisfaction sur tous les plans et, après la disparition de Constance, elle était devenue leur seule consolation.

« Que ferions-nous sans toi ? lui disaient-ils sans cesse. On a perdu Constance, mais si on te perdait, toi… »

Alors qu'elle se dirigeait vers la porte, sa valise à la main, son portable sonna. C'était Eve.

— J'ai parlé à mon frère, et nous sommes tous les deux d'accord pour faire la connaissance de notre grand-mère.

Bouleversée, Mary Ellen se mit à pleurer. Non pas doucement, silencieusement, mais à gros sanglots.

— Ma mère va être si heureuse ! déclara-t-elle une fois son émotion maîtrisée. J'avais d'ailleurs déjà décidé de lui raconter toute l'histoire à mon retour.

— Je ne crois pas nécessaire de lui en dire plus qu'à mon frère. Pour lui, notre mère est morte en couches, et notre père s'est suicidé.

— Et la vérité ?

— Ce que je viens de dire est vrai, non ?

— Oui, mais ma mère…

— … n'a pas plus besoin que mon frère d'en savoir plus. J'espère seulement qu'elle est en assez bonne santé pour que vous veniez passer toutes les deux un peu de temps avec nous dans le Montana.

— M… merci, bredouilla Mary Ellen.

De nouveau submergée par l'émotion, elle ne put rien ajouter et raccrocha. Elle attendit ensuite de s'être ressaisie pour monter dans sa voiture et, avant de mettre le cap sur Billings, elle appela sa mère.

— J'ai deux nouvelles à t'annoncer, maman. Une bonne et une mauvaise.

— Il s'agit de ta sœur ?

— Oui. Constance est morte, malheureusement, peu après le coup de téléphone qu'elle t'a donné, il y a trente-trois ans… Mais avant de mourir, elle a donné naissance à des jumeaux — un garçon et une fille. Elle, c'est Eve Jackson-

Bailey, la jeune femme qui t'a appelée de Whitehorse, et elle ressemble à Constance comme deux gouttes d'eau. Je n'ai pas vu son frère, mais il vient d'avoir un petit garçon… Tu es arrière-grand-mère !

— Mais qu'est-ce que tu racontes ? s'exclama Brooke.

Faith perçut dans sa voix un mélange de surprise et de méfiance.

— Je pense que quelqu'un essaie de saboter ce film, répondit-elle.

— Si c'est le cas, cette personne se donne beaucoup de mal pour rien ! Désolée de te l'apprendre, mais il est très possible que ce film sorte directement en DVD.

— Alors pourquoi Zander a-t-il accepté de le tourner ? J'ai entendu dire qu'il avait investi dedans jusqu'à son dernier dollar !

— Ce ne sera ni le premier ni le dernier navet que Hollywood aura produit ! déclara Brooke avec un haussement d'épaules désabusé.

— Cette série d'accidents sur le tournage, c'est tout de même bizarre, non ?

— On voit que tu manques d'expérience dans le métier ! *Mort à Lost Creek* est un film à petit budget. Avec l'argent dont il disposait, Zander n'a pu engager que le quart des techniciens dont il aurait eu besoin, et le décor comme les accessoires ont l'air d'avoir été fabriqués par des enfants de huit ans… Dans ces conditions, il n'est pas surprenant que des accidents surviennent.

— Comme la présence d'un serpent à sonnette dans ta caravane ?

Cette question réduisit momentanément Brooke au silence.

— Ça, c'était très probablement une attaque personnelle, finit-elle par dire. On se fait des ennemis, dans le show-business… Des ennemis qui ont parfois recours à des méthodes peu élégantes.

— Celle-ci a failli te tuer !

— Ce qui ne nous tue pas nous rend plus fort ! éluda Brooke, la main sur la poignée de sa portière. Je vais te laisser, maintenant, mais n'oublie pas ce que je t'ai dit au sujet de Jud. Tu n'as plus qu'une cascade à réaliser, si je ne me trompe, alors je te conseille de plier bagage demain, dès que tu l'auras terminée. Tu t'épargneras beaucoup de souffrance en cessant le plus rapidement possible toute relation avec Jud Corbett.

Avant que Faith ait eu le temps d'ouvrir la bouche, Brooke descendit du véhicule et referma la portière. Compte tenu de ce que Faith lui aurait peut-être répliqué, cela valait sans doute mieux.

Elle la vit se diriger vers l'un des pick-up de la production. Comme ils se ressemblaient tous, cela lui rappela celui qui était garé dans la ravine la nuit précédente, mais sans qu'il soit possible de dire si c'était ou non le même.

Faith avait eu envie de parler à Brooke de sa mère, et elle ne l'avait pas fait, sans trop savoir pourquoi. Par prudence, peut-être. Ou guidée par le simple bon sens.

Car le fait que Brooke soit la fille d'Angie Harris-Kiefer ne signifiait pas qu'elle était responsable des accidents survenus sur le tournage. Et d'autant moins que le premier la visait. Elle avait tenté d'en minimiser l'importance, mais de façon assez peu convaincante.

Un 4x4 s'arrêta devant le pick-up de Faith, et elle eut la surprise de voir Jud en descendre. Comme Brooke, il frappa à sa vitre, mais à lui, elle fit signe de venir la rejoindre à l'intérieur.

— Je te croyais au campement ! déclara-t-elle lorsqu'il se fut installé sur le siège du passager.

— Je m'inquiétais pour toi. Tu avais disparu, alors je suis parti à ta recherche dès que je l'ai pu. J'ai commencé par aller au ranch Bailey, mais il n'y avait personne, et je me suis dit que tu étais peut-être quelque part à Whitehorse, dans un magasin ou chez une amie. Dans ce cas, ton pick-up serait garé à proximité, et j'ai donc décidé d'explorer une rue après l'autre.

— Bien raisonné, mais comme tu peux le constater, je ne cours aucun danger.

En montant dans le véhicule, Jud y avait apporté une odeur de cuir, de vent et de pluie. Sa présence semblait réduire les dimensions de l'habitacle, et la buée qui recouvrait les vitres donnait à Faith l'impression d'être enfermée avec lui dans une sorte de cocon.

Le souvenir de leur baiser du matin précipita les battements de son cœur, et elle s'obligea à regarder droit devant elle pour ne pas être tentée de fixer la bouche sensuelle de Jud.

— A quoi tu joues ? demanda-t-il.

— Pardon ?

— Je suis tombé sur Brooke, avant de te trouver, et elle m'a dit que tu lui avais parlé des accidents qui se sont produits sur le tournage. Elle craint maintenant que tu ne sois plus capable de bien faire ton travail, et je ne serais pas surpris si elle allait en informer Zander.

— Tu as peur qu'il me renvoie et que ça te cause du tort, dans la mesure où c'est sur *ta* recommandation que j'ai été engagée ?

— Non, ce n'est pas mon sort qui me tracasse, mais le tien. Si nous avons raison de penser que ces « accidents » n'en sont pas, tu te désignes toi-même comme une cible à abattre en jouant les détectives… Et après ta mésaventure de la nuit dernière, un renvoi est peut-être la meilleure chose qui puisse t'arriver.

De tout ce discours, Faith n'avait retenu que la phrase commençant par « nous ».

— Tu es donc d'accord avec moi ? Ces accidents n'ont rien de forfuit ?

— Là n'est pas la question ! déclara sèchement Jud.

Il enleva son Stetson et se passa une main nerveuse dans les cheveux. Il avait de beaux cheveux — et de belles mains —, nota Faith, momentanément distraite.

— C'est Brooke qui a insisté pour me parler, indiqua-t-elle ensuite.

— A propos des accidents ?

— Non, de toi.

— De moi ?

— Oui, elle voulait me mettre en garde. Par solidarité féminine, soi-disant. Elle pense comme tout le monde que nous sommes amants, et elle tenait à me dire que tes liaisons ne duraient jamais longtemps, comme si les revues de cinéma ne s'étaient pas déjà chargées de me l'apprendre ! Elle semble craindre que tu ne me brises le cœur, comme à tant d'autres avant moi.

— Primo, sachant que j'ai pour règle de ne pas mêler vie privée et vie professionnelle sur le tournage d'un film, Brooke n'aurait pas dû se laisser convaincre par une simple rumeur que nous étions amants… Secundo, les médias me prêtent beaucoup plus de liaisons que je n'en ai eues en réalité… Et, tertio, je ne fais jamais de promesses aux femmes avec qui je sors. Brooke exagère donc le nombre de cœurs que j'ai pu briser.

— Tu n'as pas à te justifier devant moi !

— Oui, tu as raison, puisqu'il ne s'est rien passé entre nous.

Le souvenir du baiser qu'ils avaient échangé le matin revint alors de nouveau à Faith. Elle se risqua à jeter un coup d'œil en direction de Jud… et le surprit en train de la fixer avec dans les yeux une lueur de désir.

Se rappelait-il brusquement, lui aussi, qu'il s'était en fait passé quelque chose entre eux ? Et cela avait-il réveillé sa libido ?

La réponse à ces questions ne se fit pas attendre : Jud

attira Faith vers lui et l'embrassa avec plus d'ardeur encore que la première fois.

Elle se sentit fondre dans ses bras, et gémit lorsqu'il força de la langue la barrière de ses lèvres. Manifestement galvanisé par cette réaction, il la serra plus fort contre lui, et, avec leurs souffles qui se mêlaient, leurs corps comme soudés, elle eut un aperçu du sentiment de plénitude qu'elle éprouverait s'ils devenaient amants.

Quand Jud rompit leur étreinte, elle haletait, et son cœur battait la chamade. Ce deuxième baiser lui avait procuré un plaisir plus intense que le premier, mais il la laissait finalement frustrée, à la fois très près et très loin du bonheur qu'il lui avait permis d'entrevoir.

Le retour des bruits du dehors, auxquels la passion l'avait un moment rendue sourde, acheva de la ramener à la réalité, et l'avertissement de Brooke lui revint. Elle aurait dû repousser Jud : même si la moitié des liaisons que les médias lui attribuaient n'avait jamais existé, restait l'autre moitié… Elle suffisait à justifier sa réputation de séducteur, et Faith ne voulait pas être le énième trophée qu'il ajouterait à son tableau de chasse.

Bizarrement, il avait l'air aussi secoué qu'elle, et ce fut d'une voix rauque qu'il déclara :

— C'était vraiment…

— … idiot ! coupa-t-elle. Je croyais que tu avais pour règle de ne pas mêler vie privée et vie professionnelle sur un tournage ?

— Oui, mais là, je me rends compte que c'est différent. Ce que je ressens pour toi, et depuis le premier jour, c'est…

Jud s'interrompit et fixa Faith comme s'il cherchait sur son visage un indice qui lui permettrait de finir sa phrase.

— Tu dis ça à toutes les femmes ! s'exclama-t-elle.

— Pas du tout. Et tu ressens la même chose que moi, j'en suis sûr… Je me trompe ?

Non, il avait raison, mais elle devait mentir, pour se

protéger. Les sentiments qu'il lui inspirait l'effrayaient au point qu'elle n'osait pas mettre un nom dessus. Cela ne lui était encore jamais arrivé, et Brooke avait peut-être bien vu juste, finalement !

— Je ne crois pas me tromper, reprit Jud, mais si tu me dis que je te suis indifférent, je descendrai tout de suite de ce pick-up, et je ne te toucherai plus jamais.

Cette idée dissuada Faith de mentir et, interprétant à juste titre comme un aveu le silence qu'elle gardait, Jud s'exclama :

— J'en étais sûr !

Elle perçut dans sa voix un soulagement qui la surprit. Il se cala contre le dossier de son siège avec un petit soupir de satisfaction, puis il tourna de nouveau la tête vers elle et déclara :

— Il paraît que le shérif est ton beau-frère… C'est vrai ?

— Oui. Pourquoi ?

— Je pense qu'on devrait lui raconter ce qui s'est passé la nuit dernière.

— Tu me crois, maintenant ? demanda Faith avec un large sourire.

— Oui.

— Et qu'est-ce qui t'a fait changer d'avis ?

— Keyes Hasting. Il avait donné hier soir à Chantal un rendez-vous auquel il n'est finalement pas allé.

— C'est l'homme âgé que j'ai vu hier se promener dans le campement ?

— Lui-même. C'est un homme d'affaires très connu à Hollywood parce qu'il est producteur à ses heures, mais dont j'ai entendu dire qu'il avait des liens avec la mafia.

— Tu crois qu'il a investi de l'argent dans *Mort à Lost Creek* ?

— C'est probable, sinon que serait-il venu faire sur le tournage ? D'après la rumeur, Zander a mis tout l'argent qu'il possédait dans la production de ce film, mais peut-être n'était-ce pas suffisant et s'est-il tourné vers Hasting… Quoi qu'il en soit, il faut tenter de savoir ce que Keyes Hasting est devenu.

Carter écouta attentivement la relation que Faith lui fit des événements de la nuit précédente. Il fronça les sourcils en apprenant qu'elle avait reçu un coup à la tempe et, une fois son récit achevé, il s'exclama :

— Pourquoi n'es-tu pas venue me raconter ça plus tôt ? Tu aurais même pu — et dû — m'en parler tout à l'heure au téléphone !

— C'est ma faute, indiqua Jud. Comme aucun des participants au tournage ne manquait à l'appel ce matin, je me suis dit que Faith avait eu une crise de somnambulisme. C'était un peu de l'aveuglement volontaire, je le reconnais : je voulais tellement que le tournage se termine sans nouveau drame !

— Je vais passer quelques coups de fil, annonça Carter.

Une dizaine de minutes plus tard, après un dernier appel, il annonça :

— Hasting n'a pas utilisé son billet de retour pour la Californie. Il n'a pas non plus rendu sa voiture de location, et sa famille n'a aucune nouvelle de lui depuis hier. Il était censé prendre l'avion à Billings aujourd'hui en fin de matinée.

Faith frissonna. Elle aurait de loin préféré se tromper, avoir confondu un sac de matériel volé avec le cadavre d'un homme.

— Je ne veux pas que tu retournes travailler tant que je n'aurai pas éclairci cette affaire, lui dit son beau-frère.

— J'ai une cascade à exécuter demain — la dernière.

— Bon, mais ne passe pas la nuit là-bas.

— Je coucherai ce soir au ranch, si ça peut te rassurer.

— Je veillerai sur elle demain, intervint Jud. Je pense qu'elle a besoin d'être protégée.

— Je suis d'accord, approuva le shérif.

— Et moi, je n'ai pas voix au chapitre ? s'exclama Faith, agacée d'entendre les deux hommes parler d'elle comme si elle n'était pas là.

— Non ! décréta Jud. Si ce que tu as vu la nuit dernière est bien quelqu'un en train de se débarrasser du cadavre de Keyes Hasting, et si cette personne s'est trouvée à un moment assez près de toi pour te frapper à la tête, elle peut craindre que tu ne la reconnaisses. Tu ne dois donc pas rester seule.

— M. Corbett a raison, renchérit Carter. Je vais dire à Eve de retourner dormir au ranch.

— Non, protesta Faith, tu devrais lui expliquer pourquoi, et je ne veux pas qu'elle s'inquiète.

— Alors c'est moi qui coucherai au ranch ce soir, annonça Jud. On a une cascade à régler ensemble, de toute façon… Je vous promets de faire preuve de la plus grande vigilance, shérif !

Cette solution éviterait au moins qu'Eve se fasse du souci pour elle, si bien que Faith renonça à discuter.

— Bon, c'est d'accord…, grommela-t-elle en se levant. Vous êtes satisfaits, tous les deux ?

— Je voudrais dire un mot en tête à tête à ton beau-frère, déclara Jud. Attends-moi dans ma voiture. On la prendra pour aller au ranch, et je te ramènerai à ton pick-up demain matin.

Il lui tendit les clés du 4x4, mais elle les ignora.

— Non, c'est avec mon pick-up qu'on ira au ranch !

Faith tenait beaucoup à son indépendance, et ce n'était pas au moment où elle risquait d'en avoir le plus besoin qu'elle allait accepter de la perdre.

Si ce qu'elle avait vu la nuit précédente mettait sa vie en danger, il lui fallait plus que jamais faire preuve d'initiative et de réactivité. Même petite, elle n'aimait pas les contes de fées où le prince Charmant sauvait la princesse. Elle voulait être une princesse capable de se tirer d'affaire sans l'aide de personne.

Jud s'était donné pour mission de la protéger, mais elle n'avait pas la naïveté de croire qu'elle pourrait toujours compter sur lui en cas de besoin. A la fin de ce film, il quitterait le Montana, et elle… Eh bien, elle resterait au ranch jusqu'à l'automne, comme prévu. Ensuite ? Rien n'était encore décidé.

Tout ce dont elle était sûre, c'était de ne plus jamais revoir Jud Corbett une fois le tournage de *Mort à Lost Creek* terminé.

Jud attendit que Faith ait refermé la porte du bureau derrière elle pour observer avec un sourire :

— Quelle tête de mule !

— C'est de famille, indiqua le shérif. Les trois sœurs Bailey sont comme ça : elles ont plus d'énergie et de courage que de bon sens.

— Vous n'avez pas à vous inquiéter pour Faith, en tout cas : je veillerai sur elle.

— Merci. Je posterai malgré tout un de mes adjoints près du ranch cette nuit, pour plus de sûreté. Je me suis abstenu d'en parler devant ma belle-sœur, parce qu'elle s'y serait violemment opposée.

— Elle a peur mais refuse d'en tenir compte, et elle ne veut dépendre de personne. C'est l'une des nombreuses choses qui me plaisent chez elle.

Cette dernière remarque valut à Jud un regard scrutateur et une remarque qui ressemblait à une mise en garde :

— J'aime beaucoup Faith.

— Moi aussi, et c'est pour lui épargner un choc que j'ai demandé à vous parler en tête à tête.

Jud sortit de sa poche la petite poupée de chiffon et la posa sur le bureau.

— J'ai trouvé ça dans la caravane de Faith, expliqua-t-il, et quiconque a lu le scénario de *Mort à Lost Creek* ou connaît la légende sait qu'une poupée de ce genre est censée constituer un mauvais présage. Chantal Lee, l'actrice principale, a découvert exactement la même sur son lit peu de temps avant d'avoir failli être victime d'un grave accident.

— Ces poupées font partie des accessoires du film ?

— Non, elles sont beaucoup plus laides et grossièrement confectionnées.

— D'où sortent-elles, alors ?

— Mystère !

Le shérif prit la poupée et la tourna dans tous les sens.

— C'est quoi, cette tache sous l'œil droit ? demanda-t-il.

— Je me suis posé la même question, répondit Jud, et il me semble qu'il s'agit d'une goutte de sang séché.

13

— Pourquoi voulais-tu voir mon beau-frère en privé ? demanda Faith sur le chemin du ranch Bailey.

— Pour le convaincre de ma capacité à te protéger.

— Je suis assez grande pour me défendre toute seule.

— Pas en toutes circonstances, tu devrais l'admettre, et ne va surtout pas croire que je te considère comme une faible femme pour autant ! Tu es au contraire la plus forte que j'aie jamais connue. Mais la plus têtue, aussi.

— Merci pour ces *deux* compliments ! dit Faith sur un ton narquois.

L'orage était passé, laissant derrière lui un ciel d'un bleu limpide, et les rayons du soleil couchant sur l'herbe mouillée faisaient ressortir la beauté sauvage du paysage.

Faith descendit un peu sa vitre et respira à pleins poumons un air comme purifié par la pluie et le vent. Les émotions les plus diverses l'agitaient — de la colère, de la peur, de l'excitation —, auxquelles venait s'ajouter un difficile dilemme : Jud lui inspirait un désir d'une force encore inconnue, mais s'ils devenaient amants, ce désir ne se transformerait-il pas en un sentiment plus profond, synonyme de souffrance le jour où ils se sépareraient ?

— Ça va ? demanda Jud au bout d'un moment.

— Non.

Et rien n'irait peut-être plus jamais bien, ajouta Faith intérieurement, car elle comparerait désormais à Jud tous les hommes qu'elle rencontrerait, et aucun ne lui arriverait évidemment à la cheville…

— Tu peux me parler, si tu veux, suggéra Jud d'une voix douce.

Parler était la dernière chose que Faith avait envie de faire avec lui et, sans plus réfléchir, elle franchit l'accotement, descendit dans la ravine en contrebas et s'arrêta au milieu des arbustes qui poussaient au fond. Là, elle coupa le contact et se tourna vers un Jud aux yeux écarquillés par la stupeur.

— Et puis zut ! marmonna-t-elle.

— Pardon ?

— Tu me prends pour une folle ? Eh bien, je te le confirme : je suis bonne à enfermer. Mais si c'est une bêtise que je vais commettre, j'en serai au moins la seule responsable !

Faith détacha sa ceinture, se pencha vers Jud et effleura ses lèvres d'un baiser. Il se figea, l'air de se demander ce qui se passait, et elle l'embrassa cette fois vraiment avant de s'écarter de lui et de déclarer :

— Fais-moi l'amour !

— Ici ? Maintenant ?

— Oui.

— C'est tentant…, susurra Jud.

Il souriait, à présent, et même si elle ne pensait pas réellement qu'il repousserait ses avances, ce sourire la rassura. Ils avaient envie l'un de l'autre, et peut-être aurait-elle des regrets demain, mais aujourd'hui, elle allait se donner à Jud Corbett comme elle ne s'était encore jamais donnée à aucun homme avant lui.

Les yeux brillant de désir, il détacha lui aussi sa ceinture, puis il attira Faith dans ses bras et l'embrassa avidement. Il lui enleva ensuite sa chemise, dégrafa son soutien-gorge et referma les lèvres sur un sein après l'autre pour en mordiller la pointe durcie.

Déjà proche de l'orgasme, elle déboutonna fiévreusement le pantalon de Jud, descendit la fermeture Eclair, et une impatience égale à la sienne devait l'habiter, car l'instant d'après, il lui avait baissé son jean, sa culotte de dentelle noire, et il la pénétrait.

La montée vers la jouissance qu'ils entamèrent alors procura à Faith des sensations d'une intensité toujours croissante, et elles culminèrent en une explosion qui la secoua de la tête aux pieds. Jud atteignit le paroxysme juste après, et ils restèrent ensuite agrippés l'un à l'autre pendant que les vagues du plaisir refluaient peu à peu.

Quand leur souffle et le battement de leur cœur eurent retrouvé un rythme normal, ils s'écartèrent l'un de l'autre et entreprirent de se rhabiller — tâche rendue difficile par l'exiguïté de l'habitacle, et dont ils ne réussirent à se tirer qu'en se tortillant beaucoup et en se cognant partout.

— Tu n'es décidément pas quelqu'un d'ordinaire ! dit Jud en riant.

Puis il entoura le visage de Faith de ses mains et l'embrassa une dernière fois. Elle lui sourit avant de se remettre au volant, et seul le bruit de leur respiration apaisée rompit le silence complice qui s'installa ensuite entre eux.

Erik Zander ne mesura précisément le mélange de peur et d'aversion que lui causait un véhicule de police qu'en voyant la voiture du shérif se garer sur le parking du campement.

Le shérif avait un physique de jeune premier, et il se dégageait une belle énergie de la poignée de main qu'il lui donna.

— Y a-t-il un endroit où je pourrais vous parler en privé ? demanda-t-il.

— Oui, ma caravane… Venez !

La requête du shérif semblait indiquer que c'était lui personnellement que cette visite concernait, songea Zander. Les craintes qu'il nourrissait depuis des jours et des jours allaient-elles s'avérer fondées ?

— Vous avez déjà pensé à devenir acteur ? dit-il en chemin au policier pour tenter de l'amadouer. Je suis sûr qu'il vous suffirait de faire un bout d'essai pour décrocher un rôle dans un film, et je peux même vous obtenir rapidement une audition…

— Merci, mais ça ne me tente pas du tout.

Cette réponse laissa Zander perplexe : quel homme sain d'esprit se déclarerait indifférent à la possibilité de faire du cinéma ?

Arrivé à sa caravane, il ouvrit la porte, s'effaça pour laisser passer le shérif, puis le suivit à l'intérieur.

— Je vous offre quelque chose à boire ?

— Non, merci. Si on s'asseyait ?

Après avoir désigné de la main le canapé à son visiteur, Zander alla chercher une chaise et s'assit en face de lui. Le shérif le regardait avec une telle attention que sa nervosité ne devait pas lui échapper, et c'était un cercle vicieux : plus Zander sentait que cette nervosité se remarquait, plus elle augmentait. Il aurait tout donné pour un verre de whisky. Non, deux…

— Je vous écoute, déclara-t-il.

— J'ai quelques questions à vous poser au sujet de M. Keyes Hasting.

— Hasting ? Il lui est arrivé quelque chose ?

Le shérif sortit de sa poche un petit magnétophone, le posa sur la table basse et le mit en marche avant de demander :

— Pourquoi pensez-vous qu'il est arrivé quelque chose à M. Hasting ?

— Je ne pense rien ! C'est juste que la police ne se dérange généralement pas sans raison, et comme vous me parlez de Hasting…

— Quand l'avez-vous vu pour la dernière fois ?

— Hier.

— Pourquoi est-il venu ici ?

— Les lieux du tournage l'intéressaient. Je les lui ai fait visiter et, autant que je sache, il est ensuite parti.

— Mais vous ne l'avez pas vu s'en aller ?

— Non, j'étais occupé à essayer de terminer mon film.

— Il semble que M. Hasting ait disparu.

— Disparu ?

— Oui. A t-il des ennemis, à votre connaissance ?

Zander éclata de rire.

— Tous les gens qui ont été en affaires avec lui, ou qui l'on même simplement rencontré, sont ses ennemis.

— Vous avez été en affaires avec lui ? demanda le shérif, l'air nullement amusé.

— Dieu m'en garde ! Je préférerais mourir plutôt que d'emprunter de l'argent à cet homme !

— Pourquoi ?

— Parce que c'est une crapule et qu'il emploie les mêmes méthodes que ses amis mafieux : une personne qui lui doit de l'argent et ne le rembourse pas en temps voulu risque de se retrouver avec les deux jambes brisées, ou au fond d'un lac avec des poids attachés aux pieds.

— Quelqu'un, ici, lui doit de l'argent ?

Cette question prit Zander au dépourvu. Il n'y avait pas pensé mais, à bien y réfléchir, était-ce seulement pour le voir, lui, que Hasting était venu ? A qui d'autre avait-il parlé ?

— Monsieur Zander ?

— Oui, excusez-moi, vous disiez ?

— Je vous ai demandé si quelqu'un, ici, devait de l'argent à M. Hasting.

— Désolé, mais je n'en ai pas la moindre idée.

A peine Faith avait-elle franchi la porte du ranch derrière Jud qu'il se retourna et la souleva dans ses bras.

— Cette fois, c'est moi qui décide ! décréta-t-il. Où est ta chambre ?

— Au premier étage, deuxième porte à droite, répondit-elle en riant.

Quand il la coucha sur son lit après avoir monté l'escalier quatre à quatre, Jud n'était même pas essoufflé. Il lui fit ensuite l'amour lentement, et avec un tel art qu'elle cria de plaisir, encore et encore, jusqu'à l'éblouissement final d'un fabuleux orgasme.

Epuisés mais comblés, ils restèrent allongés dans les bras l'un de l'autre tandis que la nuit tombait, dehors, et que le sommeil les gagnait peu à peu.

Jud se réveilla pendant la nuit et eut alors conscience d'éprouver un merveilleux sentiment de plénitude. De peur qu'un mouvement ne mette fin à cet état d'intense bien-être, il demeura parfaitement immobile. Faith avait la tête posée sur sa poitrine, et il eut bientôt la surprise de s'apercevoir qu'ils se tenaient la main.

Il y avait là quelque chose de tendre qui était totalement nouveau pour lui, et il ne se rappelait pas non plus avoir ressenti un tel bonheur après un rapport sexuel.

C'était dangereux, pour un homme qui n'avait pas envie de s'engager, et pourtant il ne bougea pas. Faith poussa un petit soupir et se cala plus confortablement contre lui. Il ferma les yeux et tenta d'analyser le sentiment qu'elle lui inspirait, mais sans y parvenir.

Tout ce qu'il savait, c'était qu'il ne s'était jamais senti aussi proche d'une femme.

L'idée de leur séparation prochaine lui était douloureuse et, pour la première fois de sa vie, il ne voyait pas la fin d'un tournage comme la possibilité excitante de partir vivre de nouvelles aventures.

*
* *

A son réveil, Faith se demanda où elle était. La vue de la chambre de son enfance et de son adolescence lui rendit la mémoire, mais à part le décor, rien ne lui était aujourd'hui familier. Car c'était la première fois qu'elle faisait l'amour dans cette maison, dans ce lit, de cette manière… La première fois qu'elle se donnait ainsi sans réserve à un homme, et qu'elle se sentait aussi heureuse.

Jud dormait toujours, et elle s'écarta de lui juste assez pour pouvoir le regarder. Il était encore plus beau endormi, et elle resta à le contempler jusqu'à ce que la sonnerie de son portable la ramène à la réalité.

Pour ne pas déranger son compagnon, elle prit l'appareil, enfila rapidement la chemise de Jud et sortit de la chambre. En passant devant la fenêtre du palier, elle vit que le jour commençait juste à se lever… et qu'une voiture de police était garée en contrebas de la maison.

Une fois assez loin de la chambre pour être sûre de ne pas réveiller Jud, elle décrocha.

— Faith ?

C'était Carter.

— Tu as fait surveiller le ranch par un de tes adjoints pendant toute la nuit ? lui lança-t-elle d'une voix vibrante de colère.

— En effet.

— Je ne veux aucun traitement de faveur !

— Ce n'en est pas un : exposé au même danger que toi, n'importe quel habitant du comté aurait bénéficié de la même mesure de protection… Tu veux savoir pourquoi je t'appelle, maintenant ?

— Oui. Excuse-moi…

— On a retrouvé Keyes Hasting.

Le cœur de Faith s'arrêta de battre. Si ce n'était pas le cadavre de Hasting qu'elle avait vu quelqu'un déplacer…

— Son corps a été découvert dans son 4x4 de location, près de la ville fantôme de Lost Creek. Il a été assassiné.

— Oh non !

Un bruit de pas, derrière elle, lui apprit que toutes ses précautions n'avaient pas empêché Jud de se réveiller.

— Après l'arrivée sur place d'une équipe de la police scientifique, poursuivit Carter, j'ai procédé à l'arrestation d'Erik Zander.

— Mais alors le film…

— Nancy Davis m'a dit qu'elle vous informerait, Jud et toi, de la suite des opérations en ce qui concerne le tournage.

Faith s'efforça de visualiser la silhouette qu'elle avait aperçue près de la remorque de matériel. Pouvait-il s'agir du réalisateur ?

— Zander a avoué ? demanda-t-elle.

Un petit silence, puis Carter répondit :

— Il a essayé de s'enfuir et, à peine appréhendé, il s'est plaint de violentes douleurs dans la poitrine. Je l'ai immédiatement conduit à l'hôpital… où il est mort deux heures plus tard.

— Mort ? Dans ce cas, comment peux-tu être sûr que…

— Keyes Hasting avait sur lui des photos très compromettantes, prises à la villa de Zander le soir où Camille Rush a été retrouvée noyée dans le Jacuzzi. Il faisait apparemment chanter Zander, son but étant de l'obliger à tourner ce western.

— Et Zander n'a rien dit avant de mourir de… de quoi ? D'un infarctus ?

— Oui, et même si cela m'a empêché de l'interroger et d'obtenir d'éventuels aveux, il semble évident que c'est lui l'assassin de Hasting. On a découvert dans sa caravane des documents qui confirment le chantage dont il était victime. Je te donne cependant ces détails en confidence : tu peux en parler à Jud, mais à personne d'autre.

Faith avait le cerveau en ébullition. Elle avait le sentiment d'être sur le point de se rappeler quelque chose d'important à propos de la nuit du meurtre, mais ce souvenir demeurait insaisissable.

Après avoir raccroché, elle se tourna vers Jud et répéta ce que son beau-frère venait de lui apprendre.

— Je ne peux pas me réjouir de la mort de deux personnes, observa ensuite Jud, mais je suis content que cette histoire soit terminée.

Puis il attira Faith dans ses bras et, à l'instant même où il joignit leurs lèvres, ce dont elle tentait de se souvenir repartit dans les ténèbres de l'oubli.

Nancy téléphona à Jud pour annoncer que le tournage allait reprendre.

— Je sais qu'Erik aurait voulu que nous achevions son film, déclara-t-elle.

Compte tenu des informations confidentielles fournies par le shérif, Jud en doutait, mais comme il ne restait plus qu'une journée de tournage, il jugea inutile de discuter.

— On filmera les dernières cascades cet après-midi, ajouta Nancy. J'ai laissé un message sur le répondeur de Faith... Préviens-la, si tu la vois.

— D'accord.

L'intéressée sortit de la salle de bains, enveloppée dans une serviette, au moment où Jud raccrochait. Il s'assit sur le lit et lui rapporta ce qu'avait dit l'assistante réalisatrice.

Ils ne s'étaient pas encore tout à fait remis du choc que leur avait causé la nouvelle du meurtre de Hasting et du décès de Zander.

— Hasting faisait chanter Zander ? observa Jud. C'est incroyable !

— Les photos prises pendant la soirée où Camille Rush est morte sont visiblement assez compromettantes pour que Zander cède au chantage de Hasting.

Tout en parlant, Faith s'habillait, et Jud, qui la regardait, songea que jamais il ne se lasserait de la contempler, de l'embrasser, de lui faire l'amour… Il n'avait même qu'une envie : retourner dans le lit avec elle et y passer le reste de la journée.

— Tu as assisté à cette fameuse réception, n'est-ce pas ? demanda-t-elle.

Il fallut quelques secondes à Jud pour retrouver le fil de ses idées.

— Oui, répondit-il, mais j'en suis parti avant le drame, et comme Keyes Hasting, lui, n'y était pas, je me demande comment il a eu ces photos.

— Ce doit être l'un des invités qui les lui a données, et j'ai appris hier quelque chose d'intéressant : Camille Rush n'est pas la première starlette liée à Zander qui a connu un destin tragique. Il y a vingt ans, une autre apprentie comédienne est morte — dans un accident de voiture, elle. Zander était au volant, il avait bu et n'a signalé l'accident que deux heures plus tard, mais l'affaire a été classée sans suite. Autre similitude avec la noyade de Camille Rush : il semblerait que la passagère de Zander ait été enceinte de lui.

— Tu as donc continué à enquêter, malgré mes conseils ? s'exclama Jud.

Faith l'ignora.

— Cette jeune femme avait une fille nommée Samantha Brooke Keifer, enchaîna-t-elle. Laquelle fille a par la suite pris le pseudonyme de Brooke Keith.

— Tu en es sûre ?

— Certaine. Alors, coïncidence ou pas ?

— Difficile à dire, mais avec tout ce qui s'est passé, tu ne regrettes pas d'avoir accepté ma proposition de remplacer Brooke ?

— Non. Tu as permis à mes rêves de devenir réalité. Je ne l'oublierai jamais.

Se rappelant soudain que le tournage se terminait le jour même, Jud eut un pincement au cœur.

— Que comptes-tu faire, après la fin du film ? demanda-t-il.

Faith savait que ce moment viendrait, et elle s'y était préparée.

— Je vais passer le reste de l'été ici, à aider mes sœurs. McKenna élève des chevaux, et Eve n'a jamais trop de main-d'œuvre pour faire tourner l'exploitation que nous ont léguée nos parents. Le travail ne manque pas !

Les projets de Faith n'allaient cependant pas plus loin dans le temps. Elle avait quitté l'université avec une maîtrise de lettres, mais sans idée précise sur le métier qu'elle aimerait exercer.

Parce que seule lui plaisait vraiment la voltige à cheval, elle s'en rendait compte maintenant.

Cette expérience de cascadeuse sur le tournage de *Mort à Lost Creek* avait accru son intérêt pour cette discipline, mais elle n'était pas sûre de vouloir démarrer une carrière dans le cinéma. Elle adorait le Montana. Contrairement à Jud, elle ne se sentait pas faite pour mener une vie nomade.

— Et toi ? demanda-t-elle.

— Ce n'est pas pour tout de suite, mais je dois tourner un film dans le Wyoming, et je pourrais essayer de t'obtenir un emploi dans l'équipe…

— Merci, mais c'est non.

Car pour Faith, rien ne serait pire que de suivre Jud de tournage en tournage, sans véritable projet professionnel, sans autre ambition que de le retrouver le soir dans sa caravane, et en sachant que viendrait inévitablement le jour où il se lasserait d'elle. Même si c'était douloureux, mieux valait lui dire adieu dès aujourd'hui.

— Il ne faut pas trop tarder à partir, déclara-t-elle après avoir jeté un coup d'œil au réveil posé sur la table de chevet. Va te doucher, pendant que je descends nous préparer quelque chose à manger.

Jud parut hésiter, comme s'il songeait à relancer la conversation, mais ce fut finalement en silence qu'il se leva et se dirigea vers la salle de bains.

Le tournage de l'après-midi se déroula sans heurts, et le talent de Faith suscita de nouveau l'admiration de Jud : alors qu'ils n'avaient pas eu le temps de bien répéter leur cascade, la première prise fut la bonne. Nancy était visiblement ravie…

Maintenant que Zander n'était plus là, elle semblait différente — plus sûre d'elle, plus décidée. Une queue-de-cheval laissait aujourd'hui son visage dégagé, et elle s'était maquillée. Jud savait que les gens ne réagissaient pas tous de la même manière à la survenue d'un drame, mais il trouvait Nancy étonnamment enjouée. Soit il s'était trompé et elle n'avait jamais eu le béguin pour le réalisateur, soit elle cachait son chagrin avec une efficacité remarquable.

A la fin de la journée, Jud et Faith se rendirent à la caravane de Nancy pour toucher leur salaire.

— Vous avez fait de l'excellent travail, tous les deux ! dit-elle en tendant une enveloppe à chacun. Et pour vous en remercier, je vous ai accordé un bonus.

Une fois dehors, Faith murmura :

— Tu ne trouves pas ça bizarre ?

— Si ! Je n'avais encore jamais été payé plus que stipulé dans mon contrat.

— Ce n'est pas de ça que je parle, mais du fait que Nancy soit d'aussi bonne humeur.

— Oui, j'ai remarqué, et c'est sans doute parce qu'elle aime commander. Zander la bridait et, maintenant qu'il n'est plus là, elle a les mains libres.

— Aussi terrible qu'en soit la cause, l'absence de Zander a détendu l'atmosphère.

Le tournage s'était en effet beaucoup mieux passé

aujourd'hui que les autres jours, songea Jud. Nevada ne lui avait pas fait la tête, par exemple, et Chantal était même arrivée à l'heure !

Faith s'arrêta devant sa caravane et enchaîna :

— Je vais rassembler mes affaires. Je n'en avais heureusement pas apporté beaucoup. Je… je pense que le mieux est de nous dire tout de suite au revoir… On se séparera ainsi sur une note positive.

Jud prit la main qu'elle lui tendit, mais au lieu de la serrer, il la garda dans la sienne.

— Laisse-moi au moins t'inviter à dîner pour fêter la fin du tournage !

— Merci, mais je ne crois pas que ce soit une bonne idée.

Un sourire, puis elle libéra sa main, entra dans sa caravane et referma la porte derrière elle.

Adossée au battant, Faith s'efforçait de contenir ses larmes. Dire adieu à Jud avait été la chose la plus difficile qu'elle ait eue à faire de toute sa vie.

Comment allait-elle pouvoir surmonter cette épreuve ? Car il lui fallait se rendre à l'évidence : elle était tombée amoureuse de Jud. Elle savait pourtant depuis le début qu'il n'était pas homme à s'attacher…

Elle s'était juré de ne pas imiter ses amies d'enfance, qui avaient échangé leurs rêves d'aventure contre un emprunt immobilier et des couches, mais elle comprenait maintenant ce qui leur était arrivé : elles étaient tombées amoureuses.

L'amour changeait tout.

Rapidement, pour s'empêcher de réfléchir, Faith rassembla ses quelques affaires. Deux techniciens l'avaient aidée, un peu plus tôt, à atteler le van à son pick-up, et son cheval attendait dedans l'heure du départ.

Son chagrin la rattrapa sur le chemin du retour au bout de trois kilomètres seulement, et elle se mit alors à pleurer si fort qu'il lui fallut s'arrêter sur le bas-côté le temps de se ressaisir.

— C'est donc fini !

Jud se retourna en entendant la voix de Brooke. Parti s'asseoir sur une butte, à quelque distance du campement, il n'avait envie de parler à personne, si bien qu'il répondit à la remarque de Brooke par un simple grognement.

— Tu es de bonne humeur, à ce que je vois ! reprit-elle, sarcastique, en s'asseyant près de lui. Ce n'est pourtant pas le premier cœur que tu brises, et Faith est jeune, elle s'en remettra.

— Si cœur brisé il y a, qui te dit que c'est le sien ?

— Parce que tu as un cœur, toi ? s'exclama Brooke avec une feinte surprise.

— Très drôle !

— Allez, Jud, ne te laisse pas abattre ! On a toujours un petit moment de flottement, à la fin d'un tournage, et puis on pense au suivant… Je te parie qu'il ne te faudra pas plus d'une semaine pour oublier Faith Bailey !

Bien que sûr du contraire, Jud jugea inutile de le dire et changea de sujet :

— Personne n'a l'air très affecté par ce qui est arrivé à Zander.

— La nouvelle de sa mort nous a causé à tous un choc, mais tu connais la devise du show-business : « Le spectacle continue ! » Et tu conviendras que Nancy remplace efficacement Zander à la réalisation. Elle lui est même peut-être supérieure, parce qu'elle ne boit jamais d'alcool pendant la journée, *elle* !

Brooke éclata de rire et donna un coup de coude amical à Jud.

— Si tu m'invitais à dîner ce soir ? Le code Corbett te le permet, maintenant que le film est terminé.

— Non, je ne serais pas de bonne compagnie, et j'ai de toute façon prévu de passer la soirée avec ma famille… Une autre fois, peut-être ? Que comptes-tu faire, maintenant ? Tu as un autre tournage en vue ?

— Non, j'ai décidé de prendre des vacances, déclara Brooke en se levant.

— Je peux te poser une question ?

— Bien sûr !

— Comment s'appelait ta mère ?

— Angie. Pourquoi ?

— Angie Keith ?

— Oui, mais elle a changé de nom de famille au gré de ses nombreux mariages et divorces. Elle est morte jeune, et pourtant, j'ai eu le temps d'avoir plusieurs beaux-pères… Mais pourquoi me demandes-tu ça ?

Brooke mentait : « Keith » était son pseudonyme. Jud la sentait cependant méfiante, aussi répondit-il sur un ton dégagé :

— Simple curiosité. J'ai une belle-mère, à présent, et ça me fait un peu drôle, même si nous entretenons d'excellentes relations. Mais je viens en plus d'apprendre qu'elle avait eu une fille avant d'épouser mon père, et là, je suis complètement perdu : quel est mon lien de parenté avec cette fille ?

— C'est ta demi-sœur par alliance, indiqua Brooke en riant. Quel âge a-t-elle ?

— Le même que moi. C'est trop bizarre !

— Je connais ça ! Un jour, tu es enfant unique, et le lendemain, il te faut cohabiter avec les gosses de ton nouveau père, qui te piquent tes jouets et te houspillent !

— Ça n'a pas dû être facile pour toi !

— Je me plains, mais ce n'était en fait pas si mal d'avoir des demi-sœurs. Un lien spécial se crée entre sœurs, même si elles ne sont pas du même sang… Je te laisse, maintenant. Bonne chance pour la suite, et peut-être à bientôt sur un nouveau tournage !

— Qui sait ? dit Jud avant de regarder Brooke s'éloigner.

Une fois sûr qu'elle ne s'apercevrait de rien, il sortit son portable de sa poche pour appeler Faith et l'informer de ce qu'il venait d'apprendre. Il était cependant assez honnête pour reconnaître qu'il avait surtout envie d'entendre sa voix. Il tomba malheureusement sur le répondeur et dut se contenter de laisser un message :

— C'est moi, Jud… Je viens de parler avec Brooke, et pour compléter ton enquête, je lui ai posé quelques questions sur sa mère. Elle a manifestement eu une enfance difficile, dans une succession de familles recomposées, avec des beaux-pères et leur progéniture antérieure. Je suis certain qu'elle n'a pas eu la chance d'avoir des sœurs comme les tiennes…

Jud n'en dit pas plus. Le récit complet de sa conversation avec Brooke l'aurait privé d'une excuse pour rappeler Faith.

Brooke s'était arrêtée derrière la hauteur la plus proche, et elle ne se remit en marche qu'après avoir vu Jud refermer son portable.

A qui avait-il téléphoné ?

A Faith, évidemment !

Elle serra les poings et accéléra l'allure pour être sûre que Jud ne la rattraperait pas. S'il la voyait en colère, il risquait de comprendre qu'elle l'avait espionné.

Arrivée au campement, Brooke alla ruminer sa déception dans sa caravane. Elle était tellement convaincue qu'il ne faudrait à Jud pas plus de quelques jours pour oublier Faith Bailey et se trouver une nouvelle petite amie…

Non qu'elle-même briguât ce rôle, et Jud ne lui avait de toute façon jamais fait d'avances, alors qu'il avait enfreint pour Faith le fameux code Corbett… C'était comme s'il était tombé amoureux d'elle ! Brooke se refusait à y croire, et pourtant elle ne l'avait encore jamais vu aussi déprimé.

Il n'avait pas l'air de se rendre compte qu'il avait en elle une amie exceptionnelle... Peut-être devrait-elle le lui dire... Non, cela gâcherait tout... Mieux valait se taire.

S'apercevant soudain que ses yeux étaient remplis de larmes, elle les essuya, prit une profonde inspiration et décida d'aller chercher sa paye.

Mais peut-être l'abattement de Jud était-il contagieux, car sur le chemin de la caravane de Nancy, elle se sentit morose. La satisfaction qu'elle s'attendait à éprouver d'en avoir terminé avec ce film n'était pas au rendez-vous.

Une grande activité régnait dans le campement : les gens commençaient à préparer leur départ. Dans moins de vingt-quatre heures, il ne resterait plus rien de leur présence.

Et c'était ainsi que les choses devaient se passer, pensa Brooke en frappant à la porte de Nancy.

Un jour ici, le lendemain ailleurs... Il fallait savoir tourner la page et aller de l'avant.

14

— Ils sont tous en train de faire leurs bagages, annonça au téléphone l'adjoint du shérif posté au campement.

Tous les éléments de preuve ayant été recueillis, Carter ne pouvait pas interdire à l'équipe du film de quitter les lieux, même si ce n'était pas l'envie qui lui en manquait. Il lui restait quelques informations à obtenir mais, ensuite, sauf coup de théâtre, l'affaire serait classée.

Il posa la main sur le microphone, se leva et s'arrêta sur le seuil de son bureau pour demander à sa secrétaire :

— Des nouvelles du légiste pour l'autopsie d'Erik Zander, ou du labo pour le test ADN ?

— Non, rien.

— Laisse-les partir, déclara-t-il à son adjoint après avoir regagné son fauteuil. Je n'ai aucune raison valable de les retenir.

L'assassin de Keyes Hasting avait été identifié, se dit-il en raccrochant. Tout accusait Erik Zander, mais peut-être était-ce précisément cela qui le tracassait : depuis cette accumulation d'éléments à charge jusqu'à une crise cardiaque survenue juste avant que le réalisateur ait pu être interrogé, les choses lui évoquaient une manipulation.

Carter se rappelait également la réaction de sa belle-sœur quand il lui avait parlé de Zander comme du meurtrier probable de Hasting : elle avait eu l'air sceptique, comme si les faits lui semblaient à elle aussi désigner un peu trop clairement Zander comme le coupable.

Avait-elle vu la nuit du crime quelque chose qui contredisait cette hypothèse, quelque chose dont son amnésie l'empêchait de se souvenir, mais qui l'influençait à son insu ?

Une équipe de la police scientifique avait inspecté les pick-up loués pour les besoins du tournage, mais sans y trouver le moindre indice. A supposer qu'il y en ait eu, la pluie les avait effacés, et ces véhicules étaient accessibles à tous, Zander y compris. Cet homme avait un mobile, la possibilité de commettre le meurtre, et il avait tenté de s'enfuir quand le shérif était venu l'arrêter…

Que demander de plus pour conclure à sa culpabilité ?

La certitude absolue ou, mieux encore, une preuve irréfutable de cette culpabilité, répondit Carter à sa propre question.

Faith découvrit à son retour de promenade que Jud l'avait appelée, et elle faillit supprimer le message sans le lire.

A peine arrivée au ranch, elle avait sellé son cheval, espérant trouver dans une longue chevauchée un dérivatif à son chagrin, mais rien ne pouvait apparemment le calmer. Jud Corbett avait abattu ses défenses, elle s'était donnée à lui corps et âme, tout en sachant leur relation éphémère… Pensait-elle vraiment, alors, pouvoir se séparer définitivement de Jud sans rien éprouver qu'un petit serrement de cœur ? Comment n'avait-elle pas compris dès ce moment qu'elle était tombée amoureuse de lui ?

Après un instant d'hésitation, Faith écouta le message. Jud avait une drôle de voix, et elle dut repasser le message pour en saisir le sens — la première fois, elle avait surtout essayé d'interpréter l'intonation de Jud.

« Je suis certain qu'elle n'a pas eu la chance d'avoir des sœurs comme les tiennes… »

Cette phrase ressuscita le sentiment agaçant qu'avait

Faith d'avoir en réserve dans sa mémoire un souvenir aussi important qu'insaisissable en rapport avec la nuit du crime.

Le soir commençait à tomber, et l'idée de passer la nuit seule au ranch l'effraya soudain. Elle composa le numéro d'Eve. Pas de réponse.

« Tu n'es qu'une idiote ! se dit-elle. Carter est persuadé que c'est Zander le meurtrier, et il connaît son métier, non ? A l'heure qu'il est, l'équipe du film a sans doute plié bagage… Il ne doit rien rester ni du campement ni du décor. »

Elle alla sous la véranda pour respirer l'air du soir et contempler les montagnes dont la silhouette se découpait sur un ciel de plus en plus sombre. Les odeurs familières que lui apporta la brise la rassurèrent, mais lorsqu'un hibou traversa la cour à grands coups d'ailes, elle sursauta violemment.

Que lui arrivait-il donc ? Cette nervosité ne lui ressemblait pas.

Et puis elle se rappela les raisons qu'elle avait de se sentir stressée : elle avait suivi un assassin occupé à se débarrasser du cadavre de sa victime, et il avait à un moment été assez près d'elle non seulement pour la voir, mais aussi pour l'assommer.

Ce souvenir lui arracha un frisson. Zander était mort, pourtant… Elle n'avait plus rien à craindre.

Son seul problème, désormais, c'était la nécessité d'oublier l'homme dont elle avait eu la bêtise de tomber amoureuse.

En rentrant dans la maison, cependant, elle fit quelque chose qu'elle n'avait encore jamais fait : elle ferma la porte à clé.

— Tu es bien silencieux, ce soir ! dit Dalton Corbett à Jud en venant s'asseoir à côté de lui.

Ils étaient dans le séjour du Trails West Ranch et, derrière les fenêtres, la silhouette lointaine des montagnes commençait de se fondre dans l'obscurité grandissante. Jud se demanda si Faith était elle aussi en train de regarder la nuit tomber…

Le coup de coude que son frère lui donna le ramena à la réalité.

— Désolé…, marmonna-t-il. Tu disais ?

— Que je te trouvais bien silencieux. J'espérais que tu viendrais avec la charmante jeune femme de l'autre soir, mais tu as l'air si abattu que, si je ne te connaissais pas aussi bien, je la soupçonnerais de t'avoir largué.

— C'est le cas.

— Je ne te crois pas.

Juanita vint alors annoncer que le dîner était servi. Jud n'avait pas faim, mais il se leva comme tout le monde pour se rendre dans la grande salle à manger.

La conversation, autour de la table, prit tout de suite un tour joyeux, et Jud savait pourquoi : parce que Maddie était là, et que ses relations avec Kate semblaient s'être améliorées.

— Enfin un mariage de programmé ! observa Lantry. A qui le tour, maintenant ? Ah oui, je me rappelle, tout d'un coup… Quand on a tiré à la courte paille, c'est Jud que le sort a désigné, non ?

Tout le monde se mit à rire — sauf l'intéressé.

— Où se situe ton prochain film ? lui demanda Kate.

— Dans le Wyoming, mais le tournage ne commence que dans quelques semaines.

— Et si tu passais ces quelques semaines ici, avec nous ? suggéra son père.

— Je n'ai pas encore décidé de ce que j'allais faire.

Ayant noté que sa belle-mère le fixait avec attention, l'air de comprendre la raison de son manque d'appétit et d'entrain, Jud se força à remplir une tortilla de chili verde et à en avaler une bouchée.

— Parle-nous du meurtre de ce Keyes Hasting ! déclara Lantry.

Jud raconta ce qu'il pouvait des événements et, à la fin de son récit, Kate s'écria :

— Faith s'est lancée à la poursuite de l'assassin ?

— Oui, et il lui a donné un coup à la tempe qui l'a rendue partiellement amnésique. Si elle n'avait pas réussi à s'enfuir, et si je ne l'avais pas vue en train d'errer dans le campement, Dieu seul sait ce qui lui serait arrivé !

— Elle doit être contente que le meurtrier ne puisse plus rien contre elle ! observa Kate.

Jud acquiesça, mais le souvenir de la conversation téléphonique de Faith avec le shérif lui revint, et il se rendit brusquement compte qu'elle avait beaucoup insisté pour savoir si Zander avait avoué le crime.

Quelque chose devait l'empêcher de croire à la culpabilité du réalisateur, se dit Jud.

Un spasme d'angoisse lui étreignit le cœur. Il repoussa son assiette et se leva brusquement.

— Excusez-moi, mais… mais je dois partir…, bredouilla-t-il. Je… je n'ai pas le temps de vous expliquer…

Puis il quitta la pièce comme une trombe et courut jusqu'à son 4x4.

Le médecin légiste téléphona juste au moment où Carter, las d'attendre, s'apprêtait à aller rejoindre Eve chez McKenna et Nate, qui les avaient invités à dîner.

— Désolé de vous appeler si tard, shérif, mais le résultat des analyses toxicologiques vient juste de me parvenir.

— Et ?

— L'organisme d'Erik Zander contient une quantité importante de métabélazène. C'est un vasoconstricteur dont l'accumulation dans le corps provoque des troubles respiratoires, des vertiges, de la confusion mentale et, s'il atteint une trop forte concentration, débouche sur la mort.

— Zander a été amené aux urgences il y a deux jours

pour ce qui a été diagnostiqué comme une crise d'angoisse, mais des analyses de sang ont alors été pratiquées, et si métabélazène il y avait, elles l'auraient détecté, non ?

— A condition que cette substance ait été recherchée, et je doute que ce soit le cas : c'est un médicament récent, dont l'indication la plus courante est le traitement complémentaire des morsures de serpent.

Le pouls de Carter s'accéléra. Il remercia le légiste, puis appela l'hôpital et demanda à parler au chef du service des urgences.

— Je sais que vous avez récemment soigné une certaine Brooke Keith pour une morsure de serpent à sonnette, lui déclara-t-il quand il l'eut au bout du fil. Lui avez-vous prescrit du métabélazène ?

— Le secret médical m'interdit de…

— D'accord, je reformule ma question : prescrivez-vous habituellement du métabélazène comme traitement complémentaire des morsures de serpent ?

— Oui, c'est un médicament très efficace.

— J'imagine qu'il faut une ordonnance pour s'en procurer ?

— Non seulement ça, mais il n'est délivré qu'en pharmacie hospitalière, parce qu'il a beaucoup d'effets secondaires, et qu'un surdosage peut entraîner la mort.

Carter franchit le sommet de la colline qui surplombait l'endroit où l'équipe de tournage s'était installée. Des véhicules de toutes sortes qui remplissaient le campement le matin même, il ne restait plus que trois caravanes et deux pick-up.

Son portable sonna. Il se gara sur le bas-côté et éteignit ses phares avant de prendre la communication. C'était l'un des techniciens du laboratoire de la police scientifique.

— L'ADN prélevé sur la poupée de chiffon et entré dans le fichier des empreintes génétiques a fait apparaître un nom, annonça-t-il. Celui d'un certain John Crane, un petit escroc actuellement incarcéré en Californie pour cambriolage.

— Mais s'il est en prison, comment son sang peut-il…

— La correspondance n'est pas parfaite, mais elle est assez approchante pour permettre d'affirmer que cet ADN est celui d'un membre de la famille de John Crane. Une demi-sœur, je dirais, compte tenu du taux de concordance.

— Une demi-sœur ? Elle ne porte donc pas forcément le même patronyme que lui…

— Non, et même sans doute pas : dans les familles recomposées, les enfants gardent le nom de leur père — sauf si leur beau-père les adopte. Et puis il y a tous ces hommes et ces femmes divorcés qui se remettent en couple et reforment une cellule familiale avec leurs enfants respectifs, mais sans se marier… L'état civil ne possède aucune trace de ces relations-là !

Retour à la case départ, donc…, songea Carter. Enfin, non, pas tout à fait : il savait maintenant que Zander avait été assassiné et que le sang prélevé sur la poupée appartenait à une femme. Il savait aussi que Brooke Keith avait été traitée pour sa morsure de serpent avec la substance responsable de la mort de Zander, et Brooke avait un mobile pour le tuer : le décès de sa mère dans l'accident provoqué par le réalisateur vingt ans plus tôt.

Carter remercia le technicien, ralluma ses phares et descendit la colline. Arrivé en bas, il se gara et se dirigea vers les caravanes, mais un bruit de voix, sur sa droite, lui fit tourner la tête dans cette direction. Deux femmes riaient et buvaient devant un feu de camp, à quelques dizaines de mètres de là.

La main sur la crosse du revolver qui dépassait de l'étui fixé à sa ceinture, Carter s'en approcha sur la pointe des pieds et reconnut vite, pour les avoir interrogées quand il était venu enquêter sur la disparition de Keyes Hasting, Chantal Lee et Brooke Keith.

C'était la première qui avait l'ouïe la plus fine, car elle se détourna soudain du feu et scruta l'obscurité. Elle tressaillit en voyant Carter, mais se ressaisit immédiatement et s'écria en brandissant la bouteille à moitié vide qu'elle tenait à la main :

— Bonsoir, shérif ! J'espère que vous n'êtes pas venu nous arrêter pour trouble à l'ordre public ! Nous fêtons la fin du tournage : c'est une tradition.

— Ce n'est pas plutôt la mort d'Erik Zander que vous fêtez, mademoiselle Keith ? demanda Carter.

La cascadeuse leva lentement les yeux vers lui. Il lut du mépris dans son regard, mais elle se tut.

— C'est aussi une sorte de veillée funèbre pour ce pauvre Erik, déclara Chantal. Je croyais qu'il avait eu un infarctus, la première fois, alors qu'il s'agissait juste d'une crise d'angoisse, mais il était sous pression, et son cœur a fini par lâcher.

— Il n'est pas mort d'un infarctus.

— Ah bon ? Et de quoi est-il mort, alors ?

— Il a été assassiné.

L'actrice poussa un cri étouffé, et Carter la vit échanger un regard avec Brooke.

— Vous avez encore le médicament qui vous a été prescrit suite à votre morsure de serpent, mademoiselle Keith ? demanda-t-il.

— Non. Comme je n'en avais plus besoin, j'ai jeté ce qu'il en restait… Vous pensez que quelqu'un est allé récupérer le flacon dans la poubelle ?

Faute de preuve irréfutable, comprit Carter, il n'y aurait pas de procès, et donc pas de condamnation. A ce stade de son enquête, il n'aurait même pu nommer en toute certitude ni l'assassin de Hasting ni celui de Zander.

— Vous n'êtes que deux, et il y a trois caravanes…, observa-t-il en se tournant vers l'ancien emplacement du campement. Qui occupe la troisième ?

— Nancy Davis, l'assistante réalisatrice, répondit Chantal. La fête ne serait pas complète sans elle.

Les deux femmes se mirent à rire pour une raison connue d'elles seules. Une brusque appréhension saisit Carter, mais trop tard pour qu'il puisse agir en conséquence et se protéger : ce qui devait être un gros morceau de bois s'abattit sur sa nuque, et il s'écroula.

— Pourquoi tu as fait ça ? Il va falloir lui régler son compte à lui aussi, maintenant ! entendit-il Chantal déclarer juste avant de perdre connaissance.

Faith se fit un sandwich et le mangea debout dans la cuisine. Elle n'avait pas faim, mais il fallait bien se nourrir...

Le message laissé par Jud sur son répondeur l'obsédait — en raison de son contenu, mais aussi parce qu'il lui fournissait un prétexte pour le rappeler.

Afin de s'en empêcher, et d'éviter ainsi de remuer le couteau dans la plaie, elle décida d'aller prendre un bain et de se coucher juste après.

Sa nervosité ne s'était pas dissipée, et elle ne comprenait pas pourquoi. Alors qu'elle n'avait encore jamais eu peur dans cette maison, elle ferma à clé toutes les portes donnant sur l'extérieur avant de monter. C'est tout juste si elle résista à la tentation de vérifier si quelqu'un ne s'était pas caché dans l'un des nombreux placards du rez-de-chaussée !

Lorsqu'elle fut dans son bain, sa nudité lui rappela les baisers et les caresses dont Jud avait couvert chaque centimètre carré de son corps. Pour tenter de chasser ce souvenir, elle ferma les yeux, se mit la tête sous l'eau et retint sa respiration jusqu'à ce que le manque d'oxygène l'oblige à se redresser.

Par la porte restée ouverte lui parvint alors un craquement. C'était un bruit loin d'être inhabituel dans les vieilles maisons, mais ce craquement-là ne provenait pas d'un meuble ou d'un plancher : Faith reconnut celui qu'émettaient certaines marches de l'escalier. Elle écarta ses cheveux mouillés de son visage et tendit l'oreille.

Un autre craquement…

Elle sortit de la baignoire aussi silencieusement que possible, se sécha rapidement et enfila son peignoir. Elle s'approcha de la porte, écouta…

Un nouveau craquement. Cette fois, il n'y avait pas de doute : quelqu'un était en train de monter l'escalier.

Affolée, elle chercha des yeux quelque chose qui pourrait lui servir d'arme, mais elle n'utilisait jamais de laque, et l'armoire à pharmacie ne contenait rien de plus redoutable que des limes émeri. Il y avait bien un sèche-cheveux dans le placard situé sous le lavabo, mais aller le récupérer prendrait trop de temps, et ce n'était de toute façon pas une arme très efficace.

L'angoisse qui la tenaillait avant son bain était revenue de plus belle, mais la raison lui en apparaissait désormais clairement : c'était parce qu'elle savait Erik Zander innocent du meurtre de Hasting.

Comment le savait-elle ? Peu importait ; l'heure était à l'action, pas à l'introspection. Son portable était au rez-de-chaussée, et il n'y avait pas de poste relié à la ligne fixe de la maison à l'étage. Il fallait trouver un objet qui lui permettrait de se défendre… Sa lampe de chevet, peut-être, ou l'un des serre-livres de sa bibliothèque…

Elle se glissa dans la chambre… et se figea sur place. La lampe de chevet était allumée et projetait une lumière dorée sur le couvre-lit blanc et les oreillers de couleur vive.

La poupée était adossée à l'un de ces oreillers, son visage hideux tourné vers la salle de bains, mais ce n'est pas à cause d'elle que la jeune femme, sortant de sa stupeur, poussa un cri étouffé et recula d'un pas : c'était à cause de la personne qui se tenait près du lit.

— N… Nancy ? bredouilla Faith.

« J'aurais dû fouiller les placards », songea-t-elle avant de reprendre :

— Qu'est-ce que…

Les mots moururent sur ses lèvres. Elle s'était brusquement aperçue que l'assistante réalisatrice avait un revolver à la main.

— Je suis venue vous chercher, déclara calmement cette dernière.

— Pour aller où ?

— A une petite fête, et je vous serais très reconnaissante de me suivre sans faire d'histoires.

— Une petite fête ? répéta Faith, interdite. Et vous avez besoin de pointer une arme à feu sur moi pour me persuader de vous y accompagner ?

— J'ai un autre argument : votre beau-frère le shérif Jackson attend là-bas. Vous n'avez sûrement pas envie qu'il lui arrive quelque chose. Vous êtes proches, tous les deux, n'est-ce pas ?

— Vous bluffez !

— A votre place, je ne parierais pas là-dessus ! Maintenant, si vous voulez que votre sœur revoie un jour son mari, habillez-vous et suivez-moi !

Faith ne comprenait rien à ce qui se passait. Elle devait être en train de faire un cauchemar, c'était la seule explication…

— Dépêchez-vous !

Cet ordre lancé d'une voix dure et accompagné d'un geste menaçant avec le revolver lui dit que non, malheureusement, elle ne rêvait pas.

Quelques minutes plus tard, elle montait dans l'un des pick-up loués pour les besoins du tournage. Un véhicule identique à celui qui était garé dans la ravine la nuit du crime — à moins qu'il ne s'agisse du même.

— Qu'est-ce que vous me voulez exactement ? déclara-t-elle quand Nancy, après avoir refermé la portière côté passager, se fut installée au volant.

— Vous avez été témoin du meurtre de Keyes Hasting.

Désormais certaine que ce n'était pas Erik Zander l'assassin, Faith se demanda si c'était Nancy qu'elle avait vue cette nuit-là. Nancy qui l'aurait rendue partiellement amnésique en la frappant à la tempe, et qui craignait maintenant que la mémoire ne lui revienne.

— Q'avez-vous fait à mon beau-frère ?

— Je vous laisse la surprise, mais rappelez-vous : si vous tentez quoi que ce soit, il mourra.

Ces mots dissuadèrent Faith d'essayer de s'emparer du revolver, que Nancy avait posé sur ses genoux.

Il n'était cependant pas question de se laisser paralyser par la frayeur. Pour pouvoir espérer se tirer d'affaire, elle avait au contraire besoin de rester en pleine possession de ses moyens.

Les phares du 4x4 de Jud perçaient une nuit particulièrement profonde tandis qu'il fonçait vers le ranch Bailey. Il éprouvait un sentiment d'urgence dont la cause lui échappait. Sa seule certitude, c'était qu'il devait rejoindre Faith.

Le souvenir de s'être réveillé ce matin dans le lit de la jeune femme lui arracha un sourire. C'était là qu'il voulait se réveiller désormais tous les matins, et cette pensée le fit carrément rire, parce que jamais il n'aurait cru la formuler un jour. Il *aimait* Faith, et avait soudain envie de le clamer haut et fort : Jud Corbett était amoureux !

Quand sa famille l'apprendrait…

Mais sa joie fut de courte durée, car la femme avec laquelle il voulait passer le restant de ses jours était en danger. Il accéléra encore, tout en réfléchissant, et les pièces du puzzle commencèrent de s'ordonner dans son esprit : les accidents sur le tournage, la mort de Hasting, l'infarctus de Zander…

Il évoqua l'image des deux hommes et comprit soudain ce qui jetait le doute sur la culpabilité du réalisateur dans le meurtre de Hasting : le fait que le hayon du pick-up garé dans la ravine ait été baissé. Grand et vigoureux alors que Hasting n'était ni l'un ni l'autre, Zander aurait pu facilement jeter le corps de ce dernier sur le plateau du véhicule par-dessus le rebord du hayon.

Quelqu'un de moins robuste que Zander, en revanche… Une femme, par exemple…

Quoi qu'il en soit, l'assassin de Hasting était bel et bien toujours en liberté.

Jud négocia le dernier virage un peu trop vite. La vue du pick-up de Faith dans la cour et d'une lumière, derrière la fenêtre de sa chambre, aurait dû le rassurer — la jeune femme devait être en train de lire tranquillement dans son lit —, mais cela ne suffit pas à chasser le mauvais pressentiment qui le tourmentait depuis le milieu du dîner.

La porte d'entrée n'était pas fermée à clé, et Jud se rua dans l'escalier en appelant Faith, encore et encore, mais sans rien entendre que le battement du sang à ses tempes et le martèlement de ses bottes sur les marches.

C'était la lampe de chevet qui était allumée dans la chambre. Il y avait aussi de la lumière dans la salle de bains, et la porte de communication, grande ouverte, laissait passer une odeur de savon et d'humidité révélatrice d'un bain ou d'une douche récent, mais les deux pièces étaient vides.

Ce fut en se tournant vers le lit pour voir s'il était défait que Jud aperçut la poupée — identique à celles qu'il avait eues sous les yeux pendant le tournage, et adossée comme elles à un oreiller. Des objets synonymes de mauvais présage, et symboles de vengeance, aussi.

De vengeance !

— Bon sang !

La poupée à la main, Jud redescendit l'escalier plus vite encore qu'il ne l'avait monté, sauta dans son 4x4 et se dirigea pied au plancher vers Lost Creek.

***

— Vous pourriez au moins m'expliquer de quoi il retourne ! observa Faith.

— Ne me dites pas qu'après avoir enquêté sur nous, vous êtes toujours dans le noir !

— Je sais que la mère de Brooke est morte dans un accident de voiture provoqué par Erik Zander, mais je ne vois pas ce que Keyes Hasting vient faire dans l'histoire.

— C'était le parrain de Camille Rush.

— La jeune femme retrouvée noyée dans le Jacuzzi de la villa de Zander ?

— Oui. Il a obligé Zander à tourner ce film dans ce coin perdu du Montana, exécutant ainsi sa partie du marché que nous avions passé avec lui. J'avais lu la légende de Lost Creek dans une revue, et trouvé qu'elle illustrait particulièrement bien le thème de la vengeance.

— Et le chantage de Hasting ne portait pas seulement sur le scénario, mais aussi sur le choix des acteurs et de l'équipe de tournage…

— Tout à fait !

— Quant aux accidents qui se sont produits, ils étaient juste destinés à créer une atmosphère de tension qui « expliquerait » le moment venu la crise cardiaque de Zander…

— Bravo !

Faith savait maintenant où Nancy l'emmenait. Le complot dont Zander avait été victime aurait jusqu'au bout Lost Creek pour cadre symbolique.

— Assouvir une vengeance est une chose, mais il y a des moyens plus simples de le faire ! remarqua-t-elle.

— La mort n'était pas un châtiment suffisant pour Zander : il devait souffrir, avant.

— Mais pourquoi supprimer Hasting ?

— Il ne nous servait plus à rien, et nous avions besoin d'un cadavre, pour que Zander soit accusé de meurtre et reste dans les mémoires comme l'assassin qu'il était sans jamais avoir été condamné. Il fallait que justice soit faite.

— Et vous trouvez « juste » de me tuer moi aussi ?

— Vous faites partie des dommages collatéraux, comme Hasting.

— Je comprends que Brooke ait voulu venger la mort de sa mère, mais vous, en quoi les turpitudes de Zander vous concernent-elles ?

Nancy garda le silence. Le pick-up venait de franchir la dernière hauteur avant le campement — dont il ne restait plus que trois caravanes, put alors constater Faith. Mais elle vit également la voiture de patrouille de son beau-frère garée sur l'ancien parking… Nancy n'avait donc pas menti.

Une lumière changeante brillait un peu plus loin. Un feu de camp, apparemment.

Le pick-up avait ralenti, et Faith se dit que, faute d'essayer de forcer la chance, elle allait droit vers une mort certaine. D'un geste vif, elle se saisit du revolver posé sur les genoux de Nancy, puis elle sauta du véhicule et courut vers le feu de camp en criant :

— Carter !

Un claquement de portière, dans son dos… Ce n'était pas logique : au lieu de la suivre, Nancy aurait dû s'enfuir, puisque le revolver avait changé de main.

Arrivée à proximité du feu de camp, Faith vit que deux personnes se tenaient devant, mais l'une et l'autre trop petites pour être Carter… Et pour cause, comprit-elle une fois assez près pour les reconnaître : il s'agissait de Brooke Keith et de Chantal Lee.

— Faith ? s'exclama cette dernière, l'air surpris — mais sans doute moins de sa présence que de la voir armée.

— Où est le shérif ?

Entendant Nancy s'approcher, Faith se retourna et s'écria :

— Qu'avez-vous fait de mon beau-frère ?

— Permettez-moi d'abord de vous présenter mes sœurs…

— Demi-sœurs, rectifia Chantal avant d'enfoncer entre les omoplates de Faith quelque chose de dur et de froid.

Le pick-up cahotait sur le terrain inégal, et Faith, allongée à l'arrière, ressentait douloureusement chaque secousse. Elle avait en outre les poignets et les chevilles attachés avec des cordes qui lui coupaient la circulation sanguine.

Carter, à côté d'elle, était en train de reprendre lentement connaissance. Ses cheveux étaient maculés de sang, et la jeune femme, l'ayant d'abord cru mort, avait poussé un cri d'horreur.

— F… Faith ? articula-t-il péniblement.

— Oui, mais parle tout bas, murmura-t-elle. Si elles ne savent pas que tu es réveillé, on pourra peut-être utiliser l'effet de surprise pour les neutraliser.

— C'est Brooke et Chantal, n'est-ce pas ?

— Oui, plus Nancy Davis. Elles sont toutes les trois demi-sœurs, et complices. Cela ne les empêche pas de se crêper le chignon : elles se disputaient, tout à l'heure, pour savoir qui conduirait, puis qui occuperait la place près de l'autre portière !

— Mets-toi dos à moi. Je vais essayer de détacher tes poignets.

Faith obéit, et elle sentit bientôt la corde se desserrer. Elle put ensuite dégager une de ses mains, puis l'autre. Ce fut alors à son tour de dénouer la corde qui liait les poignets de son beau-frère, mais elle n'y était pas encore complètement parvenue quand le pick-up commença à ralentir.

— Ne t'occupe pas de moi ! lui déclara Carter. Détache tes chevilles et sauve-toi !

— Non, je ne peux pas t'abandonner !

— Si, va chercher du secours ! C'est notre seule chance de nous en tirer tous les deux.

Comprenant qu'il avait raison, Faith libéra ses chevilles,

sauta à terre et se mit à courir, guidée par la lueur du feu de camp qui tremblotait au loin.

Le véhicule de patrouille de Carter était équipé d'une radio qui lui permettrait de lancer un appel, et elle y trouverait également un fusil chargé.

Jud s'arrêta de l'autre côté de la colline qui surplombait l'ancien campement et coupa le contact. Il descendit de voiture et prit la carabine 22 long rifle rangée sous la banquette arrière. C'était une arme que tout cavalier de l'Ouest américain avait en permanence sous la main pour chasser le spermophile, ce petit rongeur qui creusait des terriers dangereux pour les jambes fragiles des chevaux.

Plié en deux pour être moins visible car la lune s'était maintenant levée, Jud gravit la colline. Arrivé au sommet, il vit en contrebas trois caravanes, dont aucune n'était éclairée, et trois véhicules. Un feu de camp crépitait un peu plus loin, mais il n'y avait personne autour.

La peur de s'être trompé d'endroit l'étreignit tandis qu'il dévalait la colline. Et, une fois en bas, il eut la surprise de constater que l'un des véhicules était la voiture de service du shérif.

Son appréhension grandit. Il se passait quelque chose d'anormal…

Tous ses sens en alerte, Jud se dirigea vers la caravane la plus proche, et il l'atteignait quand une détonation déchira le silence de la nuit. Il entendit un cri, puis des éclats de voix… Des feux de stop rougeoyèrent sur la piste qui menait à la ville fantôme de Lost Creek, et le véhicule fit ensuite demi-tour. Le pinceau de ses phares se rapprochant rapidement, Jud se plaqua contre la caravane, et c'est alors qu'il vit Faith : elle courait vers lui, une main pressée contre son flanc.

Une deuxième détonation… La balle souleva un nuage

de poussière, tout près des pieds de la jeune femme. Jud comprit cette fois que les coups de feu étaient tirés par l'un des occupants du véhicule, et que ce véhicule — l'un des pick-up loués pour les besoins du film — pourchassait Faith.

Jud épaula sa carabine, visa le pneu avant droit et appuya sur la détente. Le pneu explosa, le pick-up se mit à tanguer dangereusement sur le sol raboteux, et la personne qui le conduisait en perdit totalement le contrôle : il changea brusquement de direction et fonça droit sur la rivière.

Une silhouette se dressa à l'arrière et sauta juste avant que le véhicule plonge dans l'eau, mais Jud n'y prêta pas attention : Faith venait de tomber de tout son long près du feu de camp, et il courut s'agenouiller près d'elle. A la lueur des flammes, il vit que son visage était mortellement pâle, et qu'une tache de sang s'élargissait autour de sa main, toujours pressée contre son flanc.

— Non ! cria-t-il, épouvanté, en la soulevant dans ses bras.

Et au shérif Jackson, qui venait de le rejoindre, il indiqua d'une voix tremblante :

— Je crois qu'elle est grièvement blessée.

Faith leur sourit alors, comme pour les rassurer.

— Ne vous inquiétez pas pour moi, ça va aller. Occupez-vous plutôt des demi-sœurs. Il ne faut pas qu'elles échappent à la justice.

Puis elle perdit connaissance.

15

— Elle a eu de la chance : la balle n'a touché aucun organe, vint annoncer le chirurgien aux familles de Faith et de Jud réunies dans la salle d'attente de l'hôpital. Et elle est réveillée, si vous voulez aller la voir.

— J'y vais ! s'exclama Jud.

Puis, comme plusieurs autres personnes se levaient, il ajouta :

— Seul !

Il avait eu tellement peur de perdre Faith que l'idée de la laisser maintenant dans l'ignorance de ses sentiments lui était insupportable.

— Je suis amoureux d'elle, expliqua-t-il d'une voix radoucie, et j'ai l'intention de l'épouser.

— Tu devrais peut-être lui demander d'abord son avis, non ? observa Shane.

— Oui, renchérit Dalton, tu es bien sûr de toi !

— Pourquoi croyez-vous que je veuille la voir en tête en tête ? répliqua Jud.

— Et si tu prenais avant le temps de réfléchir ? déclara Russell, le plus raisonnable de ses frères.

— C'est tout réfléchi !

— D'accord, allez-y le premier ! dit Eve. Mais on ne vous accorde pas plus de cinq minutes : McKenna et moi avons hâte de nous assurer que notre sœur va bien.

— Entendu.

Jud se rendit dans la chambre où Faith avait été installée

après l'intervention chirurgicale. Son visage avait retrouvé des couleurs, et ses yeux étaient de ce bleu intense qui rappellerait toujours à Jud le ciel du Montana l'été.

La vie avec une femme au caractère aussi fougueux et indépendant ne serait pas de tout repos, mais c'était un défi qu'il se sentait tout à fait prêt à relever.

Restait à savoir si elle voudrait de lui..., songea-t-il, pris d'une brusque appréhension.

Faith sourit en voyant Jud enlever son Stetson et s'approcher du lit, une expression presque timide peinte sur son beau visage.

— Me sauver la vie est décidément devenu chez toi une habitude ! observa-t-elle. Merci !

— J'ai quelque chose à te dire..., déclara-t-il, l'air soudain nerveux, en lui prenant la main. Je t'aime.

Aucune autre femme n'avait entendu ces mots sortir de sa bouche, Faith le savait, et elle sentit une joie immense lui gonfler le cœur.

— Je t'aime moi aussi, Jud...

— Tu n'as pas idée du bonheur que tu me fais, parce que la seule perspective de passer ne serait-ce qu'un jour sans toi m'est odieuse... Epouse-moi, Faith, et je serai alors l'homme le plus heureux de tout le Montana !

Riant à travers ses larmes, elle répondit :

— Je ne demanderais pas mieux, mais tu adores ton métier, et je me suis rendu compte que la vie nomade des cascadeurs de cinéma n'était pas faite pour moi.

— J'ai beaucoup réfléchi à ça, pendant que j'attendais de savoir si tu allais t'en sortir, et j'ai conçu un plan qui devrait te plaire.

Il venait juste de lui exposer son plan lorsque la porte de la chambre s'entrouvrit. Carter passa la tête par l'embrasure.

— Alors ? questionna-t-il.

Jud leva le pouce de sa main libre en signe de victoire.

— Entre, Carter ! s'exclama Faith avec un grand sourire.

— J'ai moi aussi besoin de te parler en tête à tête. J'ai promis à tes sœurs que ça ne durerait pas plus de cinq minutes, et si je ne tiens pas parole, elles m'étriperont !

— Pas de problème, déclara Jud. Je comptais de toute façon partir pour aller acheter une bague de fiançailles.

— Contente-toi de deux alliances ! objecta Faith. Les diamants ne m'ont jamais fait rêver.

Lorsque Jud passa près de lui, Carter lui serra chaleureusement la main.

— Vous nous avez sauvé la vie à tous les deux, hier soir… Merci. Et je me réjouis de vous avoir bientôt comme beau-frère.

— Qu'est-il arrivé à Chantal, Brooke et Nancy ? demanda Faith à Carter dès qu'ils furent seuls.

— Elles sont restées prisonnières de l'habitacle du pick-up et sont mortes noyées… C'est fou ! Comment des femmes qui se détestaient autant ont-elles pu s'allier pour supprimer Zander ? Je les ai encore entendues se disputer, pendant qu'elles te poursuivaient, et pourtant, Brooke s'est laissé mordre par un serpent afin d'obtenir le produit dont elles avaient besoin pour tuer Zander…

— Tu as réussi à établir leurs liens de parenté exacts ?

— Oui, et elles ne sont en fait demi-sœurs que par alliance : la mère de Brooke avait épousé successivement le père de Nancy et celui de Chantal.

Songeant au profond sentiment de solidarité qui l'unissait à ses sœurs bien qu'elles ne soient pas du même sang, Faith observa :

— Je comprends, moi, que leur mésentente ne les ait pas empêchées de faire cause commune contre Zander. La mort de Camille Rush a été le facteur déclenchant, et elles ont monté ce plan avec l'aide de Keyes Hasting, qui était le parrain de Camille.

— Un plan extrêmement ingénieux et bien exécuté ! Si tu n'avais pas surpris l'une d'elles en train de se débarrasser du cadavre…

— Oui, et je sais à présent pourquoi je n'arrivais pas à croire à la culpabilité de Zander : la silhouette que j'ai vue était trop petite pour être la sienne.

— De laquelle des trois demi-sœurs s'agissait-il, à ton avis ?

— Je parierais pour Nancy, parce qu'elle me semble avoir un peu trop soigneusement évité de se faire remarquer, avant la mort de Zander. C'était sans doute la plus déterminée, sous ses airs faussement effacés, et je me demande même si elle n'a pas pris certaines initiatives sans en parler à ses complices… Mais c'est comme pour le reste : nous ne saurons jamais exactement qui a fait quoi, dans cette sinistre histoire.

— Non, mais ça n'a pas vraiment d'importance, puisqu'il n'y a plus personne à juger.

— Et les poupées, d'où venaient-elles ?

— Des chutes de tissu ont été retrouvées dans l'appartement californien de Nancy, mais Chantal et Brooke ont sans doute participé à leur fabrication. Elles ne pouvaient pas être sûres que celles du film leur seraient accessibles au moment où elles en auraient besoin.

La porte s'ouvrit alors, et Eve entra, suivie de McKenna.

— Les cinq minutes sont écoulées, Carter ! Tu prendras la déposition de Faith plus tard. Elle ne risque pas de s'enfuir !

Carter sourit et quitta la pièce.

Après force larmes et embrassades, les sœurs de Faith s'assirent de chaque côté du lit, et Eve déclara d'une voix grave :

— J'ai quelque chose à vous dire.

Faith pensa aussitôt à la femme en vert qu'elle avait aperçue sur le tournage et qui ressemblait à Eve.

— J'ai retrouvé ma famille biologique, continua cette dernière. A la suite d'un coup de téléphone que j'avais donné dans le cadre de mes recherches, une certaine Mary Ellen Small est venue à Whitehorse. C'est ma tante maternelle, et elle m'a appris que mes parents étaient morts, mais que sa propre mère était encore en vie. Elles viendront toutes les deux passer ici la première quinzaine d'août… J'ai hâte de faire la connaissance de ma grand-mère et de vous présenter les deux nouveaux membres de notre famille… parce que vous les considérerez comme tels, n'est-ce pas ?

— Naturellement ! s'exclama McKenna. Plus on est de fous, plus on rit ! Et dans ce même esprit, j'ai moi aussi quelque chose à vous dire : je suis enceinte.

Des hourras retentirent dans la chambre.

— Puisque nous en sommes aux grandes nouvelles, déclara ensuite Faith, à mon tour de vous en annoncer une : Jud et moi allons nous marier et ouvrir une école de voltige ici, à Whitehorse. Je me demandais…

— Si tu pouvais utiliser une partie des terres du ranch pour l'entraînement de tes élèves ? coupa Eve. Ça va de soi ! Tu en possèdes un tiers, et je sais que McKenna sera d'accord avec moi pour t'octroyer la jouissance exclusive de la maison.

— Bien sûr ! dit l'intéressée.

Faith éclata de rire.

— Ce que j'allais vous demander, c'est d'être mes demoiselles d'honneur et, en deuxième seulement, ce que vous venez de m'accorder. Merci du fond du cœur, parce que j'adore cette maison. J'y ai tant de souvenirs !

Les lieux conservaient les bons comme les mauvais…, songea-t-elle, pensant à Lost Creek.

— Je crois qu'un toast s'impose ! observa gaiement McKenna.

Elle remplit d'eau trois gobelets en plastique, en donna un à Eve, un à Faith, puis leva le sien, et les autres l'imitèrent.

— Aux sœurs Bailey ! s'exclamèrent-elles toutes les trois en chœur avant d'entrechoquer leurs gobelets.

Le 1er août

Black Rose n°263

Le voile de la menace - Carol Ericson

Série *Enigmes à Coral Cove 4/4*

Qui la menace ? Mia éprouve un désagréable sentiment d'insécurité depuis qu'elle est de retour à Coral Cove, après dix ans d'absence. Dès son arrivée, quelqu'un a saboté les freins de sa voiture. Et voilà maintenant qu'on vient de déposer devant sa porte une poupée vaudou avec une aiguille enfoncée en plein cœur ! Bien sûr, si elle le pouvait, elle repartirait sur-le-champ. Mais alors, qui s'occuperait de revendre la villa Columbelle, cette demeure victorienne qu'elle a héritée ? Heureusement, la présence de Dylan Reese, le chef de la police, la rassure. D'autant que Dylan, dont elle était secrètement amoureuse adolescente, semble enfin la voir autrement que comme une simple amie...

Plongée dans l'oubli - Delores Fossen

Lorsque Leigh reprend conscience, elle croise le regard d'un homme. L'inconnu est si beau qu'il semble tout droit sorti de ses rêves. Pourtant, c'est bien la réalité qui la rattrape quand elle s'aperçoit qu'il vient de la sauver des eaux tumultueuses du lac Pontchartrain, où elle était en train de se noyer. Qui a tenté de la tuer, en la jetant à l'eau pieds et poings liés ? Alors qu'elle sent la panique la gagner, elle reçoit bientôt un nouveau choc en découvrant qu'elle a perdu la mémoire...

Black Rose n°264

N'aie pas peur, Jaci - Joanna Wayne

Kelly enrage : non seulement on lui a volé sa voiture en pleine nuit, mais à présent qu'elle est arrivée à Mustang Run, où elle doit emménager, elle découvre que sa maison tombe en ruines et est inhabitable ! Où vont-elles aller, elle et Jaci, sa fille de cinq ans ? Certes, Wyatt Ledger, son nouveau voisin, leur propose de venir loger chez lui, le temps qu'elle fasse les travaux nécessaires dans sa maison. Mais Kelly hésite. Car Wyatt est policier. Or personne ne doit découvrir qui elle est vraiment, sous peine de les plonger, Jaci et elle, dans le plus grand danger...

Irrésistible séduction - Rachel Lee

Cassie est troublée. Dès son arrivée à Conrad, elle a été attirée par Lincoln Blair mais, inexplicablement, il s'efforce de la tenir à distance. Une attitude qui change pourtant du tout au tout quand Cassie révèle à Lincoln que, depuis quelques jours, on cherche à lui faire peur : les pneus de sa voiture ont été crevés, et un rat égorgé a été déposé sur son bureau... Plus touché qu'elle ne l'aurait cru, et même étonnamment furieux, Lincoln se rapproche d'elle. Il lui jure de veiller sur elle. Jour et nuit s'il le faut...

Black Rose n°265

Sous ma protection - Beverly Long

Pourquoi est-il venu s'enterrer dans ce trou perdu ? Jake ne cesse de se poser la question à mesure qu'il découvre Wyattville, ce petit village où il est arrivé la veille pour y remplacer le shérif. Sitôt sa mission terminée, il repartira. C'est du moins ce dont il est convaincu, jusqu'à ce qu'il rencontre Joanna Travis, qui tient l'unique restaurant de la ville. Car, malgré son envie de quitter la ville au plus vite, cette femme discrète réussit à l'intriguer. Comme s'il lisait dans ses grands yeux inquiets qu'elle avait peur de quelque chose. Ou de quelqu'un...

Dangereuse proximité - Julie Miller

Une lettre. La troisième qu'elle reçoit en quelques jours à peine. Le commissaire Shauna Cartwright est désemparée : se pourrait-il, comme le lui affirme l'auteur anonyme des missives, qu'elle se soit trompée deux ans plus tôt, et qu'elle ait fait emprisonner un innocent dans la sordide affaire de meurtre sur laquelle elle enquêtait alors ? Résolue à en avoir le cœur net, elle demande à Eli Masterson de l'aider à rouvrir le dossier. Solliciter ce flic hors pair n'est pas pour lui déplaire, elle doit bien le reconnaître. Mais elle va devoir faire preuve de sang-froid : Masterson est extrêmement troublant ; or, entre eux, rien n'est possible...

Black Rose n°266

La passagère du temps - Nora Roberts

Tandis qu'elle observe les étoiles par une claire nuit d'été, Libby Stone remarque un avion sur le point de s'écraser non loin de son chalet. Arrivée aussi rapidement que possible sur les lieux de l'accident, elle trouve là un blessé. Un homme à la beauté atypique, émouvante, qui, dès le premier regard, réveille en elle un sentiment qu'elle croyait disparu à jamais. Aussi n'hésite-t-elle pas à l'amener chez elle pour le soigner. Mais quand il revient à lui, il semble si perturbé, si désorienté, que Libby se demande un instant s'il ne vient pas d'une autre planète...

L'homme du futur - Nora Roberts

Alors qu'il vient de voyager dans le temps pour retrouver Caleb, son frère aîné, et le ramener avec lui au XXIIIe siècle, Jacob Hornblower est extrêmement contrarié de constater qu'il a fait une erreur de calcul et a atterri à la mauvaise date. A l'endroit où il devait retrouver son frère, il tombe en effet sur une jeune femme étonnante, aux réactions qu'il ne comprend pas, et qui semble en retour le prendre pour un fou. Malgré l'attirance qu'il sent immédiatement naître en lui, Jacob va devoir s'appliquer à lui cacher son incroyable secret...

A paraître le 1er juillet

Best-Sellers n°568 • suspense

La peur sans mémoire - Lori Foster

Intense et bouleversante. La nuit qu'Alani vient de passer avec Jackson Savor résonne en elle comme une révélation. Après son enlèvement à Tijuana, deux ans plus tôt, et les cauchemars qui l'assaillent depuis, jamais elle ne se serait crue capable de s'abandonner ainsi dans les bras d'un homme. Et pourtant, Jackson, ce redoutable mercenaire qui n'a de limites que celles fixées par l'honneur, a su trouver le chemin de son cœur. Hélas, cette parenthèse amoureuse est de courte durée. Au petit matin, à peine sortie de la torpeur du plaisir, Alani comprend qu'il y a un problème : son amant, si empressé un peu plus tôt, a tout oublié de leurs ébats torrides. Pas de doute possible : il a été drogué. Mais par qui ? Et comment ? Le coupable est-il lié aux odieux trafiquants sur lesquels Jackson enquête ? Ces questions sans réponse, ce sentiment d'impuissance, Alani les supporte d'autant plus mal qu'elle y a déjà été confrontée. Mais au côté de Jackson, et pour donner une chance à leur histoire, elle est prête à affronter le danger, et ses peurs…

Best-Sellers n°569 • suspense

Le mystère de Home Valley - Karen Harper

Mille fois, Hannah a imaginé son retour à Home Valley, la communauté amish où elle a grandi et avec laquelle elle a rompu trois ans plus tôt. Mille fois, elle a imaginé ses retrouvailles avec Seth, l'homme qu'elle aurait épousé s'il ne l'avait cruellement trahie. Mais pas un seul instant elle n'aurait pensé que cela se ferait dans des circonstances aussi dramatiques. Car dès son retour, alors qu'elle a décidé sur un coup de tête de se rendre de nuit dans le cimetière de la Home Valley, elle est prise pour cible par un homme armé, qui heureusement ne parvient qu'à la blesser. Pourquoi cet homme a-t-il voulu la tuer ? Va-t-il s'arrêter là ? Pour répondre à ces angoissantes questions, Hannah décide d'apporter toute son aide au ténébreux Linc Armstrong, l'agent du FBI chargé de l'enquête, et qui suscite la méfiance chez les autres membres de la communauté amish — et surtout chez Seth. Ecartelée entre deux mondes, entre deux hommes, Hannah va bientôt être submergée par ses sentiments – des sentiments aussi angoissants que les allées du cimetière plongées dans l'obscurité…

Best-Sellers n°570 • thriller

Piège de neige - Lisa Jackson

Prisonnière du criminel pervers qu'elle traque depuis des semaines dans l'hiver glacial du Montana, l'inspecteur Regan Pescoli n'a plus qu'une obsession : s'échapper coûte que coûte. Aussi essaie-t-elle, dans le cachot obscur et froid où elle est enfermée, de dominer la terreur grandissante qui menace de la paralyser. Car ce n'est pas seulement sa vie qui est en jeu, mais également celle d'autres captives, piégées comme elles et promises à la mort. Pour les sauver, autant que pour retrouver ses enfants et Nate Santana, l'homme qu'elle aime, Regan est déterminée à découvrir le point faible du tueur. Pour cela, il lui faudra aller au bout de son courage, de sa résistance physique… Et vaincre définitivement ce maniaque, avant qu'il ne soit trop tard.

Best-Sellers n°571 • suspense
Les disparues du bayou - Brenda Novak

Depuis l'enlèvement de sa petite sœur Kimberly, seize ans plus tôt, Jasmine Stratford a enfoui ses souffrances au plus profond d'elle-même et s'est dévouée corps et âme à son métier de profileur. Mais son passé ressurgit brutalement lorsqu'elle reçoit un colis anonyme contenant le bracelet qu'elle avait offert à Kimberly pour ses huit ans. Bouleversée, elle se lance alors dans une enquête qui la conduit à La Nouvelle-Orléans. Là, elle ne tarde pas à découvrir un lien effrayant entre le meurtre récent de la fille d'un certain Romain Fornier et le kidnapping de sa petite sœur. Prête à tout pour découvrir la vérité, Jasmine prend contact avec Romain Fornier, seul capable de l'aider à démasquer le criminel. Elle se heurte alors à un homme mystérieux, muré dans le chagrin et vivant dans le bayou comme un ermite. Un homme qu'elle va devoir convaincre de l'aider à affronter le défi que leur a lancé le tueur : *« Arrêtez-moi »*.

Best-Sellers n°572 • roman
L'écho des silences - Heather Gudenkauf

Allison. Brynn. Charm. Claire. Quatre femmes prisonnières d'un secret qui pourrait les détruire… et dont un petit garçon est la clé. Allison garde depuis cinq ans le silence sur le triste drame qu'elle a vécu adolescente et qui l'a conduite en prison pour infanticide. Brynn sait tout ce qui s'est passé cette nuit-là, mais elle s'est murée dans l'oubli pour ne pas sombrer dans la folie. Charm a fait ce qu'elle a pu, bien sûr, pourtant elle a dû renoncer à son rêve et se taire. Alors elle veille en secret sur son petit ange. Claire vit loin du passé pour tenter de bâtir son avenir avec ceux qui comptent pour elle. Et elle gardera tous les secrets pour protéger le petit être qu'elle aime plus que tout au monde. Quatre femmes réfugiées dans le silence, détenant chacune la pièce d'un sombre puzzle.

Best-Sellers n°573 • roman
Un jardin pour l'été - Sherryl Woods

Son cœur qui bat plus vite lorsqu'elle consulte sa messagerie, son imagination qui s'emballe lorsqu'elle revoit en pensée le visage aux traits virils de celui dont elle est tombée amoureuse… Moira doit se rendre à l'évidence : elle ne peut oublier Luke O'Brien. Il faut dire qu'avec ses cheveux bruns en bataille, son regard parfois grave mais pétillant de vie, son sourire irrésistible, cet Américain venu passer ses vacances en Irlande n'a guère eu de mal à la séduire. Sauf qu'après le mois idyllique qu'ils ont passé ensemble, Luke est reparti aux Etats-Unis reprendre le cours de sa vie, et peut-être même retrouver une autre femme. Alors que Moira tente de se persuader que tout est ainsi pour le mieux, son grand-père lui demande de l'accompagner à Chasepeake Shores, la petite ville de la côte Est des Etats-Unis où vit Luke. Moira n'hésite que quelques secondes avant d'accepter. Même si, dès lors, une question l'obsède : saura-t-elle convaincre Luke qu'il y a une place pour elle dans sa vie ?

Best-Sellers n°574 • historique
La maîtresse de l'Irlandais - Nicola Cornick

Londres, 1813.

Autrefois reine de la haute société londonienne, Charlotte Cummings a vu son existence voler en éclats lorsque son époux – las de ses frasques – a mis fin à leur mariage du jour au lendemain. Brusquement exclue des soirées mondaines, ruinée et endettée, Charlotte n'a eu d'autre choix que de renoncer à son honneur en vendant ses charmes chez la cruelle Mme Tong. Jusqu'à ce qu'un jour un troublant gentleman ne lui redonne espoir en lui proposant un pacte aussi tentant que surprenant. Si elle accepte de devenir sa maîtresse, elle retrouvera son statut de lady et les privilèges qui vont avec. D'abord hésitante, Charlotte finit par se soumettre à ce scandaleux marché, même si elle pressent que cet homme mystérieux lui cache quelque chose…

Best-Sellers n°575 • historique
Un secret aux Caraïbes - Shannon Drake

Mer des Caraïbes, 1716.

Roberta Cuthbert ne vit que pour se venger du cruel pirate qui a tué ses parents et anéanti le village de ses ancêtres, en Irlande. Pour cela, elle a tout abandonné, allant jusqu'à se faire passer pour un homme et entrer dans la piraterie, afin de parcourir les mers à la recherche de son ennemi. Pourtant, le jour où elle fait prisonnier le capitaine Logan Haggerty, elle comprend que son déguisement ne sera d'aucune protection contre les sentiments troublants que cet homme éveille en elle. Comment pourrait-elle maintenir son image de pirate impitoyable quand elle ne s'est jamais sentie aussi féminine que sous son regard doré ? Bouleversée, Roberta n'en est pas moins déterminée à ignorer la tentation, coûte que coûte. Jusqu'à ce que le capitaine la sauve de la noyade lors d'une violente tempête, et qu'ils ne s'échouent tous deux sur une île déserte…

Best-Sellers n°576 • érotique
L'éducation de Jane - Charlotte Featherstone

Jane le sait : lord Matthew peut être dur. Cassant. Impitoyable avec ceux qu'il pense faibles. Pourtant, lorsqu'elle l'a trouvé, affreusement blessé, dans l'hôpital où elle travaille, et qu'elle l'a veillé jour et nuit, c'est lui qui, les yeux protégés par un bandage, se trouvait à sa merci. Lui, l'homme à la réputation sulfureuse, qui la suppliait de le laisser toucher son visage, sa peau, ses lèvres, son corps tout entier, comme si ces gestes troublants avaient le pouvoir de le ramener à la vie. Alors aujourd'hui, même s'il a recouvré la vue et risque de la trouver laide, comparée à ses nombreuses maîtresses, même s'il est redevenu l'aristocrate arrogant dont les frasques libertines défrayent la chronique mondaine, Jane est décidée à se livrer à lui, corps et âme. Un choix insensé qui pourrait la détruire, mais devant lequel elle ne reculera pas. Car à l'instant où Matthew a posé les mains sur elle, elle a su qu'elle avait trouvé son maître…

Composé et édité par les

éditions HARLEQUIN

Achevé d'imprimer en France (Malesherbes)
par Maury-Imprimeur
en juin 2013

Dépôt légal en juillet 2013
N° d'imprimeur : 181873